KB212068

아이 윌 파인드 유

할런 코벤 · 아이 월 파인드 유

I WILL FIND YOU

할런 코벤 지음 | 노진선 옮김

문학수첩

내 조카들

토머스, 캐서린, 매콜럼, 라일리, 도비,

알렉, 제너비브, 마야,

얼레나, 애나, 메리, 마이,

샘, 케일럽, 핀,

애니, 루비, 딜리아,

헨리와 몰리에게

사랑을 담아 이 책을 바친다.

할런 아저씨

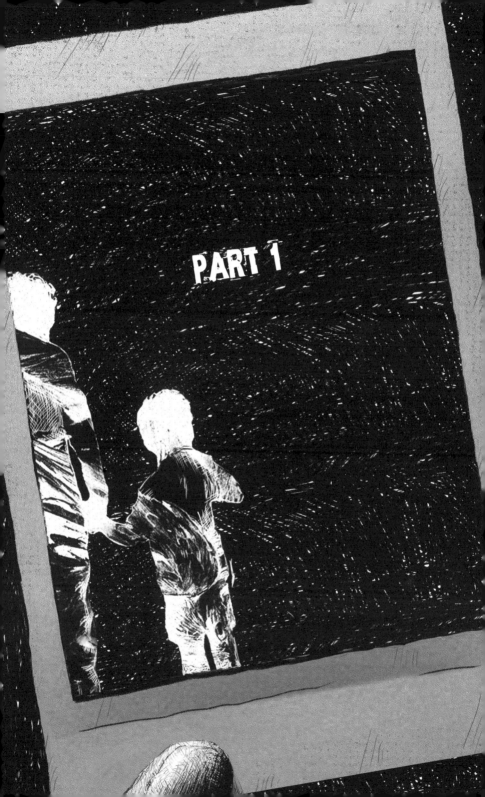

CHAPTER
1

나는 내 아이를 살해한 혐의로 5년째 종신형을 복역 중이다.

스포일러 경고: 난 죽이지 않았다.

내 아들 매슈는 잔혹하게 살해당할 당시 세 살이었다. 내 삶의 가장 큰 선물이었던 매슈는 그렇게 세상을 떠났고, 그 후로 나는 종신형을 선고받았다. 비유가 아니다. 혹은 **단지** 비유만은 아니라고 말해야 할까? 설사 내가 체포되어 유죄판결을 받지 않았다 해도 어차피 내 인생은 종신형에 처해졌으리라.

하지만 내 경우에는, **이 경우**에는 비유인 동시에 실제로도 그렇다.

감옥에 갇힌 내가 어떻게 무죄일 수 있는지 여러분은 의아할 것이다.

나는 그냥 무죄다.

이미 온 힘을 다해 무죄를 주장하며 싸우고 항의하지 않았느냐고?

아니, 그렇다고 할 수는 없다. 그건 내가 비유적 의미로 종신형을 받았다는 사실과 관련이 있을 것이다. 나는 법정에서 내게 유죄판결을 내리든 말든 별로 신경 쓰지 않았다. 충격적으로 들리겠지만 사실이다. 내 아들이 죽었다. 그 사실이 가장 중요하다. 그것이 기사 첫머리에 오는 문장이자 헤드라인이며 전부 대문자로 적혀있다. 내 아들은 죽어서 세상을 떠났고, 배심원단의 평결이 유죄든 무죄든 그 사실은 변하지 않을 것이다. 내가 유죄든 무죄든 난 아들을 지키지 못했다. 배심원단이 진실을 알아보고 날 풀어줬다 해도 매슈가 살아 돌아오지는 않는다. 아버지의 임무는 아들을 보호하는 것이다. 그게 최우선 순위다. 따라서 설사 5년 전, 그 끔찍한 밤에 아름다운 내 아들을 처참하게 짓이겨 버린 흉기를 내가 휘두르지 않았다고 해도, 난 그 일을 막지도 못했다. 아버지로서 내 역할을 다하지 못했다. 아들을 보호하지 못했다.

실제로 살인을 저질렀든 저지르지 않았든 그 일은 내 잘못이고 나는 벌을 받아야 한다.

그래서 배심원 대표가 평결문을 발표할 때 나는 거의 아무런 반응도 하지 않았다. 당연히 방청객은 내가 틀림없이 소시오패스거나 사이코패스거나 정신이상자거나 정신에 문제가 있는 게 틀림없다는 결론을 내렸다. 언론은 내가 아무런 감정도 **느끼지** 못한다고 주장했다. 공감 능력이 결여됐고, 회한이라는 감정을 모르며, 눈빛이 공허하다는 등 나를 살인자로 몰아가는 온갖 표현을 다 사용했다. 모두 사실이 아니다. 난 그저 부인해 봐야 아무 의미 없다고 생각했을 뿐이다. 그날 밤 마블 히어로 캐릭터들이 그려진 잠옷을 입은 매슈를 발견했을 때 나는 직격탄을 맞은 셈이었고 그 충격으로 털썩 주저앉아 일어날 수 없었다. 그때나 지금이나. 앞으로도 영원히 그럴 것이다.

그때부터 비유적 의미의 종신형이 시작되었다.

이것이 누명을 쓴 사람이 결백을 증명하는 이야기일 거라고 생각한다면, 그렇지 않다. 그런 이야기는 시시하다. 결국에는 아무것도 달라지지 않는다. 이 시궁창 같은 감옥에서 해방된다 해도 나는 구원받을 수 없다. 내 아들은 여전히 죽고 없을 테니까.

이 경우에는 구원이 불가능하다.

적어도 교도소에서 컬리로 통하는 유달리 괴팍한 교도관이 내 감방에 와서 "면회야"라고 말하기 전까지는 그렇게 믿었다.

나는 그 말이 내게 한 말이라고 생각하지 않은 터라 움직이지 않는다. 이 교도소에 5년 가까이 수감되었는데 그동안 면회를 수락한 적이 없다. 첫해에는 아버지가 면회를 신청했다. 소피 고모와 몇 안 되는 가까운 친구들, 내가 결백하거나 적어도 무슨 사정이 있었을 거라고 믿는 친척들도 면회를 신청했지만 나는 모두 거부했다. 매슈의 엄마이자 당시 내 아내였던 셰릴(지금은 당연히 전 부인이다) 역시 면회를 신청했다. 비록 마지못해 신청하기는 했지만. 나는 셰릴의 면회 역시 거부했다. 누가 찾아와도 만나지 않겠다는 사실을 분명히 한 것이다. 나는 자기 연민에 빠져있지 않았고 어느 누구도 동정하지 않았다. 면회는 양쪽 모두에게 도움이 되지 않는다. 그때나 지금이나 면회의 필요성을 모르겠다.

1년이 지나고, 다시 2년이 지났다. 이제 아무도 면회를 신청하려고 하지 않았다. 아마 단짝 친구인 애덤을 제외하고는 힘들게 여기까지 찾아올 사람도 없었을 테지만 내 말이 무슨 뜻인지는 알 것이다. 그러다 아주 오랜만에 누군가가 날 만나러 브리그스 교도소에

온 것이다.

"버로스." 컬리가 무뚝뚝하게 부른다. "가자. 면회야."

나는 얼굴을 찡그린다. "누군데요?"

"내가 네 비서로 보여?"

"좋네요."

"뭐라고?"

"방금 한 농담이요. 아주 재미있어요."

"어디서 시답잖게 잘난 척이야."

"누가 왔든 관심 없어요. 그냥 돌려보내세요."

컬리는 한숨을 쉰다. "버로스."

"네?"

"잔말 말고 당장 일어나. 넌 신청서를 작성하지 않았잖아."

"무슨 신청서요?"

"면회를 원하지 않을 때는 작성해야 할 서류들이 있어."

"내가 준 하객 명단에 있는 사람들만 면회가 가능한 줄 알았는데요."

"하객 명단." 컬리가 그 말을 반복하며 고개를 절레절레 흔든다. "네 눈엔 여기가 호텔로 보여?"

"호텔에 무슨 하객 명단이 있어요?" 내가 반박한다. "어쨌든 난 면회를 원치 않는다는 신청서를 분명히 작성했어요."

"여기 처음 왔을 때 했지?"

"네."

컬리는 다시 한숨을 쉰다. "그거 매해 갱신해야 해."

"뭐라고요?"

"올해 면회를 거부한다는 신청서를 작성했어?"

"아뇨."

컬리는 두 손을 옆으로 벌린다. "그거 봐. 그러니까 일어나."

"그냥 면회 신청자에게 돌아가라고 하면 안 돼요?"

"안 돼, 버로스, 난 못 해. 그리고 그 이유를 말해주지. 그게 널 면회 신청자에게 끌고 가는 것보다 더 번거로운 일이 될 테니까. 네 말대로 하려면 난 네가 왜 면회를 거부했는지 면회 신청자에게 설명해야 하고, 면회 신청자는 내게 질문할 수도 있어. 그런 다음에는 내가 직접 서류를 작성해야 하는데 난 그게 싫어. 그다음에는 너도 서류를 작성해야 하고, 나는 왔다 갔다 해야 한단 말이야. 난 번거로운 거 딱 질색이고, 너도 그럴 거야. 그러니까 우린 이렇게 할 거야. 넌 지금 나와 함께 면회실로 가. 그냥 거기 앉아서 말을 하든지 말든지 마음대로 해. 그런 다음에 정확한 신청서를 찾아서 작성하고, 우리 둘 다 다시는 이런 일을 겪지 않을 거야. 알아들어?"

나도 여기서 보낸 세월이 있는 터라 지나친 저항은 부질없을 뿐 아니라 해롭다는 사실을 알고 있다. 또한 솔직히 말해서 궁금하기도 하고. "알았어요." 내가 말한다.

"좋아. 가자."

나는 당연히 면회 절차를 알고 있다. 컬리는 내 손에 수갑을 채운 다음, 허리에 사슬을 두르고 수갑을 채운 두 손을 다시 허리에 채운다. 족쇄는 채우지 않는다. 채우고 벗길 때 아프기 때문이다. 브리그스 교도소 PC동(잘 모르는 분들을 위해 설명하자면 보호감호소)에서 면회실까지는 꽤 오래 걸어야 한다. 현재 PC동에는 날 포함해서 열여덟 명이 수감되어 있다. 아동 성추행범 일곱, 강간범 넷, 식인 연쇄살인범 둘, '일반' 연쇄살인범 둘, 경찰 살인범 둘, 그리고 물론 자식을 죽인 미치광이 하나(바로 나). 참 대단한 조합이다.

컬리는 나를 빤히 노려본다. 흔치 않은 일이다. 교도관은 대부분 이 일을 지루해하는 경찰 지망생이거나 우리 재소자들에게 눈곱만큼도 관심이 없고 오로지 헬스에 미친 인간이거나 둘 다다. 나는 컬리에게 무슨 일인지 묻고 싶지만 지금은 조용히 해야 할 때라는 걸 안다. 여기에서 지내다 보면 그걸 배우게 된다. 걸어가는 내 다리가 약간 떨린다. 이상하게 긴장된다. 사실 나는 이곳 생활에 적응했다. 교도소는 여러분이 상상하는 것보다 훨씬 끔찍하지만 나는 이 끔찍한 환경에는 익숙해졌다. 오랜만에 찾아온 이 면회객은 내 세상을 뒤흔들 만한 소식을 전해주려고 온 것이다.

달갑지 않다.

그날 밤에 본 피가 떠오른다. 피를 생각하는 날이 많다. 꿈도 꾼다. 얼마나 자주 꾸는지는 모르겠다. 처음에는 밤마다 꿨는데 이제는 일주일에 한 번 정도지만 정확히는 모른다. 교도소에서는 시간이 정상적으로 흐르지 않는다. 멈췄다가 다시 흐르고, 펑펑 터졌다가 지그재그로 흐른다. 그날 밤, 셰릴과 함께 자는 침대에서 잠이 깨 눈을 깜빡거린 기억이 난다. 시계를 보지는 않았지만 세세하게 따지기를 좋아하는 사람들을 위해 밝히자면 새벽 4시였다. 집 안에는 정적이 흐르고 고요했지만 왠지 무언가 잘못되었다는 느낌이 들었다. 아니면 이제 와서 그렇게(사실과 다르게) 생각하는 것일 수도 있다. 기억은 종종 상상력이 매우 풍부한 이야기꾼이니까. 그러니까 아마, 어쩌면 나는 아무것도 '감지하지' 못했을지 모른다. 이젠 나도 무엇이 진실인지 모르겠다. 내가 침대에서 벌떡 일어나 후다

닥 달려간 것은 아니다. 일어날 때까지 시간이 걸렸다. 나는 몇 분간 침대에서 뭉그적거렸고 내 뇌는 잠과 꿈 사이의 기묘한 틈새에 갇힌 채 의식을 향해 계속 위로 떠올랐다.

그러다 마침내 일어나 앉았고, 침대에서 내려와 매슈의 방으로 이어지는 복도를 걸어가기 시작했다.

그때 피를 보았다.

평소 상상했던 것보다 더 붉은색이었다. 아이들이 사용하는 크레용처럼 상큼하고 밝은 빨간색이 하얀 시트에 그린 어릿광대의 입술처럼 화려하게 날 조롱하고 있었다.

나는 패닉에 빠졌다. 매슈의 이름을 부르며 그 애의 방을 향해 비틀비틀 달려갔고 문틀에 세게 부딪혔다. 다시 그 애의 이름을 불렀지만 대답이 없었다. 방으로 뛰어 들어갔더니…… 형체를 알아볼 수 없는 무언가가 있었다.

듣자 하니 나는 비명을 질렀다고 한다.

경찰이 날 발견했을 때도 나는 계속 비명을 질렀다. 비명은 내 몸 구석구석을 뚫고 지나가는 유리 파편이 되었다. 어느 순간 나는 비명을 멈췄다. 그 역시도 기억이 안 난다. 이유는 잘 모르겠다. 성대가 파열돼서 그랬을 수도 있고. 하지만 그 비명의 메아리는 늘 귓가를 맴돈다. 그 유리 파편들은 여전히 내 살을 갈기갈기 찢고 상처를 입힌다.

"서둘러, 버로스. 숙녀를 기다리게 하면 안 되지." 컬리가 말한다.

숙녀.

방금 '숙녀'라고 했다. 순간적으로 셰릴이 생각나면서 심장이 빨리 뛴다. 하지만, 아니다, 그녀는 오지 않을 것이고 나도 셰릴이 오기를 바라지 않는다. 우리의 결혼 생활은 8년간 지속되었다. 대체로 행복한 결혼 생활이었다고 생각한다. 끝은 별로 좋지 않았다. 새로운 스트레스로 결혼 생활에 금이 갔고, 그 금은 점점 더 벌어졌다. 셰릴과 나는 다시 행복하게 살 수 있었을까? 모르겠다. 가끔씩 매슈가 있었더라면 우리가 더 노력했을 거라고, 매슈가 우리를 이어줬을 거라는 생각이 들지만 그건 희망 사항일 뿐이다.

유죄판결을 받은 지 얼마 지나지 않아 나는 셰릴이 보낸 이혼 합의서에 서명했다. 그 후로 우리는 한 번도 이야기를 나누지 않았다. 셰릴의 선택이라기보다는 내 선택이었다. 그러니까 내가 셰릴에 대해 아는 것은 거기까지다. 지금 셰릴이 어디에서 사는지, 여전히 상처를 입고 슬픔에 잠겨있는지, 아니면 스스로를 위해 새출발을 하게 되었는지 전혀 모른다. 내가 모르는 편이 최선일 것이다.

왜 그날 밤 매슈에게 좀 더 신경 쓰지 않았을까?

내가 나쁜 아빠였다는 말은 아니다. 그런 아빠였던 것 같지는 않다. 하지만 그날 밤, 난 그냥 매슈를 돌볼 기분이 아니었다. 세 살배기를 돌보는 건 힘든 일이다. 지루하기도 하고. 우리 모두 알고 있다. 부모는 아이들과 함께하는 매 순간 행복한 척하려고 노력하지만 그건 사실이 아니다. 적어도 그날 밤에는 그렇게 생각했다. 단지 귀찮다는 이유로 그날 밤 침대에 누운 매슈에게 책을 읽어주지 않았다. 최악이라는 거 안다. 난 아이 혼자 침실로 올려보냈다. 나의 의미 없는 문제들과 불안감에 정신이 팔렸기 때문이다. 어리석었다. 정말로 어리석었다. 인생이 평탄하면 우린 모두 호강에 겨워 어리석어진다.

일반 외과 레지던트 과정을 막 마친 셰릴은 그날 밤 보스턴 종합

병원 이식 병동에서 야간 근무 중이었고, 나는 매슈와 단둘이 있었다. 매슈를 침실로 보낸 뒤에는 술을 마시기 시작했다. 원래 술을 많이 마시지는 않고 술이 세지도 않았다. 하지만 그 사건이 일어나기 몇 달 전부터 셰릴과 우리 결혼 생활에 대한 부담감 때문에 술을 마시면 위안까지는 아니더라도 어느 정도 그 문제에 무감각해졌다. 그래서 그날도 술을 마셨고 아무래도 빨리, 심하게 취한 듯했다. 한마디로 술을 잔뜩 마시고 필름이 끊긴 것이다. 따라서 아이를 지켜보지도 않고, 보호하지도 않고, 문이 잠겨있는지 확인하거나(잠겨있지 않았다), 누가 침입하는 소리가 들리는지 귀를 기울이지도 않고, 아이가 겁에 질려 혹은 고통으로 비명을 지르는 걸 듣지도 못한 채 재판에서 검사가 조롱하듯이 말한 대로 "술로 인해 정신이 해롱해롱한" 상태였다.

피 냄새를 맡기 전까지는 아무것도 기억나지 않는다.

여러분이 무슨 생각을 하는지 안다. 어쩌면 저 남자가(그러니까 '나') 범인일지도 모른다고 생각할 것이다. 아무튼 나에게 불리한 증거가 꽤 많았으니까. 이해한다. 당연한 일이기도 하고. 가끔은 나도 그런 의심이 든다. 날 맹목적으로 믿거나 정신이 이상한 사람이 아니고서야 그 가능성을 고려하지 않을 수 없다. 그러니 이 일과 관련된 듯한 일화를 잠깐 들려드리겠다. 내가 예전에 자다가 셰릴을 발로 세게 찬 적이 있다. 거대한 너구리가 우리 집 작은 강아지 라즐로를 공격하는 악몽에 시달리던 중이었다. 꿈에서 패닉에 빠진 나는 너구리를 최대한 세게 걷어찼는데 현실에서는 그게 셰릴의 정강이였다. 내가 내 행동을 변호하는 동안("너구리가 라즐로를 잡아먹으려는데 가만히 있을 순 없잖아") 셰릴이 진지한 표정을 유지하려고 노력했던 일은 지금 생각해 보면 이상하게 웃기다. 하지만 라즐로를 비롯한 세상 모든 개를 사랑하는 똑똑한 외과 의사 아내는 나의 변호에도 분이 풀리지 않았다.

"어쩌면 당신은 무의식적으로 날 때리고 싶었던 것일 수도 있어." 셰릴이 내게 말했다.

웃으면서 한 말이었으므로 진심이라고 생각하지는 않았다. 하지만 진심이었을 수도 있다. 우린 그 일은 금세 잊고 함께 즐거운 하루를 보냈다. 하지만 요즘 들어 그 일을 자주 생각한다. 그날 밤에도 나는 자면서 꿈을 꾸고 있었다. 발길질은 살인이 아니지만, 또 누가 알겠는가. 살인 흉기는 야구방망이였다. 우리 숲 뒤에 있는 집에서 40년간 살았던 윈슬로 부인이 내가 야구방망이를 땅에 묻는 걸 봤다고 했다. 결정적 증언이었다. 비록 나는 그 말에 의구심이 들지만. 내가 범죄 현장에서 그렇게 가까운 곳에, 그것도 온통 내 지문이 묻은 살인 흉기를 묻을 정도로 멍청할까? 나는 그런 식으로 그날 밤에 있었던 많은 일에 의구심이 든다. 예를 들어, 전에도 한두 번 과음했다가 잠든 적은 있지만—누구나 다 그렇지 않나?—그 날처럼 그렇게 빨리 곯아떨어진 적은 없었다. 어쩌면 누군가 술에 약을 탔을 수도 있다. 하지만 내가 유력한 용의자가 됐을 때는 그 검사를 하기에 이미 너무 늦었다. 지역 경찰 중에는 우리 아버지를 존경하는 사람이 많았던 터라 처음에는 내게 협조적이었다. 그들은 아버지가 잡아넣은 범죄자들을 조사했지만 나조차도 그건 아닌 듯했다. 물론 아버지가 적을 만들기는 했지만 그건 오래전 일이다. 왜 그들이 세 살짜리 아이를 죽이는 복수를 하겠는가? 성폭행의 흔적이나 다른 동기도 없었기 때문에 모든 상황을 합쳐서 생각해 보면 정말로 유력한 용의자는 한 명뿐이었다.

나.

그러니 어쩌면 꿈에서 너구리를 발로 찬 것과 같은 일이 여기서
도 일어났을지 모른다. 불가능하지 않다. 내 변호사 톰 플로리오
는 법정에서 그렇게 변호하고 싶어 했다. 내 가족 중 몇 명도 내가
그 길을 택해야 한다고 믿었다. 심신미약이라든가 그런 식으로. 나
는 몽유병 병력이 있었고, 정신 질환의 정의를 확장한다면 거기 해
당하는 몇 가지 증상도 있었다. 사람들은 내게 그 점을 이용할 수도
있다는 걸 상기시켰다.

하지만 아니, 나는 아들을 죽였다고 자백하지 않았다. 그런 근거
에도 불구하고 내가 하지 않았기 때문이다. 나는 아들을 죽이지 않
았다. 내가 죽이지 않았다는 사실을 안다. **확신한다.** 그리고 모든 범
인이 자신의 무죄를 주장한다는 사실도 **안다.**

컬리와 나는 마지막 모퉁이를 돈다. 브리그스 교도소 내부는 초
기 미국식 아스팔트 색으로 칠해져 모든 것이 빛바랜 회색이며 비
온 뒤의 낡은 도로 같다. 내가 살던 집은 막다른 골목의 4,000평 부
지에 멋지게 자리 잡은 콜로니얼 양식의 저택이었다. 침실 세 개와
욕실 두 개, 화장실 하나가 있고, 오렌지색이 섞인 노란색 외관에
창마다 녹색 덧문이 달렸으며, 집 안은 연회색에서 올리브색, 갈색
에 이르는 따뜻한 계열의 색들로 꾸미고, 소나무로 만든 골동품 가
구들이 배치되었다. 나는 그런 집에 살다가 이곳으로 왔지만 상관
없다. 주변 환경은 중요하지 않다. 외부는 일시적이고 환상이며 따
라서 무의미하다는 걸 알게 된다.

웅 소리가 나더니 컬리가 문을 연다. 요즘 교도소는 면회 공간을

개선해 위험도가 낮은 재소자들은 칸막이가 없는 테이블에 한 명 혹은 그 이상의 면회객과 함께 앉을 수 있다. 하지만 나는 그럴 수 없다. 여기 브리그스에는 아직 면회객과 재소자 사이에 유리처럼 투명한 특수 아크릴 수지로 만든 방탄 칸막이가 있다. 나는 바닥에 고정된 금속 의자에 앉는다. 배에 감긴 사슬은 손으로 전화기를 들어 올릴 수 있도록 느슨하게 감겨있다. 보안 등급이 최고인 교도소에서는 면회객과 재소자가 방탄 칸막이를 사이에 두고 전화로 소통한다.

면회객은 전처 셰릴이 아니다. 비록 셰릴과 닮기는 했지만.

셰릴의 여동생, 레이철이다.

칸막이 맞은편에 앉아있던 레이철은 내가 들어가자 눈이 휘둥그레진다. 그녀의 반응에 나는 하마터면 빙그레 웃을 뻔한다. 한때 레이철의 사랑을 한 몸에 받았던 형부인 나는 특이한 유머 감각과 근심 걱정 없는 듯한 미소의 소유자였으나 지난 5년 동안 완전히 딴사람이 되었다. 레이철이 제일 먼저 알아차린 건 무엇이었을까? 아마 살이 쭉 빠진 내 얼굴이리라. 아니면 부서진 채 제대로 아물지 않은 얼굴뼈일 수도 있다. 잿빛으로 변한 안색일 수도 있고, 한때 떡 벌어졌지만 지금은 축 처진 어깨일 수도 있으며, 숱이 줄고 희끗희끗해진 머리카락일 수도 있다.

나는 칸막이 너머로 레이철을 바라본다. 전화기를 쥐고는 레이철에게도 전화기를 들라고 손짓한다. 레이철이 전화기를 귀에 대자 내가 말한다.

"여긴 어쩐 일이야?"

레이철은 간신히 미소를 짓는다. 레이철과 나는 늘 친했다. 나는 레이철과 함께 있는 것이 좋았고, 레이철도 나와 함께 있는 걸 좋아했다. "안부 정도는 물어야 하는 거 아니에요?"

"나랑 안부 인사나 나누려고 여기 온 거야, 레이철?"

레이철의 얼굴에 감돌던 미소의 흔적은 사라져 버리고 그녀는 고개를 젓는다. "아뇨."

나는 기다린다. 레이철은 지쳐 보이지만 여전히 아름답다. 그녀의 머리칼은 셰릴과 마찬가지로 잿빛이 감도는 금발이고 눈동자 역시 암녹색이다. 나는 자세를 틀어 레이철을 비스듬히 바라본다. 정면으로 보면 마음이 아파서다.

레이철은 눈을 깜빡이며 눈물을 참고 고개를 흔든다. "이건 말도안 돼요."

그녀가 시선을 내리자 순간적으로 우리가 처음 만났을 때의 모습이 보인다. 열여덟 살의 레이철. 그때 셰릴과 나는 애머스트 대학 3학년이었고, 셰릴은 처음으로 날 자기 집에 데려갔다. 셰릴의 부모님은 날 별로 달가워하지 않았다. 전직 경찰관 자식에 연립주택에서자란 내가 그분들 기준에는 약간 블루칼라에 가까웠기 때문이다. 반면 레이철은 곧바로 날 받아줬고, 나는 그녀를 동생처럼 아끼게되었다. 그녀를 좋아했고 내가 보호해 줘야 한다고까지 생각했다. 1년 뒤에는 대학생이 된 레이철을 차로 렘홀 대학까지 데려다줬고기숙사로 짐 옮기는 것을 도와주었다. 나중에는 또 컬럼비아 대학교로 데려다주었는데 레이철은 거기서 저널리즘을 공부했다.

"정말 오랜만이에요." 레이철이 말한다.

나는 고개를 끄덕인다. 레이철이 그냥 갔으면 좋겠다. 그녀를 보고 있으니 마음이 아프다. 나는 레이철이 말하기를 기다리지만 그녀는 아무 말도 하지 않는다. 마침내 내가 입을 연다. 레이철이 구명조끼가 필요한 사람처럼 보여서 어쩔 수가 없다.

"샘은 어때?" 내가 묻는다.

"잘 지내요. 지금은 머턴 제약에서 일해요. 영업부에서요. 부장이라서 출장을 많이 다녀요." 레이철은 그렇게 말하더니 어깨를 으쓱이며 덧붙인다. "우린 이혼했어요."

"아, 그거 유감이네."

레이철은 내 말을 가볍게 넘겨버린다. 솔직히 별로 유감이라고 생각하지는 않는다. 난 늘 레이철이 샘에게 아깝다고 생각했다. 하지만 따지고 보면 레이철이 누구를 사귀든 늘 그런 생각이 들었다.

"아직도 《글로브》에 글을 써?" 내가 묻는다.

"아뇨." 더는 그 주제에 대해 이야기하고 싶지 않다는 말투로 레이철이 말한다.

우리는 몇 초 동안 말없이 앉아있다가 내가 다시 입을 연다.

"언니 때문에 찾아온 거야?"

"아뇨. 그런 건 아니에요."

나는 침을 삼킨다. "언니는 어때?"

레이철은 맞잡은 손을 비틀기 시작하고 내 눈을 피한다. "언니는 재혼했어요."

그 말이 강편치처럼 날 때리지만 나는 그다지 움찔하지 않고 받아들인다. 이래서, 나는 마음속으로 생각한다. 이래서 내가 면회를 거부하는 것이다.

"언니는 형부를 비난한 적 없어요. 우리 가족 모두 마찬가지예요."

"레이철?"

"네?"

"대체 여긴 왜 온 거야?"

우린 다시 침묵으로 빠져든다. 레이철 뒤로 또 다른 교도관이 우리를 지켜보고 있다. 내가 모르는 교도관이다. 이 공간에는 지금 나 말고도 다른 재소자가 셋 있다. 모두 내가 모르는 사람이다. 브리그스는 대형 교도소고 지금까지 나는 주로 혼자 지내왔다. 그냥 자리를 박차고 나가고 싶은 마음이 드는데 마침내 레이철이 입을 연다.

"샘에게 친구가 있어요."

나는 기다린다.

"진짜 친구라기보다는 동료예요. 마케팅 쪽에서 일하죠. 경영 일도 하고요. 머턴 제약회사에서요. 이름은 톰 롱리인데 아내와 두 아들이 있죠. 화목한 가정이에요. 예전에 이 가족과 자주 어울리곤 했어요. 회사 바비큐 파티 같은 데서요. 톰의 아내는 아이린인데 난 아이린을 좋아해요. 꽤 재미있거든요."

레이철은 말을 멈추고 고개를 절레절레 흔든다.

"자꾸 엉뚱한 이야기만 하네요."

"아니, 아니. 지금까지 아주 재미있는 이야기였어."

내 비꼬는 농담에 레이철은 미소를 짓는다. 정말로 즐거워하는 미소다. "옛날 생각 나네요."

우리는 다시 조용해진다. 레이철은 다시 입을 열고 이번에는 더 천천히, 더 신중하게 말한다.

"아무튼 롱리 부부는 회사 단체 여행에 참가해 두 달 전 스프링필드의 놀이공원으로 놀러 갔대요. 식스 플래그라고 했던 것 같아요. 두 아들도 데려갔고요. 아이린과 나는 아직 친구로 지내기 때문에 며칠 전에 아이린이 점심 식사에 날 초대했어요. 거기서 그 여행 이야기를 하더군요. 약간 재미 삼아서요. 아마 샘이 그 여행에 새로 사귄 여자 친구를 데려갔기 때문일 거예요. 난 관심도 없지만요. 하지만 중요한 건 그게 아니에요."

나는 비꼬는 말로 응수하고 싶지만, 꾹 참고 레이철을 바라본다. 그녀도 날 바라본다.

"그러다 아이린이 내게 사진을 잔뜩 보여줬어요."

레이철은 여기서 말을 멈춘다. 나는 대체 레이철이 무슨 이야기를 하려는 건지 통 감이 잡히지 않지만, 머릿속에서 불길한 사운드 트랙이 들리는 듯하다. 레이철이 마닐라 봉투를 꺼낸다. 가로 20센티미터, 세로 25센티미터쯤 되어 보인다. 레이철은 그 봉투를 자기 앞에 내려놓더니 마치 어떻게 할까 고민하듯 봉투를 한참 바라본다. 그러다 단숨에 봉투로 손을 넣어 무언가를 꺼내 투명한 칸막이에 가져다 댄다.

그녀가 예고한 대로 사진이다.

나는 이걸 어떻게 받아들여야 할지 모르겠다. 실제로 놀이공원에서 찍은 걸로 보이는 사진이다. 한 여자가—이 사람이 꽤 재미있다는 아이린일까?—카메라를 향해 수줍게 미소 짓고 있다. 그녀의 양쪽 옆구리에 두 소년이 달라붙어 있는데 아마도 두 아들이리라. 두 아이 모두 카메라를 보고 있지 않다. 오른쪽에는 벅스 버니가, 왼쪽에는 배트맨이 서있다. 아이린은 약간 짜증 난 듯하지만 그래도 재미있는 표정이다. 나는 이게 어떤 상황일지 상상이 간다. 제약회사 마케팅 부서에서 일하는, 사람 좋은 톰은 꽤 재미있는 아이린에게 포즈를 취해보라고 유쾌하게 부추기고, 꽤 재미있는 아이린은 별로 그럴 기분이 아니지만 그래도 남편에게 맞춰주려 하고 있으며, 두 소년은 아빠의 제안에 전혀 관심이 없다. 다들 이런 상황을 한 번쯤 겪어봤으리라. 그들 뒤로 거대한 빨간색 롤러코스터가 보인다. 태양이 롱리 가족의 얼굴을 비추고 있어서 다들 실눈을 뜨거나 고개를 살짝 돌리고 있다.

레이철은 계속 나를 바라보고 있다.

나는 눈을 들어 그녀를 본다. 그녀는 계속 투명한 칸막이에 사진을 대고 있다.

"더 자세히 봐요, 데이비드."

나는 레이철을 좀 더 바라보다가 다시 사진으로 시선을 옮긴다. 이번에는 곧바로 발견한다. 갈고리처럼 생긴 강철 발톱이 내 가슴 속으로 들어와 심장을 쥐어짜는 듯하다. 숨을 쉴 수가 없다.

사진 속에 한 소년이 있다.

뒤쪽 배경, 사진 오른쪽 가장자리에 있어서 사진 구도에서 거의 벗어났다고 할 수 있다. 아이의 얼굴은 마치 동전에 새기기 위해 포즈를 취한 듯 완벽한 옆얼굴이다. 대략 여덟 살 정도로 보인다. 성인 남자로 보이는 누군가가 소년의 손을 잡고 있다. 소년은 남자의 등을 올려다보는 듯한데 남자는 사진에 찍히지 않았다.

나는 눈물이 왈칵 쏟아지는 걸 느끼며 사진을 향해 머뭇머뭇 손을 뻗는다. 칸막이 너머로 보이는 소년의 얼굴을 쓰다듬는다. 당연히 말도 안 되는 일이다. 절망적인 사람은 자기가 보고 싶은 것만 보는 법이다. 또한 갈증과 미쳐 날뛰는 열기, 허기에 시달리며 사막을 떠돌다 신기루를 만들어 내는 사람도 나보다 더 절박하지는 않았으리라는 사실을 직시하자. 매슈는 살해됐을 때 채 세 살이 되지 않았다. 아무도, 심지어 그 애를 사랑하는 부모라고 해도 5년 뒤 그 애가 어떤 모습일지 짐작할 수 없다. 확신할 수 없다. 이 아이는 그저 매슈를 닮았을 뿐이다. 매슈와 비슷하게 생겼다. 비슷하게. 그저 닮은꼴일 뿐이다. 닮은꼴.

내 입에서 흐느낌이 터져 나온다. 나는 주먹을 입에 넣고 이로 깨문다. 몇 초 후에야 말문이 열린다. 내 입에서 나오는 말은 간단하다.

"이 애는 매슈야."

CHAPTER
2

레이철은 투명한 칸막이에 계속 사진을 댄 채 말한다. "불가능하다는 거 알잖아요."

나는 대답하지 않는다.

"매슈를 닮기는 했어요." 애써 무덤덤한 말투로 레이철이 말한다. "닮았다는 건 인정할게요. 아주 많이 닮았어요. 하지만 매슈가 살해……." 레이철은 말을 멈추고 진정한 다음 말을 잇는다. "이 아이의 뺨에 있는 화염상 모반만 해도 매슈의 것보다 작아요."

"원래 그래."

내 아들의 오른쪽 얼굴을 뒤덮은 거대한 화염상 모반의 의학적 용어는 선천성 혈관종이다. 사진 속 소년에게도 모반이 있다. 더 작고 색이 옅기는 하지만 위치가 거의 똑같다.

"의사들이 나이를 먹을수록 작아질 거라고 했어." 나는 말을 잇는다. "그러다 결국에는 완전히 사라질 거라고."

레이철은 고개를 젓는다. "데이비드, 우리 둘 다 그럴 리 없다는 거 알잖아요."

나는 대답하지 않는다.

"이건 그냥 기묘한 우연의 일치일 뿐이에요. 보고 싶은 것을 보고자 하는 욕망, **봐야만 하는** 것을 보고자 하는 욕망과 매우 흡사하죠. 법의학과 DNA도 잊지……."

"그만." 내가 말한다.

"뭘요?"

"그냥 매슈를 닮은 아이라고 생각했다면 내게 이걸 가져오지 않았겠지."

레이철은 눈을 질끈 감는다. "보스턴 경찰국에 내가 아는 전문가가 있어요. 그 사람을 찾아가 매슈의 옛 사진을 줬죠."

"무슨 사진?"

"애머스트 대학 티셔츠를 입은 사진이요."

나는 고개를 끄덕인다. 셰릴과 나는 열 번째 동창회에 참석했을 때 매슈에게 그 옷을 사줬다. 우린 그 사진으로 크리스마스카드를 만들기도 했다.

"어쨌든 이 전문가 친구에게 미래 얼굴을 예측하는 소프트웨어가 있어요. 가장 최신 버전으로요. 경찰이 실종자를 찾을 때 사용하죠. 그 친구에게 사진 속 소년의 5년 후 모습을 보여달라고 했는데……."

"사진 속 아이와 일치했군." 내가 그녀의 말을 대신 끝맺는다.

"꽤 비슷했어요. 하지만 그렇다고 해서 그 애가 매슈라는 뜻은 아니에요. 이해하죠? 그 친구도 그렇게 말했어요. 그리고 참고로 말하자면, 친구는 내가 왜 그런 부탁을 했는지 몰라요. 아직 아무에게도 이 일을 말하지 않았어요."

나는 그 말에 놀란다. "셰릴에게도 이 사진을 안 보여줬다고?"

"네."

"왜?"

레이철은 등받이가 없는 불편한 의자에 앉은 채 몸을 꿈지럭거린다. "이건 미친 짓이에요, 데이비드."

"뭐가?"

"이거 말이에요. 매슈일 리가 없어요. 우리 둘 다 너무 간절히 바라다 보니 판단력이 흐려진 거라고요."

"레이철."

그녀가 내 눈을 바라본다.

"왜 언니에게 보여주지 않았지?" 나는 다그친다.

레이철은 손가락에 낀 반지들을 차례로 비튼다. 그녀의 눈이 나를 떠나 놀란 새처럼 방 안을 여기저기 돌아다니다가 다시 내게 내려앉는다. "언니는 새출발을 하려고 노력 중이에요. 이 모든 일을 다 잊으려 한다고요."

가슴속에서 심장이 쿵쾅거린다.

"만약 언니에게 이 일을 말한다면 언니의 삶은 다시 송두리째 뒤흔들릴 거예요. 그런 헛된 희망은…… 언니를 피폐하게 할 뿐이라고요."

"그럼 나한테는 왜 말한 거지?"

"형부에게는 아무것도 없으니까요. 설사 내가 형부의 삶을 송두리째 뒤흔든다 해도 달라질 게 있나요? 형부에게는 삶이 없잖아요. 오래전에 삶을 포기했죠."

가혹하게 들릴 수 있는 말이지만 레이철의 말투에 분노나 위협은 없었다. 물론 그녀의 말이 맞다. 타당한 의견이다. 나는 이 일에서 잃을 것이 없다. 설사 이 사진에 대한 우리의 생각이 틀렸다 해도─ 그리고 객관적으로 보면 그럴 확률이 매우 높다─내 삶은 달라질 게 없다. 나는 여전히 여기서 썩어가고 부식될 것이다. 그 과정을 늦추고 싶다는 생각조차 없이.

"언니는 재혼했어요." 레이철이 말한다.

"아까 말했어."

"그리고 지금 임신 중이에요."

턱에 정통으로 한 방 날아오더니 뒤이어 오른쪽에서 기습적으로 강력한 훅이 강타한다. 나는 비틀거리며 주심이 카운트를 세는 동안 숨을 돌린다.

"말하지 않으려고 했는데……." 레이철이 말한다.

"괜찮아."

"우리가 뭔가를 하려면……."

"이해해."

"다행이네요. 왜냐하면 난 어떻게 해야 할지 모르겠거든요. 이건 이성적인 사람을 설득할 만한 증거가 아니잖아요. 형부가 그렇게 하기를 원한다면 모를까. 내 말은, 형부가 원한다면 내가 이 사진을 변호사나 경찰서에 가져갈 수는 있어요."

"그 사람들은 널 비웃으면서 쫓아낼 거야."

"맞아요. 언론에 제보할 수도 있죠."

"안 돼."

"아니면…… 언니에게 말할 수도 있고요. 형부가 그게 옳은 일이라고 생각한다면요. 시신 발굴 허가를 받아낼 수 있을지도 몰라요. 새로 부검하고 DNA 검사를 받으면 어떻게든 밝혀질 거예요. 형부는 재심을 받거나……."

"안 돼."

"네? 왜요?"

"암튼 아직은 안 돼. 다른 사람에게 알리면 안 돼."

레이철은 어리둥절한 표정이다. "이해가 안 돼요."

"넌 언론인이잖아."

"그래서요?"

"그러니까 알 거야." 나는 몸을 약간 내민다. "이 사실이 알려지면 떠들썩한 뉴스가 될 거라고. 언론이 다시 우리에 대해 떠들어 대겠지."

"우리요? 아니면 형부요?"

처음으로 레이철이 날 선 목소리로 말한다. 나는 기다린다. 레이철이 틀렸다. 본인도 곧 알게 될 것이다. 매슈가 처음 발견됐을 때 언론 보도는 친절하고 동정적이었다. 이 사건의 비극적 측면을 부각하고, 범인이 아직 잡히지 않았으니 친애하는 국민 여러분은 경계를 늦추지 말아야 한다는 공포심을 듬뿍 섞었다. 하지만 소셜미디어는 그다지 우호적이지 않았다. "범인은 가족이다. 십중팔구 집에서 살림하는 루저 아빠가 범인이다." 초기에 한 트위터리안이 그렇게 썼다. '좋아요'를 많이 받은 또 다른 트위터리안이 이렇게 주장했다. "아마 남편은 아내의 성공에 화가 났을 것이다." 그런 식으로 피드가 이어졌다.

아무도 체포되지 않고 이야기가 시들해지자 언론은 불만스러워하고 조바심을 냈다. 논객들은 그런 대학살이 벌어지는 동안 아빠인 내가 어떻게 잠을 잘 수 있었는지 궁금해하기 시작했다. 그러다 찔끔찔끔 발견되던 증거가 갑자기 무더기로 쏟아졌다. 집 근처에서 내가 4년 전에 구입한 야구방망이가 땅에 묻힌 채 발견된 것이다. 목격자 윈슬로 부인은 살인 사건 당일 내가 그 방망이를 땅에 묻는 걸 봤다고 주장했다. 법의학자들은 방망이에 내 지문이 찍혔으며 다른 사람의 지문은 없었다고 확인해 주었다.

언론은 이 새로운 관점을 좋아했는데, 죽어가던 이야기에 새 생명을 불어넣고 사람들의 주목을 끌었기 때문이다. 기자들은 벌떼처럼 몰려들었다. 예전에 날 상담했던 정신과 의사는 내 야경증과 몽유병 병력을 언론에 흘렸다. 셰릴과 나는 결혼 생활에 심각한 문제를 겪고 있었다. 셰릴은 바람을 피우고 있었을지도 모른다. 어떤 상황인지 짐작이 갈 것이다. 신문 사설들은 날 체포하고 기소하라고 요구했다. 그들은 내 아버지가 전직 경찰이기 때문에 내가 특혜를 받고 있다고 주장했다. 또 무엇을 은폐했을지 누가 알겠는가? 만약 내가 백인이 아니었다면 진작 감옥에 갔을 거라고도 했다. 인종차별이고 특권이며 이중 잣대가 적용되고 있다고도 했다.

아마 대부분 사실일 것이다.

"내가 언론에서 욕먹는 걸 신경 쓸 거 같아?"

"아뇨." 레이철이 부드럽게 말한다. "하지만 이해가 안 돼요. 대체 지금 언론이 우리에게 무슨 해를 끼칠 수 있다는 거죠?"

"그들은 기사를 낼 거야."

"네, 그러겠죠. 그래서요?"

레이철의 눈이 내 눈에 고정된다. "그러면 다들 그 소식을 듣게 되겠지." 나는 그렇게 말한 뒤 사진 속에서 매슈의 손을 감싼 어른의 손을 가리킨다. "이 남자도 포함해서."

정적이 흐른다.

나는 레이철이 무언가 말하기를 기다린다. 그녀가 아무 말이 없자 내가 말한다. "모르겠어? 우리가 뒤쫓고 있다는 걸 이자가 알게 되면 어떻게 나올지 누가 알겠어? 도망칠지도 몰라. 우리가 영영 찾아내지 못하도록 숨어버릴 수도 있다고. 아니면 위험을 감수할 수 없다고 판단할 수도 있고. 무사히 빠져나갔다고 생각했는데 이제 아닌 게 밝혀졌으니 이번에는 증거를 영원히 제거할 수도 있어."

"하지만 경찰이 조용히 수사할 수도 있잖아요." 레이철이 말한다.

"절대 그럴 리 없어. 새어나갈 거야. 어차피 우리 말을 진지하게 받아들이지도 않을 거고. 이 사진만으로는 안 돼. 알잖아."

레이철은 고개를 끄덕인다. "그래서 어떻게 하고 싶어요?"

"넌 존경받는 탐사 저널리스트잖아."

"이젠 아니에요."

"왜? 무슨 일 있었어?"

레이철이 고개를 흔든다. "말하자면 길어요."

"우리가 더 알아내야 해."

"우리?"

내가 고개를 끄덕인다. "난 여기서 나가야 해."

"대체 무슨 말을 하는 거예요?"

레이철이 걱정스러운 얼굴로 날 본다. 이해한다. 나도 내 목소리가 달라진 걸 알 수 있다. 예전 음색이 일부 돌아왔다. 매슈가 살해됐을 때 나는 몸을 둥글게 말고 죽기를 기다렸다. 내 아들이 죽었다. 그 외에 다른 사실은 중요치 않다.

하지만 지금은…….

그때 버저가 울리더니 교도관들이 들어온다. 컬리가 내 어깨에 손을 얹는다.

"시간 다 됐어."

레이철은 재빨리 사진을 다시 마닐라 봉투에 넣는다. 그러자 마음속에서 갈망이 올라온다. 저 사진을 계속 보고 싶은 갈증, 이 모든 것이 환영일지도 모른다는 두려움이 느껴진다. 몇 초라도 그 사진을 못 보니 마치 연기를 붙잡으려고 애썼던 사람처럼 모든 것이 허망해진다. 아들의 얼굴을 머릿속에 낙인처럼 찍어두려고 했으나 벌써 꿈의 마지막 장면처럼 희미해지기 시작한다.

레이철이 자리에서 일어선다. "난 길 저쪽 모텔에 묵고 있어요."

나는 고개를 끄덕인다.

"내일 다시 올게요."

나는 간신히 고개를 다시 끄덕인다.

"그리고 참고로 나도 같은 생각이에요."

나는 고맙다고 말하려고 입을 열었지만 말이 나오지 않는다. 상관없다. 레이철은 몸을 돌려 자리를 뜬다. 컬리가 내 어깨를 움켜잡는다.

"저게 무슨 말이야?" 그가 묻는다.

"교도소장에게 내가 만나고 싶어 한다고 전해줘요." 내가 말한다.

컬리는 작고 하얀 민트 사탕 같은 이를 드러내며 미소 짓는다. "소장은 죄수를 만나지 않아."

나는 일어나서 그의 눈을 마주 본다. 그러고는 몇 년 만에 처음으로 미소 짓는다. 정말로 미소 짓는다. 그 모습을 본 컬리가 뒤로 한 발 물러선다.

"난 만나줄 겁니다. 전해줘요."

"무슨 용건이지, 데이비드?"

필립 매켄지 소장은 나를 만나는 것이 즐겁지 않은 모양이다. 그의 사무실은 관례에 따라 가구가 거의 없다. 한쪽 구석에는 기둥에 걸린 성조기와 현 주지사의 사진이 있다. 회색 금속으로 만들어진 실용적인 책상은 초등학교 때 선생님이 쓰던 책상을 연상시킨다. 책상 오른쪽에는 양옆으로 연필꽂이가 달린 황동 시계 세트가 있는데 TJ 맥스의 선물 코너에서 볼법한 물건이다. 그의 뒤에는 키가 큰 회색 금속 서류 캐비닛이 망루처럼 서있다.

"말해봐."

나는 무슨 말을 할지 미리 연습해 두긴 했지만 그대로 말하지는 않는다. 담담하고 단조롭고 심지어는 사무적인 목소리를 유지하려고 노력한다. 내가 하려는 말이 미친 소리로 들리리라는 걸 알기 때문에 말투는 정반대여야 한다. 다행히도 소장은 편안히 앉아 내 말을 듣는다. 그리고 한동안은 별로 놀란 것 같지 않다. 내 이야기가 끝나자 그는 등받이에 몸을 기댄 채 고개를 돌리더니 심호흡을 몇 번 한다. 필립 매켄지는 일흔을 훌쩍 넘긴 나이지만 이 사무실을 둘러싼 철근콘크리트 벽을 무너뜨릴 수 있을 정도로 여전히 힘이 넘쳐 보인다. 가슴은 두툼하고, 대머리는 두 개의 볼링공 같은 어깨 사이에 끼어있어 목이 필요 없어 보인다. 마디가 울퉁불퉁하고 큼지막한 두 손은 현재 그의 책상 위에 두 개의 공성 망치처럼 놓여있다.

마침내 소장이 덥수룩한 흰 눈썹 아래 세월의 풍파를 겪은 푸른 눈으로 날 바라본다.

"진담으로 하는 말은 아니지?" 그가 말한다.

나는 허리를 똑바로 편다. "매슈가 틀림없어요."

그가 큼지막한 손을 흔들며 내 말을 일축한다. "아, 작작해라, 데이비드. 대체 무슨 꿍꿍이인 거냐?"

나는 말없이 그를 바라본다.

"넌 여기서 나가고 싶은 거야. 모든 재소자가 다 그렇지."

"제가 감옥에서 석방되려고 계략이라도 꾸민다고 생각하세요?" 나는 목소리가 갈라지지 않도록 안간힘을 쓴다. "제가 이 시궁창에서 벗어나는 데 눈곱만큼이라도 관심이 있을 거라고 생각하시는 거예요?"

필립 매켄지는 한숨을 쉬더니 고개를 절레절레 흔든다.

"아저씨, 이 세상 어딘가에 제 아들이 있어요."

"네 아들은 죽었어."

"아뇨."

"네가 죽였잖니."

"아니에요. 제가 그 사진을 보여드릴 수 있어요."

"네 처제가 보여준 사진?"

"네."

"그래, 그렇겠지. 그 사진 속 배경에 있는 어떤 소년이, 그러니까, 세 살 때 죽은 네 아들 매슈라는 걸 나도 믿어야겠지."

나는 아무 말도 하지 않는다.

"그래, 그럼 내가 믿는다고 해보자. 그러니까 이건 도저히 있을 수 없는 일이야. 너도 인정했다시피 불가능한 일이지. 하지만 그래도 어떤 연유에서인지 그 애가 매슈와 똑같다고 가정해 보자. 레이철이 미래 얼굴을 예측하는 소프트웨어로 확인했다고 했지?"

"네."

"그렇다면 레이철이 여덟 살이 된 매슈의 얼굴을 포토샵으로 그 사진에 합성하지 않았다고 확신할 수 있니?"

"네?"

"포토샵으로 합성하는 게 얼마나 쉬운지 알지?"

"지금 농담하시는 거죠?" 나는 얼굴을 찡그린다. "레이철이 왜 그런 짓을 하겠어요?"

필립 매켄지는 멈칫한다. "잠깐. 네가 모르는 게 당연하겠구나."

"뭘요?"

"레이철에게 무슨 일이 있었는지."

"그게 무슨 말이죠?"

"언론인으로서 레이철의 경력은 끝났어."

나는 아무 말도 하지 않는다.

"넌 몰랐던 거지?"

"상관없어요." 내가 말한다. 하지만 당연히 상관이 있다. 나는 몸을 내밀어 평생 필립 아저씨로 알고 지낸 남자를 두 눈으로 뚫어지게 바라본다. "제가 여기 온 지 5년이 됐어요." 내가 아주 신중한 어조로 천천히 말한다. "제가 한 번이라도 아저씨에게 도움을 청하러 온 적이 있나요?"

"없지. 하지만 그렇다고 해서 내가 널 도와주지 않은 건 아니다. 네가 이 교도소에 오게 된 게 순전히 우연이라고 생각하니? 네가 격리동에서 그렇게 많은 시간을 보낸 것도? 사람들은 널 다시 일반 수용실로 보내려고 했어. 그 구타 사건이 일어난 뒤에도."

내가 수감된 지 3주 후에 일어난 사건이었다. 당시에는 지금처럼 격리동이 아닌 일반 수용실에 있었다. 그런데 인간성이 말살된 네 명의 덩치들이 날 샤워실 구석으로 밀어 넣었다. 샤워실. 유구한 수법이다. 강간이나 다른 성적 행위는 없었다. 그들은 그저 원시적인 쾌감을 느끼기 위해 누군가를 죽도록 두들겨 패고 싶었을 뿐이다. 교도소의 새로운 유명 인사인 유아 살해범만큼 적당한 인물이 어디 있겠는가. 나는 코뼈가 부러졌고, 광대뼈가 산산조각 났다. 금이 간 턱은 경첩이 빠진 문처럼 덜렁거렸다. 갈비뼈는 네 대가 부러졌고 뇌진탕에 뇌출혈까지 있었다. 오른쪽 눈은 이제 사물이 흐릿하게 보인다.

그 사건 후로 두 달을 의무실에서 보냈다.

나는 비장의 카드를 꺼낸다. "아저씨는 제게 빚을 졌어요."

"아니, 네 아버지에게 졌지."

"이젠 제게 진 거나 마찬가지예요."

"아버지의 채권이 아들에게 대물림된다고?"

"우리 아버지가 뭐라고 하셨을까요?"

갑자기 필립 매켄지는 괴롭고 지쳐 보인다.

"전 매슈를 죽이지 않았어요." 내가 말한다.

"자기가 무죄라고 외치는 재소자라." 소장은 즐겁다는 듯이 고개를 절레절레 흔들며 말한다. "이런 경우가 처음인 것 같니?"

필립 매켄지는 자리에서 일어나 창문 쪽으로 돌아서더니 울타리 너머 숲을 바라본다. "네 아버지가 매슈 소식을 처음 들었을 때…… 심지어 네가 체포됐다는 걸 알았을 때……." 그가 말을 흐린다. "말해봐라, 데이비드. 왜 심신미약을 주장하지 않았지?"

"전 법률상의 허점을 이용하고 싶지 않았어요."

"허점이 아니야." 이제 아저씨의 말투에서는 동정심이 느껴진다. 그가 다시 날 향해 돌아선다. "넌 정신을 잃었어. 네 안의 무언가가 끊어진 거야. 거기에 대한 설명이 있어야 해. 우리 모두 네 곁을 지켰을 거다."

머리가 욱신거리기 시작한다. 지난번 구타 사건의 또 다른 부작용인지 아니면 저 말 때문인지 모르겠다. 나는 눈을 감고 심호흡한다. "제발 절 믿어주세요. 그건 매슈가 아니었어요. 그리고 무슨 일이 있었든 제가 저지른 짓이 아니라고요."

"함정에 빠졌다는 거냐?"

"모르겠어요."

"그럼 네가 발견한 시신은 누구야?"

"모르겠어요."

"흉기에 묻어있던 네 지문은 어떻게 설명할래?"

"그건 제가 쓰던 야구방망이였어요. 차고에 보관해 뒀죠."

"그럼 네가 그걸 땅에 묻는 걸 봤다던 증인은?"

"모르겠어요. 전 그냥 사진 속 아이가 매슈였다는 것만 알아요."

아저씨는 다시 한숨을 쉰다. "지금 네 말이 얼마나 미친 소리로 들리는지 아니?"

이젠 나도 일어선다. 놀랍게도 아저씨는 내가 무섭다는 듯이 뒤로 한 발 물러선다. "절 여기서 나가게 해주셔야 해요. 며칠만이라도요." 내가 속삭인다.

"제정신이 아니로구나."

"상고 휴가 같은 거라도 주세요."

"너 같은 중범죄자에게는 그런 휴가를 주지 않아. 너도 알잖니."

"그럼 제가 탈옥할 방법을 찾아주세요."

그 말에 아저씨는 웃음을 터뜨린다. "아, 그래. 당연히 그래야지. 내가 널 도와줬다고 가정해 보자. 설사 그런다고 해도 경찰은 모든 방법을 동원해 널 추적할 거야. 인정사정없이. 넌 유아 살해범이야, 데이비드. 그들은 한 치의 망설임도 없이 널 쏴버릴 거다."

"그건 아저씨가 상관할 바가 아니에요."

"퍽이나 그렇겠다."

"아저씨가 이런 일을 겪었다고 생각해 보세요."

"뭐라고?"

"아저씨가 제 입장이라고 가정해 보시라고요. 살해된 아이가 애덤이고요. 애덤을 찾기 위해 못 할 일이 있나요?"

필립 매켄지는 고개를 절레절레 흔들더니 의자에 털썩 주저앉는다. 양손을 얼굴에 대고 세게 문지르고는 인터폰을 눌러 교도관을 부른다.

"잘 가라, 데이비드."

"제발 부탁이에요, 아저씨."

"미안하다. 정말로."

***

필립 매켄지는 교도관이 데이비드를 데리고 나가는 모습을 보지 않으려고 시선을 돌렸다. 자신의 대자에게 작별 인사도 하지 않았다. 데이비드가 떠난 뒤 그는 사무실에 홀로 남았다. 주변 공기가 그를 짓누르는 듯했다. 데이비드가 자신을 만나고 싶어 한다는 말을 들었을 때—수감된 지 거의 5년 만에 처음이었다—필립은 이것이 일종의 긍정적 신호가 되기를 바랐다. 어쩌면 마침내 데이비드가 정신과 전문의의 도움을 받고 싶어 할지도 모른다고 생각했다. 아니면 그 끔찍한 밤에 자신이 저지른 짓을 더 깊이 파고들거나, 하다못해 그런 짓을 저지르고 이 교도소에 갇혔을지라도 생산적인 삶을 살아보려고 노력할지도 모른다고.

필립은 책상 서랍을 열고 사진 한 장을 꺼냈다. 1973년에 두 남자, 아니 두 멍청한 철부지가 케산에서 군복을 입고 찍은 사진이었다. 필립 매켄지와 데이비드의 아빠 레니 버로스. 둘은 리비어 고등학교에 다니다가 징집되었다. 필립은 센테니얼 애비뉴에서 세 가족이 함께 사는 연립주택 맨 위층에서 살았다. 레니는 데혼가에서 한 블록 떨어진 곳에 살았다. 둘은 단짝이자 전우가 되었고, 리비어 해변을 함께 순찰하는 경찰이 되었다. 필립은 데이비드의 대부였고, 레니는 필립의 아들 애덤의 대부였다. 애덤과 데이비드는 함께 학교에 다녔고, 둘은 리비어 고등학교에서 단짝이 되었다. 그렇게 새

I will find you

로운 순환이 시작되었다.

필립은 사진 속 옛 친구를 바라보았다. 현재 레니는 임종 직전이었다. 아무런 손을 쓸 수 없는 상태였고, 죽음은 시간문제였다. 옛 사진 속 레니는 필립의 마음을 녹이는 특유의 미소를 짓고 있지만 그의 눈은 필립의 눈을 뚫어지게 바라보는 듯했다.

"내가 할 수 있는 일이 없어, 레니." 필립이 큰 소리로 말했다.

사진 속 레니는 그저 미소 지으며 필립을 바라봤다.

필립은 심호흡을 몇 번 했다. 늦은 시간이었다. 그도 곧 퇴근해야 했다. 필립은 손을 뻗어 다시 책상 위의 인터폰 버튼을 눌렀다.

비서가 대답했다. "네, 소장님?"

"내일 아침 보스턴행 첫 비행기를 예약해 줘."

CHAPTER
4

감옥은 한순간도 고요하지 않다.

내가 지내는 '실험적' 격리동은 원형 구조로 총 열여덟 개의 개별 감방이 있다. 감방문은 여전히 내부가 훤히 보이는 철창으로 되어있다. 가장 특이한 점은 스테인리스스틸로 만든 변기 겸 세면대가—맞다, 둘이 하나로 합쳐져 있다—철창 바로 옆에 놓여있다는 것이다. 우리 감방은 일반 수용소와 달리 뒤쪽 구석에 작은 개인 샤워실이 있다. 샤워를 너무 오래 하면 교도관이 밸브를 잠가버린다. 콘크리트로 만든 침대에는 너무 얇아 투명할 정도인 매트리스가 깔려있고, 침대 각 모서리에 달린 네 개의 손잡이에는 사지를 묶을 수 있는 벨트가 달려있다. 아직까지는 한 번도 사용한 적이 없다. 또한 콘크리트로 만든 책상과 콘크리트로 만든 스툴도 있다. 종교 혹은 교육 방송만 나오는 텔레비전과 라디오도 있다. 위쪽으로 기울어진 길쭉하고 좁은 창문으로는 감질나게 하늘을 볼 수 있다.

나는 콘크리트 침대에 누워 천장을 올려다본다. 이 천장을 구석

구석 잘 알고 있다. 눈을 감고 내가 아는 사실을 정리하려고 해본다. 그날, 그 끔찍한 날을 다시 돌아보며 내가 놓쳤을지 모르는 무언가를 찾는다. 나는 매슈를 데리고 나가서 처음에는 오리 연못 옆에 있는 동네 놀이터에 갔다가 오크가에 있는 슈퍼마켓에 들렀다. 놀이터나 슈퍼마켓에서 수상한 사람을 봤던가? 당연히 기억나지 않지만 다시 그때를 돌이켜 본다. 기억을 샅샅이 뒤져서 새로운 사실이 있는지 찾아본다. 아무것도 떠오르지 않는다. 여러분은 아마 내가 이날을 더 잘 기억할 거라고, 매 순간이 머릿속에서 생생히 떠오를 거라고 생각할 테지만 날이 갈수록 모든 것이 점점 더 흐릿해진다.

그날 나는 놀이터에서 대단히 혁신적인 유모차를 가지고 나온 젊은 엄마 옆에 앉아있었다. 젊은 엄마에게는 매슈 또래의 딸이 있었다. 그 여자가 딸의 이름을 말해줬던가? 아마 그랬을 텐데 기억나지 않는다. 그 여자는 요가복을 입고 있었다. 우리가 무슨 이야기를 나눴더라? 기억나지 않는다. 내가 정확히 뭘 찾고 있는 거지? 그것도 모르겠다. 아마 그 손의 주인이리라. 사진 속에서 매슈의 손을 잡고 있던 성인 남자. 그가 놀이터에서 우릴 지켜보고 있었을까? 우릴 따라왔을까?

모르겠다.

나머지 기억도 살펴본다. 집에 와서 매슈를 침대에 눕히고 술을 마셨다. 텔레비전 채널을 이리저리 돌렸다. 내가 언제 잠들었더라? 그것도 모르겠다. 그저 피 냄새에 잠이 깬 것만 기억난다. 복도를 지나서 방으로 갔더니…….

요란한 소리와 함께 감방의 불이 팍 켜진다. 나는 얼굴이 땀으로

범벅이 된 채 침대에서 벌떡 일어난다. 아침이다. 심장이 빠르게 쿵쾅거린다. 숨을 삼키며 진정하려고 노력한다.

마블 캐릭터들이 그려진 파자마를 입은 채 끔찍하게 뒤틀린 그 피투성이 형체는…… 매슈가 **아니었다.** 중요한 건 그 점이다. 그건 내 아들이 **아니었다.**

정말 그럴까?

의심이 머릿속을 파고들기 시작한다. 어떻게 아닐 수가 있지? 하지만 당분간은 의심을 차단할 것이다. 의심해서 얻을 수 있는 것은 없다. 만약 내가 틀렸다면 결국에는 알게 될 테고 그때 다시 이 자리로 돌아오면 된다. 해보지 않고서는 아무것도 얻을 수 없다. 그러니 당분간은 의심하지 말자. 그저 어떻게 이런 일이 일어날 수 있었는지만 생각하자. 아마도 시신이 잔인하게 훼손된 것은 피해자의— 그래, 좋다, 그 시신을 매슈가 아니라 피해자라고 생각하자—신원을 감추기 위해서였으리라. 피해자는 당연히 남자아이였다. 매슈와 비슷한 체구에 피부색도 같았다. 하지만 DNA 검사 같은 것은 하지 않았다. 왜 하겠는가? 피해자의 신원에 의심의 여지가 없는데.

그렇지?

다른 수감자들이 오늘도 하루 일과를 시작한다. 가로 3.6미터, 세로 2미터인 우리 감방에는 룸메이트가 없지만 서로 다른 수감자를 훤히 다 볼 수 있다. 사회적 교류가 없고 심하게 고립되었던 이전 교도소보다 이것이 '더 건강한' 환경이라고 한다. 하지만 차라리 예전이 더 나았을 것 같다. 다른 수감자와 교류가 적을수록 더 좋기 때문이다. 연쇄강간범 얼 클레먼스는 자신의 아침 산책을 스포츠 경기처럼 중계하며 하루를 시작한다. 환호하는 관중과 중계방송 같은 효과음도 넣고 두 개의 목소리로 하나는 경기를 중계하는 아나운서를, 다른 하나로는 해설자 흉내를 낸다. 전지가위로 피해자의 엄지손가락을 자른 연쇄살인범 리키 크라우스는 온갖 노래를 패러디해서 부르며 하루를 시작하는 걸 좋아한다. 오래된 명곡들의 가사를 비틀어 자신만의 변태적인 색을 입힌다. 지금도 "누군가 부엌에서 팍팍 박고 있어"라고 반복해서 큰 소리로 노래를 부르더니 주위 사람들이 닥치라고 외치자 점점 더 자지러지게 웃는다.

우리는 아침을 먹기 위해 줄을 선다. 예전에는 이 격리동 재소자들에게 감방으로 식사를 가져다주었다. 요즘 유행하는 배달 앱이라도 사용한 것처럼 말이다. 하지만 이젠 아니다. 재소자 하나가 감방에서 혼자 식사하도록 강요하는 것은 위헌이라고 항의하면서 소송을 제기했기 때문이었다. 재소자들은 소송을 좋아한다. 하지만 이 소송의 경우에는 교정본부에서도 기꺼이 받아들였다. 감방까지 식사를 가져다주는 일은 비용과 노동력이 많이 들었으니까.

작은 식당에는 네 개의 테이블이 있고, 각 테이블에는 금속 스툴이 있는데 모두 볼트로 바닥에 고정되어 있다. 나는 이리저리 서성이며 다른 재소자들이 모두 앉을 때까지 기다린다. 그래야 활기찬 재소자들과 가능한 한 멀리 떨어져 앉을 수 있기 때문이다. 그렇다고 해서 그들의 대화가 날 자극하지 않는다는 뜻은 아니다. 요전 날에는 몇몇 재소자가 위로 몇 살까지 강간해 보았나를 두고 서로 상대를 능가하려고 난리를 피웠다. 얼은 비상구를 통해 아파트로 들어갔다가 여든일곱 살 할머니의 후장을 땄다고 주장하며 경쟁자들을 '제압했다'. 다른 재소자들이 얼의 주장의 진위성에 의문을 제기하자—얼이 잘난 척하려고 과장해서 말했을 거라고 생각했다—이

튼날 얼은 자신이 보관해 둔 신문 기사 스크랩을 가져왔다.

오늘 아침에는 운 좋게도 테이블 하나가 완전히 비어있었다. 난 푸석한 스크램블드에그와 베이컨, 토스트를 식판에 담은 뒤―교도소 음식이 지독하게 맛이 없다는 뻔한 이야기는 생략하겠다―가장 외진 구석 자리에 앉아 먹기 시작한다. 아주 오랜만에 처음으로 배가 고프다. 이제 내 마음은 사건이 있던 날 밤으로 돌아가지 않는다. 심지어 어제 본 사진을 생각하지도 않는다. 오히려 터무니없고 환상적인 계획에 집중하고 있다.

바로 여기서 탈출할 계획.

나는 이 교도소의 일과와 교도관들, 건물 구조, 일정, 인원 등 모든 사항을 다 알 수 있을 정도로 여기 오래 있었다. 결론은 하나다. 탈옥은 불가능하다. 틀에서 완전히 벗어나는 기발한 방법을 생각해내야 한다.

갑자기 내가 앉은 테이블에 식판을 쾅 내려놓는 소리가 나자 나는 깜짝 놀란다. 내 코앞으로 악수를 청하는 손 하나가 쑥 들어온다. 나는 고개를 들어 상대의 얼굴을 바라본다. 흔히들 눈이 영혼의 창이라고 말한다. 그 말이 사실이라면 이 남자의 눈은 '영혼 없음'이라고 깜빡거린다.

"데이비드 버로스, 맞죠?"

나는 저자의 이름을 알고 있다. 로스 섬너. 지난주에 이 교도소로 이송되었고, 절대 열리지 않을 항소심을 기다리는 중이라고 들었다. 하지만 나는 저자가 감방에서 나와 돌아다닐 수 있다는 사실 자체가 놀랍다. 섬너의 사건은 신문 헤드라인을 장식했을 뿐 아니라 OTT 다큐멘터리와 범죄 관련 팟캐스트의 단골 소재가 되었다. 섬너는 부유한 집안의 자제였으나 정신에 문제가 생겼다. 랄프 로런 광고에 나오는 모델처럼 잘생긴 그는 남녀노소 가리지 않고 적어도 열일곱 명을 살해하고 창자를 먹어 치웠다. 오로지 창자만. 남은 시신은 그의 가족이 거주하는 저택 지하에 있는 최고급 냉동고에서 발견되었다. 이 중 어느 것도 논란의 여지가 없다. 섬너의 재판을 담당했던 배심원단은 그의 정신에 아무런 이상이 없다는 결론을 내렸는데 섬너 측은 정신이상을 내세워 감형을 받으려고 항소했다.

로스 섬너는 여전히 손을 내민 채 내가 손을 맞잡기를 기다린다. 얼굴에는 미소가 가득하다. 저자와 악수하느니 차라리 쥐와 프렌치 키스를 하는 편이 낫지만 감옥에서는 해야 할 일을 해야 한다. 나는 마지못해 최대한 재빨리 악수한다. 그의 손은 의외로 작고 가냘프다. 나는 손을 빼면서 저 손이 무엇을 만졌을지 궁금하지 않을 수 없다. 아마 섬너는 피해자들이 살아있을 때 칼로 복부를 가르고, 저 두 손으로—나와 **악수한** 손을 포함해—복부를 벌린 다음 손을 안으로 넣어 창자를 잡았으리라.

식욕이 뚝 떨어진다.

로스 섬너는 마치 내 생각을 읽었다는 듯이 빙그레 웃는다. 칠흑처럼 까만 머리에 이목구비가 섬세한 그의 얼굴은 서른 살쯤 되어 보인다. 그가 바로 내 맞은편에 앉는다. 오늘 운수 대박이네.

"난 로스 섬너예요." 그가 말한다.

"그래, 알아."

"여기 좀 앉을게요."

나는 아무 말도 하지 않는다.

"여기 있는 다른 사람들은," 섬너는 고개를 절레절레 흔든다. "좀 거칠더군요. 무식하다고 할까. 대졸자는 당신과 나뿐인 거 알아요?"

"그래?"

섬너가 고개를 끄덕인다. 나는 식판에서 눈을 떼지 않는다.

"당신 애머스트(Amherst) 졸업했죠?"

섬너는 'h'를 묵음으로 해서 정확하게 발음한다.

"좋은 학교죠." 그가 말을 잇는다. "예전에 로드 제프스(Lord Jeffs)라고 부를 때가 더 좋았지만. 애머스트 로드 제프스. 얼마나 가슴이 웅장해지는 이름이에요. 물론 깨어있는 군중들은 그 명칭을 좋아하지 않았죠(애머스트 대학은 식민지 시대 전쟁 영웅 제프리 애머스트에게서 이름을 따왔다. 하지만 최근에 영국군 사령관이었던 그가 천연두 바이러스가 묻은 담요를 원주민에게 나눠주자는 계획을 지지했을 수도 있다는 사실이 밝혀지면서 애머스트 대학은 오랫동안 비공식 명칭이었던 로드 제프스를 사용하지 않기로 했다—옮긴이). 안 그래요? 18세기에 죽은 사람을 군이 미워해야만 했으니까요. 정말 어리석죠. 안 그래요?"

나는 스크램블드에그를 깨작거린다.

"지금은 애머스트 매머드라고 하잖아요. 매머드라니. 그건 정말 한심할 정도로 PC주의적인 명칭 아닌가요?(애머스트 대학의 유명한 자연사박물관에 전시된, 세계에서 두 번째로 큰 매머드 골격에서 유래한 명칭이다—옮긴이) 하지만 당신에게 반가운 소식이 하나 있어요. 난 윌리엄스 대학을 졸업했습니다. 에프스(the Ephs, 윌리엄스 대학 스포츠팀을 일컫는 명칭—옮긴이)요. 그러니까 우린 라이벌이에요. 재밌죠?"

섬너는 소년처럼 씩 웃는다.

I will find you

"그래. 배꼽 빠지겠네."

그러더니 섬너가 이렇게 말한다. "어제 면회객이 왔다면서요."

나는 몸이 굳는다. 로스 섬너도 그걸 알아차린다.

"아, 그렇게 놀랄 거 없어요, 데이비드."

섬너는 여전히 소년처럼 미소 짓고 있다. 아마 지금까지 살면서 저 미소 덕을 봤으리라. 외적으로만 보면 매력적이고 멋진 미소다. 상대로 하여금 마음의 문을 열고 긴장을 풀게 해주는 미소. 아마 그의 피해자들이 죽기 전에 마지막으로 본 것도 저 미소였으리라.

"여긴 작은 감옥이에요. 이런저런 소문이 들리기 마련이죠."

사실이다. 소문에 의하면 섬너 일가는 아들의 치료 결과에 영향을 주기 위해 막대한 돈을 쓴다고 한다. 나도 그 소문을 믿는다.

"난 항상 최신 정보를 얻으려고 노력하죠."

"아." 나는 스크램블드에그에서 눈을 떼지 않은 채 말한다.

"그래서 어떻게 됐어요?"

"뭐가 어떻게 돼?"

"당신 면회요. 찾아온 사람이…… 처제라고 했죠?"

나는 아무 말도 하지 않는다.

"틀림없이 중요한 일일 거예요. 맞죠? 오랜만에 처음으로 한 면회니까. 내가 오기 전까지만 해도 당신은 딴 데 정신이 팔린 표정이었어요."

나는 고개를 든다. "이봐, 로스, 아침 좀 먹자고, 어?"

섬너는 짐짓 항복한다는 듯이 두 손을 들어 올린다. "아, 미안해요, 데이비드. 캐물으려던 건 아니었어요. 그저 당신하고 친구가 되고 싶었어요. 지적 자극에 굶주린 상태였거든요. 당신도 그럴 거예요. 우리 둘 다 스몰 아이비스(대학원이 없는 리버럴 아츠 칼리지 중에서 최상위권에 속하는 대학을 말하며 애머스트와 윌리엄스가 대표적—옮긴이) 출신이니까 연대감이 생길 거라고 생각했어요. 서로 공감할 수 있는 관계 같은 거요. 하지만 지금 보니 내가 때를 잘못 맞춘 거 같네요. 용서해 주세요."

"괜찮아." 난 그렇게 중얼거리고 토스트를 한 입 더 베어 문다. 날 바라보는 섬너의 시선이 느껴진다.

그러더니 섬너가 속삭인다. "지금 아들 생각하는 거예요?"

목덜미에서 시작된 한기가 척추를 타고 내려간다. "뭐라고?"

"기분이 어땠어요, 데이비드?" 그의 눈이 이글거린다. "난 순수하게 지적인 차원에서 말하는 거예요. 교육받은 두 남자 간의 수준 높은 토론 차원에서요. 난 내가 인간을 연구하는 학생이라고 생각하거든요. 그래서 알고 싶어요. 분석적으로 말하든 감정적으로 말하든, 당신 마음대로 해요. 야구방망이를 치켜올렸다가 아들의 머리를 내려쳤을 때 어떤 생각이 들었나요? 속이 후련하던가요? 그러니까 꼭 해야만 하는 일이라고 생각했냐고요. 아니면 머릿속에서 들리는 나직한 목소리들을 잠재우려 했나요? 아니면 그보다는 좀 더 행복한……."

"엿이나 먹어, 로스."

섬너는 얼굴을 찡그린다. "엿이나 먹으라고요? 진심이에요? 고작 한다는 말이 그거예요? 정말 실망이네요, 데이비드. 난 진지한 철학적 토론을 하려고 여기 왔어요. 우린 다른 사람들은 모르는 걸 알아요. 난 무엇이 한 남자로 하여금 그토록 야만적인 짓을 저지르게 했는지 알고 싶어요. 자기 아들을 죽이다니. 혈육이잖아요. 이런 말을 하는 내가 위선자 같겠지만……."

"정신병자 같아." 내가 정정했다.

"……알다시피 난 낯선 사람을 죽여요. 그들은 인생의 소품 같은 존재죠, 안 그래요? 무대의상처럼요. 우리 세상, 우리가 창조하는 내면 세상의 맨 뒷배경이죠. 결국 가장 중요한 건 우리 자신 아닌가요? 생각해 봐요. 쓰나미로 수십만 명이 죽었을 때보다 내가 아끼는 반려동물이 죽었을 때 우리는 더 크게 울죠. 내 말의 요점이 뭔지 알겠어요?"

굳이 대꾸할 필요가 없다. 저 녀석을 부추길 뿐이다.

로스 섬너가 내게 몸을 내민다. "난 낯선 사람을 죽여요. 소품, 배경, 창문 장식 같은 존재를요. 하지만 자기 자식을, 자기 혈육을 죽이는 건……."

섬너는 혼란스럽다는 듯 고개를 절레절레 흔든다. 나는 속이 끓어오르지만 침묵을 지킨다. 말해봤자 무슨 소용이 있을까. 이 사이코패스의 환심을 사야 할 필요는 없다. 나는 다른 자리를 찾아보지만 다른 테이블에 앉은 수감자들도 거슬리기는 마찬가지일 듯하다.

로스 섬너는 조심스럽게 종이 냅킨을 펼쳐 무릎에 내려놓는다. 스크램블드에그를 살짝 맛보더니 얼굴을 찌푸린다. "여기 음식은 정말 끔찍해요. 아무런 맛이 없어요."

나는 참지 못하고 이렇게 대꾸한다. "예를 들면 창자랑은 정반대로 말이지?"

섬너는 잠시 나를 빤히 바라본다. 나도 그를 노려본다. 여기서는 절대 두려움을 내보이면 안 된다. 절대. 단 한 순간도. 애초에 내가 저 농담을 한 이유이기도 하다. 아무리 정적을 즐기고 싶어도 여기서는 절대 타인이 함부로 대하는 걸 참으면 안 된다. 참았다가는 그런 일을 당하는 횟수가 기하급수적으로 늘어날 테니까.

로스 섬너는 내 눈을 몇 초간 더 바라보더니 고개를 젖히고 웃음을 터뜨린다. 다들 우리를 돌아본다.

"와, **그건** 진짜 웃겼어요!" 그가 호흡을 고르더니 그렇게 외친다. "아니, 정말이에요, 데이비드, 내가 말한 게 바로 이런 거였어요. 그게 내가 여기 앉은 이유이기도 하고요. 그런 식의 티키타카. 그런 식의 정신적 자극 말이에요. 고마워요. 고마워요, 데이비드."

나는 대답하지 않는다.

그는 여전히 깔깔대며 자리에서 일어난다. "난 토스트를 가지러 갈 거예요. 가는 김에 당신도 뭐 가져다줄까요?"

"난 괜찮아."

나는 잠시 눈을 감고 양쪽 관자놀이를 문지른다. 두통이 화물 열차처럼 머리를 뚫고 지나간다. 첫 번째 구타 사건 이후로 생긴 두통이다. 뇌진탕과 머리뼈 균열의 후유증이다. 교도소 의무관은 이런 증상을 '군발성' 두통이라고 불렀다. 내가 계속 관자놀이를 문지르며 어리석게도 방심하고 있을 때 팔 하나가 슬그머니 내 목을 감싼다. 내가 반응하기도 전에 팔이 뒤로 세게 꺾이며 내 기도를 짓누른다. 울대뼈가 목 뒤쪽으로 튀어 나갈 듯하다. 눈알이 튀어나오고, 내 손은 무력하게 그의 팔을 할퀸다.

로스 섬너는 내 목을 더 꽉 조이더니 이제는 뒤로 더 세게 당긴다. 내 두 다리가 허공으로 솟아오르고 정강이가 테이블과 충돌하자 식기와 식판이 튀어 오른다. 나는 뒤로 넘어간다. 섬너가 꽉 조였던 팔을 풀자 내 뒤통수가 바닥에 쿵 부딪힌다.

I will find you

눈앞에 별이 보인다.

나는 눈을 깜빡인다. 고개를 들어보니 로스 섬너가 허공으로 높이 뛰어오르고 있다. 소년 같은 미소에서는 이제 광기가 느껴진다. 나는 몸을 옆으로 굴리려 한다. 손을 들어 그를 막으려 한다. 하지만 너무 늦었다. 섬너는 온몸의 체중을 실어 내 위로 털썩 내려앉고, 두 무릎으로 내 갈비뼈를 박살 낸다.

그러자 별이 더 많이 보인다.

나는 소리를 지르며 도망치려 하지만 섬너는 양쪽으로 다리를 벌린 채 내 위에 올라탄 자세다. 나는 섬너가 주먹을 날리기를 기다리며 어떻게 하면 그를 막을 수 있을지 고민한다. 하지만 섬너는 주먹을 날리지 않는다. 대신 입을 쩍 벌리더니 내 가슴 쪽으로 고개를 숙인다.

비록 죄수복을 입고 있기는 했어도 그의 이가 내 살갗을 파고든다.

나는 울부짖는다. 섬너가 내 젖꼭지 바로 밑, 살집이 있는 부위에 이를 더 깊이 박는다. 극심한 통증이 느껴진다. 다른 재소자들은 얼른 우리를 둘러싸고 옆 사람과 팔짱을 낀다. 교도관의 접근을 막기 위한 재소자들의 꽤 흔한 수법이다. 하지만 어떤 교도관도 끼어들지 않으리라는 걸 나는 어렴풋이 알고 있다. 아직은 아니다. 우리 둘 중 하나가 정신을 잃으면 그때 나타날 것이다. 그편이 그들에게 더 안전하기 때문이다. 교도관들은 부상의 위험을 감수하려 하지 않는다.

그러니 나를 도와줄 사람은 아무도 없다.

섬너가 나를 물어뜯는 동안 나는 여전히 누운 채 빈 폐에 남은 산소를 모조리 끌어 쓴다. 두 손을 들어 손바닥이 마주 보게 한 다음,

얼마 남지 않은 힘을 모아 로스 섬너의 양쪽 따귀를 때린다. 정통으로 때리지는 못했지만 그래도 섬너의 턱이 벌어진다. 그 정도면 충분하다. 나는 섬너를 떼어내려고 옆으로 세게 구르지만 그는 나와 함께 움직인다. 그러다 발이 바닥에 닿자 섬너가 내 등을 덮치더니 다시 팔로 내 목을 조른다.

나는 숨을 쉴 수가 없다.

앞뒤로 몸을 비틀어 본다. 섬너는 꿈쩍하지 않는다. 나는 몸부림치고 허우적거린다. 섬너의 팔은 전혀 느슨해지지 않는다. 내 머릿속에서 압력이 점점 높아진다. 폐가 산소를 달라고 울부짖는다. 눈앞에 다시 빙글빙글 돌아가는 별이 보이지만 이제는 주로 밤이 보인다. 한 번만, 딱 한 번만 숨을 쉬려고 몸부림치지만 소용없다.

숨을 쉴 수가 없다.

눈이 감기기 시작한다. 동료 재소자들의 환호성이 흐릿하게 들린다. 로스 섬너가 내 쪽으로 고개를 숙인다.

"귀가 맛있어 보이네."

섬너는 내 귀를 물어뜯으려고 한다. 상관없다. 나는 다시 몸부림치려고 하지만 남아있는 기운이 없다. 머릿속에는 오직 숨을 쉬어야겠다는 생각뿐이다. 딱 한 번만. 그거면 족하다. 이제 섬너의 입술이 내 귀에 닿는다. 나는 낚싯줄에 걸린 채 죽어가는 물고기처럼 펄떡거린다.

대체 교도관들은 어디에 있는 거지?

지금쯤은 그들이 끼어들어야 한다. 그들도 재소자가 죽는 것은 원치 않는다. 그건 누구에게도 좋지 않다. 그러자 로스 섬너가 엄청난 부자고, 그의 가족들이 여기저기 뇌물을 준다는 사실이 떠오른다. 아무도 나를 구해주지 않으리라는 걸 다시 한번 깨닫는다.

만약 내가 의식을 잃으면—곧 그렇게 될 것이다—난 그대로 죽는 것이다.

만약 내가 죽으면 매슈는 어떻게 될까?

정신을 잃기 몇 초 전, 감은 눈의 모세혈관이 터지고 나는 몸에서 힘을 뺀다. 턱이 처지고 온몸이 축 늘어진다. 이렇게 하기는 쉽지 않다. 본능을 완전히 거스르는 일이기 때문이다. 하지만 나는 그렇게 한다. 할 일은 하나뿐이다. 불은 불로 다스리기.

나는 입을 벌리고 로스 섬너의 팔을 깨문다.

세게.

섬너의 고통스러운 비명은 오랜만에 들어본 가장 만족스러운 소리다.

섬너가 팔을 떼어내려 하면서 내 목을 꽉 조르고 있던 그의 팔이 즉시 풀어진다. 나는 벌어진 입술 사이로 탐욕스럽게 공기를 삼키지만 이를 악물고 섬너의 팔을 놓지 않는다. 섬너가 다시 비명을 지른다. 나는 이를 더 꽉 문다. 섬너가 팔을 흔든다. 나는 불도그처럼 그의 팔에 매달린다. 팔의 털이 내 얼굴에 닿는다. 나는 더욱 세게 문다.

그의 피가 내 입속으로 흘러 들어온다. 상관없다.

섬너는 가까스로 일어서고, 나는 무릎을 꿇는다. 그가 주먹을 날린다. 내 정수리를 때린 것 같은데 나는 아무 느낌도 없다. 섬너는 내 입에서 팔을 빼내려고 자세를 이리저리 바꿔보지만 난 틈을 주지 않는다. 이제 사람들은 내 편이다. 나는 팔꿈치로 그의 사타구니를 가격한다. 로스 섬너가 접이식 의자처럼 몸이 반으로 접힌 채 풀썩 주저앉는다. 그의 체중이 실리면서 팔이 내 이 사이에서 빠지지만 일부 살점은 그대로 남아있다.

난 그걸 뱉어낸다.

그런 다음 섬너에게 달려들어 그의 가슴에 올라타고 주먹을 날린다.

그의 코가 납작해진다. 실제로 손가락 마디 밑에서 평평해진 연골이 느껴진다. 섬너의 멱살을 잡고 일으켜 세운 다음 다시 주먹을 꽉 쥐고 그의 얼굴을 향해 천천히, 세게 주먹을 날린다. 퍽. 그리고 다시 주먹을 날린다. 그리고 또다시. 이제 섬너의 머리가 축 늘어진다. 마치 목이 약한 용수철로 되어있는 듯이. 이제 현기증이 나려고 한다. 눈을 크게 뜨고 다시 그를 때리려고 팔을 뒤로 빼는데 누군가 내 팔을 잡더니 뒤에서 태클을 건다.

교도관들이 내게 달려들어 바닥에 날 고정한다. 나는 저항하지 않는다. 그저 내 앞에 누워있는 피투성이 남자를 계속 바라본다.

그리고 순간적으로 빙그레 웃는다.

I will find you

CHAPTER
5

필립 매켄지 소장이 탄 비행기가 보스턴 로건 공항에 무사히 착륙했다. 그는 로건 공항에서 아주 가까운 리비어에서 어린 시절을 보냈다. 당시 로건 공항의 주요 착륙 경로를 따라 가장 시끄러운 비행기들이 그의 집 위로 날아다녔는데 어린 소년에게는 귀청이 터질 듯하고 땅이 꺼질듯한 소리였다. 그와 방을 함께 썼던 두 형은 그런 소리가 나도 어떻게든 잠을 잤지만 2층 침대 위층에서 잠을 자던 어린 필립은 비행기가 지나가는 동안 침대 난간을 붙잡고 있었다. 침대가 너무 흔들려서 떨어질까 두려웠기 때문이다. 어떤 날은 비행기가 너무 낮게 급강하해서 집의 낡은 지붕이 찢어질 것만 같았다.

그 시절의 리비어 비치는 블루칼라가 모여 사는 보스턴 외곽 동네였다. 지금도 여전히 그런 편이다. 필립의 아버지는 주택 도장업자였고, 어머니는 전업주부였다. (당시 유부녀는 직장에 다니지 않았다. 미혼 여성만 교사, 간호사, 비서로 일할 수 있었다.) 집 안은 여섯 명의 아이로 바글거렸는데 남자아이 셋이 한 방을 쓰고, 여자아이 셋이 한 방을 썼으며, 욕실 하나를 같이 사용했다.

택시가 필립을 데혼가의 눈에 익은 연립주택 앞에 내려주었다. 네 가구가 함께 살 수 있는 이 주택은 벽돌이 썩었고, 현관문은 빛바랜 녹색 페인트가 비늘처럼 얇게 벗겨지고 있었다. 필립이 어릴 때 친구들, 특히 레니 버로스와 함께 숱한 시간을 보냈던 현관 입구의 큼직한 콘크리트 계단은 군데군데 떨어져 나갔다. 30년 동안 버로스 가족은 이 건물 전체를 다 사용했다. 레니의 가족은 1층 오른쪽 집에서 살았다. 젊은 나이에 남편과 사별한 그의 사촌 셀마는 딸 데버라와 함께 2층에서 살았다. 1층 왼쪽 집에서는 새디 이모와 하이미 이모부가 살았고, 그 윗집은 다른 친척들이 돌아가며 살았다. 이모, 고모, 삼촌, 사촌, 촌수를 알 수 없는 사람들이 뒤섞여서. 당시 이 동네는 그런 분위기였다. 30년에 걸쳐 대서양 건너편에서 이민자 가족들이 쏟아져 들어왔다. 필립은 아일랜드 출신이었고, 레니는 유대인이었다. 먼저 정착한 이민자들은 친척을 받아주었다. 언제나 그랬다. 새로 온 사람들이 일자리를 찾도록 도와주었다. 소파나 바닥에서 몇 주, 몇 달 동안 자는 친척들도 있었다. 프라이버시라고는 없었지만 상관없었다. 이런 집들은 끊임없이 움직이며 살아 숨 쉬는 개체였다. 친구와 가족은 혈관을 흐르는 피처럼 집의 복도와 계단을 끊임없이 지나다녔다. 방문을 잠그는 사람은 아무도 없었는데 엄청나게 안전해서가 아니라—사실은 안전하지 않았다—가족끼리는 노크를 하거나 출입을 거부당하는 일이 없기 때문이었다. 프라이버시는 생소한 개념이었다. 다들 서로의 일에 간섭했다. 다들 서로의 승리를 축하했고, 패배를 슬퍼했다. 그들은 하나였다.

가족이었다.

발전이라는 이름과 함께 그런 세상은 사라졌다. 버로스가와 매켄지가의 아이들은 대부분 다른 곳으로 떠났다. 이제 그들은 브루클린이나 뉴턴처럼 부유한 교외의 번듯한 저택에서 살았다. 관목과 울타리가 있고, 바닥이 대리석으로 된 화려한 욕실과 수영장이 있었다. 그런 동네에서는 대가족으로 산다는 개념 자체가 악몽이었다. 도저히 이해할 수 없는 일이었다. 그런가 하면 플로리다주나 애리조나주처럼 따뜻한 곳의 안전한 동네로 이사해 선탠한 피부와 금목걸이를 자랑하는 가족도 있었다. 요즘은 캄보디아나 베트남 같은 새로운 이민자 가족들이 그런 집들을 대다수 차지했다. 그들 역시 열심히 일했고, 여럿이 함께 살면서 새로운 주기가 시작되었다.

필립은 택시비를 내고 갈라진 보도에 발을 내디뎠다. 두 블록 떨어진 대서양의 짭조름한 냄새가 아직도 희미하게 풍겼다. 리비어 해변은 예나 지금이나 핫플레이스는 아니었다. 필립이 어릴 때도 미니 골프장은 허름했고, 롤러코스터는 녹슬었으며, 스키볼 게임기는 낡아빠졌고, 보도 옆에 늘어선 잡다한 게임기는 이미 수명을 다한 상태였다. 하지만 필립과 레니, 그리고 친구들은 그 사실에 전혀 개의치 않았다. 그들은 살스 피자 뒤쪽에 모여 담배를 피우고 가장 싼 올드 밀워키를 마시고 주사위 게임을 했다. 그때 함께 놀았던 친구들, 칼, 리키, 해시, 미치는 모두 의사, 변호사가 되어 다른 도시로 떠났다. 레니와 필립만 고향에 남아 경찰이 되었다. 필립은 그와 루스가 다섯 아이들을 키웠던 집이 있는 셜리 애비뉴에 잠깐 다녀올까 고민했지만 가지 않기로 했다. 즐거운 추억이기는 해도 지금은 다른 일에 정신을 팔고 싶지 않았다.

추억은 언제나 마음을 아프게 한다. 안 그런가? 특히 좋은 추억

일수록 더욱 그렇다.

　콘크리트 현관 계단은 빌어먹게 높다. 어릴 때, 중고생일 때, 청년일 때는 한 번에 두 계단씩 펄쩍펄쩍 뛰어다녔다. 하지만 지금은 무릎에서 나는 삐걱 소리에 움찔했다. 이 저택의 네 가구 중에서 한 가구만 아직도 버로스가였다. 그의 오랜 친구이자 리비어 경찰서에서 일할 때 전직 파트너였던 레니가 70년 전에 그의 가족이 살았던 1층 오른쪽 집으로 다시 들어가 지금까지도 동생 소피와 함께 살았다. 무슨 이유에서인지 소피는 저 집을 떠나지 않았다. 마치 누군가는 거기 남아 옛집을 지켜야 한다는 듯이.

　필립은 종신형을 선고받고 브리그스 교도소에서 복역 중인 레니의 아들을 생각했다. 이 사건 전체가 이루 말할 수 없이 애통했다. 데이비드는 몸이 좋지 않았다. 당연한 일이었다. 필립은 데이비드의 대부였지만 어떻게 해서든 그 사실을 숨긴 덕분에 데이비드를 브리그스로 데려올 수 있었다. 데이비드에게는 형제자매가 없었지만(레니의 아내 매디에게는 일종의 '질환'이 있었는데 당시에는 그런 이야기를 절대 입에 올리지 않았다) 필립의 장남 애덤이 데이비드의 단짝이었고 거의 형제나 다름없었다. 필립과 레니처럼. 애덤 역시 필립과 마찬가지로 네 가구가 사는 이 연립주택에서 많은 시간을 보냈다. 당시 버로스가는 이상하고 멋진 곳이었다. 필립이 어렸을 때, 심지어 애덤이 어렸을 때까지도 이 집은 따뜻하고 다채롭고 조화로웠다. 버로스가는 늘 라디오를 크게 틀어둔 것처럼 시끌벅적했다. 모든 감정이 강렬하게 폭발했다. 싸울 때도—이 집에서는 싸움이 잦았다—뜨겁게 싸웠다.

　그러다 데이비드의 엄마 매디가 죽으면서 모든 것이 바뀌었다.

이제 이 저택은 아무런 즐거움도 없이 시들어 가는 환영처럼 조용히 서있었다. 순간적으로 필립은 움직일 수가 없었다. 그저 계단에 우두커니 서서 현관문만 바라봤다. 그가 막 문을 두드리려는 순간, 빛바랜 초록색 문이 열렸다. 필립은 몸이 얼어붙었다. 방금 전까지 헤매고 있었다면 지금은 완전히 길을 잃었다. 고향에 오니 안 그래도 향수가 밀려들던 차에, 세월이 흘렀는데도 여전히 아름다운 소피의 얼굴을 보자 다시 정신을 차릴 수가 없었다. 소피 역시 일흔을 바라보는 나이였지만 필립의 눈에는 졸업 파티가 열리던 날 밤, 바로 이 자리에서 그를 위해 계단을 쏜살같이 내려와 헐떡이며 문을 열어주던 여고생으로 보였다. 아주 오래전 필립과 소피는 사귀는 사이였다. 아마 둘은 사랑에 빠졌을 것이다. 하지만 어리고 철이 없었다. 그러다 이제는 아무도 기억하지 못할 무슨 일이 일어났다. 군대 때문이었는지 경찰학교 때문이었는지 모르겠다. 어쨌거나 50년 전 일이다. 소피는 로웰 출신의 프랭크라는 군인과 결혼했다. 프랭크는 람슈타인에서 훈련을 받던 도중에 사망했고, 소피는 스물다섯 살 생일을 앞두고 과부가 되었다. 매디가 죽은 뒤 레니의 집으로 이사한 소피는 데이비드를 키웠고 재혼하지 않았다. 필립은 루스와 결혼한 지 40년이 넘었지만 밤이면 아직도 가끔씩 소피를 생각했다. 인정하고 싶지 않을 정도로 자주. 다른 선택. 가지 않은 길. 만약 이라는 가정. 그가 놓쳐버린 좋은 기회.

그런 생각을 하는 게 그렇게 큰 잘못일까?

필립은 그녀를 바라봤다. 마음속으로는 소피와 헤어지지 않은 다른 평행세계를 계속 여행했다.

소피가 한 손으로 허리를 짚으며 말했다. "내 이에 뭐라도 끼었어, 필립?"

필립은 고개를 젓는다.

"근데 왜 그렇게 빤히 보는 거야?"

"그냥." 필립은 그렇게 말하고 덧붙인다. "좋아 보이네, 소피."

소피가 어이없다는 표정으로 눈을 굴린다. "어서 들어와, 달변가 양반. 당신 말솜씨에 현기증이 날 거 같아."

필립은 집 안으로 들어갔다. 변한 것이 거의 없었다. 옛 기억들이 그를 에워쌌다.

"오빠는 자고 있어." 복도를 걸어가며 소피가 말했다. 필립은 그녀를 따라갔다. "곧 깰 거야. 커피 마실래?"

"좋지."

둘은 주방으로 들어갔다. 주방은 리노베이션을 했고, 소피는 요즘 집에 하나씩 다 있는 듯한 최신형 커피머신을 사용했다. 소피는 그에게 커피를 어떻게 마실 거냐고 묻지도 않고서 진한 커피를 건네주었다. 그의 커피 취향을 알기 때문이었다.

"그래, 여긴 어쩐 일이야, 필립?"

필립은 입에 댄 머그잔 가장자리 너머로 억지 미소를 지었다. "남자가 옛 친구와 그의 아름다운 여동생을 만나러 올 수도 있지 뭘 그래?"

"당신 말솜씨에 현기증이 난다고 했던 말 기억해?"

"응."

"농담이었어."

"응, 그럴 거라고 생각했어." 필립은 머그잔을 내려놓았다. "나 레니와 얘기 좀 해야겠어, 소피."

"데이비드 일이야?"

"맞아."

"지금 아파. 오빠 말이야."

"알아."

"거의 완전히 마비된 상태라고. 이젠 말도 못 해. 내가 누군지 알기나 하는지 모르겠어."

"유감이야, 소피."

"안 좋은 일이야?"

필립은 곰곰이 생각했다. "모르겠어."

"굳이 그 얘길 해야 하는지 잘 모르겠네."

"아마 안 해도 될 거야."

"하지만 원래 두 사람은 늘 실없는 이야기를 하고 다녔잖아."

"그랬지."

소피는 창문 쪽으로 고개를 돌린다. "오빠도 듣고 싶어 했을 거야. 그러니 가봐. 가는 길은 알지?"

필립은 머그잔을 내려놓고 자리에서 일어났다. 뭔가 말하고 싶었지만 아무 말도 나오지 않았다. 소피는 주방에서 나가는 그를 바라보지 않았다. 필립은 오른쪽으로 돌아 집 뒤쪽에 있는 침실로 걸어갔다. 복도에는 아직도 괘종시계가 있었다. 아주 오래전, 매디가 에버렛의 어느 집에서 팔려고 내어놓은 중고 물품 중에서 구입한 물건이었다. 레니와 필립은 필립의 낡은 픽업트럭으로 저 시계를 싣고 왔다. 100킬로그램이 넘는 데다 저걸 분해하고 옮기는 데 시간이 엄청나게 오래 걸렸다. 그들은 시계추와 메인 스프링, 케이블, 체인, 무게 추, 차임 로드, 그리고 정체를 알 수 없는 그 밖의 부품들을 두툼한 담요와 뽁뽁이로 포장해야 했다. 유리문 위에 마스킹테이프로 마분지까지 붙였는데도 시계 아래쪽 가장자리가 살짝 떨어져 나갔다. 하지만 매디는 이 시계를 마음에 쏙 들어 했고, 레니는 아내를 위해서라면 무엇이든 했다. 그리고 사실 이해득실을 따져보면 둘의 우정에서 필립이 더 이득을 봤음은 의심의 여지가 없었다. 둘다 그걸 따져본 적은 없지만.

필립은 침실 앞에서 걸음을 멈췄다. 심호흡을 하고 얼굴에 미소를 머금었다. 방 안으로 들어간 뒤에도 그 미소를 잃지 않으려고 애썼으며 눈빛에 슬픔과 충격이 드러나지 않기를 바랐다. 필립은 순간적으로 문 근처에 서서 가장 친한 친구였던 레니를 우두커니 바라보았다. 그는 레니가 얼마나 힘이 셌는지 기억했다. 레니는 밴텀급 권투 선수처럼 온몸이 근육질이었다. 웰빙 열풍이 불기 전부터 건강에 신경을 많이 썼고, 아무 음식이나 먹던 시절에도 음식을 까다롭게 가려서 먹었다. 매일 아침 팔굽혀펴기를 백 개씩 했다. 그랬다. 그것도 도중에 쉬지 않고. 그의 팔뚝은 강철처럼 단단했고, 굵은 혈관은 밧줄 같았다. 그렇게 힘이 셌던 팔이 이제는 가느다란 갈대가 되었다. 탁한 눈동자는 베트남 전쟁에서 비극적 광경을 너무 많이 본 군인처럼 공허했다. 입술은 혈색이 없었고 피부는 양피지 같았다.

"레니." 필립이 친구를 불렀다.

아무 반응이 없었다. 필립은 억지로 침대에 한 발짝 더 다가갔다. "레니, 우리 셀틱스는 대체 어떻게 된 걸까? 응? 어쩌다 그렇게 됐을까?"

여전히 아무 말도 없었다.

I will find you

"패트리어츠도 그래. 오랫동안 너무 잘해서 불평할 게 없었잖아. 근데 지금은 뭐냐고." 필립은 미소 지으며 좀 더 다가갔다. "오리올스전 끝나고 야즈(보스턴 레드삭스의 레전드 야구선수 칼 야스트렘스키를 말한다―옮긴이) 만났던 거 기억나? 대단한 사건이었지. 참 좋은 사람이었어. 하지만 자네가 진작 말했지. 자유계약 선수. 그거 때문에 팀이 망할 거라고. 자네 예언대로 됐어."

아무 말도 없었다.

뒤쪽 문간에서 소피의 목소리가 들린다. "오빠 옆에 앉아서 손을 잡아봐. 가끔은 오빠가 손을 꽉 잡아주거든."

소피는 둘만 남기고 갔다. 필립은 침대 옆에 놓인 의자에 앉았다. 레니의 손을 잡지는 않았다. 둘은 그런 사이가 아니었다. 둘 사이에 신체 접촉이나 낯간지러운 표현은 오간 적이 없었다. 데이비드와 애덤은 그런 걸 좋아할지 몰라도 그와 레니는 아니었다. 필립은 레니에게 사랑한다고 말한 적이 없었고, 필립도 마찬가지였다. 그들 사이에는 그런 말이 필요 없었다. 그리고 데이비드가 빚 운운하기는 했어도 정작 레니는 그에게 그런 말을 한 적이 없었다. 그게 그들의 방식이었다.

"자네에게 할 말이 있어, 레니."

필립은 곧장 본론으로 들어갔다. 레니에게 데이비드가 찾아온 일을 이야기했다. 전부 다. 자신이 기억하는 모든 것을. 물론 레니는 아무런 반응이 없었다. 그의 눈빛은 똑같았다. 표정이 더 어두워진 것 같기는 한데 아마 자신의 착각일 거라고 필립은 생각했다. 마치 벽에 대고 이야기하는 것 같았다. 어느 정도 시간이 흘러 이야기가 끝나갈 무렵, 필립은 옛 친구의 손을 슬며시 잡았다. 이 손 역시 사람의 손처럼 느껴지지 않았다. 인간과 동떨어진 무생물 같았고, 죽은 아기 새처럼 연약하게 느껴졌다.

"이제 어떻게 해야 할지 모르겠어." 이야기를 마무리 지으며 필립이 말했다. "그래서 자네에게 온 거야. 원래 범인들이 온갖 방법을 동원해 무죄를 주장하거나 범죄를 정당화한다는 건 자네도 알고 나도 알잖아. 젠장, 그 망할 놈의 온갖 심리학 용어를 들어주느라 경찰 시절을 다 허비했지. 하지만 이 경우는 달라. 난 진심으로 그렇게 믿어. 자네 아들은 그럴 사람이 아니야. 데이비드는 그 처제라는 여자의 말을 진심으로 믿는 거야. 물론 데이비드가 틀렸지. 나도 그 말이 사실이었으면 좋겠어. 정말로 그랬으면 얼마나 좋아. 하지만 매슈는 죽었어. 데이비드가 정신을 잃은 상태에서 저지른 짓이야. 난 그렇게 생각해. 우리 둘이서 이미 했던 이야기잖아. 데이비드는 자신이 한 짓을 기억하지 못해. 그런 상황에서 데이비드가 죄책감을 느껴야 하는지, 과연 우리가 데이비드를 비난할 수 있는지 잘 모르겠어. 우리 둘 다 심신미약을 내세우는 걸 별로 좋아하지 않지만 데이비드는 착한 아이야. 어릴 때부터 늘 그랬지."

필립은 레니를 보았다. 여전히 아무 반응도 없었다. 오르락내리락하는 레니의 가슴만이 그가 시체에게 말하는 게 아니라고 알려주었다.

"문제는 이거야." 필립은 레니에게 몸을 좀 더 숙였고 왠지 모르게 목소리를 낮췄다. "데이비드가 탈옥을 도와달라더군. 미친 짓이지. 자네도 알 거야. 나도 알고. 내겐 그럴 힘이 없어. 설사 있다고 해도 그 애가 어디로 도망가겠나? 대대적인 수색 작전이 펼쳐질 텐데. 아마 경찰에게 사살될 거야. 그건 자네나 나나 원치 않아. 데이비드가 정신과 상담을 받으면 좋겠어. 아니면 재심을 받거나. 그게 데이비드에게 최선이야. 내 말 무슨 뜻인지 알지?"

라디에이터 파이프가 쾅쾅거렸다. 필립은 고개를 절레절레 흔들며 빙그레 웃었다. 저 빌어먹을 파이프. 저런 소리가 난 지 40년째인가? 50년? 예전에 레니와 함께 라디에이터의 공기를 빼낸 적이 있지만 저 소리의 원인은 끝내 알아내지 못했다. 갇힌 공기 때문인지 뭔지. 라디에이터를 수리하면 몇 주 동안은 괜찮다가 다시 쾅, 쾅 소리가 나곤 했다.

"우린 늙었어, 레니. 그런 짓을 하기에는 너무 늙었다고. 1년 후면 나도 은퇴야. 연금이 두 배로 늘어나지. 실수했다가는 다 날릴 수도 있어. 무슨 말인지 알지? 그런 위험은 감수할 수 없어. 루스한테 미안하잖아. 루스는 사우스캐롤라이나주에 있는 동네로 이사하고 싶어 해. 1년 내내 날씨가 좋지. 하지만 난 늘 데이비드를 보살필 거야. 무슨 일이 있어도. 예전에 약속했던 대로. 그 애는 자네 아들이니까. 난 그 사실을 잊지 않아. 그러니 자네도 알아두라고. 난 데이비드를 지킬……."

필립은 말을 멈췄다. 그의 가슴이 들썩거렸다. 지금, 오늘, 바로 이 순간이 아마도 레니와의 마지막 만남일 것이다. 갑자기 그런 생각이 불시에 날아온 펀치처럼 그를 강타했다. 눈물이 핑 돌았지만 꾹 참았다. 필립은 눈을 세게 깜빡이고 고개를 돌렸다. 자리에서 일어나 친구의 어깨에 손을 얹었다. 거기에도 살점은 없었다. 근육도 없었다. 그냥 해골을 만지는 기분이었다.

"그만 갈게, 레니. 잘 지내. 곧 보자고."

필립이 문으로 걸어가는데 소피가 문지방에 나타났다.

"괜찮아, 필립?"

필립은 목소리가 갈라질 것 같아서 말없이 고개만 끄덕였다.

소피가 그의 눈을 바라보았다. 필립은 그녀의 눈을 보기가 너무 버거웠다. 그러자 소피가 그의 어깨 너머로 침대에 누워있는 오빠를 바라보더니 필립에게 뒤돌아서 보라고 손짓했다. 필립은 서서히 그녀의 시선을 따라갔다. 레니는 아까와 똑같은 자세였다. 얼굴도 여전히 그 해골 같은 죽음의 가면을 쓰고 있었다. 눈에도 여전히 생기가 없었고, 살짝 벌어진 입은 여전히 소리 없는 끔찍한 비명을 질렀다. 하지만 필립은 소피가 보여주려고 한 것을 보았다.

레니의 잿빛 얼굴 위로 눈물 한 줄기가 흘러내려 번들거렸다.

필립은 다시 소피에게 몸을 돌렸다. "그만 가야겠어."

소피는 복도와 괘종시계, 피아노를 지나 그를 현관으로 안내했고 문을 열어주었다. 필립은 현관 계단으로 나갔다. 신선한 공기를 마시니 기분이 좋았고, 태양이 그의 눈을 비췄다. 그는 손을 들어 잠시 햇살을 가린 채 소피를 향해 희미하게 미소 지었다.

"만나서 반가웠어, 소피."

그녀는 굳은 미소를 지었다.

"왜?" 필립이 물었다.

"오빠가 늘 그랬어. 당신은 오빠가 아는 사람 중에서 제일 강했다고."

"강했다. 지금은 아니라는 말이군."

"맞아?"

"맞아. 지금은 그냥 늙은이야."

소피는 고개를 저었다. "당신은 늙지 않았어, 필립. 그냥 무서운 거지."

"그게 무슨 차이가 있는지 모르겠군."

필립은 몸을 돌렸다. 콘크리트 계단을 내려가며 뒤를 돌아보지는 않았지만 자신을 바라보는 그녀의 무거운 시선을 느낄 수 있었다. 지금까지도 그를 용서하지 못하는 눈빛 같았다.

나는 너무 흥분해서 잠이 오지 않는다.

손바닥만 한 감방을 계속 서성인다. 두 걸음 걷고 뒤돌아서 다시 두 걸음 걷고 뒤로 돈다. 로스 섬녀와 치고받은 후유증으로 아드레날린이 혈관을 타고 솟구친다. 어젯밤에는 아예 잠이 오지 않았다. 언제쯤 다시 잠이 올지 모르겠다.

"면회."

이번에도 컬리가 그렇게 말하자 나는 깜짝 놀란다. "아직 면회가 허용돼요?"

"누군가 안 된다고 말하기 전까지는."

몸 구석구석이 욱신거리지만 기분 좋은 통증이다. 어제 교도관들이 끼어든 후에 우리 둘 다 의무실로 이송되었다. 나는 걸어갈 수 있었지만 로스는 들것에 실려 가야 했다. 그렇게 됐다. 간호사는 로스에게 물리고 긁힌 자리를 과산화수소로 닦아준 후에 날 감방으로 되돌려 보냈다. 안타깝게도 로스 섬녀는 운이 좋지 않았다. 내가 알기로는 아직 의무실에 있다. 마냥 좋아할 일은 아니다. 지금 내가 느끼는 이 내심 고소하고 기쁜 감정이 혹독한 감옥 생활을 하며 내 안에 움트게 된 원시적 본능에서 비롯되었음을 깨달아야 마땅한데 안타깝게도 나는 그렇지 못하다.

로스가 통증에 시달린다는 사실이 지극히 만족스러울 뿐이다.

컬리는 한마디 말도 없이 어제와 같은 길을 따라 날 면회실로 안내한다. 오늘 나는 모델처럼 잔뜩 으스대며 걷는다.

"어제와 같은 면회객인가요?" 나는 그냥 무슨 대답이 나올지 떠보려고 묻는다.

하지만 아무 대답도 듣지 못한다.

내가 어제와 같은 자리에 앉자 이번에는 레이철도 감정을 숨기지 않고 경악한 표정을 짓는다.

"맙소사. 대체 무슨 일이 있었던 거예요?"

나는 빙그레 웃으며 내 입에서 나올 거라고 상상도 못 했던 대답을 한다. "나니까 이 정도야. 상대는 더하다고."

레이철은 몇 분간 대놓고 내 얼굴을 뚫어지게 바라본다. 어제는 좀 더 신중하게 행동하는 듯하더니 이제 그런 가식은 모두 사라졌다. 레이철은 턱으로 날 가리킨다. "그 흉터는 다 어쩌다 생긴 거예요?"

"어쩌다 생겼겠어?"

"눈은……."

"어차피 잘 보이지도 않아. 하지만 괜찮아. 더 중요한 문제가 있으니까."

레이철은 계속 날 바라본다.

"어서, 레이철. 집중해. 내 얼굴은 잊어버리라고."

그녀의 눈은 몇 초간 내 흉터를 좀 더 맴돈다. 나는 가만히 앉아서 레이철이 내 흉터를 계속 바라보도록 내버려 둔다. 그러자 레이철이 뻔한 질문을 한다. "그럼 이제 어떻게 하죠?"

"난 여기서 나가야 해."

"계획이 있어요?"

나는 고개를 젓는다. "예전에 두뇌 훈련 삼아서, 미치지 않으려고 여기서 나가는 방법을 생각해 보곤 했어. 탈옥 계획 말이야. 실행한 적은 없고 그냥 재미로."

"그런데요?"

"내 선천적 기지는 말할 것도 없고 조사 능력까지 모두 동원해 봤지만," 나는 어깨를 으쓱인다. "방법을 알아내지 못했어. 탈옥은 불가능해."

레이철은 고개를 끄덕인다. "1983년 이후로 브리그스에서 탈옥한 사람은 없어요. 탈옥수는 사흘 만에 잡혔고요."

"너도 조사해 봤구나."

"오랜 습관이죠. 그래서 이제 어떻게 할 거예요?"

"그건 잠시 미뤄두고 네가 날 위해 조사해 줘야 할 것들이 있어."

레이철이 기자 수첩을 꺼내자 나는 피식 웃지 않을 수 없다. 가로 10센티미터, 세로 20센티미터에 위쪽에 스프링이 달린 흔한 수첩으로 레이철은 지난 몇 년간 그걸 사용해 왔다. 심지어 《글로브》에 취직하기 전부터. 레이철이 저 수첩을 꺼내는 걸 보면 늘 기자 코스프레를 하는 듯했다. 마치 1950년대 기자들처럼 페도라를 쓰고 장식띠에 '기자'라고 적힌 종이를 꽂고 다닐 것만 같았다.

"말해봐요." 레이철이 말한다.

"우선, 살인 사건 피해자의 진짜 정체를 알아내야 해."

"이제는 그 아이가 매슈가 아니란 걸 알았으니까요."

"'알았다'고까지는 할 수 없지만, 맞아."

"알았어요. 국립 아동 실종 및 학대 센터부터 알아볼게요."

"거기에만 국한하지는 마. 웹사이트나 소셜미디어, 옛날 신문 등 뭐든 생각나는 대로 다 뒤져봐. 살인 사건 전후로 2개월 이내에 실종 신고가 접수된 두 살에서, 음, 네 살 사이의 백인 남자아이들 목록을 작성하는 것부터 시작해. 처음에는 수색 범위를 반경 350킬로미터 이내로 좁혀. 그다음에는 더 넓혀서 찾아봐. 나이가 약간 더 어린 아이들, 약간 더 많은 아이들, 더 멀리 떨어진 곳, 이런 식으로. 어떻게 해야 하는지 알 거야."

레이철이 받아 적는다. "FBI에 아직 날 도와줄 소식통이 남아있을지 몰라요. 그중에서 한 명이 도와줄 수도 있죠."

"아직?"

레이철이 화제를 바꾼다. "또요?"

"힐데 윈슬로."

우리는 잠시 침묵한다.

그러더니 레이철이 묻는다. "그 할머니가 왜요?"

나는 목이 메서 말이 나오지 않는다.

"데이비드?"

나는 괜찮다고 손짓한다. 서서히 마음을 가라앉히고 이제는 울먹이지 않겠다 싶을 때 입을 연다. "그 할머니의 증언 기억해?"

"당연하죠."

힐데 윈슬로, 정상 시력을 가진 이 노부인은 내가 그녀의 집과 우리 집 사이에 있는 숲에 무언가를 묻는 걸 봤다고 증언했다. 경찰이 그 자리를 파보니 내 지문으로 뒤덮인 살인 흉기가 있었다.

나를 바라보며 기다리는 레이철의 시선이 느껴진다.

"그게 도저히 설명이 안 돼." 나는 간신히 그렇게 말한다. 내가 아닌 다른 사람이 겪은 일을 말하는 척하며 나와 거리를 두려고 한다. "처음에는 그 노부인이 나와 비슷한 사람을 봤겠거니 생각했어. 다른 사람을 나로 착각했다고. 새벽 4시였으니까 주위는 어두웠고, 나를 봤다는 곳은 노부인의 집 뒤쪽 창문에서 꽤 멀리 떨어졌으니까."

"플로리오가 반대 심문에서 그렇게 말했죠."

톰 플로리오는 내 변호사다.

"맞아. 하지만 별다른 성과는 없었지."

"윈슬로 부인은 강력한 증인이었어요." 레이철이 솔직히 털어놓는다.

나는 고개를 끄덕인다. 다시 감정이 밀려와 나를 덮친다. "그냥 영민하고 다정한 할머니 같았어. 거짓말할 이유가 없었다고. 그 증언이 결정적이었지. 그때부터 나와 가장 가까운 사람들도 날 의심하기 시작했어." 나는 고개를 든다. "너도 마찬가지였고."

"형부도 자신을 의심하기 시작했죠."

레이철은 조금도 흔들림 없는 눈빛으로 날 바라본다. 고개를 돌린 건 나였다.

"윈슬로 부인을 찾아야 해."

"왜요? 만약 부인이 착각한 거라면……."

"착각하지 않았어."

"무슨 말이에요?"

"힐데 윈슬로는 착각한 게 아니라 거짓말을 했어. 그게 아니고서는 설명할 수가 없어. 그 여자는 법정에서 위증을 했고, 우린 그 이유를 알아야 해."

레이철은 아무 말도 하지 않는다. 아직 10대로 보이는 젊은 여자가 레이철 뒤로 걸어가더니 옆자리에 앉는다. 내가 모르는 덩치 큰 재소자가 옆 칸으로 들어와 여자 맞은편에 앉는다. 면도날로 긁어 만든 문신이 남자의 온몸을 뒤덮고 있다. 남자는 인사도 없이 알아들을 수 없는 언어로 여자에게 욕을 퍼붓고 거칠게 손짓한다. 여자는 고개를 푹 숙인 채 아무 말도 하지 않는다.

"알았어요. 또 있어요?"

"준비해."

"뭘요?"

"정리할 일이 있으면 지금 당장 해. 매일 ATM 카드로 현금을 최대한 많이 인출해. 통장도 마찬가지고. 현금을 최대한 많이 인출하되 금융감독원에서 이상하다고 생각하지 않도록 하루에 만 달러 이하로만 인출해. 오늘부터 시작해. 우린 가능한 한 많은 현금이 필요해. 만약을 대비해서."

"만약이라뇨?"

"여기서 탈옥할 방법을 찾을 거야." 나는 몸을 앞으로 숙인다. 내 눈은 충혈되어 있을 테고, 레이철의 표정을 보니 내가…… 정신 나간 사람처럼 보이는 듯하다. 심지어 무서울 정도로. "저기," 내가 속삭인다. "이쯤에서 내가 탈옥에 성공하면 어떻게 할 것인지 거창한 연설을 해야 한다는 거 알아. 나도 안다고. 하지만 내 말 좀 들어봐. 만약 내가 탈옥에 성공하면 넌 연방교도소에 수감 중인 죄수를 방조하는 셈인데 그건 중범죄야. 내가 더 훌륭한 사람이었다면 이건 네 싸움이 아니라 내 싸움이라고 말하겠지만 난 그럴 수가 없어. 네가 도와주지 않으면 내게는 기회가 없어."

"그 애는 내 조카이기도 해요." 레이철이 허리를 약간 더 곧게 펴며 대답한다.

과거 시제가 아닌 현재 시제다. 레이철도 믿는 것이다. 미친 짓이지만 우리 둘 다 매슈가 아직 살아있다고 믿고 있다.

"또 없어요?"

나는 대답하지 않고 침묵한다. 내 눈은 방황하고, 엄지와 검지는 아랫입술을 잡아 뜯는다.

"데이비드?"

"저기 어딘가에 매슈가 있어. 지금까지 계속 살아있었어."

내 말이 고요하고 어색한 공기 속을 맴돈다.

"지난 5년은 내게 지옥이었지만 난 아빠야. 견딜 수 있어." 내 시선이 레이철에게 고정된다. "내 아들은 어떤 5년을 보냈을까?"

"모르겠어요. 하지만 우린 그 애를 찾아야 해요."

***

테드 웨스턴은 직장에서 컬리라는 별명을 애용했다.

집에서는 아무도 그를 그렇게 부르지 않았다. 오로지 여기, 브리그스 교도소에서만 그렇게 불렀다. 그 별명을 사용함으로써 테드는 매일 상대해야만 하는 쓰레기들과 거리를 둘 수 있었다. 이 쓰레기들이 그의 본명을 부르거나 심지어 아는 것조차도 싫었다. 일을 마치면 테드는 늘 교도관 탈의실에서 샤워를 했다. 아주 뜨거운 물로 샤워를 하며 자신에게 달라붙은 이곳의 흔적을 박박 씻어냈다. 그 끔찍한 재소자들과 아직 그의 머리카락과 옷에 달라붙어 있을지 모를 그들의 역겨운 입 냄새, 땀과 DNA, 사악함까지. 테드에게 그 사악함은 살아 숨 쉬는 기생충 같다. 괜찮은 숙주만 발견하면 달라붙어 숙주를 먹어 치우는. 테드는 그것들을 샤워로 모두 씻어내고 뜨거운 물과 비누, 솔이 거친 브러시로 문질러 닦아낸다. 그런 다음 조심스럽게 사복, 진짜 옷을 입고 아내와 두 딸 제이드와 이지가 있는 집으로 간다. 집에 도착한 후에도 혹시 몰라 다시 한번 샤워하고 옷을 갈아입는다. 교도소에서 묻은 티끌만 한 것이라도 가족과 집을 오염시키지 않도록.

제이드는 여덟 살로 초등학교 3학년이다. 이지는 여섯 살이고 자폐다. 신께서 창조한 가장 사랑스러운 딸인 이지의 상태를 설명할 때면 소위 전문가라는 작자들은 자폐 혹은 자폐 스펙트럼 장애 혹은 빌어먹을 이상한 용어를 사용했다. 테드는 두 딸을 진심으로 사랑했다. 너무 사랑한 나머지 가끔 식탁 맞은편에 앉은 두 딸을 가만히 바라보고 있으면 사랑이 혈관을 타고 너무 세게, 너무 빨리 솟아 나와 이러다 몸이 터지는 게 아닐까 두려울 정도였다.

하지만 교도소 의무실에서 유독 사악한 재소자 로스 섬너의 침대 옆에 서있는 지금, 테드는 잠깐이라도 딸을 생각한 자신을 꾸짖었다. 로스 섬너 같은 괴물을 앞에 두고 그런 순수한 존재를 떠올린 것 자체가 잘못되었다.

"5만 달러." 섬너가 말했다.

현재 로스 섬너는 의무실에서 지냈다. 잘된 일이었다. 데이비드

버로스가 이 친구를 흠씬 두들겨 팼다. 버로스에게 그런 면이 있을
줄 누가 알았겠는가? 개싸움을 하는 대부분의 재소자들과 달리 테
드가 '숙련된 파이터'라고 부르는 부류가 있는데 둘 다 거기에 속하
지는 않았다. 그런데도 섬너의 예쁘장한 얼굴은 박살이 났다. 코뼈
가 부러지고, 눈은 거의 감길 정도로 부었다. 섬너는 고통스러워 보
였고 테드는 그 사실이 기뻤다.

"내 말 들었어요, 시어도어?"

당연히 섬너는 그의 본명을 알았다. 테드는 그 점이 못마땅했다.
"들었어."

"그래서 어떻게 할 거예요?"

"그래서 내 대답은 노(no)야."

"5만 달러예요. 생각해 봐요."

"싫어."

섬너는 약간 일어나 앉으려고 했다. "자기 아들을 죽인 남자예요."

테드는 고개를 저었다. "난 살인 안 해. 너와 달라."

"살인이요? 와, 테드, 그건 완전 오해예요. 당신은 살인자가 되는
게 아니에요. 영웅이 되는 거지. 복수의 천사라고요. 거기다 주머니
에는 5만 달러까지 들어오고요."

"근데 왜 그렇게 버로스를 죽이려고 안달이지?"

"내 얼굴을 봐요. 버로스가 내 얼굴을 어떻게 했는지 보라고요."

테드 웨스턴은 그의 얼굴을 보았다. 하지만 그 말은 믿지 않았다.
뭔가가 더 있었다.

"10만 달러." 섬너가 말했다.

테드는 침을 삼켰다. 10만 달러라니. 테드는 이지와 그 애가 받는

온갖 값비싼 치료를 생각했다. "난 못 해."

"왜 못 해요? 이미 나한테 버로스의 면회객이 사진을 가져왔다고 귀띔해 줬잖아요."

"그건…… 그냥 작은 호의였어."

섬너는 멍든 얼굴로 미소를 지었다.

"그럼 이것도 호의라고 생각하세요. 좀 큰 호의이긴 할 테지만 나한테 계획이 있어요. 흠 하나 없이 완벽한 계획이죠."

"아, 그러세요?" 테드가 비웃었다. "여기서 그런 말을 한두 번 들은 줄 알아?"

"내가 어떻게 할 건지 말해줄까요? 이건 그냥 가정이에요. 재미 삼아서 한번 들어봐요, 오케이?"

테드는 싫다고 하지도 않고 닥치라고 하지도 않았다. 자리를 뜨지도 않았고 심지어 고개를 젓지도 않았다. 그저 우두커니 서있었다.

"한 교도관이, 당신 같은 사람이라고 해보죠, 테드, 나한테 칼 비슷한 물건을 가져다줬다고 가정해 봐요. 재소자들이 임시방편으로 만든 무기 같은 거요. 알다시피 교도소에는 그런 물건들이 널렸죠. 그러면 이제 내가 내 지문이 찍히도록 그 흉기를 꽉 쥔다고 가정해 봐요. 반면에 교도관은 장갑을 끼고 버로스를 해치우는 거죠. 예를 들어서, 여기 의무실에 있는 장갑 같은 걸 끼고요." 섬너는 구타로 인한 통증 속에서도 미소를 지었다. "그럼 범인은 내가 될 거고 난 자백할 거예요. 거침없이, 술술. 어차피 난 잃을 게 없잖아요. 오히려 여기서 나가는 데 도움이 되면 됐지."

테드 웨스턴은 얼굴을 찡그린다. "그게 무슨 말이야?"

"난 내가 미치지 않았다는 배심원단의 결론에 의거해 항소를 제기했어요. 버로스를 죽이면 난 더 미친놈으로 보이겠죠. 모르겠어요? 내 지문이 묻은 흉기가 있고, 자백도 할 거예요. 우리의 싸움을 목격한 증인이 수십 명이에요. 거의 죽을 뻔한 싸움이었죠. 그러니까 나에게는 동기가 있는 셈이에요." 섬너는 양 손바닥이 천장을 향하게 했다. "그걸로 사건 종결이죠."

테드 웨스턴은 당혹스러웠다. 10만 달러라니. 1년 연봉이 넘는 액수였다. 게다가 세금도 떼지 않은 현금이니 실제로는 2년 치 연봉에 가까운 액수였다. 그 현금으로 그들 부부가 무엇을 할 수 있을까? 그들은 청구서에 허덕이고 있었다. 그 정도 돈은 그들에게 단지 구명조끼가 아니라 아예 배 한 척을 통째로 주는 셈이었다. 테드는 섬너가 약속을 지키리라는 걸 알고 있었다. 다들 그 사실을 알고 있었다. 식당에서 싸움이 벌어졌을 때 끼어들지 않는 대가로 이미 그와 밥의 계좌에 2,000달러가 송금되었다. 두 사람은 섬너가 위기에 처한 후에야 싸움을 말렸다.

싸움을 눈감아 주는 대가로 2,000달러를 받는 것 정도는 수락할 수 있었다. 지난 몇 년간 그랬듯이 매달 500달러를 받고 데이비드 버로스가 뭘 하는지 보고하는 일도 할 수 있었다. 하지만 10만 달러라는 금액은 충격적이었다. 게다가 그가 해야 할 일은 진작 전기 의자에 앉았어야 할 무가치한 유아 살해범을 찔러 죽이는 것뿐이었다. 만약 섬너가 버로스를 죽이기로 마음먹었다면 버로스는 무슨 일이 있어도 죽게 될 것이다. 그러니 안 될 게 뭔가? 대수롭지 않은 일이었다.

섬너의 말이 맞았다. 아무도 그를 범인으로 지목하지 않으리라. 설사 일이 틀어진다 해도 테드는 평소 사람들의 호감을 사둔 터라 동료들이 그의 편을 들어줄 것이다.

아무 문제도 없을 것이다.

"시어도어?"

테드는 고개를 저었다. "못 해."

"돈을 더 받고 싶어서 협상하려는 거라면……."

"아니. 난 그런 사람이 아니야."

섬너가 깔깔 웃었다. "아, 나는 훌륭한 사람이다? 그렇게 생각하는 거예요?"

"내 가족들 앞에서 당당하고 싶어. 하느님 앞에서도."

"하느님?" 섬너가 다시 웃었다. "그 미신 같은 헛소리 말이에요? 매일 수천 명의 아이들이 굶어 죽게 내버려 두면서 나 같은 놈은 멀쩡히 살아서 사람들을 죽이고 강간하게 두는 당신의 하느님? 그걸 생각해 본 적이 있어요, 시어도어? 당신의 하느님은 내가 사람들을 고문하는 걸 지켜봤을까요? 그분은 나를 막기에는 너무 나약했던 걸까요? 아니면 내 피해자들이 끔찍하게 죽는 걸 그저 지켜보기로 선택한 걸까요?"

테드는 굳이 대답하지 않았다. 그저 얼굴을 붉힌 채 바닥을 내려다봤다.

"당신에게는 선택의 여지가 없어요, 시어도어."

테드는 고개를 들었다. "그게 무슨 말이야?"

"당신은 이 일을 해야 한다는 뜻이에요. 이미 우리에게 돈도 받아왔잖아요. 내가 당신 상사에게 꼰지를 수도 있어요. 경찰, 언론, 당신 가족은 말할 것도 없고요. 난 그러고 싶지 않아요. 난 당신을 좋아하고, 당신은 좋은 사람이에요. 하지만 우리 처지가 절박해서 말이죠. 당신은 그걸 모르는 것 같더군요. 우린 버로스가 죽길 원해요."

"계속 '우리'라고 하는데 그게 누구야?"

섬너는 그의 눈을 똑바로, 뚫어지게 바라보았다. "모르는 게 좋을 겁니다. 우린 그가 죽길 원해요. 그것도 오늘 밤에."

"오늘 밤?" 테드는 섬너의 말을 믿을 수가 없었다. "설령 내가……."

"원한다면 당신을 좀 더 협박할 수도 있어요. 우리가 돈이 얼마나 많은지 상기시켜 줄 수도 있고요. 우리는 아직 외부에 소식통이 있다는 사실을 상기시켜 줄 수도 있고. 또 우리가 당신에 관한 모든 것을 알고 있고, 당신 가족이 어디에 사는지……."

테드의 손이 로스 섬너의 목을 향해 튀어 나갔다. 테드의 손가락이 목을 조이는데도 섬너는 눈 하나 깜짝하지 않았다. 물론 그런 상황이 오래가지는 않았다. 테드는 곧바로 그의 목에서 손을 뗐다.

"우리가 당신의 상황을 악화시킬 수도 있어요, 시어도어. 얼마나 나빠질지 당신은 상상도 못 할 겁니다."

테드는 길을 잃고 표류하는 기분이었다.

"하지만 그런 불쾌한 이야기는 그만하자고요. 우린 친구잖아요. 친구 사이에서는 아무리 빈말이라도 협박하지 않죠. 우린 같은 편이에요. 최상의 관계는 제로섬이 아니에요, 시어도어. 윈윈이죠. 내가 너무 버릇없이 행동한 것 같군요. 내 사과를 받아주세요. 거기다 1만 달러를 보너스로 드리죠." 섬너는 입술을 핥았다. "11만 달러. 그 돈을 생각해 보세요."

테드는 역겨웠다. 빈말 좋아하시네. 로스 섬너 같은 작자는 빈말로 협박 같은 건 하지 않는다.

저 작자가 말했듯이 테드에게는 선택의 여지가 없었다. 그는 선

너머로 밀려나려는 참이었고, 일단 그 선을 넘으면 다시는 돌아올
수 없었다.

"계획이 뭔지 다시 말해봐." 테드가 말했다.

CHAPTER

7

모텔 방으로 돌아온 레이철은 매슈일지도 모를 아이가 찍힌 사진을 바라보다가 휴대전화를 집어 들었다. 언니에게 전화해 폭탄선언을 할까 말까 고민했다.

이상하게도 데이비드는 사진을 다시 보여달라고 하지 않았다. 레이철은 사진을 다시 보여주려고 챙겨간 터였다. 눈앞에 사진이 없을 때는 의심이 파고든다. 사진을 보고 있을 때는 왠지 모르게 매슈가 틀림없다고 확신하게 된다. 하지만 사진을 치워버리면, 사진 같은 구체적인 증거 없이 상상력에만 의존하는 순간 이 추정이 얼마나 어리석은지 깨닫게 된다. 사진 속 저 멀리 작게 찍힌 아이가 실은 5년 전에 살해된 아이라니 이 얼마나 터무니없는 믿음인가.

언니에게 전화해서는 안 된다. 언니에게는 이 사실을 숨겨야 한다.

하지만 레이철에게 그걸 결정할 권리가 있을까?

레이철은 브리그스 모터 로지라는 모텔에 묵었는데 이곳은 벽이 마치 거즈나 면으로 된 망사로 만들어진 듯 방음이 형편없었다.

지금 이 순간에도 옆방 투숙객들이 열심히 그리고 진심으로 즐거운 시간을 보내는 소리가 들렸다. 여자는 계속 "아, 케빈", "어서, 케빈", "그래, 케빈"이라고 외쳤고, 심지어 "날 천국으로 데려가 줘, 케빈"이라고도 했다. 레이철은 그 말이 여자가 남자에게 귀엽게 보이려고 혹은 웃기려고 한 말이 아니라 욕정에 사로잡혀 자기도 모르게 외친 말이기를 바랐다.

'한낮의 섹스라. 좋겠네.' 레이철은 다소 씁쓸하게 생각했다.

그녀가 저런 오후를 보낸 적이 언제였던가.

하지만 지금은 그런 생각을 할 때가 아니었다. 아직 공황장애 증상이 가라앉지 않았다. 아무래도 항불안제 복용을 중단한 상태에서 데이비드를 만나는 바람에 증상이 나타난 듯했다. 사실 그녀에게 약은 별 효과가 없었다. 타인의 죽음에 책임이 있다는 고통에서 벗어나려고 자낙스 등등의 약을 복용해 죄책감을 어느 정도 덜기는 했지만—죄책감이 더 모호하게 느껴졌다—완전히 사라지지는 않았다.

레이철은 눈을 깜빡이며 지금 옳은 일을 하는 데 집중하려고 노력했다.

언니에게 전화해서 말해줘야 했다. 만약 둘의 처지가 바뀌었고, 언니가 이 사진을 가지고 있었다면 레이철도 언니가 말해주기를 바랐을 것이다. 레이철은 휴대전화를 집어 들었다. 메인주 시골 마을인 이곳에서는 전화가 잘 터지지 않았다. 교도소가 있는 마을이라서 이 모텔의 투숙객들은 전부 브리그스 교도소와 어떤 식으로든 연관이 있었다. 면회하러 왔거나 물건을 공급하거나 배달하거나 등등.

레이철은 전화할 수 있을 정도로 수신 감도가 좋은 자리를 찾아냈다. 연락처를 클릭하고 스크롤을 내려 셰릴의 이름을 찾아냈다.

통화 버튼 위에서 손가락이 머뭇거렸다.

전화하지 마.

레이철은 확실해질 때까지 언니에게 이 사실을 알리지 않겠다고, 언니를 보호하겠다고 다짐한 터였다. 지금으로서는 이 아이가 매슈라는 직감적 판단을 제외하면 아무것도 확실하지 않았다. 그녀에게는 죽은 조카를 닮은 소년이 찍힌 사진이 한 장 있을 뿐이었다. 데이비드가 열정을 보이기는 해도 그들에게는 아직 아무것도 없었다.

레이철은 텔레비전을 켰다. 밖의 간판은 이 모텔의 모든 객실에 '컬러 TV(COLOR TV)'가 구비되어 있다고 자랑했는데 C는 오렌지색, O는 초록색, L은 파란색 등 글자마다 다른 색으로 칠해 그 사실을 강조했다. 하지만 레이철은 만약 이 모텔에 아직도 흑백텔레비전이 있었다면 훨씬 더 인기 있었을 거라고 생각했다. 채널을 이리저리 돌려봤더니 대부분 낮 시간대에 방영하는 토크쇼나 수준이 떨어지는 케이블 뉴스였다. 광고는—금을 사세요, 재융자를 받으세요, 대출을 갈아타세요, 암호화폐에 투자하세요—모두 합법적인 사기처럼 보였다.

미국 경제는 우리가 생각하는 것보다 더 많이 사기에 의존한다.

옆방의 축제는 절정에 달해 케빈은 자신이 결승선에 거의 다 왔다고 열정적으로 외치고 또 외쳤다. 몇 초 뒤에 팡파르가 울리더니 조용해졌다. 레이철은 손뼉이라도 치고 싶은 심정이었다. 데이비드가 그녀에게 아직 기사를 쓰냐고 물었을 때 레이철은 대답을 망설였다. 자신이 일을 얼마나 망치고 스스로를 망가뜨렸으며 그 후로 해고당하고 어떤 수모를 겪었는지, 그리고 솔직히 말해서 이런 기사를 쓰는 것만이 자신이 재기할 수 있는 유일한 기회라는 이야기를 굳이 할 이유가 없었다. 의논할 가치도 없었다. 주의력만 흩어질 뿐이다. 어차피 그녀는 여기 왔으리라. 레이철은 그렇게 자신을 설득했고, 아마도 그 말은 사실일 것이다.

침대 위에 휴대전화가 있었다.

에라, 모르겠다.

레이철은 전화기를 집어 들었고, 마음이 바뀌기 전에 얼른 언니의 번호를 눌렀다. 자주 이용하는 번호 목록 맨 위에 있었다. 그런 다음 전화기를 귀에 댔다. 아직 신호음이 울리지 않았다. 지금이라도 끊을 수 있었다. 첫 번째 신호음이 울리자 레이철은 눈을 감았다. 아직 기회가 있었다. 두 번째 신호음이 울리자 누군가 전화를 받았다. 언니의 목소리가 아닌 딱딱한 목소리가 "여보세요?"라고 말했다.

로널드였다. 언니의 새 남편.

"안녕하세요, 로널드." 레이철이 말했다. 분명 휴대전화에 발신자 정보가 뜰 텐데도 그녀는 이렇게 덧붙였다. "저 레이철이에요."

"안녕, 레이철. 어떻게 지내?"

"잘 지내요. 근데 이거 언니 전화 아닌가요?"

"맞아." 로널드가 말했다. 그는 늘 로널드였고, 지금까지 한 번도 론이나 로니, 론스터 같은 애칭을 쓴 적이 없었다. 그 사실을 생각하면 로널드의 또박또박한 발음과 경직된 태도를 이해할 수 있었다. "언니가 곧 샤워하고 나올 거라서 내가 실례를 무릅쓰고 전화를 받았지."

정적이 흘렀다.

"조금만 기다리면 언니가 나올 거야." 로널드가 말을 이었다.

"기다릴게요."

로널드가 전화기를 내려놓는 소리가 들렸다. 레이철은 살짝 술기운이 돌았지만 목소리에서 술 마신 티는 전혀 나지 않을 거라고 확신했다. 중얼거리는 목소리가 들리더니 셰릴이 약간 지친 목소리로 전화를 받았다.

"안녕, 레이철."

레이철은 로널드 드리즌을 향한 자신의 거부감을 지나치다거나 부당하다고 말할 사람도 있으리라는 걸 깨달았다. 아마 그들의 말이 맞을 것이다. 하지만 레이철이 그렇게 된 데는 셰릴의 탓이 컸다. 셰릴이 이 새로운 남자를 레이철의 인생에 등장시킨 타이밍이 너무 나빴다.

"안녕, 언니." 레이철이 간신히 말했다.

언니가 얼굴을 찡그리는 모습이 보이는 듯했다. "너 괜찮니?"

"괜찮아."

"술 마셨어?"

레이철은 대답하지 않았다.

"무슨 일이야?"

모텔에 돌아온 후로 레이철은 어떻게 말할지 머릿속으로 연습했지만 막상 말할 때가 되자 머릿속이 하얘졌다. "그냥 잘 지내는지 궁금해서. 몸은 좀 어때?"

"꽤 좋아. 입덧이 멈췄어. 목요일에는 초음파 검사를 받을 거야."

"잘됐네. 그럼 아기 성별을 알게 되는 거야?"

"응, 하지만 걱정 마. 아기 성별을 발표하는 파티는 안 할 거야."

그나마 다행이네. 레이철은 그렇게 생각하며 입으로는 이렇게 말했다. "다 잘됐네."

"그래, 레이철. 잘됐고 다행이고 좋은 일이고 그래. 그러니까 시간 끌지 말고 무슨 일인지 빨리 말해줄래?"

레이철은 다시 사진을 들어 올렸다. 아이린과 벅스 버니와 그 소년의 옆얼굴. 칸막이 너머로 보이던 데이비드의 흉터투성이 얼굴, 사진을 향해 손가락을 들어 올릴 때 고개를 살짝 갸웃하던 그의 모습, 텅 빈 눈동자 속에 적나라하게 드러난 잊히지 않는 아픔. 그녀의 말이 맞았다. 데이비드에게는 아무것도 없었지만 셰릴에게는 인생이 있었다. 셰릴은 아이를 잃고 극심한 고통을 겪었으며, 자기 남편이 범인이라는 사실을 알게 되었다. 아무것도 아닐 일로 언니의 인생을 뒤엎는 건 공평하지 않았다.

"듣고 있어, 레이철?" 셰릴이 말했다.

레이철은 침을 삼켰다. "만나서 얘기해."

"뭐?"

"언니를 만나야겠어. 가능한 한 빨리."

"왜 그러는 거야? 나 이제 무서워지려고 해, 레이철."

"그럴 뜻은 없었어."

"알았어. 지금 우리 집으로 와."

"못 가."

"왜?" 셰릴이 물었다.

"지금 집이 아니야."

"그럼 어딘데?"

"메인주야. 브리그스 카운티."

숨 막힐 듯한 정적이 흘렀다. 레이철은 전화기를 꼭 잡고 눈을 감은 채 기다렸다. 마침내 셰릴이 입을 열었고, 고뇌에 찬 속삭임이 흘러나왔다. "대체 무슨 말을 하려는 거야?"

"내일 돌아갈 거야. 우리 집에서 만나. 저녁 8시에. 그리고 로널드는 데려오지 마."

* * *

브리그스 교도소에서는 낮과 밤의 경계가 모호하다.

밤 10시가 되면 '소등'하지만 그건 단지 조명을 약하게 한다는 뜻이다. 이곳은 절대 캄캄해지지 않는다. 어쩌면 좋은 일인지도 모른다. 각자 감방에 갇혀있으니 돌아다니면서 서로를 괴롭힐 수 없다. 내 감방에는 스탠드가 있어서 밤늦게까지 책을 읽을 수 있다. 그렇다면 감방에서 책을 많이 읽고 글도 쓸 거라고 생각하겠지만 샤워실에서 폭행당한 후로 눈에 문제가 생겨서 집중하기가 힘들다. 읽든 쓰든 한 시간이 넘어가면 골치가 아프다. 아니면 단순히 신체적인 문제가 아닐 수 있다. 심리적인 문제일 수도 있다. 모르겠다.

하지만 오늘 밤에는 머리 뒤로 손깍지를 낀 채 얇은 베개를 베고 누워있다. 마음의 수문을 열고, 교도소에 온 후 처음으로 매슈를 떠올린다. 매슈의 기억이 밀려드는 걸 막지 않는다. 차단하거나 거르지도 않는다. 기억이 흘러들어 와 날 감싸도록 내버려 둔다. 그 기억 속에 잠긴다. 아버지를 생각한다. 어머니와 함께 썼던 바로 그 침실에서 죽어가고 있을 아버지. 여덟 살 때 돌아가신 어머니도 생각하다가 내가 어머니의 죽음을 제대로 극복하지 못했다는 사실을 깨닫는다. 더는 어머니의 얼굴도 기억나지 않는다. 오랫동안 어머니의 얼굴이 떠오르지 않아 내 기억보다는 피아노 위에 놓인 사진에 의존해 왔다. 소피 고모, 어머니가 돌아가신 후에 날 키워준 친절하고 너그러운 소피 고모, 내가 맹목적으로 사랑하는 천사 같은 고모도 떠올린다. 고모는 아직 그 집에 갇힌 채 아버지가 마지막 숨을 거둘 때까지 돌봐줄 것이다.

감방 문 옆에서 소리가 나자 나는 고개를 갸웃한다.

여기서는 밤에 소리가 나는 일이 흔하다. 소름 끼치는 소리, 사람의 피를 얼어붙게 만드는 소리, 피할 수 없고 끊임없이 계속되는 소리들이다. 이 동에는 잠을 푹 자는 사람이 많지 않다. 잠결에 울부짖는 사람들이 많다. 그런가 하면 밤새 자지 않고 철창 너머로 이야기를 나누길 좋아하는 사람들도 있다. 생체 시계가 뒤바뀌어 뱀파이어처럼 밤새 깨어있고 낮에는 잠을 잔다. 그럴만하다. 여기는 낮과 밤이 없으니까.

그리고 물론 숨어서 하기보다는 당당하게 대놓고 자위하는 놈들도 있다.

하지만 이 소리, 내 고개를 갸웃하게 만드는 소리는 다르다. 다른 감방이나 보초실, 혹은 일반 수용실에서 나는 소리가 아니다. 내 감방 문에서 나는 소리다.

"누구세요?"

손전등 불빛이 내 얼굴을 비추는 바람에 순간적으로 앞이 보이지 않는다. 마음에 안 든다. 아주 마음에 안 든다. 나는 손을 들어 불빛을 막고 실눈을 뜬다.

"누구세요?"

"움직이지 마, 버로스."

"컬리?"

"움직이지 말라니까."

무슨 영문인지 알 수 없어서 그가 시키는 대로 한다. 브리그스 교도소에는 일반적인 자물쇠와 열쇠가 없다. 내 감방문은 '슬램록'이라는 전자 기계 시스템으로 작동되어 자동으로 잠기고 중앙통제실에서 관리한다. 열쇠는 백업용으로만 사용한다.

그런데 지금 컬리가 열쇠로 문을 연다.

열쇠로 문을 여는 광경은 처음 본다.

"무슨 일이에요?" 내가 묻는다.

"널 의무실로 데려갈 거야."

"그럴 필요 없어요. 난 괜찮아요."

"네가 결정할 일이 아냐." 컬리가 속삭이듯 말한다.

"그럼 누구의 결정인데요?"

"로스 섬녀가 공식 항의서를 제출했어."

"그래서요?"

"그래서 의사가 네 부상 부위를 목록으로 작성해야 해."

"지금요?"

"왜? 바빠?"

평소처럼 비꼬는 말투지만 이상하게 긴장한 목소리다.

"너무 늦었잖아요." 내가 말한다.

"꿀잠은 이따가 자도록 해. 빨리 일어나."

달리 어떻게 해야 할지 몰라서 나는 그냥 일어난다. "그 불빛 좀 내 얼굴에서 치워줄래요?"

"잔말 말고 움직여."

I will find you

"왜 속삭이는 겁니까?"

"너와 섬녀가 여길 난장판으로 만들었잖아. 그런 일이 또 있으면 되겠어?"

일리 있는 말인 것 같지만 이번에도 역시나 거짓말처럼 들린다. 하지만 내게 무슨 선택권이 있겠는가. 난 가야만 한다. 못마땅하지만 힘든 일도 아니다. 가서 의사를 만나고 오면 그만이다. 어쩌면 침대에 누워있는 섬녀를 향해 씩 웃어줄 수도 있다.

우리는 격리동을 떠나 복도를 걸어간다. 일반 수용동에서 들리는 아득한 고함 소리가 고무공처럼 콘크리트 벽에 튕겨 나간다. 조명은 약하게 줄여져 있다. 내 신발은 교도소용 캔버스 슬립온이지만 컬리의 신발은 검은색이고 발소리가 바닥에 울려 퍼진다. 컬리가 걸음을 늦춘다. 나도 똑같이 걸음을 늦춘다.

"계속 걸어가, 버로스."

"네?"

"그냥 계속 걸어."

컬리는 계속 반 발짝 뒤에서 따라온다. 이 복도에는 우리 둘뿐이다. 나는 뒤를 슬쩍 훔쳐본다. 컬리는 안색이 잿빛이고 눈이 번들거린다. 아랫입술이 부르르 떨린다. 금방이라도 울 것 같은 표정이다.

"괜찮아요, 컬리?"

그는 대답하지 않는다. 우리는 검문소를 통과하지만 여긴 교도관이 없다. 이상하다. 컬리는 스마트키처럼 생긴 물건으로 문을 연다. 길이 T자로 갈라지는 지점에 이르자 컬리가 내 팔꿈치를 잡더니 날 오른쪽으로 끌고 간다.

"의무실은 반대쪽이에요." 내가 말한다.

"일단 서류부터 작성해야 해."

우리는 반대쪽 복도를 걸어간다. 교도소의 소리가 희미해지다가 완전히 사라진다. 너무 고요해서 컬리의 힘겨운 숨소리가 들릴 정도다. 이 구역은 모르는 곳이다. 와본 적이 없다. 감방도 없다. 이곳의 문들은 샤워실 문처럼 표면이 울퉁불퉁하고 불투명한 유리로 되어있다. 교도소장 사무실 문도 그랬다. 여기가 일종의 행정실이고, 내 서류 작성을 도와줄 누군가를 만나려는 모양이다. 하지만 불투명한 유리를 통해 흘러나오는 빛은 없다. 여기에는 우리 둘뿐인 듯하다.

그제야 미처 몰랐던 무언가가 눈에 들어온다.

컬리가 장갑을 끼고 있다.

검은 라텍스 장갑이다. 교도관들은 장갑을 거의 끼지 않는다. 그런데 왜 지금, 오늘 밤에는 장갑을 끼고 있을까? 난 늘 직감 혹은 원시적 본능을 따라야 한다고 믿는 사람은 아니다. 그랬다가는 종종 잘못된 방향으로 가기 때문이다. 하지만 직감, 본능, 늦은 시간, 평계, 장갑, 가본 적이 없는 길, 컬리의 태도, 표정, 이 모두를 합쳐볼 때 분명히 뭔가 잘못되었다.

며칠 전이었다면 별로 신경 쓰지 않았으리라. 하지만 이제는 상황이 다르다.

"계속 걸어가. 왼쪽 마지막 문이야." 컬리가 말한다.

심장이 쿵쾅거린다. 앞을 바라본다. 왼쪽 마지막 문. 그 문도 표면이 울퉁불퉁하고 불투명한 유리로 되어있지만 역시나 빛이 흘러나오지 않는다.

이상하다.

I will find you

나는 걸음을 멈춘다. 뒤에서 따라오던 컬리 역시 움직이지 않는다. 컬리에게서 작은 소리가 흘러나온다. 천천히 돌아보니 컬리가 눈물을 줄줄 흘리고 있다.

"괜찮아요?" 내가 묻는다.

그때 번득이는 칼날이 보인다.

칼날이 곧장 내 배를 향해 날아온다.

생각할 틈이 없다. 내 몸은 저절로 반응한다. 나는 몸을 한쪽으로 기울이면서 팔로 칼을 내려친다. 칼날은 경로를 살짝 벗어나 내 오른쪽 옆구리를 스치듯 지나간다. 컬리가 칼을 위로 세게 들어 올려 내 팔을 긋는다. 피가 흐르지만 아무 통증도 느껴지지 않는다. 아직은.

나는 뒤로 폴짝 물러난다. 이제 컬리와 나는 1미터쯤 떨어졌고 둘 다 싸우는 자세로 상체를 웅크리고 있다.

컬리는 울고 있다. 마치 〈웨스트사이드 스토리〉의 한 장면을 허접하게 흉내 낸 듯이 자기 앞에 칼을 들어 올렸고, 얼굴은 눈물이 섞인 땀으로 뒤덮였다.

"미안해, 버로스."

"뭐 하는 겁니까?"

"정말 미안해."

그는 칼을 다시 잡는다. 나는 이제 손으로 팔을 붙잡은 채 손가락 사이로 새어 나오는 피를 막으려 한다.

"이럴 필요 없어요." 내가 말한다.

하지만 컬리는 내 말을 듣지 않은 채 내게 달려든다. 나는 뒤로 폴짝 물러선다. 귀에서 피가 슉슉 지나가는 소리가 들린다. 어떻게 해야 할지 모르겠다. 칼싸움에 대해서는 아무것도 모른다.

그래서 내가 할 수 있는 가장 간단한 일을 한다.

"도와주세요!" 나는 최대한 큰 소리로 외친다. "누가 좀 도와줘요!"

물론 거기에만 의지하지 않는다. 여기는 감옥이고, 나는 재소자다. 여기서는 매일 24시간 내내 사람들이 정신 나간 소리를 해댄다. 그렇기는 해도 내가 갑자기 소리를 지르니 컬리는 멈칫한다. 나는 그 틈을 이용해 몸을 돌려 복도를 전속력으로 달린다. 아까 우리가 왔던 길을 따라. 컬리가 날 뒤쫓는다.

"도와줘요! 컬리가 날 죽이려고 해요! 도와줘요!"

나는 돌아보지 않기 때문에 컬리가 날 따라잡았는지 아닌지 모른다. 괜히 돌아보는 위험을 감수할 수 없다. 그저 계속 다리를 움직이며 소리를 지른다. 하지만 이제 복도 끝, 아까 우리가 통과했던 검문소가 나온다. 거기에는 아무도 없다.

나는 문을 들이받는다. 문은 꿈쩍도 하지 않는다. 나는 문을 잡아당겨 열려고 한다.

소용없다. 문이 잠겼다.

이제 어떻게 하지?

"도와줘요!"

그제야 어깨 너머를 힐끗 돌아본다. 컬리가 다가오고 있다. 나는 독 안에 갇힌 쥐다. 몸을 돌려 그를 마주한다. 그러면서도 계속 도와달라고 소리를 지른다. 컬리가 걸음을 멈춘다. 나는 그의 표정을 읽어보려고 노력한다. 혼란, 고뇌, 분노, 두려움, 전부 다 있다. 특히나 두려움은 늘 강력한 감정이다. 컬리는 겁에 질려있다. 더는 겁에 질리지 않는 유일한 길은 나를 입 다물게 하는 것이다.

I will find you

컬리가 어쩌다 이런 일을 하게 됐든, 어떤 의구심을 가졌든지 간에 살아남아야 하는 그의 욕구가 훨씬 더 강력하다. 자신을 구하고, 자신의 이익을 걱정하는 것이 최우선이다.

그 말은 곧 나를 죽여야 한다는 뜻이다.

나는 더 이상 갈 곳이 없어 문을 등지고 선다. 컬리가 내게 달려들려는 찰나, 내 뒤에서 목소리가 들린다. "이게 대체 무슨 일이야?"

안도감이 혈관을 타고 흐른다. 돌아서서 여기 컬리가 날 죽이려 한다고 설명하려는데 단단한 무언가가 내 뒤통수를 가격한다. 난 무릎이 꺾이고 어둠이 날 감싼다.

그리고 모든 게 사라진다.

CHAPTER
8

셰릴은 커피 한 잔과 조간신문의 비즈니스 섹션을 들고 식탁으로 가 남편 로널드 맞은편에 앉았다. 아침 6시에 이렇게 신문을 읽는 시간은 그녀에게 행복한 아침 일과였다. 그녀와 로널드는 면 100퍼센트 소재의 스파 가운을 입고 있었다. 두툼한 칼라가 달리고 소매가 접힌 이 가운은 스코츠데일의 페어몬트 프린세스 호텔에서 호사스러운 휴가를 보낼 때 로널드가 구입했다.

대다수 사람들은 신문을 인터넷으로 보지만 로널드는 일간지를 매일 집에서 받아 보는 옛날 방식을 고수했다. 그는 1면부터 읽었고, 셰릴은 비즈니스 섹션부터 읽는 걸 선호했다. 이유는 몰랐다. 비즈니스에 대해서는 잘 모르지만 어딘가 역동적인 내용이 그녀에게는 아침 드라마를 보는 듯했다. 하지만 오늘은 아무리 집중하려고 노력해도 글이 전혀 읽히지 않았다. 글자는 의미 없는 파도를 타고 헤엄쳤다. 평소에는 자신이 읽는 기사에 대해 실시간으로 논평하던 로널드도—셰릴은 그의 그런 행동이 사랑스러운 만큼 짜증 나기도

I will find you

했다—오늘은 말이 없었다. 로널드가 자신을 주시한다는 걸 셰릴도 알고 있었다. 어젯밤에 레이철의 전화를 받은 뒤에 셰릴은 잠을 설쳤다. 로널드는 그녀에게 무슨 일인지 묻고 싶은 눈치였지만 묻지 않았다. 로널드의 장점 중 하나가 끼어들 때와 빠질 때를 기막히게 알아차린다는 점이었다.

"첫 환자가 몇 시야?" 그가 물었다.

"오전 9시."

셰릴이 근무 중인 병원은 일주일에 세 번만 오전 9시부터 진료를 봤다. 나머지 이틀은 수술하는 날이었다. 셰릴은 이식 전문의였다. 이식은 의심의 여지 없이 가장 흥미로운 의학 분야였다. 셰릴은 주로 신장과 간 이식을 담당했는데 위험 부담이 크면서도 어려운 수술이었다. 하지만 다른 외과 수술과 달리 수년에 걸친 장기간의 추적 관찰이 필요했기 때문에, 노력한 결과를 볼 수 있었다. 이식 전문의가 되려면 일반 외과에서 시작해(셰릴의 경우에는 보스턴 종합병원에서 6년간 근무했다) 1년 더 연구하고, 2년간 이식 수술 전문의로 일해야 한다. 지독하게 힘든 과정이었으나 그 비극적인 사건과 그로 인한 여파까지 겪은 후에는 오히려 병원이—지금까지 받은 교육과 직업, 소명, 환자가—그녀를 지탱해 주었다.

일이 그녀를 지탱해 주었다. 물론 로널드도.

셰릴은 남편과 눈을 마주치며 미소 지었다. 로널드도 미소 지었다. 그의 잘생긴 얼굴에 새겨진 걱정이 보였다. 아무 문제도 없다고 말하듯이 셰릴이 고개를 살짝 흔들었지만, 사실은 그렇지 않았다.

레이철은 왜 브리그스 교도소에 갔을까?

물론 답은 뻔했다. 데이비드를 만나러 간 것이다. 어떤 면에서는 그냥 넘어갈 수 있었다. 그래, 넌 너 하고 싶은 대로 해. 데이비드와 레이철은 늘 친하게 지냈다. 데이비드가 수감된 지 이제 거의 5년이 됐으니 아마 레이철은 그 정도면 충분히 기다렸다고 생각했을 것이다. 자신이 먼저 손을 뻗어야 한다고, 응원까지는 안 하더라도 약간의 관심은 보여야 한다고 생각했을 수도 있다. 지난 1년간 레이철이 개인적으로, 일적으로 겪은 아픔을 생각하면 늘 자신과 자신의 꿈을 믿어줬던 사람을 만나는 데서, 뭐랄까, 위로를 받았으리라.

아니다.

분명 다른 무언가가 있었다. 셰릴이 의사로서 자신의 일을 사랑하듯이 레이철은 탐사보도 기자라는 일을 사랑했다. 부당하든 아니든 레이철은 그 모두를 한순간에 잃었고 이제는 예전 같지 않았다. 충분히 이해할 수 있었다. 동생은 마음에 큰 상처를 입었다. 그 일을 겪으며 더 나쁜 방향으로 바뀌었다. 예전에 레이철은 믿을 수 있는 동생이었지만 지금은 동생의 판단력에 늘 의심이 들었다.

그런데 왜 브리그스에 간 걸까?

어쩌면 데이비드를 기회로 봤을지 모른다. 데이비드는 단 한 번도 언론에 입장을 밝힌 적이 없었다. 자신에게 어떤 일이 있었는지, 그 끔찍한 밤에 무슨 일이 있었던 거라고 생각하는지 말한 적이 없었다. 그러니 어쩌면 그게 레이철의 속셈일지도 몰랐다. 동생은 마음속으로는 여전히 탐사 저널리스트였기 때문에 데이비드를 걱정하는 척하며 그를 찾아갔을 수 있다. 레이철은 남의 이야기에 공감하고 사람들의 마음을 여는 데 능숙했다. 어쩌면 데이비드에게서 이야기를 끌어낼 수 있을지 몰랐다. 신문 헤드라인을 장식하고, 실화 범죄 팟캐스트에 소개될 만한 이야기를. 어디까지나 가정이지만 어쩌면 레이철은 데이비드를 이용해 기자로서 자신의 입지를 회복하고, 언론계에서 '손절당한' 자신의 처지를 되돌릴 수도 있었다.

하지만 레이철이 정말로 그렇게 할까?

그저 기자로 복귀하기 위해 언니가 겪은 그 끔찍한 사건을 다시 끄집어내 언니가 (외과적 비유를 사용하자면) 봉합한 부위를 찢어버릴까? 레이철이 그렇게 냉정할 수 있을까?

"몸은 어때?" 로널드가 물었다.

"좋아."

로널드가 그녀에게 미소 지었다. "내 아내가 엄청나게 섹시한 임산부로 보인다고 말하면 너무 유치할까, 아니면 낭만적일까?"

"둘 다 아니야. 그보다는 그냥 당신이 꼴려서 한번 하고 싶은 거겠지."

로널드는 놀란 척 숨을 헉 들이쉬며 가슴에 손을 얹었다. "내가?"

셰릴은 고개를 절레절레 흔들었다. "남자들이란."

"속이 빤히 들여다보이는 족속이지."

셰릴은 임신 중이었다. 임신은 정신을 완전히 다 빼앗기는 경이로운 사건이었다. 게다가 이번에는 임신이 아주 쉽게 되었다. 로널드가 다시 지켜보는 터라 셰릴은 억지로 미소를 지었다. 그들은 작년에 주방을 새로 단장하면서 벽을 허물고 공간을 4.5미터 정도 확장했으며 아기가 뒷마당을 돌아다닐 경우를 대비해 머드룸(집 안에 들어가기 전에 더러워진 신발이나 옷을 벗는 공간—옮긴이)을 추가로 만들었다. 또 천장에서 바닥까지 내려오는 통창을 설치했고, 화구가 여섯 개나 있는 인덕션에 대형 노스랜드 마스터 시리즈 냉장고와 냉동고까지 들여놓았다. 주방 디자인은 로널드가 직접 했다. 요리를 좋아했기 때문이었다.

어쩌면 답은 더 간단할지도 모른다고 셰릴은 생각했다. 어쩌면 레이철은 드디어 옛 형부에게 연락할 때가 됐다고 생각했을 수도 있다. 셰릴도 그런 심정이 이해가 갔다. 그녀도 당시에는 남편 편에 서고 싶지 않았던가. 수사를 통해 데이비드가 주요 용의자가 됐을 때도 그녀는 데이비드의 편에 섰다. 데이비드가 매슈를 죽였다는 가설은 터무니없었다. 당시에는 아들의 잔인한 죽음에 남편보다 차라리 외계인에게 더 책임이 있다고 해도 믿었으리라.

하지만 증거가 쌓이자 의심이 파고들었고 결국 곪아 터졌다. 그 사건이 일어나기 몇 달 전부터 둘은 사이가 좋지 않았다. 결혼 생활은 급강하하는 비행기였다. 비록 셰릴은 추락 직전에 레버를 끌어당겨 다시 위로 올라갔다고 믿고 싶었지만. 둘은 리비어 고등학교 2학년 때부터 좋을 때나 힘들 때나 늘 함께하면서 위기를 극복해 왔다.

하지만 그 일도 극복할 수 있었을까?

아마 힘들었으리라. 신뢰란 원래 그렇다. 데이비드가 그녀에 대한 신뢰를 잃은 뒤로 모든 게 예전 같지 않았다. 그리고 그녀가 데이비드에 대한 신뢰를 잃은 뒤로는…….

데이비드에게 의혹의 눈초리가 쏟아지자 셰릴은 그를 지지하는 태도를 유지하려 했으나 데이비드는 셰릴의 본심을 꿰뚫어 보고 그녀를 밀어냈다. 당시 상황의 부담감은 견딜 수 없을 정도로 무거웠다. 재판이 시작되고 법정에서 놀라운 사실들이 밝혀졌을 무렵, 그들의 결혼 생활은 끝났다.

결국 데이비드는 아들을 살해했고, 그 이유에는 셰릴이 큰 몫을 차지했다.

로널드가 요란하게 커피를 후루룩 마시는 소리에 셰릴은 다시 햇살이 내리쬐는 아침 식탁으로 돌아왔다. 그녀는 깜짝 놀라 고개를 들었다. 로널드가 머그잔을 내려놓으며 말했다.

"나한테 좋은 생각이 있어."

셰릴은 억지 미소를 지었다. "그게 뭔지 이미 밝힌 거 같은데?"

"오늘 밤에 알베르트 카페에서 저녁 먹는 건 어때? 우리 둘이서만."

"안 돼."

"왜?"

"내가 말 안 했나? 레이철을 만나기로 했어."

"말 안 했어." 그가 천천히 말했다.

"별일 아니야."

"처제는 괜찮아?"

"그런 거 같아, 응. 그냥 만나러 와달래. 우리 못 본 지 꽤 됐거든."

"그거야 그렇지." 로널드도 동의했다.

"그래서 회진 끝나고 들르려고. 당신만 괜찮다면."

"당연히 괜찮지." 로널드가 약간 과장해서 말했다. 그러더니 신문을 찾아서 쫙 펼치고 다시 읽기 시작했다. "재밌게 놀다 와."

셰릴의 마음속에서 분노가 끓어올랐다. 왜? 대체 레이철은 왜 그러는 걸까? 데이비드를 용서하고 싶다면 좋다, 얼마든지 용서해라. 하지만 왜 나까지 끌어들일까? 왜 이제 와서? 새로운 가정을 꾸리고 임신까지 한 지금? 그런 전화가 얼마나 부담스러운지 레이철도 분명히 알았을 것이다. 그런데 대체 왜 그런 걸까?

그게 바로 셰릴을 가장 괴롭히는 질문이었다. 레이철은 좋은 동생이었다. 최고의 동생이라고 해도 과언이 아니었다. 둘은 좋을 때나 힘들 때나 늘 서로의 곁에 있어주었고 앞으로도 영원히 그럴 것이다. 비록 셰릴이 두 살 언니였지만 최근까지만 해도 둘 중에서 더 신중하고 상대를 과잉보호하는 쪽은 레이철이었다. 매슈가 살해된 후 다시 일상으로 복귀하려고 셰릴이 얼마나 노력했는지 레이철은 알고 있었다. 까놓고 말해서 셰릴은 데이비드를 자신의 삶에서, 생각에서 잘라내 버렸다. 앞으로 나아가기 위해 데이비드는 존재한 적이 없는 사람이어야 했다. 하지만 매슈는…….

아, 매슈는 다른 문제였다.

셰릴은 아름다웠던 어린 아들을 절대 잊지 못할 것이다. 절대로. 무슨 일이 있어도. 단 한 순간도. 그것이 그녀가 깨달은 사실이었다. 그런 일은 절대 극복하지 못한다. 그저 가슴에 묻은 채 사는 법을 배워야 한다. 아무리 마음이 아파도 어쩔 수 없다. 그 아픔과는 싸우지 않는다. 밀어내지도 않는다. 받아들이고 내 일부가 되게 한다. 그것만이 유일한 방법이다.

매슈를 기억하는 것보다 유일하게 더 마음 아픈 일이 있다면 언젠가 정말로 그 애를 잊을지도 모른다는 생각이었다.

그녀의 입술 사이로 신음이 새어 나왔다. 셰릴은 재빨리 손바닥에서 손목으로 이어지는 부위로 입을 막았다. 이번이 처음이 아니었다. 슬픔이 정면에서 공격하는 경우는 거의 없다. 예상치 못한 순간에 몰래 덮치는 걸 선호했다. 로널드는 자세를 고쳐 앉았지만 고개를 들거나 왜냐고 묻지 않았다. 셰릴은 그 점이 고마웠다.

그러자 다시 질문이 떠올랐다. 레이철이 내게 하고 싶은 말이 뭘까?

동생은 호들갑을 떠는 성격이 아니었다. 그러니 무슨 일이든 분명 중요한 일일 것이다. 아주 중요한 일. 그리고 아마도 데이비드와 관련된 일일 것이다.

하지만 그보다는 매슈와 관련된 일일 가능성이 더 높았다.

CHAPTER
9

"**좋**은 아침이야, 스타아아아아아-샤인! 지구가 인사하네……."

나는 죽은 게 틀림없다. 죽어서 지옥에 떨어진 것이다. 암흑 속에서 로스 섬녀가 뮤지컬 〈헤어〉에 나오는 노래를 엉망진창으로 부르는 걸 영원히 들어야 하는 지옥. 누군가가 망치로 내 이마에 말뚝을 박는 듯이 골치가 지끈거린다. 어둠 속에서 빛이 보이기 시작한다. 나는 눈을 깜빡거린다.

로스 섬녀가 노래한다. "당신은 우리 위에서 반짝거리고, 우리는 아래서 반짝거리고……."

"입 다물어." 누군가가 섬녀에게 말한다.

나는 의식 위로 헤엄쳐 올라온다. 눈을 뜨고 머리 위 형광등을 바라본다. 일어나 앉으려고 하지만 그럴 수가 없다. 날 막는 건 피로나 통증, 부상이 아니다. 고개를 왼쪽으로 돌렸더니 내 손목에 수갑을 채워 침대 난간에 고정해 둔 게 보인다. 오른손과 양쪽 발목도 마찬가지다. 전형적인 사지 결박이다.

I will find you

로스 섬녀가 미치광이처럼 웃어댄다. "아, 좋아 죽겠네! 이렇게 기쁠 수가!"

시야는 여전히 흐릿하다. 나는 침착하게 숨을 고르고 주위를 찬찬히 둘러본다. 녹회색 콘크리트 벽. 나와 로스를 제외하고 비어있는 수많은 침상. 로스의 얼굴은 여전히 엉망이고, 부러진 코를 가로질러 밴드가 붙어있다. 의무실이다. 나는 지금 의무실에 있다. 그래, 다행이다. 적어도 지금 내가 어디 있는지는 알았다. 반대편으로 고개를 돌리니 침대 옆에 교도관이 한 명도 아니고 두 명도 아닌 **세 명**이 있다. 두 명은 마치 친척 병문안을 온 듯이 내 옆에 앉아있고 나머지 한 명은 그들 뒤에서 서성인다.

셋 모두 아주 위협적인 눈빛으로 날 바라보고 있다.

"넌 이제 완전히 좆됐어, 형씨." 로스 섬녀가 말했다. "완전히, **완전히 좆됐어.**"

입안이 모래를 씹는 듯했지만 그래도 간신히 쉰 목소리로 말했다. "이봐, 로스?"

"왜?"

"코가 아주 예쁘다, 병신아."

섬녀의 웃음소리가 멈췄다.

절대 다른 재소자에게 두려움을 보이면 안 된다.

나는 이제 교도관들 쪽으로 시선을 돌린다. 이쪽도 마찬가지다. 절대 두려움을 보이지 마라. 교도관들에게도. 나는 한 번에 한 명씩 그들의 시선을 마주한다. 그들의 시선에서 보이는 분노가 이해되지 않는다. 다들 무슨 이유로 정당하게 화가 나있는데 그 이유가 나인 듯하다.

컬리는 어디 있지?

의사로 보이는 여자가 내 침대로 다가온다. "몸은 좀 어때요?" 내 대답에 신경 쓰는 척조차 하지 않는 말투다.

"나른해요."

"그럴 거예요."

"나한테 무슨 일이 있었던 거죠?"

그녀는 날 노려보는 교도관들을 힐끗 본다. "아직 알아보는 중이에요."

"수갑 좀 풀어줄 수 있나요?"

의사는 노려보는 교도관들을 향해 고갯짓한다. "내게는 결정권이 없어요."

나는 세 사람의 단호한 얼굴을 바라보고 포기한다. 의사가 의무실에서 나간다. 뭘 해야 할지, 무슨 말을 해야 할지 몰라서 침묵을 지키기로 한다. 벽에는 흰 바탕에 검은색 분침과 시침이 달린 낡은 시계가 걸려있다. 가필드 초등학교에 다닐 때 두 시곗바늘이 좀 더 빨리 움직이기를 바라며 바라보곤 했던 시계가 생각난다.

8시가 조금 넘었다. 오후보다는 오전 같지만 이 방에는 창문이 없으니 확실하지 않다. 골치가 아팠다. 어젯밤에 날 구해준 목소리를 듣기 직전까지 무슨 일이 있었는지 기억을 더듬어 본다. 주로 컬리의 얼굴, 그 얼굴에 서려있던 공포와 패닉이 기억난다.

그래서, 무슨 일이 있었던 걸까?

서성이는 교도관은 키가 크고 말랐으며 목젖이 지나치게 도드라졌다. 본명은 할이지만 다들 그를 헐렁이라고 불렀다. 어느 재소자 말처럼 "할은 엉덩이가 너무 작아" 어떤 바지를 입든 헐렁했기 때문이다. 헐렝이는 계속 날 노려보며 내게 달려오더니 우리 코가 거의 닿을 정도로 내게 몸을 숙였다. 나는 조금이라도 공간을 확보하려고 베개에 뒤통수를 파묻었지만 소용없었다. 마치 그의 입속에서 죽은 햄스터 한 마리가 썩어가는 것처럼 입 냄새가 역겨웠다.

"넌 이제 죽은 목숨이야, 버로스." 헐렝이가 내 얼굴에 대고 속삭인다.

나는 악취에 질식할 뻔한다. 그의 입 냄새를 빈정거리려다가 정신이 번쩍 들면서 마음을 바꾼다. 나머지 두 교도관 중 비교적 점잖은 성격인 카를로스가 말한다. "할, 그만해."

헐렝이 할은 그의 말을 무시하고 다시 말한다. "죽은 목숨이라고."

지금 내가 무슨 말을 하든 불필요하거나 나한테 손해만 될 터라서 나는 계속 침묵을 지킨다.

할이 다시 서성인다. 레스터라는 이름의 나머지 세 번째 교도관과 카를로스는 자리에 그대로 앉아있다. 나는 베개에 머리를 편안히 눕히고 눈을 감는다.

내게는 무기도 없고 사지가 묶여있는데도 세 명의 교도관이 날 밀착 감시하고 있다. 세 명의 교도관이 동시에.

아무리 생각해도 너무 과하다.

대체 무슨 일인 거지? 컬리는 어디 있지?

내가 컬리에게 상처라도 입혔나?

전부 다 기억나는 듯하지만 내 전적을 생각한다면 확신할 수 없었다. 어쩌면 나는 정신을 잃었는지 모른다. 도와달라는 내 소리를 들은 또 다른 교도관이 문을 너무 늦게 열었을지도 모른다. 컬리가 날 제압한 것이 아니라 어쩌면 내가 그에게서 칼을 빼앗아서……

이런 젠장.

머릿속에서 이런 가설들이 소용돌이치는 동안 대형 토네이도가 다른 모든 가설을 내던져 버리며 거칠게 밀치고 들어온다. '내 아들은 아직 살아있을까?'

나는 뒤통수로 베개를 누른 채 두 팔과 다리를 빼내보려 하지만 꿈쩍도 하지 않는다. 무력감이 든다. 시간이 흐른다. 얼마나 지났는지 모르겠다. 계획을 짜보려 하지만 아무것도 떠오르지 않는다.

벽에 부착된 전화가 울린다. 카를로스가 일어나 전화를 받는다. 내게 등을 돌린 채 나직이 말하는 탓에 무슨 말을 하는지 알아들을 수 없다. 몇 초 후, 카를로스는 전화를 끊는다. 레스터와 할이 카를로스를 돌아본다. 카를로스는 고개를 끄덕이며 말한다.

"가자."

할은 작은 열쇠를 꺼내 먼저 내 발목을 풀고, 그다음에는 손목을 풀어준다. 카를로스와 레스터는 마치 내가 도망이라도 갈 거라는 듯이 날 감시한다. 당연히 난 도망치지 않는다. 그저 손목을 주무른다.

"일어나." 헐렝이 할이 퉁명스럽게 말한다.

나는 어지러워서 천천히 몸을 일으킨다. 하지만 헐렝이에게는 너무 느렸나 보다. 그가 손을 뻗어 내 머리채를 잡더니 날 일으킨다. 피가 아래로 쏠리고 머리가 반항이라도 하듯이 빙빙 돈다.

"일어나라니까." 헐렝이가 꽉 다문 이 사이로 내뱉듯이 말한다.

그러더니 내가 덮고 있던 담요를 젖혀버린다. 섬녀가 다시 깔깔대는 소리가 들린다. 헐렝이는 내 두 발을 들어 옆으로 내던진다. 나는 발과 함께 몸을 돌려 발이 바닥에 착지하게 한 다음 간신히 일어선다. 다리가 후들거린다. 한 발짝 내딛고 꼭두각시처럼 비틀거리다가 균형을 잡는다.

로스 섬너는 이 상황을 즐기며 이렇게 노래한다. "나 나 나 나 나, 헤이 헤이 헤이……."

골치가 지끈거린다. "어디로 가는 겁니까?" 내가 묻는다.

카를로스는 내 등에 손을 대고 부드럽게 밀친다. 나는 하마터면 넘어질 뻔한다.

"가자." 카를로스가 말한다.

헐렝이와 레스터가 내 양쪽에 서서 내 팔을 잡는다. 양쪽 팔꿈치 아래 지압점을 꽉 잡은 채 반은 호위하듯 반은 끌고 가듯 날 의무실 밖으로 이끈다.

"지금 어디 가는 겁니까?"

하지만 대답하는 사람은 로스 섬너뿐이었다. 그는 반복해서 부르던 첫 소절을 마치고 손을 흔들며 "……굿바이!"라고 외쳤다.

나는 머릿속을 깨끗이 비우려고 하지만 몇몇 생각이 완강하게 들러붙어 떨어지지 않는다. 카를로스가 앞장선다. 레스터가 내 오른팔을, 헐렝이가 내 왼팔을 붙잡고 있다. 헐렝이의 눈빛은 증오로 가득 찼다. 그걸 보자 맥박이 빨라진다. 이제 어떻게 하지? 대체 어디로 가려는 걸까? 그리고 한 가지 명심해야 할 사실이 있다.

어젯밤 교도관이 날 죽이려고 했다.

그게 가장 중요한 사실이다. 컬리는 병동의 인적 없는 복도로 날 데려가 칼로 찌르려 했다. 칼에 베인 팔뚝의 상처에는 두툼한 붕대가 감겨있지만 여전히 욱신거린다.

우리 넷은 천천히 복도를 걸어간 다음, 터널을 통과한다. 터널 안에는 금속 케이지를 씌운 전구가 일렬로 설치되어 있다. 걷는 게 도움이 돼서 머리가 맑아진다. 완전히는 아니지만 이 정도도 충분하다. 터널 끝에 이르러 계단을 올라간다. 창문 너머로 햇살이 보인다. 좋아, 그러니까 오후가 아니라 오전 8시가 맞다. 앞뒤가 맞아떨어진다. 지금 여기가 '행정동'이라고 알려주는 간판이 보인다. 조용하지만 아직 근무 시간이 아니다. 근무는 9시부터 시작이다.

그런데 왜 지금 여기 온 걸까?

내가 여기 있다는 걸 다른 사람에게 알리기 위해 소동이라도 일으킬까 고민한다. 하지만 그래봐야 무슨 소용일까? 앞서 말했듯이 지금은 아침 8시가 조금 지났다. 아직 출근한 사람도 없으리라.

카를로스가 닫힌 문 앞에서 걸음을 멈추고 노크한다. 문 너머에서 들어오라는 희미한 소리가 들린다. 카를로스가 손잡이를 돌려 문을 연다. 나는 안을 들여다본다.

거기에 컬리가 서있다.

나는 가슴이 철렁 내려앉는다. 뒷걸음질 치려고 하지만 할과 레스터가 내 팔을 잡고 있다. 그들이 날 앞으로 민다.

컬리가 날 비웃는다. "이 개자식."

우리의 눈이 마주친다. 지금도 컬리는 아주 터프하게 보이려고 노력하지만 내 눈에는 역시나 진실이 보인다. 그는 겁을 잔뜩 먹고 울기 직전이다. 나는 반박하려고, 왜 날 죽이려고 했냐고 물어보려다가 그게 무슨 소용일까 싶다. 대체 무슨 일이 벌어지고 있는 걸까?

그때 익숙한 목소리가 들린다. "알았네, 테드. 그만하게."

온몸에 안도감이 퍼진다.

나는 사무실 안쪽으로 몸을 내밀어 오른쪽을 본다. 필립 아저씨다. 이제 안전하다.

I will find you

아저씨와 눈을 마주치려 하지만 아저씨는 내 쪽으로는 눈길도 주지 않는다. 푸른색 양복을 입고 빨간 넥타이를 맨 차림으로 창문 옆에 잠시 더 서있다가 실내를 가로지르더니 컬리와 악수한다.

"협조해 줘서 고맙네, 테드."

"당연히 협조해야죠, 소장님."

필립 매켄지의 시선은 날 스쳐 지나 여기까지 날 호송한 세 교도관에게 향한다. "이제부터 이 친구는 내가 맡겠네. 자네들은 원래 업무로 돌아가게."

카를로스가 대답한다. "네, 소장님."

그제야 내가 여전히 뒤가 트인 엉성한 병원 환자복만 입고 있음을 깨닫는다. 발에는 캔버스 슬립온도 없이 병원용 양말만 신고 있다. 갑자기 벌거벗은 듯한 기분이지만 나는 저들에게 절대 위협적으로 보여서는 안 되는 처지임을 깨닫는다.

컬리가 다가온다. 내게 다가오는 것인지 문으로 가는 것인지 알 수 없다. 나와 거리가 좁혀지자 그는 걸음을 늦추며 다시 한번 최대한 매서운 눈으로 날 노려보려고 하지만 저 눈빛 뒤에는 아무것도 없다. 그냥 허세를 부리는 것이다.

이 남자는 겁에 질려있다.

컬리가 문 앞에 다다르자 필립 매켄지가 말한다. "테드?"

그는 다시 소장을 돌아본다.

"이 친구는 오늘 하루 종일 나와 함께 있을 걸세. 오늘 자네 구역은 누구 담당이지?"

"접니다. 제가 3시까지 근무합니다." 테드가 말한다.

"자네는 밤을 새웠잖아."

"괜찮습니다."

"정말인가? 오늘 근무는 쉬어도 돼. 아무도 자넬 욕하지 않을 거야."

"차라리 근무하는 게 낫습니다, 소장님. 그래도 괜찮다면요."

"그럼 그렇게 하게. 자네 근무가 끝나기 전에 버로스를 보내지는 않을 거야. 오히려 잘됐어. 다음 교대 근무자에게 전하게."

"알겠습니다, 소장님."

컬리는 사무실에서 나간다. 헐렝이 할이 그의 등을 토닥이며 맞아준다. 필립 아저씨는 여전히 내 쪽을 쳐다도 안 본다. 컬리와 할은 복도를 걸어가기 시작하고, 레스터가 그 뒤를 따른다. 카를로스가 사무실 안으로 고개를 내밀며 말한다. "저는 남을까요?"

"지금 말고 이따 진술이 필요할 때 연락하지."

카를로스는 날 보다가 다시 필립 아저씨를 바라본다. "알겠습니다."

"카를로스?"

"네?"

"문 닫아주고 가겠나?"

"그래도 괜찮으시겠어요, 소장님?"

"응. 괜찮네."

카를로스는 고개를 끄덕이고 문을 닫는다. 아저씨와 나 단둘이 남는다. 내가 무슨 말을 하기도 전에 아저씨가 내게 앉으라고 손짓한다. 나는 그렇게 한다. 아저씨는 계속 서있는다.

"테드 웨스턴 말로는 어젯밤에 네가 자기를 죽이려고 했다는구나."

나는 정말로 깜짝 놀란다.

아저씨는 팔짱을 끼고 책상 앞에 몸을 기댄다. "네가 거짓말로 아프다고 하면서 의무실로 데려가 달라고 했다는 거야. 네가 로스 섬너라는 재소자와 다투고 부상까지 당한 뒤였기 때문에 그 말을 믿었다고 했어."

아저씨는 오른쪽으로 고개를 돌리더니 책상에 놓인 칼을 향해 고갯짓한다. 어젯밤 컬리가 사용한 칼인 듯한데 현장 증거를 넣어두는 투명한 지퍼백에 들어있다. "뿐만 아니라 단둘이 있게 되자 네가 이걸 꺼내서 자기를 찌르려 했다고 주장했어. 너희 둘은 싸웠고, 컬리가 몸싸움 끝에 네게서 칼을 빼앗았지. 그 과정에서 칼로 네 팔을 벴고, 넌 도망쳤어. 다른 교도관이 시끄러운 소리를 듣고 가서 널 제압한 거야."

"거짓말이에요, 아저씨."

아저씨는 아무 말도 하지 않는다.

"저한테 그럴만한 동기가 뭐가 있겠어요?"

"아, 그거야 모르지. 넌 어제 처음으로 날 찾아와 나가게 해달라고 애원하지 않았니?"

"그래서……?"

"그래서 어쩌면 네가 절박해졌을 수도 있지. 넌 유명한 재소자와 싸움을 벌였고……."

"그 미친놈이 먼저 덤벼들었다고요."

"그 일로 의무실에 가게 됐어. 어쩌면 그게 네 탈옥 계획의 일부인지도 모르지. 아니면 네가 로스 섬너에게 칼을 받았을 수도 있고. 너희 둘이 짜고서 함께 저지른 짓일 수도 있어."

"아저씨, 컬리가 거짓말하는 거예요."

"컬리?"

"우린 그렇게 불러요. 제가 한 짓이 아니에요. 컬리가 절 깨우더니 그 복도로 데려가서 절 죽이려 했어요. 전 공격을 막다가 다친 거고요."

"그래, 알았다. 그러니까 넌 내가, 나아가 세상 사람들이 네 말을 믿어줄 거라고 기대하는 모양이구나. 흠잡을 데 없는 15년 경력의 교도관보다 유죄판결을 받은 유아 살해범을 말이야."

순간적으로 나는 말문이 막힌다.

"어제 네 아버지를 만나고 왔다."

"네?"

"네 고모도."

"두 분은 어떻게 지내시나요?"

"네 아버지는 말을 못해. 죽어가고 있어."

나는 고개를 절레절레 흔든다. "왜 아버지를 보러 가신 거죠?"

아저씨는 대답하지 않는다.

"그것도 하필이면 어제요. 리비어에 왜 가신 거예요, 아저씨?"

아저씨는 문으로 걸어간다. "따라와라."

나는 굳이 어디로 가냐고 묻지 않는다. 그냥 일어나서 아저씨를 따라간다. 우리는 복도를 지나 나란히 계단을 내려간다. 아저씨는 등을 똑바로 편 채 전방을 주시한다. 그러고는 날 돌아보지 않은 채 말한다. "넌 운이 좋았어. 널 제압한 교도관이 카를로스였으니까."

"왜요?"

"왜냐하면 카를로스는 내게 바로 전화했거든. 전화로 이 사건을 보고했지. 난 즉시 카를로스를 포함해 세 명의 교도관에게 널 계속 감시하라고 명령했고."

나는 걸음을 멈추고 아저씨의 소매를 잡는다. "그래서 이 일을 마무리 지을 수 없었던 거군요. 아저씨는 누군가 날 죽일까 두려웠던 거예요."

아저씨가 소매를 잡은 내 손을 내려다보자 나는 소매를 천천히 놓는다.

"넌 아직 위험해." 아저씨가 말한다. "설사 내가 널 독방에 넣는다고 해도, 지금 당장 다른 교도소로 이감한다고 해도 마찬가지야. 이제 복수를 노리는 교도관이 널 죽이려 해. 게다가 넌 로스 섬녀와 그 부유한 섬녀의 심기를 거슬렀어. 이 모든 것이 네게는 불리해."

"그럼 어떻게 해야 하나요?"

아저씨는 대답 대신 사무실 문을 연다. 어제 내가 갔던 그 사무실이다. 사무실에는 경찰복을 갖춰 입은 아저씨의 아들 애덤이 서 있다. 애덤을 보니 가슴이 벅차오른다. 이런 감정을 느끼는 게 얼마만인지 모른다. 나는 잠시 내 단짝을 그저 바라본다. 애덤은 미소를 짓더니 마치 이게 꿈이 아니라고, 자기가 정말로 여기, 네 앞에 있다고 말하듯이 고개를 끄덕인다. 내 마음은 과거로 돌아간다. 리비어 고등학교에서 농구 연습을 하기 전 로커룸으로, 프렌들리에서 헨콕 자매와 했던 더블데이트로, 펜웨이 파크 외야석 맨 뒷줄에서 노닥거리며 상대 팀 우익수를 조롱하던 때로.

애덤이 두 팔을 벌린 채 다가오고, 나는 친구의 품에 안긴다. 울것만 같아서 눈을 꼭 감는다. 다리에서 힘이 빠지지만 애덤이 날 붙잡아 준다. 이런 포옹을 받아본 지가 얼마 만인가. 거의 5년 만이다. 진정한 사랑이나 배려가 담긴 포옹을 마지막으로 받은 때가 언제였더라? 배심원단이 유죄평결을 내리던 날, 지금은 죽어가는 아버지가 날 그렇게 안아주었다. 하지만 내가 세상에서 가장 사랑했던 아버지와의 포옹에서도 나는 아버지가 주저하는 걸 느낄 수 있었다. 아버지는 날 사랑했다. 하지만―어쩌면 이건 내 마음이 투사된 것일 수도 있다―그 포옹에는 약간의 의심이 있었다. 마치 지금 당신이 아들을 꺼안는 것인지 괴물을 꺼안는 것인지 잘 모르겠다는 듯이.

하지만 애덤의 포옹에는 의심이 없었다.

애덤이 팔을 풀지 않자 내가 그를 놓아준 다음 뒤로 물러난다. 입이 떨어질지 모르겠다. 벌써 사무실 문을 닫은 필립 아저씨는 아들 옆으로 와서 선다.

"우리에게 계획이 있다." 아저씨가 말한다.

CHAPTER
10

"**무**슨 계획이요?" 내가 묻는다.

필립 매켄지는 아들을 향해 고갯짓한다. 애덤은 미소 지으며 셔츠 단추를 푼다.

"네가 내가 되는 거야." 애덤이 말한다.

"뭐라고?"

"계획을 세울 시간이 더 있었더라면 좋았겠지만, 내가 말한 대로다." 아저씨가 말한다. "네가 여기 계속 있다가는 내가 아무리 널 보호하려고 해도 끝이 좋지 않을 거야. 지금 당장 실행해야 해."

애덤이 경찰 제복 셔츠를 벗어 내게 건넨다. "내가 가진 가장 작은 사이즈로 입고 왔지만 그래도 너한텐 헐렁할 거야." 나는 셔츠를 받아 든다. 애덤은 벨트를 푼다.

"우리 계획을 한마디로 말하자면 네가 우릴 함정에 빠뜨리는 거다, 데이비드." 아저씨가 말한다.

"제가요?"

"넌 어제 처음으로 날 만나러 왔어. 그 만남은 기록으로도 남아 있지. 날 찾아와서 상담 치료를 받고 싶다고 했어. 진정으로 잘못을 뉘우치고 있으며 도움을 받고 싶다는 눈물겨운 이야기를 늘어놓은 거야."

나는 환자복을 벗고 애덤에게 받은 흰 티셔츠에 머리를 밀어 넣는다. 그다음에 경찰 제복 셔츠를 입는다. "그다음에는요?"

"넌 내게 오랜 친구 애덤을 만나게 해달라고 애원했지. 거기서부터 시작하고 싶다고. 네 이야기를 들어주고 널 여전히 친구로 받아줄 누군가와 함께 있고 싶다고. 내 오랜 친구인 네 아버지에 대한 의리로 난 그 말에 속았다. 나로서는 충분히 납득이 되는 말이었지. 널 심연에서 다시 끌어내 진실을 고백하게 할 수 있는 사람이 있다면 그건 애덤이었으니까."

애덤은 내게 바지를 건네며 씩 웃는다.

"그래서 교도관들에게 이미 말했다시피 난 오늘 장시간의 면담을 준비했다. 너와 애덤이 하루를 함께 보내는 거지."

바지가 너무 길어서 나는 끝단을 접는다.

"다만 난 네게 총이 있었다는 사실을 몰랐어."

나는 눈살을 찌푸린다. "총이요?"

"그래. 넌 총을 꺼내 우릴 겨눴어. 애덤에게 옷을 벗게 한 다음, 팔다리를 묶어서 벽장에 가둬버렸지."

애덤이 빙긋 웃는다. "그리고 난 어둠을 무서워하고."

나도 빙긋 웃는다. 비록 어릴 때 애덤이 머리맡 테이블에 스누피 야간 조명등을 두고 잤다는 사실이 이제야 기억났지만. 애덤의 집에서 자고 갈 때 가끔 그 등 때문에 잠을 잘 수가 없었다. 나는 스누

피를 바라보느라 눈을 감을 수가 없었다.

재미있게도 기억은 마음 한구석에 늘 존재한다.

"그런 다음에," 필립 아저씨가 말한다. "넌 애덤의 제복과 트렌치코트를 입고 모자를 썼어. 날 총으로 겨누며 널 여기서 데리고 나가라고 강요했지."

"대체 제가 어떻게 총을 손에 넣은 거죠?" 내가 묻는다.

아저씨는 어깨를 으쓱인다. "여긴 감옥이야. 재소자들에게는 없는 물건이 없지."

"총은 아니에요, 아저씨. 게다가 전 간밤에 세 교도관에게 둘러싸여 의무실에 있었어요. 그 말은 아무도 안 믿을 거예요."

"좋은 지적이다. 잠깐. 기다려 봐라." 아저씨는 그렇게 말하더니 책상 서랍을 열어 글록 19를 꺼낸다. "내 걸 가져가렴."

"네?"

아저씨는 재킷 자락을 벌려 빈 권총집을 보여준다. "나한테 총이 있었어. 우린 과거의 추억을 회상하고 있었는데 네가 울기 시작한 거야. 난 어리석게도 널 위로해 주려고 다가갔지. 내가 방심한 틈을 타서 넌 내 총을 가져간 거야."

"장전됐나요?"

"아니, 하지만……." 필립 매켄지는 서랍을 열고 탄약 상자를 꺼낸다. "지금 장전할 거다."

이 계획은 미쳤다. 허점투성이다. 그것도 아주 큰 허점. 하지만 난 지금 격랑에 휩쓸려 바다로 떠내려가고 있다. 재고할 시간이 없다. 지금이 기회다. 난 여기서 나가야 한다. 만약 필립 아저씨와 애덤이 이 일로 인해 대가를 치르거나 희생해야 한다면 어쩔 수 없다.

내 아들은 지금 살아서 어딘가에 있다. 날 이기적이라고 손가락질해도 그 사실이 가장 우선이다.

"알았어요. 그럼 다음은요?" 내가 묻는다.

애덤은 속옷 차림이다. 나는 의자에 앉아 애덤의 양말을 신고 신발을 신기 시작한다. 애덤은 나보다 5센티미터 크고, 예전에는 나와 체중이 비슷했지만 지금은 아마 나보다 10에서 15킬로그램 정도 더 나갈 것이다. 나는 바지가 흘러내리지 않도록 벨트를 조인다. 그 위로 트렌치코트를 입으니 도움이 된다.

"애덤에게 들어올 때 모자를 쓰고 오라고 했다." 필립 아저씨가 내게 경찰 모자를 던져주며 말한다. "그걸 쓰면 머리카락을 가릴 수 있을 거다. 고개를 숙인 채 빨리 걸어. 주차장까지 가는 길에 검문소는 하나뿐이다. 내 차에 타면 넌 당연히 내게 총을 겨누며 내 집으로 가자고 명령할 거야. 난 어리석게도 어제 은행에 가서 5,000달러를 현금으로 인출해 뒀지. 더 인출하려다가 그러면 너무 티 날 거 같아서."

애덤이 내게 자신의 지갑을 던진다. "그 안에 1,000달러가 들었어. 그리고 아마 난 거기 들어있는 신용카드 정지시키는 걸 잊어버릴 거야. 그 마스터카드 말이야. 어차피 안 쓰거든."

나는 고개를 끄덕이며 너무 감동하지 않으려 한다. 지금은 이 순간에 머물며 집중해야 한다. 계속 움직이며 생각해야 한다. 이를테면 마스터카드. 저 카드를 써도 될까? 아니면 저걸 썼다가는 내 위치를 쉽게 들키게 될까?

나중에 생각하자. 지금은 집중하자. 나는 그렇게 생각한다. "그래서 언제 아저씨 차로 갈 건가요?"

아저씨가 손목시계를 확인한다. "지금. 9시 전에는 우리 집에 도착해야 해. 넌 날 묶고 나는, 어디 보자, 6시에 탈출할 거야. 그럼 네가 넉넉히 앞서갈 수 있어. 마침내 결박을 풀게 된 나는 패닉에 빠질 거야. 왜냐하면 네가 내 아들을 결박해 벽장에 가뒀으니까. 나는 서둘러 사무실로 돌아가 애덤을 풀어준 다음 사람들에게 무슨 일이 있었는지 말하고 경보를 울릴 거다. 아마 오늘 밤 7시쯤이 되겠지. 그러면 넌 족히 열 시간은 앞서갈 수 있어."

나는 애덤의 신발이 벗겨지지 않도록 끈을 조이고, 경찰 모자의 챙을 눈 위까지 내린다. 애덤은 내 환자복을 입으려다가 굳이 그럴 필요 없다고 판단한다.

"벽장에 들어가거라." 필립 아저씨가 애덤에게 말한다.

애덤은 날 돌아보고 우리는 꼭 껴안는다.

"매슈를 꼭 찾아." 애덤이 내게 말한다.

아저씨는 애덤에게 그의 발을 묶을 밧줄과 초코바 몇 개를 던져준다. 사람들이 애덤의 이야기를 믿어줄지 모르겠지만 운이 좋으면 애덤은 오늘 저녁에야 그의 아버지에 의해 발견될 것이다. 아저씨는 벽장문을 닫고 열쇠로 잠근 다음 글록을 집어 들고 손잡이에 있는 버튼을 눌러 탄창을 꺼낸다. 글록에는 열다섯 발을 넣을 수 있지만 자동 장전 장치 없이 손으로 넣으면 장전 속도가 느릴 수밖에 없다. 탄창 상단에 총알을 하나씩 넣는데 둥근 부분이 앞쪽으로 가도록 유념해야 한다. 아저씨는 예닐곱 개의 총알을 넣은 다음 탄창을 다시 손잡이에 밀어 넣는다.

그런 다음 장전된 글록을 내게 건넨다.

"쓰지는 마라. 특히 나한테는."

나는 애써 미소 짓는다.

"준비됐니?"

몸에서 아드레날린이 솟구친다. "시작하죠."

필립 매켄지는 자신감과 힘이 넘치는 사람이다. 걸을 때는 큰 동작으로 단호하게 걷는다. 보폭이 넓고 고개는 꼿꼿이 세운다. 나는 아저씨를 따라잡으려 애쓴다. 경찰 모자의 챙은 내 얼굴을 약간 가릴 수 있을 정도로 낮게 내려왔으나 눈에 띌 정도로 푹 내려쓰지는 않았다. 우리는 엘리베이터 앞에서 걸음을 멈춘다.

"내려가는 버튼을 눌러라." 아저씨가 말한다.

나는 아저씨 말대로 한다.

"엘리베이터 안에 CCTV가 있어. 안에 들어가면 총을 살짝 보이면서 날 위협해라. 너무 대놓고 하지는 말고, 대신 총이 꼭 보이게 해."

"그럴게요."

"내가 여기로 돌아오면 사람들이 물어볼 거야. 내가 목숨이 위험했다는 사실을 그들에게 더 많이 보여줄수록 일이 쉬워질 거다."

땡 소리와 함께 엘리베이터 문이 양옆으로 열린다. 안에는 아무도 없다.

"알았어요." 엘리베이터에 타며 내가 말한다. 총은 트렌치코트 주머니에 들어있는데 연극 소품 같아서 마치 손가락으로 아저씨를 위협하는 듯하다. 나는 총을 꺼내 내 몸과 가깝게 두면서도 머리 위 카메라에 잘 보이게 한다. 헛기침을 한 다음, 허튼수작 부리지 말라는 식의 말을 중얼거린다. 저질 드라마 대사 같다. 아저씨는 반응하지 않는다. 양손을 위로 올리지도 않고 패닉에 빠지지도 않는다. 그러니까 내 '위협'이 더 실감 나게 느껴진다.

엘리베이터가 1층에 멈추자 나는 총을 다시 주머니에 넣는다. 아저씨는 서둘러 엘리베이터에서 내린다. 나는 황급히 아저씨를 따라잡는다.

"그냥 계속 걸어." 아저씨가 나직이 말한다. "멈추지 말고, 눈도 마주치지 마. 내 뒤에 약간 떨어져서 오른쪽으로 걸어라. 내가 교도관의 시야를 가려줄 테니까."

나는 고개를 끄덕인다. 앞에 금속 탐지기가 보이자 나는 몸이 얼어붙을 뻔하지만 들어오는 사람만 검사하고 나가는 사람은 검사하지 않는다는 걸 깨닫는다. 나가는 사람은 그냥 교도관이 대충 바라볼 뿐 아무도 관심을 기울이지 않는다. 여기는 행정관이니 당연하다. 재소자들은 여기 올 일이 없다. 검문소에는 젊은 교도관 한 명뿐이다. 그의 지루한 표정을 보니 예전 학창 시절에 멍한 표정으로 복도에 서있던 선도부원들이 생각난다.

검문소는 10미터쯤 떨어져 있다. 아저씨는 망설이지 않고 성큼성큼 걷는다. 나는 어떤 각도로 걸어가야 아저씨의 넓은 어깨가 내 얼굴을 가려줄지 고민하며 발걸음을 늦추거나 혹은 재촉한다. 거리가 점점 좁혀지자 젊은 교도관은 자기 쪽으로 빠르게 다가오는 교도소장을 발견하고 책상에서 두 발을 내린 다음 일어선다. 처음에는 아저씨를 보더니 다음에는 나를 본다.

그의 얼굴에 뭔가가 스친다.

빌어먹을 출입문이 코앞이다.

내 손에 권총이 있다는 사실을 깨닫자 두려움에 가까운 감정이 밀려든다. 내 손은 주머니에 있다. 나도 모르게 권총을 쥔 손에 힘이 들어간다. 방아쇠 안쪽으로 손가락을 밀어 넣는다.

총을 쏴야 할까? 탈옥하기 위해 정말로 이 남자를 쏴야 할까?

아저씨는 굳은 표정으로 검문소를 지나가며 교도관에게 묵례한다. 나도 간신히 고개를 끄덕인다. 애덤이었다면 그랬을 거라고 생각했기 때문이다.

"좋은 하루 보내세요, 소장님." 교도관이 말한다.

"자네도."

이제 우리는 문 앞에 도착한다. 아저씨가 푸시바를 누르며 문을 밀친다.

2초 뒤 우리는 건물에서 나와 아저씨의 차를 향해 걸어간다.

*　*　*

테드 '컬리' 웨스턴은 두 손에 얼굴을 묻은 채 휴게실에 앉아있었다. 몸이 걷잡을 수 없이 떨렸다.

맙소사, 내가 무슨 짓을 한 건가.

일을 망쳐버렸다. 그것도 아주 개같이 망쳐버렸다. 애초에 하지 말았어야 했다. 그는 지금까지 바르게 살려고 노력해 왔다. "하루하루 근면 성실하게 일해서 먹고살아야 해." 그의 아버지는 늘 그렇게 말했다. 아버지는 대형 육가공 공장에서 도축업자로 일했다. 새벽 3시에 일어나 하루 종일 냉장실에서 일하다가 저녁 먹을 시간이 되어서야 겨우 집에 돌아왔고, 식사 후에는 잠자리에 들었다. 이튿날 새벽 3시에 출근해야 했기 때문이다. 평생 그렇게 살다가 59세의 나이에 심장마비로 쓰러져 사망했다.

그래도 테드는 지금까지 비교적 정직하게 살아왔다. 뇌물을 받지 않았냐고? 당연했다. 여기서는 다들 뇌물을 받았다. 생각해 보면 인생은 모든 것이 뇌물이다. 그게 인생이야, 친구. 우리는 모두 서로 사기를 친다. 그나마 테드는 다른 사람보다 나았다. 탐욕스럽지는 않지만 여기서 받는 쥐꼬리만 한 월급을 생각하면 당연히 뇌물을 받아야 한다. 그렇게라도 수입을 보충해야 한다. 그게 미국의 방식이다. 월마트에서 주는 월급으로는 생계를 꾸려나갈 수 없다. 월마트도 그 사실을 안다. 하지만 정부가 푸드 스탬프(저소득층의 식비 지원 제도—옮긴이)나 메디케어(의료비 지원 제도—옮긴이) 등으로 부족한 월급을 메워줄 것이라는 사실도 안다. 그러니, 맞다, 이 모두가 자기합리화일 수도 있지만 만약 누군가 그에게 어떤 재소자를 감시해 달라고 부탁하거나—그가 지난 5년간 버로스를 감시했듯이—어떤 가족이 친척에게 일종의 위로품을 몰래 건네준 대가로 팁—테드는 그 돈을 팁이라고 생각했다—을 주겠다고 한다면 거절할 이유가 없다. 만약 그가 거절하면 다른 사람이 승낙할 것이다. 당연하다. 여기서는 다들 그런다. 그렇게 세상이 돌아가는 법이니 혼자만 잘난 척할 필요 없다.

하지만 테드는 다른 사람을 해친 적이 없었다.

그 사실이 중요했다. 물론 이 짐승들이 서로를 물어뜯고 싶어 했을 때 못 본 척 등을 돌리기는 했다. 왜 안 그러겠는가? 그가 말린다 해도 어차피 놈들은 서로 물어뜯을 방법을 찾아냈을 텐데. 한번은 테드가 그 싸움 한복판에 끼어들었다가, 걸어 다니는 성병처럼 생긴 재소자가 손톱으로 그를 긁어 깊은 상처를 냈다. 손톱으로! 그 빌어먹을 상처는 감염이 됐고, 테드는 두 달 동안 항생제를 먹어야 했다.

로스 섬너와 얽히지 말았어야 했다.

꽤 많은 돈을 받은 건 사실이었다. 그렇다고 테드가 '더 나은 삶'을 간절히 원했던 것은 아니었다. 그의 삶은 이미 꽤 괜찮았다. 하지만 생각해 보라. 그를 질식시키고 익사시키는 청구서 더미 위로 올라가기 위해, 며칠만이라도 돈 걱정 없이 살며 에드나를 멋진 레스토랑에 데려갈 수 있을 정도의 돈을 벌고 싶은 게 그렇게 큰 욕심인가? 정말로?

테드는 테이블에 도넛이 있는지 찾아보지만 없었다. 빌어먹을. 대신 어떤 머저리가 크루아상을 가져다 두었다. 크루아상이라니. 크루아상을 먹으면서 온몸에 부스러기가 떨어지지 않은 적이 있던가? 불가능했다. 그런데도 요즘 교도소에서는 크루아상이 유행이었다. 누군가는 그게 프랑스 빵이라고 했다. 그래서 세련되고 고급스럽다고.

놀고 있네.

동료 교도관 모론스키와 오라일리는 입에 크루아상을 밀어 넣더니 빵 부스러기를 톱밥처럼 튀겨가며 인스타그램에서 어떤 각도로 찍은 가슴 사진이 최고인가를 두고 토론을 벌였다. 모론스키는 '깊게 파인 가슴골'을 선호하는 반면, 오라일리는 '옆에서 찍은 가슴' 사진의 장점에 대해 장황하게 떠들어 댔다.

'그래, 크루아상을 먹으면서 그런 이야기를 하니 참 품격 있네.' 테드는 생각했다.

"어이, 테드, 자넨 어떻게 생각해?"

테드는 그 질문을 무시하고 크루아상을 내려다보며 한 입 먹을지 말지 고민했다. 그러다 빵을 향해 손을 뻗는데 손이 덜덜 떨렸다.

"자네 괜찮은 거야?" 오라일리가 물었다.

"응. 괜찮아."

"어젯밤 일 들었어." 모론스키가 말했다. "버로스가 그런 짓을 했다니 믿기지가 않아. 그 자식 심기라도 거스른 거야?"

"아니."

"그런데 자넨 왜 켈시에게 알리지도 않고 버로스를 의무실로 데려간 거야?"

"내가 버튼을 눌렀는데 켈시가 대답하지 않았어."

"그래도 그냥 기다리지 그랬어?"

"버로스가 너무 아파 보였어. 괜히 우리 동에서 사망자가 나오는 게 싫었다고."

모론스키가 끼어들었다. "그만 추궁해, 오라일리."

"추궁? 그냥 물어보는 거야."

'그만 물어봐.' 테드는 생각했다. 중요한 문제는 따로 있었다. 버로스는 지금 소장에게 무슨 이야기를 하고 있을까? 아마도 그가 아는 진실이겠지. 칼을 가지고 있었던 사람은 자기가 아니라 테드라고. 하지만 그래서 뭐? 누가 테드 웨스턴이 아닌 버로스 같은 유아살해범의 말을 믿어줄까? 오라일리가 저렇게 캐묻기는 해도 동료 교도관들은 그의 편을 들 것이다. 심지어 어젯밤 현장에 나타났던 카를로스도 처음에는 꽤 당황한 듯했으나 그의 말을 순순히 믿어주었다. 여기서는 아무도 문제를 일으키지 않는다. 이 교도소에서 관례를 어기고 재소자 편을 들어줄 사람은 없을 것이다.

그런데도 왜 이렇게 불안한 걸까?

이제 어떻게 할지 생각해야 했다. 우선은 그 일을 잊고 일해야 했다. 별일 아닌 것처럼 행동해야 했다.

하지만 맙소사, 그가 **하마터면** 무슨 짓을 저지를 뻔했던 걸까?

섬너가 그를 궁지로 몰아넣고 협박한 것은 사실이었지만, 만약 테드가 이 일에 '성공'했다면 그는 사람을 죽인 셈이 된다. 자신과 똑같은 인간을 살해한 것이다. 그 사실만은 도저히 잊을 수 없었다. 그는, 테드 웨스턴은 사람을 죽이려고 했다. 혹시 자신이 무의식적으로 이번 일을 방해한 것은 아닐까? 버로스가 특별히 동작이 민첩했다거나 방어를 잘했다기보다는, 테드 본인이 그 일을 도저히 해낼 수 없었다. 테드는 그제야 생각해 봤다. 만약 칼날이 급소를 찔렀다면, 만약 그가 버로스의 심장을 찔렀고 그래서 한 사람이 목숨을 잃는 걸 지켜봤다면?

이제 테드는 패닉에 빠졌다. 하지만 만약 그가 그 일을 해냈다면, 성공했다면 지금보다 상황이 더 나았을까?

테드는 커피잔을 집어 들고 개미집을 공격하는 땅돼지처럼 급하게 마셨다. 시계를 보니 교대 근무를 시작할 시간이었다. 테드는 휴게실을 나섰다.

계단을 올라가는 그의 몸에는 여전히 두려움이 온몸의 혈관을 타고 흘렀다. 그때 창살이 설치된 창문 밖의 무언가가 그의 시선을 끌었다. 마치 거대한 손이 그의 어깨를 움켜잡고 뒤로 잡아당기듯이 테드는 우뚝 멈춰 섰다.

'저게 뭐지……?'

창밖으로 교도소 간부들이 이용하는 주차장이 보였다. 직책이 높은 사람들은 저기에 주차했다. 반면 테드 같은 교도관들은 교도소 한참 뒤쪽에 주차한 뒤 셔틀버스를 타고 각 동으로 이동해야 했다.

하지만 지금 테드를 혼란스럽게 하는 것은 그 사실이 아니었다. 테드는 실눈을 뜨고 다시 보았다. 아까 교도소장은 꽤 구체적으로 말했다. 온종일까지는 아니더라도 앞으로 몇 시간 동안 버로스와 함께 있을 거라고.

그래, 그러거나 말거나.

그런데 왜 지금 소장이 자기 차에 타고 있을까?

그리고 소장과 함께 있는 남자는 누구지?

등줄기를 타고 차가운 기운이 흘러내렸다. 이유는 알 수 없었다. 여러 면에서 이건 대수롭지 않은 일이었다. 테드는 소장이 운전석에 타는 모습을 지켜봤다. 모자를 쓰고 트렌치코트를 입은 동행자는 조수석에 탔다.

만약 소장이 밖으로 나간다면 데이비드 버로스는 어디 있는 걸까? 테드는 무전기를 가지고 있었는데 버로스를 데려가라는 무전은 온 적이 없었다. 그러니 아마 소장이 독방에 보냈으리라. 아니다. 그랬다면 그들에게 알렸으리라. 어쩌면 버로스를 더 신문하기 위해 다른 사람, 부하 직원에게 맡겼을 수도 있었다.

하지만 테드는 전부 다 아니라고 확신했다. 직감적으로 알 수 있었다. 무언가가 잘못됐다. 그것도 아주 단단히.

그는 서둘러 벽에 부착된 전화로 달려가 전화기를 집어 들었다.

"나 4구역 웨스턴이야. 문제가 생긴 것 같아."

내가 필립 아저씨의 차에 탔다는 사실이 믿기지 않는다.

나는 앞유리창 너머를 바라본다. 회색빛 아침이다. 곧 비가 내릴 듯하다. 내 얼굴에서 비의 기운을 느낄 수 있다. 관절염 환자들이 관절의 통증으로 폭풍우를 예측할 수 있다고 들은 적이 있는데, 이상하게 들리겠지만 나 역시 볼과 턱에서 비의 기운을 느낄 수 있다. 두 군데 모두 감옥에서 처음 구타당했을 때 박살 났다. 그 후로는 곧 폭풍우가 몰아치려 할 때면 볼과 턱이 감염된 사랑니처럼 아프다.

아저씨는 시동을 걸고 후진한 다음 주차장을 빠져나온다. 나는 창밖으로 요새 같은 교도소를 바라보며 몸서리친다. 다시는 이곳에 돌아오지 않으리라. 무슨 일이 있어도. 절대 이곳으로 돌아오지 않으리라.

나는 아저씨를 돌아본다. 큼직하고 덥수룩한 눈썹은 운전에 집중하느라 내려와 있고, 두툼한 양손은 마치 운전대를 뜯어낼 준비가 된 듯이 꽉 잡고 있다.

I will find you

"제가 어떻게 권총을 손에 넣었는지 사람들이 의아해할 거예요."

아저씨는 어깨를 으쓱인다.

"아저씨는 지금 큰 위험을 감수하는 거라고요."

"걱정 마라."

"절 도와주시는 이유가 어젯밤에 일어난 일 때문인가요? 아니면 매슈가 살아있다는 제 말을 믿기 때문인가요?"

아저씨는 잠시 생각에 잠긴다. "그게 중요하니?"

"아닌 것 같네요."

침묵하는 동안 아저씨는 원을 그리며 차를 돌린다. 앞쪽에 우리가 곧 통과하게 될 파수탑과 출구가 보인다. 이제 채 100미터도 남지 않았다. 나는 좌석에 몸을 기댄 채 침착한 상태를 유지하려고 노력한다.

금방 끝날 것이다.

*****

어두운 벽장 바닥에 앉은 애덤 매켄지는 그나마 편한 자세를 찾으려고 애썼다. 일이 잘 풀리면 이 안에 열 시간 혹은 열두 시간 동안 갇혀있어야 했다. 애덤은 벽장 뒤쪽에 등을 기댔다. 휴대전화는 아버지의 차에 두고 왔다. '미치광이 데이비드 버로스'가 휴대전화를 가지고 있도록 허락해 줄 리가 없기 때문이었다. 그렇기는 해도 이 어둠 속에서 열 시간이나 열두 시간 동안 있어야 한다고? 애덤은 고개를 저었다. 손전등과 읽을거리를 가져왔어야 했다.

애덤은 눈을 감았다. 피곤했다. 자정이 넘은 시간에 아버지의 전화를 받았고 데이비드와 교도관 사이에 있었던 일, 그리고 데이비드가 찾아와 매슈가 아직 살아있다는 기괴한 주장을 펼쳤다는 이야기를 들었다. 물론 말도 안 되는 소리였다. 그래야만 했다. 예전에 데이비드의 아버지가 애덤의 아버지에게 부탁했듯이 데이비드가 그에게 매슈의 대부가 되어달라고 부탁했던 때가 떠올랐다. 인생에서 자랑스러운 순간 중 하나였다. 그에게는 데이비드와의 우정이 늘 자랑스러웠다. 데이비드는 특별한 사람이었다. 남자들은 데이비드처럼 되고 싶어 했고 여자들은 데이비드에게 반했지만, 데이비드의 성격에는 약간 문제가 있었다. 따라서 데이비드가 범인일 수 있다는 말을 처음 들었을 때 당연히 애덤은 겉으로는 그 말을 믿지 않았지만 마음 한구석에는 그를 조금씩 갉아먹는 의심을 품지 않을 수 없었다. 데이비드는 다혈질이었다. 고등학교 3학년 때는 다른 학교 학생들과 크게 싸운 적도 있었다. 고등학교 농구팀에서 애덤은 득점왕이자 리바운드가 뛰어난 선수였지만 정작 동료들에게 주장으로 뽑힌 선수는 롤 플레이어인 데이비드였다. 몸싸움을 잘하고 투지가 넘치는 수비수. 늘 그랬다. 기량이 가장 뛰어난 선수는 애덤이었지만 데이비드는 인기가 많은 싸움꾼이었다. 어쨌든 리비어 고등학교 3학년이었던 해, 그들은 라이벌 브룩사이드 농구팀에 78대 77로 졌다. 그날 경기에서 24점을 기록한 애덤이 경기 종료 4초를 남기고 레이업 슛을 날렸다가 실패한 것이다. 그 실패한 슛은 아직까지 애덤을 괴롭혔다. 지금도. 그날 저녁 브룩사이드의 몇몇 선수가 슛에 실패한 애덤을 조롱하자 데이비드가 직접 문제 해결에 나섰다. 브룩사이드의 두 선수를 죽도록 두들겨 팬 것이다. 데이비드가 어찌나 분노에 가득 차있었는지 애덤은 그를 끌어내 차에 태워야 했다.

그뿐만이 아니었다. 데이비드의 아버지 레니 아저씨. 아저씨와 그의 아버지 사이에 있었던 일. 그 속담이 뭐였더라?

아버지의 죄는 아들에게 대물림될 것이다.

데이비드를 진작에 만나러 왔어야 했다. 그런데 왜 그러지 않았을까? 처음에는 데이비드가 면회를 일절 거부했다. 그래, 좋다, 하지만 애덤은 더 노력할 수 있었다. 그런데 그냥 포기해 버렸다. 그럴 여력이 없었다고 그는 스스로 합리화했다. 이 끔찍한 교도소에 수감된 남자는 그의 단짝이 아니라고. 그의 단짝은 죽었다고. 야구 방망이로 두들겨 맞아 아들과 함께 주검으로 발견되었다고.

애덤이 다리를 움직이려는데 사무실 문이 벌컥 열리는 소리가 들렸다.

걸걸한 목소리가 말했다. "이게 대체 무슨 일이야?"

'이런 제장.'

애덤은 밧줄을 잡고 다리에 감기 시작했다. 턱에 있던 손수건도 입으로 올려 재갈 물린 것처럼 보이게 했다. 계획은 간단했다. 만약 아버지가 돌아오기 전에 다른 사람에게 발견된다면 애덤은 한창 탈출하려던 사람처럼 보이도록 행동할 작정이었다.

또 다른 목소리가 말했다. "내가 말했잖아. 소장님은 나갔다고."

걸걸한 목소리가 말했다. "어떻게 그럴 수가 있지?"

"무슨 말이야?"

"버로스는 어쩌고?"

"소장님이 나가기 전에 버로스를 돌려보내지 않았단 말이야?"

"응."

"확실해?"

"내가 그 동에서 일해. 날 죽이려고 했던 재소자가 다시 감방에 돌아갔다면 내가 모를 리가 없지."

애덤은 움직이지 않았다.

"다른 교도관이 버로스를 데려갔을 수도 있잖아."

"아니, 그건 내 일이야."

"하지만 너는 쉬는 중이었다며. 소장님이 급해서 다른 직원에게 부탁했을 수도 있어."

"그렇긴 해." 하지만 걸걸한 목소리는 의심스러워했다.

"내가 전화해서 확인해 볼게. 대체 뭘 걱정하는 거야?"

"소장님이 다른 사람과 함께 있는 걸 봤다니까. 주차장에서."

"아마 아들일 거야."

"아들?"

"그래. 경찰이야."

"오늘 아들을 데려왔다고?"

"응."

"왜?"

"그걸 내가 어떻게 알아?"

"이해가 안 돼. 소장님은 오늘 교도관 한 명이 재소자 손에 죽을 뻔했다는 전화를 받았어. 그런데 그 직후에 아들을 데리고 출근했다고?"

"나도 몰라. 그랬나 보지."

걸걸한 목소리가 말했다. "경보를 울려야 할까?"

"무슨 이유로? 버로스가 없어졌는지 아직 확실하지도 않잖아. 먼저 네가 담당한 동과 독방에 전화해서 버로스가 있는지 알아보자."

"없으면?"

"그땐 경보를 울려야지."

짧은 정적 후에 걸걸한 목소리가 말했다. "그래, 좋아. 전화부터 하자."

"내 전화를 쓰면 돼. 옆방이야."

애덤은 두 남자가 떠나는 소리를 듣고 일어섰다. 갑자기 벽장 안이 숨 막히게 느껴졌다. 갇힌 기분이 들었고 폐소공포증까지 생겼다. 손잡이를 돌려봤지만 잠겨있었다. 당연했다. 아버지는 애덤을 진짜로 가둔 것처럼 보이게 하려고 벽장을 잠가두었다.

'맙소사, 이제 어떻게 하지?'

일이 빠르게 진행되고 있었다. 얼마 못 가 들통날 것이다. 저들은 전화를 할 테고 데이비드가 없어졌다는 걸 알면 경보를 울릴 것이다. 젠장. 애덤은 다시 손잡이를 돌려보았다. 아까보다 더 세게. 하지만 끄떡없었다.

이제는 선택의 여지가 없었다.

벽장문을 부숴야 했다. 어깨로 들이받아서는 안 열릴 터였다. 그렇게 해봐야 탈골만 될 뿐이었다. 애덤은 벽장 뒤쪽에 등을 댄 채 한쪽 발을 들어 올렸다. 그리고 경첩이 어느 쪽을 향하는지 확인했다. 안쪽으로 열리는 문이면 성공할 확률이 거의 없다. 하지만 이 벽장은 아니었다. 안쪽으로 열리는 벽장이 드물기는 하다. 벽장의 공간이 부족해지기 때문이다. 둘째로 반드시 손잡이가 있는 쪽을 차야 한다. 그곳이 가장 약한 부분이다. 애덤은 벽장 벽을 지렛대 삼아 발뒤꿈치로 손잡이 밑을 세게 찼다. 세 번이나 시도해야 했지만 결국에는 문이 열렸다. 애덤은 눈을 깜빡이며 환한 바깥으로 나갔고, 비틀거리며 아버지의 책상으로 다가갔다.

유선전화의 수화기를 들어 올렸다. 아버지의 휴대전화 번호가 얼른 떠오르지 않았지만—대다수 사람들처럼 애덤 역시 전화번호를 외우지 않았다—그래도 기억이 났다.

애덤은 번호를 누르고 신호음을 들으며 기다렸다.

***

필립 아저씨의 차가 대형 흰색 트럭 뒤에 미끄러지듯 정차하자 경비원이 소형 기기를 들고 우리 쪽으로 다가온다.

"고개 숙여라." 아저씨가 말한다.

경비는 손에 든 기기를 바라보며 차 주위를 한 바퀴 돌더니 트렁크 옆에 멈춰서 트렁크 위로 기기를 움직인다.

"저게 뭔가요?" 내가 묻는다.

"심장박동 모니터야. 실제로 벽 너머에서 심장이 뛰는 걸 감지할 수 있지."

"그러니까 만약 누군가 뒷좌석이나 트렁크에 숨어있다면……."

아저씨가 고개를 끄덕인다. "찾아낼 수 있어."

"철저하네요."

"내가 취임한 후로 브리그스 교도소에서 탈옥은 없었다."

나는 경비가 다시 검문소로 돌아갈 때까지 고개를 계속 돌리고 있다. 경비가 아저씨에게 묵례하자 아저씨는 다정하게 손을 흔든다. 나는 전기로 움직이는 정문이 양옆으로 열리기를 기다린다. 엄청나게 오래 걸린 듯하지만 아마 실제로는 오래 걸리지 않았으리라. 나는 3.5미터 높이의 철조망과 그 위에 둘둘 감아둔 가시 철선을 내다본다. 철조망 주위의 잔디는 놀랍도록 무성하고 푸르다. 골프장에서 볼법한 잔디밭이다. 잔디밭 맞은편, 철조망에서 너무 멀지 않은 곳에는 나무가 우거진 풍경이 펼쳐진다.

나는 호흡이 빨라지기 시작한다. 이유는 잘 모르겠다. 마치 과호흡 발작이 일어난 듯했는데 아마 맞을 것이다.

여기서 나가야 한다.

"침착해라." 아저씨가 말한다.

그때 휴대전화가 울린다.

전화가 자동차 스피커에 연결된 터라 벨 소리가 귀에 거슬릴 정도로 크다. 액정을 보니 '발신자 표시 제한'이라고 적혀있다. 나는 아저씨를 돌아본다. 아저씨의 얼굴에는 당황한 기색이 역력하다. 아저씨가 거치대에서 휴대전화를 꺼내 귀로 가져간다.

"여보세요?"

애덤의 목소리 같다. 무슨 말인지 알아들을 수 없지만 애덤의 말투에서 패닉에 빠졌다는 걸 알 수 있다. 나는 눈을 감고 침착하자고 마음먹는다. 문이 움직이기 싫다는 듯이 끙끙거리며 옆으로 열리기 시작한다. 흰 트럭은 여전히 우리 앞에 서있다.

"빌어먹을." 아저씨가 애덤에게 말한다.

"왜요?" 내가 묻는다.

아저씨는 내 질문을 무시한다. "앞으로 시간이 얼마나……?"

그때 탈옥을 알리는 사이렌 소리가 정적을 깨뜨린다.

사이렌 소리에 귀청이 떨어질 듯하다. 나는 아저씨를 바라본다. 아저씨의 표정은 당연히 암울하다. 거의 다 열렸던 문이 멈추더니 다시 닫히기 시작한다. 파수탑의 경비가 전화를 받은 뒤 전화기를 내려놓고 라이플을 집어 든다.

"아저씨?"

"나한테 총을 겨눠라, 데이비드."

나는 더 묻지 않고 아저씨 말대로 한다. 아저씨는 액셀을 밟는다. 오른쪽으로 방향을 튼 다음 속도를 높여 흰 트럭 앞으로 간다. 열린 문 사이를 통과하려고 하지만 실패한다. 문 사이의 공간은 이제 차가 통과할 수 없을 정도로 좁아져 있다. 아저씨는 문 사이로 차 앞부분을 밀어 넣고 액셀을 꾹 밟는다. 타이어가 회전한다. 아저씨는 엑셀에서 발을 떼지 않는다. 문이 조금씩 열리지만 아직 충분하지 않다.

라이플을 든 경비가 파수탑에서 튀어나온다.

"총을 계속 내게 겨눠!" 아저씨가 외친다.

나는 그렇게 한다.

라이플을 든 경비가 갑자기 걸음을 멈추더니 우리 차를 겨눈다.

아저씨는 차의 방향을 바꿔 후진한다. 차 양옆이 문에 긁힌다. 아저씨는 다시 기어를 넣고 문을 들이받는다. 문이 약간 더 벌어지긴 하지만 많이는 아니다. 이제 경비 두 명이 더 나타나 우리 쪽으로 달려온다. 둘 다 권총을 든 채 우리에게 다가온다. 내 손의 권총이 무겁게 느껴진다.

이제 경비들이 우리를 덮치기 직전이다. 사이렌이 계속 요란하게 울려 퍼진다.

I will find you

나는 손에 든 권총을 바라본다. "아저씨?"

"기다려."

갑자기 차가 앞으로 나아간다. 우두둑거리는 소리가 난다. 문이 조금 더 열리고, 차 앞부분이 열린 문 사이에 끼어있다. 아저씨는 액셀을 밟았다가 발을 떼고 다시 밟는다. 엔진이 쿵 소리를 내더니 웅웅 돌아간다.

경비들이 우리에게 소리를 지르지만 사이렌 소리 때문에 들리지 않는다.

이제 차가 열린 문 사이를 비집고 통과한다. 거의 다 나왔다. 거의 다 벗어났지만 문이 여전히 양옆에서 차를 꽉 누르고 있다. 〈스타워즈〉의 쓰레기 압축기 장면이나 옛날 드라마에서 주인공들이 방에 갇혀있는데 사방에서 벽이 다가오는 장면이 생각난다.

처음 나왔던 경비가 차창 옆에 서서 뭐라고 외쳐대는데 알아들을 수가 없고 관심도 없다. 우리 눈이 마주친다. 그가 총을 들어 올린다. 내게는 선택의 여지가 없다. 이대로 물러설 수 없다. 포기할 수 없다. 나는 아저씨를 겨누고 있던 총을 돌려 경비를 겨눈다.

'다리를 쏘자.' 나는 생각한다.

그때 아저씨가 외친다. "쏘지 마!"

경비는 손에 든 총으로 날 겨누고 있다. 그가 죽든지 아니면 내가 죽어야 한다. 나는 머뭇거리지만 정말로 선택의 여지가 없다. 막 총을 쏘려는데 갑자기 차가 앞으로 튀어 나가는 바람에 내 목이 뒤로 꺾인다. 차는 문 사이에 잠시 끼어있다가 마지막으로 옆구리를 긁히며 튀어 나가고 우리는 자유의 몸이 된다.

경비원들이 우릴 뒤쫓아 오지만 아저씨는 액셀을 계속 밟는다.

차는 전속력으로 달리며 우리를 멀리 데려간다. 뒤를 돌아보니 경비원들이 우두커니 서있다. 그들은 브리그스 교도소와 함께 점점 작아지고 희미해지더니 마침내 흔적을 찾아볼 수 없게 된다.

하지만 그때까지도 사이렌 소리는 여전하다.

I will find you

CHAPTER

12

레이철도 사이렌 소리를 들었다.

그녀는 네스빗 스테이션 다이너에서 아침 식사를 하고 있었다. 두 개의 열차 차량을 개조해서 만든 식당이었는데 메뉴판이 일반적인 소설책과 비슷할 정도로 두툼했다. 그녀가 이 메뉴판에서 가장 좋아하는 항목은 40가지의 버거 종류(쇠고기, 들소 고기, 닭고기, 칠면조, 엘크 고기, 포토벨로 버섯, 자연산 연어, 대구, 검은콩, 채식, 대체육, 양고기, 돼지고기, 올리브 등) 아래 있는 '아내가 먹기 싫다고 할 때'였다. 이걸 주문하면 프렌치프라이 특대 사이즈에 모차렐라 스틱 두 개를 덤으로 준다. 식당 문에는 '24시간 영업하지만 쉬는 시간 있음'이라는 말과 함께 영업 시간이 적힌 팻말이 걸렸다. 영업 시간은 월요일에서 토요일, 새벽 5시에서 새벽 2시까지였다. 또 다른 팻말에는 '술은 각자 알아서 가져올 것. 하지만 가급적 담당 웨이트리스와 함께 마실 것'이라고 적혔다.

어젯밤에 주문한 에어프라이어 치즈버거는 맛이 꽤 좋았다. 하지만 레이철에게 이곳의 가장 큰 장점은 인터넷이 잘 된다는 것이었다. 브리그스 모터 로지는 와이파이 상태가 너무 나빠서 인터넷에 접속하려 할 때마다 예전에 전화 모뎀을 쓸 때처럼 삑삑 소리가 들리는 듯했다. '로지'라는 거창한 이름과 달리(로지는 주로 스파 시설이 있는 스칸디나비아 지역의 대형 산장을 일컫는다—옮긴이) 이 모텔에는 부속 식당이나 바가 없었고, 무료로 '콘티넨털' 브렉퍼스트를 제공한다는 로비뿐이었다. 하지만 이름만 그럴싸할 뿐 실상은 오래된 롤빵과 반쯤 녹은 일회용 마가린이 전부였다.

식당 안 시계는 숫자가 전부 5였고 '오후 5시 전에는 음주 금지'라는 문구가 시계 전면을 가로질러 붙어있었다. 면회 시간까지는 아직 한 시간이 남았으니 조사를 계속하기에 충분했다. 어젯밤 레이철은 여기에 진을 쳤고, 오늘 아침에 또 여기로 와서 커피를 마시며 자리를 너무 오래 차지한다는 눈총을 받지 않을 정도로 음식을 넉넉히 주문했다.

그녀의 노트북은 밤새 웅웅거리며 온갖 잡다한 정보를 다 찾아냈다. 나쁜 소식은 매슈가 살해된 시점과 일치하는 시기에 실종되었다가 5년이 지난 후에도 **여전히** 실종 상태인 두 살에서 세 살 사이의 백인 남자아이를 한 명도 찾아내지 못했다는 것이다. 그 나이에 죽은 남자아이들이 있기는 했다. 심지어 양육권 분쟁 때문에 납치된 아이들도 있었으나 결국은 발견되었다. 남자아이 셋은 8개월간 실종 상태였으나 결국 싸늘한 주검으로 발견되었다.

하지만 지금까지 그들이 정한 기준에 부합하면서 계속 실종 상태로 남은 어린아이는 단 한 명도 없었기 때문에 가장 골치 아픈 의문이 제기되었다. 만약 그 시신이 매슈가 아니었다면 대체 누구였을까?

물론 아직은 조사를 시작한 지 얼마 되지 않았다. 조사 범위를 넓히고, 실종 기간을 늘리고, 더 멀리 떨어진 곳까지 포함하고, 다른 데이터베이스도 확인할 것이다. 어쩌면 매슈의 침대에서 죽은 아이는—맙소사, 정말 미친 소리로 들린다—매슈보다 더 어리거나 더 나이가 많거나 피부색이 밝은 흑인이거나 유라시아인이거나 혹은 전혀 다른 인종일 수도 있다. 레이철은 더 철저히 조사할 것이다. 스캔들이 터지기 전에 레이철은 철두철미하게 조사하기로 유명했다. 하지만 '시신일 가능성이 있는 아이를 찾아내지 못했다'는 사실은 매슈가 살아있다는 가설에 치명타를 입혔다. 달리 좋은 쪽으로 생각할 수가 없었다.

매슈가 살아있다. 이 얼마나 정신 나간 가설인가.

그나마 긍정적인 소식은, 이걸 긍정적이라고 할 수 있을지는 모르겠지만, 데이비드에게 불리한 증언을 했던 '다정한 할머니'(언론에서 자연스럽게 그녀에게 붙인 별명) 힐데 윈슬로에 관한 것이었다. 이론상으로는 이 나이 든 과부를 찾아내는 일이 어려울 이유가 없다. 처음에 좀처럼 그녀의 소재를 파악할 수가 없자 레이철은 혹시 그녀가 지난 5년 사이에 죽은 게 아닐까 생각했다. 하지만 사망 기록은 없었다. 사실 그 이름을 가진 사람은 두 명밖에 찾을 수 없었다. 한 명은 서른 살로 포틀랜드에 살았고, 다른 한 명은 플로리다주 크리스털 리버에 사는 초등학교 4학년이었다.

당연히 둘 다 아니었다.

힐데라는 이름은 더 흔한 이름인 힐다에서 유래했다. 너무 뻔한 사실이었다. 데이비드 사건과 관련된 법원 문서와 그 사건을 취재한 언론 기사에도 그녀는 전부 힐데로 기재되었으나 레이철은 만전을 기하기 위해 힐다 윈슬로도 검색해 보았다. 이 이름을 가진 사람도 둘뿐이었는데 둘 다 아니었다. 그다음에는 힐데 윈슬로의 처녀적 성으로 검색해 보았다. 종종 처녀적 성을 다시 쓰는 여자들이 있었다. 하지만 역시 성과가 없었다.

막다른 길이었다.

사이렌이 계속 울려 퍼졌다. 화재 경보일 거라고 레이철은 생각했다.

그때 그녀의 휴대전화가 진동했다. 전화번호를 보니 《글로브》에 근무하던 시절부터 오랜 친구였던 팀 도허티였다. 레이철이 부탁한 일을 알아보고 전화한 것이다. 팀은 레이철이 궁지에 몰렸을 때 그녀 옆에 있어준 몇 안 되는 사람 중 하나였다. 물론 공개적으로 그 사실을 드러내지는 않았다. 그랬다가는 그의 경력까지 망쳤으리라. 레이철은 팀이든 다른 누구든 그렇게 되기를 원치 않았다.

"구했어." 팀이 그녀에게 말했다.

"사건 조서?"

"법원 서류와 재판 녹취록. 경찰이 나한테 조서를 보여줄 리가 없잖아."

"힐데 윈슬로의 사회보장번호는 알아냈어?"

"응. 그런데 왜 그걸 알고 싶어 하는지 물어봐도 될까?"

"그 할머니를 찾아야 해."

"그래, 그럴 줄 알았어. 그런데 왜 경찰서에 가지 않고?"

"갔어."

"갔는데 아무것도 알아내지 못했구나."

레이철은 팀의 말투에서 뭔가 찾아냈다는 걸 알 수 있었다. "맞아. 왜? 뭘 알아냈는데?"

"내가 실례를 무릅쓰고 그 할머니의 사회보장번호를 조회해 봤어."

"그래서?"

"네 형부의 재판이 있고 두 달 뒤, 힐데 윈슬로는 해리엇 윈체스터로 개명했어."

'대박.' 레이철이 생각했다. "와."

"그래. 집도 팔고 맨해튼 12번가에 있는 아파트로 이사했어." 팀이 주소를 불러줬다. "그건 그렇고, 그 할머니는 이번 주로 여든한 살이 돼."

"왜 그 나이에 이름을 바꾸고 이사를 했을까?" 레이철이 물었다. "재판 후에 언론을 피하려고?"

"뭐라고?"

"이 살인 사건이 워낙 큰 사건이었잖아." 팀이 말했다.

"그래, 하지만 말이 안 돼. 증언한 이후로 그 할머니는 사람들의 관심에서 멀어졌다고."

언론은 최악의 바람둥이와 비슷했다. 일단 상대와 한번 자고 나면 금세 질려서 새로운 상대를 찾아 나섰다. 이름까지 바꾼다는 것은 한편으로는 이해가 가기는 해도 너무 극단적이고 호기심을 불러일으켰다.

"맞아." 팀이 말했다. "그럼 그 할머니의 증언이 거짓말이었다고 생각해?"

"모르겠어."

"레이철?"

"응?"

"너 이 사건에서 뭔가 큰 거 물었지?"

"그런 것 같아."

"평소였다면 나도 끼워달라고 할 테지만 나보다는 네가 더 급하니까. 넌 한 번 더 기회를 가질 자격이 있어. 요즘 이 바닥은 사람에게 기회를 주는 데 인색하지만. 그러니까 또 필요한 게 있으면 연락해. 알았지?"

레이철은 눈물이 핑 돌았다. "넌 최고야, 팀."

"알아. 또 통화하자."

팀은 전화를 끊었다. 레이철은 눈물을 닦고 식당 창 너머로 차가 빽빽이 늘어선 주차장을 바라봤다. 멀리서 아직도 사이렌 소리가 울려 퍼졌다. 세상은 결국 레이철에게 또 다른 기회를 줄지 모르지만 과연 그녀가 그럴 자격이 있을까? 레이철 때문에 캐서린 툴로가 죽은 지 2년이 지났다.

캐서린에게는 또 다른 기회가 없을 텐데 레이철에게는 왜 있어야 할까?

그것은 레이철의 경력에서 가장 중요한 기사였다. 8개월간의 힘든 조사 끝에 《글로브》 선데이 매거진에는 렘홀 대학교의 인기 있는 총장 스펜서 셰인이 미국 최고의 엘리트 교육 기관인 그 대학에서 지난 20년간 특정 남자 교수들의 성폭행과 성추행, 위법 행위를 외면했을 뿐 아니라 조직적인 학대와 은폐에 가담한 사실을 폭로하는 레이철의 기사가 실릴 예정이었다. 너무 흉악하면서도 화나고 다루기 힘든 사건이어서 레이철은 언론인으로서 본분을 잊고 이 사건에 집착하게 되었다. 레이철은 객관성을 잃고 말았는데 그들이 저지른 범죄와 그걸 은폐한 대학에 분노해서가 아니라—진실을 알게 되면 누구라도 분노하지 않을 수 없었다—피해자들의 나약하고 체면을 차리는 태도 때문이었다.

그녀의 모교이기도 한 렘홀 대학교는 수많은 피해자에게 비밀 유지 협약서를 받아낸 터라 아무도 공식적으로 의견을 표명할 수 없었고 그러려고 하지도 않았다. 편집장에게는 비밀로 했지만 레이철 역시 1학년 때 핼러윈 파티에서 충격적인 사건을 겪은 후 비밀 유지 협약서에 서명하라는 강요를 받았다. 레이철은 거절했고, 학교 측에서는 그녀의 사건을 대충 넘겨버렸다.

어쩌면 그게 출발점인지 몰랐다. 당시 레이철은 졌지만 다시는 지지 않을 작정이었다.

그래서 무리수를 두고 말았다.

결국 이 사건은 《글로브》가 지면에 신기에는 너무 부담스러워졌다. 아무도 비밀 유지 협약서를 파기할 수 없기 때문이었다. 레이철은 믿을 수가 없었다. 지방 검사를 찾아갔지만 검사는 그런 유명 인사와 학교를 상대하고 싶어 하지 않았다. 그래서 레이철은 옛 동창 캐서린 툴로를 찾아가 비밀 유지 협약서를 파기해 달라고 애걸했다. 캐서린은 자기도 그러고 싶다고 말했지만 두려워했고 끝내 마음을 바꾸지 않았다. 그래서 그렇게 끝나버렸다. 이제 그 기사는 폐기될 것이고, 레이철을 공격했던 남자에게 아무런 처벌도 하지 않았던 모교는 여전히 흠 잡을 데 없는 대학으로 남게 되었다.

레이철은 그걸 용납할 수 없었다.

다른 대안이 없었기에 레이철은 캐서린 툴로를 더 세게 몰아붙였다. 옳은 일을 하라고, 안 그러면 내가 네 정체를 폭로할 거라고. 캐서린이 다른 피해자들을 우선시하지 않는다면 레이철도 그녀를 보호할 이유가 없었다. 따라서 레이철이 직접 인터넷에 기사를 올리고 취재원을 공개할 작정이었다. 그러자 캐서린이 울기 시작했다. 레이철은 꿈쩍도 하지 않았다. 30분 뒤에 캐서린은 마침내 레이철의 제안을 받아들였다. 비밀 유지 협약도 상관없고 그걸 작성한 대가로 받은 돈도 필요 없다고 했다. 캐서린 툴로는 친구이자 같은 동아리 일원이었던 레이철을 껴안으며 내일 그녀와 장시간 인터뷰하면서 공개적으로 자신의 의견을 밝히겠다고 말했다. 그리고 그날 밤, 레이철이 떠난 뒤에 캐서린 툴로는 물을 받은 욕조에 들어가 양손목을 그었다.

이제 캐서린은 늘 레이철을 따라다녔다. 지금 여기에도 있었다. 칸막이 좌석 맞은편에 앉아 늘 그랬듯이 확신 없는 미소를 지은 채 마치 레이철이 곧 자신에게 주먹을 날릴 거라는 듯이 눈을 깜빡거렸다. 그때 레이철 테이블을 담당한 웨이트리스가 옆 테이블에 앉은 손님에게 말했다. 이런 식당에서 볼 수 있는 전형적인 웨이트리스로 머리를 파랗게 물들인 노부인이었다. "저 경보는 정말 오랜만이네. 얼마 만이지, 칼?"

칼로 추정되는 남자가 대답했다. "몇 년은 됐지."

"혹시……?"

"아냐. 아마 그냥 훈련 중일 거야. 별일 아닐 거야."

레이철의 몸이 얼어붙었다.

"뭐 그렇다 치자고." 웨이트리스는 그렇게 말했지만 표정으로 보아 정말로 그렇게 생각하지는 않는 듯했다.

레이철은 그쪽으로 몸을 내밀고 물었다. "실례합니다. 캐물으려는 건 아닌데 저 사이렌이 브리그스 교도소에서 울리는 건가요?"

칼과 웨이트리스는 서로를 바라보았고 이내 칼이 고개를 끄덕이더니 최대한 거들먹거리는 미소를 지으며 말했다. "예쁜 아가씨는 걱정할 필요 없어요. 그냥 훈련일 테니까."

"무슨 훈련이요?" 레이철이 물었다.

"탈옥이요." 웨이트리스가 말했다. "저 경보는 죄수가 탈옥했을 때만 울려요."

그때 레이철의 휴대전화가 진동했다. 레이철은 전화를 받았다. "여보세요?"

"네 도움이 필요해." 데이비드가 말했다.

이제 지붕에 경광등이 달린 경찰차 세 대가 우리를 쫓아온다.

5년 만에 처음으로 교도소에서 나온 탓에 나는 아직 얼떨떨하다. 만약 지금 잡히면 다시는 교도소에서 나오지 못할 것이다. 절대로. 나도 안다. 내게 두 번째 기회는 없다. 내 손가락이 권총을 감싼다. 묘하게도 총이 따뜻하게 느껴지면서 위로가 된다.

경찰차들은 V자 대형으로 펼쳐져 있다.

나는 아저씨를 돌아본다. "이제 다 끝난 거죠?"

"목숨을 걸 각오가 돼있니?"

"어차피 전 죽은 사람이나 다름없었어요."

아저씨는 고개를 끄덕인다. "그 빌어먹을 총을 내게 겨눠라, 데이비드. 저들이 볼 수 있도록 들어 올려."

나는 그 말대로 한다. 이제 총이 무겁게 느껴지고 손이 떨린다. 섬너와 싸우고, 컬리의 공격을 받고, 임시방편으로 탈출 계획을 세우느라 아드레날린이 고갈된 듯하다. 아저씨가 액셀러레이터를 밟는다. 경찰차는 우리 바로 옆에 있다.

"이제 어떻게 하죠?" 내가 묻는다.

"기다려."

"뭘요?"

때맞춰 휴대전화가 울린다. 아저씨의 얼굴은 근엄한 표정의 가면을 쓴 듯하다. 전화를 받기 전에 아저씨가 말한다. "네가 지금 절박한 상황이라는 걸 기억하고 그렇게 행동해라."

나는 고개를 끄덕인다.

아저씨는 전화기를 들고 떨리는 목소리로 "여보세요"라고 말한다. 상대방이 얼른 대답한다. "아드님은 무사합니다, 소장님. 본인이 결박을 풀고 벽장문을 부수고 나왔어요."

"당신 누구야?" 아저씨가 퉁명스럽고 적대적인 목소리로 묻는다.

상대방이 잠시 머뭇거린다. "저는 어…… 그러니까……."

아저씨가 다시 호통친다. "누구냐고 물었잖아."

"웨인 셈시 형사입니다."

"셈시 형사, 몇 살이지?"

"네?"

"원래 무능한 바보였나? 아니면 최근에 바보가 된 건가?"

"무슨 말씀인지……."

아저씨는 날 힐끗 본다. "지금 이 차에는 총으로 내 귀를 겨누는 절박한 탈옥수가 있네. 이해하겠나, 셈시?"

나는 총구를 아저씨의 귀에 바짝 댄다.

"어, 네, 소장님."

"그러니 말해보게, 셈시. 탈옥수를 화나게 하는 게 현명한 행동이라고 생각하나?"

"아뇨……."

"그런데 왜 저 경찰차가 날 쫓아오는 거지?"

아저씨가 내게 보일 듯 말 듯 고갯짓한다. 지금이 내가 나서야 할 때다. "전화기 내놔!" 내가 아저씨의 손에서 전화기를 빼앗으며 소리친다. 나는 정신이 나가고 안절부절못하는 사람처럼 말하려고 노력하는데 별로 어렵지 않다. "난 지금 수다 떨 기분이 아니니까 잘 들어." 가능한 한 위협적으로 들리도록 노력하며 큰 소리로 말을 뱉어낸다. "10초 주지. 세지도 않을 거야. 딱 10초. 그 후에도 우리 근처에서 또 경찰차가 보이면 그때는 여기 소장 머리통에 총알을 박아주고 내가 직접 운전할 거야. 내 말 알아들었어?"

아저씨가 덧붙인다. "맙소사, 데이비드, 제발 그러지 말아요."

나는 아저씨의 추임새가 너무 과장일까 봐 걱정했는데 그렇지 않았다.

전화기에서 셈시 형사의 목소리가 들린다. "워워, 데이비드, 우리 모두 잠깐 진정하기로 하죠, 네?"

"셈시 형사?"

"왜요?"

"난 종신형을 선고받았어. 소장을 죽이면 교도소에서 인기가 폭발할 거라고. 내 말 알아들어?"

"물론이죠, 데이비드. 물론이에요. 우린 지금 뒤로 물러나고 있어요. 보세요."

나는 주위를 살펴본다. 경찰차들이 우리와 거리를 두고 있다.

"뒤로 물러나지만 말고 완전히 꺼져."

셈시 형사가 날 달래는 목소리로 말한다. "내 말 들어봐요, 데이비드. 데이비드라고 불러도 될까요? 그래도 되겠죠?"

나는 자동차 뒤쪽 유리창을 향해 총을 발사한다. 아저씨가 놀라서 한쪽 눈썹을 치켜세운다. "다음 총알은 소장의 미간으로 날아갈 거야."

아저씨는 자신이 맡은 역할에 완전히 몰입한다. "맙소사, 안 돼. 셈시 형사, 데이비드 말대로 하게!"

셈시 형사는 패닉에 빠져 더듬거린다. "알았어요, 알았어. 잠깐 기다려요, 데이비드. 우린 여기서 차를 세울 거예요. 알았죠? 약속해요. 뒤를 돌아봐요. 아직 이 사태를 바로잡을 수 있어요, 데이비드. 아직 아무도 안 다쳤다고요. 우리 대화로 해결해요. 알았죠?"

"당신 번호가 뭐야?" 내가 묻는다.

"네?"

"지금은 '발신자 표시 제한'이라고 되어있어. 난 이제 전화를 끊을 거야. 5분 뒤에 전화해서 내 요구 사항을 말해주지. 당신 번호가 뭐야?"

셈시 형사가 번호를 알려준다.

"좋아. 종이와 필기도구를 준비하고 있어. 다시 전화하지."

"종이와 필기도구는 이미 준비하고 있어요, 데이비드. 그냥 지금 말하지 그래요? 틀림없이 우리가……."

"다가오지 않으면 아무도 안 다쳐." 내가 말한다. "경찰차가 다시 얼씬거리면 그때는 소장 머리통에 총알이 박히는 걸로 끝날 거야."

나는 전화를 끊고 아저씨를 바라본다. "이걸로 얼마나 버틸 수 있을까요?"

"길어야 5분. 아마 지금쯤 헬리콥터를 띄웠을 거다. 공중에서 우리를 계속 감시할 수 있을 거야."

"좋은 아이디어 있어요?"

아저씨는 잠시 생각에 잠긴다. "여기서 몇 킬로미터 더 가면 대형 팩토리 아울렛이 나온다. 거기에 지하주차장이 있어. 거기로 들어가면 아마 10초 정도 우리가 저들의 시야에서 사라질 거야. 그때 저들에게 들키지 않고 네가 차에서 내릴 수 있지. 아울렛 옆에 하얏트 호텔이 있어. 예전에는 거기에 택시 승강장이 있었는데 요즘에는 우버다 뭐다 많이 생겨서 지금도 있을지는 모르겠다. 거기서부터는 너 혼자 행동해야 해. 이게 내가 생각해 낼 수 있는 최선이다. 그 아울렛에서 1.5킬로미터 떨어진 곳에 기차역이랑 버스 정류장도 있어."

나는 그 아이디어가 마음에 들지 않는다. "우리가 지하로 들어가는 걸 보면 경찰이 우리 속셈을 눈치채지 않을까요?"

"솔직히 말해서 나도 모르겠다."

나는 뒤를 돌아본다. 경찰차는 보이지 않지만 그렇다고 아예 없다는 뜻은 아니다. 나는 차창을 열고 밖으로 머리를 내민다. 헬리콥터의 흔적은 없다. 소리도 들리지 않는다. 셈시 형사에게 다시 전화해 우리가 아울렛에 들어가는 것을 보지 못하도록 더 멀리 떨어지라고 협박할 수도 있다. 하지만 그게 효과가 있을까? 모르겠다. 경찰은 마술사가 아니다. 텔레비전에 나오는 경찰은 마술사 같지만 현실에서는 우리에게 시간이 있다. 아직 헬리콥터를 띄우지 않았다. 만약 저들이 망원경, 카메라 등 장거리 감시 장비를 사용한다 해도 설치하는 데 시간이 걸릴 것이다. 애덤이나 필립 아저씨의 휴대전화 위치를 추적하는 것도 마찬가지다.

내게는 시간이 있다. 많지는 않지만.

"그 지하주차장까지 얼마나 남았나요?"

"3, 4분 정도."

그때 아이디어가 떠오른다. 완벽한 아이디어와는 거리가 멀지만, 경찰이었던 아버지는 완벽주의에 강박적으로 집착하는 날 걱정하며 내게 볼테르의 격언을 말해주곤 했다. "완벽을 추구하다가 좋은 성과를 망치지 마라." 이 아이디어를 좋다고 할 수 있을지조차 잘 모르겠지만 생각나는 게 이것뿐이다.

계속 열어둔 차창 밖에서 이제 헬리콥터 소리가 들린다.

"젠장." 아저씨가 말한다.

"지갑 주세요, 아저씨."

"계획 있니?"

"지하주차장으로 계속 가세요. 전 거기서 내릴게요. 아저씨 지갑은 제가 훔쳐 간 거예요. 경찰에게 지갑에 20달러밖에 없다고 말하세요. 애덤도 그렇게 말해야 해요. 그러면 경찰이 아저씨와 애덤의 신용카드를 추적할 거예요. 하지만 전 현찰을 쓸 거예요."

"알았다."

"제가 아저씨 휴대전화로 다시 셈시 형사에게 전화해서 말도 안 되는 요구를 할 거예요."

"그런 다음에는?"

"제가 통화하는 동안 우린 지하주차장으로 들어갈 거고, 전 재빨리 차에서 내릴 거예요. 경찰이 아저씨가 차를 세웠다는 걸 모를 정도로 빨리요. 유일한 차이점은 제가 통화를 계속할 수 있도록 아저씨 휴대전화를 가지고 있을 거라는 거죠."

아저씨는 내 의도를 파악하고 고개를 끄덕인다. "경찰은 네가 아직 차에 있다고 생각하겠지."

"맞아요. 아저씨는 계속 운전할 거예요. 하늘에 헬기가 떠있지만 그들은 제가 차에서 내리는 걸 볼 수 없어요. 제가 계속 통화하면 아저씨와 함께 있을 거라고 생각할 거예요. 최대한 멀리 가세요. 전 정확히 10분 뒤에 전화를 끊을 거예요. 또 다른 지하주차장을 찾아보세요. 이 근처에 또 다른 쇼핑몰이 있나요? 아니면 오피스 단지 같은 거라도요."

"왜?"

"그 건물로 들어가세요. 거기서 몇 초 시간을 끄세요. 마치 제가 거기서 차를 세우고 달아난 것처럼요."

"하지만 사실 넌 여기에 있겠구나."

"맞아요."

"그럼 난 지하에서 빠져나가 경찰에 네가 도망쳤다는 신호를 보낼 거야. 네가 휴대전화를 가져가서 전화할 수 없었다고."

"그렇죠."

"그럼 저들은 여기가 아니라 거기서 널 수색하겠구나."

"네."

아저씨는 곰곰이 생각한다. "이거 잘하면 먹히겠는데."

"그렇게 생각하세요?"

"아니, 아니야." 아저씨는 날 힐끗 본다. "이렇게 주의를 돌리는 건 오래가지 않을 거다, 데이비드."

"알아요."

"기차든 버스든 뭐든 보이는 대로 타라. 생존 기술에 대해서는 좀 아니?"

"아뇨."

"숲은 숨기 좋은 곳이야. 경찰이 개를 풀 테지만 사방에 풀 수는 없지. 아버지에게는 가지 마라. 가고 싶은 마음은 알지만 경찰이 감시하고 있을 거다. 네 전처나 처제에게도 가선 안 돼. 친척들도 전부 다 마찬가지야. 가까운 사람들에게 의지하면 안 된다. 경찰이 전부 감시할 거야."

이제 더는 가까운 사람도 없지만 그래도 아저씨가 하는 말의 요점은 알 수 있다.

"네 아버지한테는 내가 말하마. 널 믿는다고 말할 거다. 네가 한 짓이 아니라고."

"정말로 그렇게 믿으세요?"

아저씨는 라미 아울렛 센터 출구 표지판에서 우회전하며 숨을 길게 내쉰다. "그래, 데이비드, 난 그렇게 믿는다."

"아버지가 많이 안 좋은가요?"

"응. 하지만 진실을 알려줘야지. 내가 약속하마."

나는 뒤를 본다. 여전히 경찰차는 보이지 않는다. 기회는 지금뿐이다. 내 주머니는 애덤의 휴대전화, 애덤의 지갑, 아저씨의 지갑, 그들이 준 현금으로 불룩하다.

"하나 더 있다." 아저씨가 말한다.

"뭐요?"

"총은 두고 가라."

"왜요?"

"그걸 쓸 작정이니?"

"아뇨, 하지만······."

"두고 가. 네가 총을 가지고 있으면 경찰이 널 사살할 가능성이 훨씬 크다."

"차라리 그게 나아요. 그리고 제가 왜 총을 두고 가겠어요? 두고 간다 한들 누가 그걸 믿겠어요? 경찰은 아저씨가 이 일에 연루된 사실을 알게 될 거예요."

"데이비드······."

하지만 지금은 이 문제로 논쟁할 시간이 없다. 나는 휴대전화를 집어 들고 셈시 형사에게 전화한다. 그가 곧바로 전화를 받는다.

"다시 전화해 줘서 고마워요, 데이비드. 둘 다 무사하죠?"

"그래. 지금으로서는. 하지만 난 여기서 나갈 방법이 필요해. 우선 교통편부터."

"알았어요, 데이비드. 당연하죠." 셈시 형사는 '당신은 혼자가 아니야, 친구'와 같은 말투로 말한다. 아까보다 훨씬 더 차분하고 중심 잡힌 목소리다. 5분의 시간이 그에게 도움이 되었나 보다. "내가 알아볼게요."

"알아보는 걸로는 안 돼." 내가 톡 쏘아붙인다.

우리는 라미 아울렛 센터에 도착한다. 아저씨가 왼쪽으로 방향을 틀어 주차장으로 내려가기 시작한다. 나는 차 문손잡이를 잡고 내릴 준비를 한다.

"꼭 마련해야 해. 변명의 여지는 없어."

아저씨가 이 상황을 더 실감 나게 하려는 듯 이렇게 덧붙인다. "데이비드, 총은 내려놔요. 그 친구가 원하는 대로 다 해줄 테니."

"난 헬리콥터가 필요해. 연료 가득 채워서." 내가 셈시 형사에게 말한다.

옛날 드라마에나 나올법한 대사지만 셈시 형사는 개의치 않는 듯하다. "그걸 준비하려면 몇 시간 걸려요, 데이비드."

"개소리. 지금 헬리콥터가 떠있잖아. 내가 바보인 줄 알아?"

"저건 우리 헬기가 아닙니다. 아마 교통경찰 헬기일 거예요. 통근용일 수도 있고요. 우리가 저 헬기를 그냥 착륙시킬 수는……."

"거짓말."

"저기, 진정하세요."

"저 헬리콥터를 멀리 보내. 당장."

"지금 가장 가까운 공항에 연락하고 있어요, 데이비드."

"그리고 내가 탈 헬리콥터가 필요해. 연료와 조종사가 있는 헬리콥터. 조종사에게는 당연히 무기가 없어야 하고."

아저씨는 전방을 향해 고개를 끄덕인다. 나는 준비가 끝났다.

"알았어요, 데이비드. 문제없어요. 하지만 우리에게 시간을 좀 주세요."

아저씨는 차를 세운다. 나는 손잡이를 잡아당겨 문을 열고 차에서 내린다. 내가 내리자마자 아저씨는 차를 몰고 떠난다. 이 모든 일이 길어야 2, 3초 안에 일어난다. 나는 몸을 웅크린 채 회색 현대 자동차 뒤에 숨어서 한 치도 주저하지 않고 말한다. "얼마나? 난 소장을 쏘고 싶지 않아."

"그건 우리도 원치 않아요."

"하지만 지금 당신이 나한테 강요하고 있잖아. 이거 다 개수작이야. 어쩌면 내가 소장의 다리를 쏠 수도 있어. 내 말이 농담이 아니라는 걸 보여주기 위해서 말이야."

"아뇨, 데이비드. 당신 말이 농담이 아니라는 거 우리도 알아요. 그래서 우리가 당신과 계속 거리를 두는 거고요. 이성적으로 생각해요. 우린 이 일을 잘 해결할 수 있어요."

나는 차들 사이로 뛰어다니며 아울렛 입구로 향한다. 우리를 따라 주차장으로 들어온 수상한 차량은 없다. 수상해 보이는 사람도 없다.

"잘 들어, 셈시 형사, 지금부터 내 요구 사항을 정확히 말하지."

나는 아울렛의 지하 로비로 들어가 에스컬레이터를 타고 올라간다.

이제 자유의 몸이다. 당분간은.

CHAPTER
14

FBI 특수요원 맥스 번스타인은 분노에 차서 교도소장 비서실을 서성였다.

맥스는 어릴 때부터 한시도 가만히 있지 못했다. 그의 엄마는 아들의 '바지 속에 개미가 기어다닌다'라고 말하곤 했다. 교사들은 맥스가 의자에 앉아 몸을 계속 꿈지럭거리는 바람에 수업에 방해가 된다고 불평했다. 4학년 때 매티스 선생님은 교장에게 제발 맥스를 의자에 묶어놓게 해달라고 간청했다. 지금 맥스는 새로운 공간에 있으면 늘 그렇듯이 주위 환경에 익숙해지려는 개처럼 실내를 서성였다. 수시로 눈을 깜빡거리며 다른 사람의 눈을 제외한 실내 구석구석에 눈길을 던졌다. 그러고는 손톱을 물어뜯었다. 부스스한 차림새에 너무 큰 사이즈의 FBI 점퍼를 입은 맥스는 키가 작았고, 숱이 많고 뻣뻣한 머리카락은 어쩌다 한 번씩 단정하게 빗으려고 해도 도무지 말을 듣지 않았다. 한시도 가만히 있지 못하고 움직이는 습관 때문에 동료 연방 요원들은 그에게 '트위치(Twitch, 실룩거리

다—옮긴이)'라는 다정한 별명을 붙여주었다. 하지만 FBI에서 커밍
아웃하는 연방 요원이 아무도 없던 시절에 그가 처음으로 커밍아웃
을 하자 언제나 창의력이 넘치는 동성애 혐오자들은 그의 별명을
트위치에서 '비치(Bitch, 쌍년—옮긴이)'로 바꾸고는 좋다고 낄낄거
렸다.

FBI 요원들도 유머 감각이 있다.

"탈옥수는 도망쳤습니다." 이 사건을 해결하려다 실패한 지역 경
찰 셈시 형사가 말했다.

"그렇다고 들었어요." 맥스가 말했다.

그들은 필립 매켄지 소장의 비서실을 본거지로 삼았다. 소장 사
무실은 범죄 현장이었기 때문에 비서실을 이용할 수밖에 없었다.
벽에 걸린 브리그스 카운티 거리 지도에는 소장이 운전했던 차의
동선을 노란색 형광펜으로 표시해 두었다. 고리타분한 수사 방식이
었지만 맥스는 그렇게 하는 걸 좋아했다. 노트북에서는 헬리콥터
카메라에서 촬영한 영상이 재생 중이었다. 셈시 형사와 그의 동료
들은 그 영상을 보던 중이었는데 맥스와 그의 파트너 세라 자블론
스키 요원이 도착할 무렵에 영상은 끝났다.

비서실에는 맥스를 제외하고 일곱 명이 더 있었지만 세라를 제외
하고는 불과 5분 전에 만난 사람들이었다. 세라 자블론스키는 맥스
의 파트너이자 부관, 오른팔, 없어서는 안 될 동료 등등 맥스가 지
난 16년간 그녀를 아끼고 필요로 했다는 사실을 보여주는 모든 용
어가 다 해당되는 사람이었다. 세라는 빨간 머리에 덩치가 컸고, 어
깨도 떡 벌어진 데다 키가 182센티미터나 돼서 그녀보다 20센티미
터 이상 작은 맥스를 왜소해 보이게 했다. 둘의 체격 차이는 다소

우스꽝스러운 분위기를 풍겼고, 두 사람은 이 점을 유리하게 활용했다.

비서실에 있는 다른 두 사람은 맥스의 명령을 받는 연방 보안관이었고, 나머지 넷은 교도소 혹은 지역 경찰 소속이었다. 맥스는 노트북 앞에 앉아 오른쪽 다리를 떨었다. 만약 그가 한 번이라도 병원에 가서 진료를 받았다면 아마 하지불안증후군 진단을 받았을 것이다. 다들 맥스가 영상 마지막 부분을 반복해서 재생하는 모습을 지켜보았다.

"뭐 좀 알아냈어요, 맥스?" 세라가 물었다.

맥스는 대답하지 않았고, 세라도 대답하라고 재촉하지 않았다. 그게 무슨 의미인지 둘 다 알고 있었다.

모니터에서 눈을 떼지 않은 채 맥스가 물었다. "여기 교도소에서 직급이 가장 높은 분이 누구죠?"

"접니다." 반소매 와이셔츠 차림으로 땀을 뻘뻘 흘리던 통통한 남자가 말했다. "제 이름은……."

맥스는 그의 이름이나 직책에는 관심이 없었다. "당장 필요한 게 몇 가지 있습니다."

"이를테면요?"

"이를테면 최근에 버로스를 면회한 사람들 명단이라든가."

"알겠습니다."

"버로스의 가까운 가족이나 친구들. 그가 대화를 나눴을 법한 감방 동료 혹은 석방된 감방 동료도요. 버로스는 누군가에게 도와달라고 연락할 겁니다. 그들을 주시하도록 하죠."

"알겠습니다."

맥스는 의자에서 일어나 다시 서성이면서 검지 손톱을 또 물어 뜯었다. 부드럽게 혹은 느긋하게가 아니라 마치 맹견 로트와일러가 새 장난감을 부술 때처럼 맹렬하게. 다른 사람들은 서로 시선을 교환했다. 세라는 이런 상황에 익숙했다.

"소장은 돌아왔어, 세라?"

"방금 도착했어요, 맥스."

"우리 쪽 준비는 다 됐고?"

"다 됐어요."

맥스는 계속 서성이며 고개를 크게 끄덕였다. 그러더니 노트북 앞에 걸음을 멈추고 다시 재생 버튼을 눌렀다. 영상 속에서 필립 매켄지 소장은 차에서 내리더니 자신을 찍는 하늘 위 헬리콥터를 향해 손을 흔들었다. 맥스는 그 모습을 지켜보았다. 그러고는 한 번 더 보았다. 세라가 그의 어깨 너머로 가서 섰다.

"지금 소장을 데려올까요?"

"한 번만 더 보고."

맥스는 동영상을 처음부터 다시 봤다. 그러더니 상처 입은 가젤처럼 우아하게 지도 앞으로 뛰어갔다가 손톱이 물어뜯긴 검지로 자동차 동선을 훑은 뒤에 다시 노트북 앞에 앉는 일을 주기적으로 반복했다. 그러는 동안에도 손목에 찬 열두 개의 고무줄을─정확히 열두 개였다. 절대 열한 개나 열세 개가 아니었다─계속 만지작거렸다.

"셈시 형사." 맥스가 외쳤다.

"여기 있습니다."

"이 사태의 결말을 중계해 봐요."

"네?"

"버로스가 언제 차에서 내렸죠?"

"윌밍턴 터널에서요. 여기 보이죠?" 셈시 형사가 지도를 가리켰다. "저기가 소장님의 차가 터널로 들어간 지점입니다."

"당신은 버로스와 통화 중이었죠?"

"네."

"차가 터널로 들어갈 때도 통화 중이었나요?"

"그전에 버로스가 전화를 끊었습니다."

"그게 터널 들어가기 몇 분 전이었죠?"

"아, 정확히는 모르겠습니다. 아마 1분 정도일 겁니다. 정확한 시간은 확인해 볼 수 있습니다."

"나중에 확인해 봐요." 맥스가 모니터에서 눈을 떼지 않은 채 말했다. "통화는 어떻게 끝났습니까?"

"헬리콥터가 준비되면 제가 다시 전화하기로 했습니다."

"버로스가 그렇게 요구했나요?"

"네."

맥스는 세라를 보며 얼굴을 찡그렸다. 세라는 어깨를 으쓱였다. "계속해 봐요."

"그 이후는 전부 다 동영상에 있습니다." 셈시 형사가 말했다. "소장님 차가 터널에 들어서면서 우리 시야에서 사라졌어요."

그들은 그 부분을 재생했다.

"버로스도 알고 있었죠?" 맥스가 물었다.

"뭘……?"

"하늘에 헬리콥터가 떠있다는 말을 했다면서요. 안 그래요?"

"아, 네, 그럴 겁니다. 15분쯤 전에 헬기를 발견하고 다른 곳으로 보내라고 했습니다."

"하지만 당신은 그렇게 하지 않았군요."

"네. 그냥 버로스의 눈에 띄지 않고 소리가 들리지 않을만한 곳으로 물러나게 했죠."

"좋아요. 그래서 두 사람이 탄 차는 터널로 들어갔어요. 그다음은요?" 맥스가 재촉했다.

"차가 들어갔고, 터널 반대편에서 우리 헬기가 대기하고 있었습니다. 왜냐하면, 음, 우리는 터널 안을 볼 수 없으니까요. 차로 터널을 통과하는 데 길어야 1, 2분이었죠."

"하지만 실제로는 더 오래 걸렸죠?" 맥스가 물었다.

"소장님의 차는 6분이 넘도록 나타나지 않았습니다."

맥스는 빨리 감기 버튼을 눌렀다가 소장의 차가 터널 반대편으로 빠져나오자 다시 재생 버튼을 눌렀다. 차는 터널을 나오자마자 갓길에 멈춰 섰다. 소장이 운전석에서 내려 맹렬히 손을 흔들기 시작했다.

그걸로 영상은 끝났다.

"그래서 어떻게 생각합니까?" 맥스가 셈시 형사에게 물었다.

"뭘요?"

"버로스에게 무슨 일이 있었을까요?"

"아, 그거요. 뭐 이제는 알죠. 소장님이 말해줬으니까요. 버로스는 터널에 들어갈 때 헬리콥터가 자신을 볼 수 없다는 걸 알고 있었습니다. 그래서 터널 한복판, 아무도 자기를 볼 수 없는 곳에서 소장님에게 차를 세우라고 했습니다. 그런 다음 다른 차량을 탈취해서 도망쳤죠. 도로에 바리케이드를 설치해 뒀습니다."

"터널 안에 CCTV가 있나요?"

"아뇨. 초소 같은 게 있기는 한데 요즘에는 지키는 사람이 거의 없습니다. 예산 삭감 때문에요."

"아하. 세라?"

"네, 맥스."

"소장 아들은 어디 있지?"

"의무실에 아버지와 함께요."

"무사해?"

"네, 그냥 절차에 따라 치료받는 것뿐이에요."

"소장과 아들을 들여보내 줘. 다른 분들은 나가주세요."

다들 자리를 비켜주었다. 5분 뒤, 세라가 문을 열자 필립과 애덤 매켄지가 들어왔다. 맥스는 그쪽으로 눈길을 주지도 않은 채 계속 모니터만 바라보며 말했다.

"고생하셨네요. 두 분 다."

"그러게 말이오." 필립 매켄지가 말했다. 소장이 맥스 쪽으로 다가가 손을 내밀었지만 맥스는 못 본 척하고 모니터와 지도 사이를 당구대 위의 당구공처럼 뛰어다녔다.

"저자가 어떻게 총을 손에 넣었죠?" 맥스가 물었다.

필립 매켄지는 헛기침을 했다. "예상치 못한 순간에 내 총을 가져갔네. 내가 재소자를……."

"재소자요?"

"그렇지."

"버로스를 그렇게 부릅니까?"

필립 매켄지가 입을 열었지만 맥스는 손사래를 쳤다. "대답하실 필요 없습니다. 셈시 형사에게 다 들었습니다. 그자가 소장님 총을 가져갔고, 여기 있는 소장님 아들에게 제복을 벗으라고 협박했고, 그다음에는 소장님을 총으로 겨누며 차로 가자고 했다죠? 다 알고 있습니다." 맥스는 말을 멈추더니 지도를 바라보며 눈살을 찌푸렸다. 그러고는 말을 이었다.

"내가 묻고 싶은 건 왜 내게 거짓말을 하냐는 겁니다."

정적이 실내를 가득 채웠다. 필립 매켄지는 맥스를 노려보았으나 맥스는 여전히 그를 등지고 있었다. 필립은 분노에 찬 시선을 세라에게 돌렸다. 세라는 어깨를 으쓱였다.

필립 매켄지가 버럭 소리를 질렀다. "그게 무슨 말인가?"

맥스는 한숨을 쉬었다. "꼭 다시 말해야 하나요? 세라, 내가 충분히 알아듣게 말하지 않았어?"

"충분하고도 남죠."

"내가 누군지 알고 이러는 건가, 번스타인 요원?"

"유아 살해범의 탈옥을 도와준 교도소장이죠."

필립은 두 주먹을 불끈 쥐었고, 얼굴이 붉어졌다. "날 보고 말하게. 젠장."

"아뇨."

필립이 맥스에게 한 발짝 다가가 말했다. "상대를 거짓말쟁이라고 할 때는 최소한 상대의 눈을 보고 말해야 하는 거 아닌가?"

맥스는 고개를 저었다. "난 그 말 안 믿습니다."

"뭘 말인가?"

"눈을 보면 안다는 말이요. 아이 콘택트는 너무 과대평가됐어요. 내가 아는 최고의 거짓말쟁이는 상대의 눈을 몇 시간이고 똑바로 바라볼 수 있죠. 눈을 계속 쳐다보는 건 시간 낭비이자 에너지 낭비예요. 안 그래, 세라?"

"그렇고말고요."

"소장님?" 맥스가 말했다.

"뭐요?"

"앞으로 힘들어지실 겁니다. 아주 많이요. 그건 내가 어떻게 할 수 없어요. 그나마 여기 있는 소장님의 말없는 아드님에게는 한 줄기 희망이 있습니다. 하지만 소장님이 계속 거짓말하신다면 내가 두 사람 다 매장해 버릴 겁니다. 우린 전에도 그런 적이 있어요. 안 그래, 세라?"

"아주 재밌었죠."

"그 일만 생각하면 아주 꼴린다니까."

"난 가끔 이런 순간을 녹화해 뒀다가 전희로 사용해요."

"내 젖꼭지 만져봐, 세라." 맥스가 세라 쪽으로 가슴을 내밀며 말했다. "조약돌처럼 단단해."

"또 경위서 쓰기 싫어요, 맥스."

"아, 너도 예전에는 재미있었는데, 세라."

"나중에요, 맥스. 이 사람들 체포할 때."

필립 매켄지는 처음에는 맥스를, 그다음에는 세라를 가리키며 말했다. "끝났나?"

"소장님은 열린 문을 차로 들이받았어요." 맥스가 말했다.

"그랬지."

"반쯤 열린 문 사이를 전속력으로 들이받았다고요."

필립은 당당해 보이려고 노력하며 씩 웃었다. "그게 무슨 증거라도 된다는 건가?"

"왜 액셀을 그렇게 열심히 밟았나요?"

"절박한 재소자가 내 얼굴에 총을 겨누고 있었으니까."

"들었어, 세라?"

"나 여기 서있어요, 맥스."

"필 아저씨가 무서웠대."

"당연한 거 아닌가?" 필립이 반박했다. "재소자에게는 총이 있었네."

"소장님 총이죠."

"맞아."

"소장님 비서 말에 의하면 소장님이 절대 차고 다니지 않고, 장전도 하지 않는 총이요."

"비서가 틀렸네. 재킷 안에 차고 다니니까 사람들이 못 보는 것뿐이지."

"참 신중하시네요." 세라가 말했다.

"그런데도 버로스는 그걸 용케 봤을 뿐 아니라 뽑아서 두 사람을 위협할 수 있었군요." 맥스가 말했다.

"우리가 방심한 틈을 노린 거지."

"무능하시네요."

"내 실수였어. 재소자를 너무 가까이 오게 둔 탓이야."

맥스는 세라에게 미소 지었고 세라는 어깨를 으쓱했다.

"버로스를 계속 재소자라고 부르시네요." 맥스가 말했다.

"재소자니까."

"그거야 그렇지만 개인적으로 아는 사이 아닌가요? 데이비드라고 부르던 사이였죠? 버로스의 아버지와도 오랜 친구였고. 여기 있는 아드님, 지금까지는 말이 없는 애덤은 버로스의 죽마고우고요. 안 그런가요?"

순간적으로 소장의 얼굴에 놀란 표정이 섬광처럼 스쳤지만 그는 빠르게 원래 표정을 되찾았다. 그러더니 허리를 좀 더 꼿꼿하게 펴며 "맞네. 그걸 부인하진 않겠어"라고 말했다.

"정말 협조적이시네요." 세라가 말했다.

"그렇지?"

"그래서……." 필립이 말문을 열었다.

"잠깐만요. 내가 대신 말하죠. 그래서 버로스가 소장님 총에 가까이 갈 수 있었다는 겁니까? 소장님 비서 말에 의하면 소장님이 절대 소지하지도 않고……."

"장전하지도 않는 총이요." 세라가 끼어들었다.

"장전하지도 않는 총. 고마워, 세라. 하지만 버로스는 용케 소장님 재킷 속으로 손을 넣어 권총집의 똑딱이 단추를 열고 장전된 총을 꺼내 갔단 말이죠. 그동안 두 분은 우두커니 서서 아무것도 안 하고요. 요약하자면 그거죠, 소장님?"

애덤이 처음으로 입을 열었다. "정확합니다."

"와, 말을 했어, 세라."

"안 하는 게 나을 뻔했어요, 맥스."

"동의해. 괜찮다면 하나만 더 물어보죠, 소장님. 왜 어제 데이비드 버로스의 아버지를 찾아갔습니까?"

필립 매켄지는 깜짝 놀란 듯했다.

"세라, 소장님께 자세히 설명해 줄래?"

"물론이죠, 맥스." 그녀는 필립 쪽으로 몸을 돌렸다. "소장님은 어제 아침 8시 15분, 아메리칸 이글을 타고 보스턴으로 갔어요. 혹시 궁금하실까 봐 알려드리면 302편이었고요."

정적이 흘렀다.

"소장님 머릿속이 바삐 돌아가는 게 보이는 것 같아, 세라."

"그래요?"

맥스는 고개를 끄덕였다. "소장님은 고민할 거야. 옛 친구 레니 버로스를 만나러 갔다고 인정해야 할까? 아니면 다른 이유로 보스턴에 갔다고 주장해야 할까? 물론 후자를 선택하고 싶겠지. 하지만 문제는, 소장님도 아실 테지만, 만약 거짓말을 한다면 여기 있는 세라가 과연 공항에서 버로스의 집까지 소장님을 태우고 간 택시든 우버든 찾아낼 수 있을지 걱정해야 한다는 겁니다."

"혹은 반대 방향으로도요, 맥스." 세라가 덧붙였다.

"맞아, 세라. 반대 방향으로도 찾아낼 수 있지. 소장님을 다시 공항까지 데리고 간 택시요. 대답하기 전에 경고해 드리죠. 세라는 더럽게 잘 찾아낸답니다."

"고마워요, 맥스."

"아냐, 세라, 진심이야. 넌 최고야."

"나 얼굴 빨개지잖아요, 맥스."

"더 예뻐 보이는데, 세라." 맥스는 어깨를 으쓱이더니 필립 쪽으로 돌아섰다. "어려운 선택이죠, 소장님. 나라도 어떻게 해야 할지 모를 겁니다."

필립은 헛기침을 했다. "난 보스턴에 아픈 친구를 만나러 갔네. 그게 뭐가 잘못이지?"

맥스는 지갑을 꺼내며 빙그레 웃었다. "젠장, 세라, 네가 맞았어."

세라는 손바닥을 내밀었다. "5달러 주세요."

"10달러밖에 없는데."

"나중에 잔돈 줄게요."

필립 매켄지는 꿋꿋하게 말을 이었다. "당연히 자네 말이 맞네. 난 데이비드와 가까운 사이야. 최근에 데이비드는 비이성적으로 행동했어. 그래서 난 그 일로 데이비드의 아버지와 얘기하고 싶었지. 자네가 말했듯이 레니와 나는 오래전부터……."

"잠깐만요. 내가 맞혀보죠." 맥스가 한 손을 들어 올렸다. "소장님은 바로 그 이유 때문에 오늘 아드님을 여기에 데려온 겁니다. 애덤과 데이비드는 친구고, 데이비드가 너무 비이성적으로 행동하니까요."

"맞네."

맥스는 씩 웃으며 다시 손바닥을 내밀었다. 세라는 눈살을 찌푸리며 다시 10달러를 건넸다.

"자네들은 지금 그걸 재미있다고 하는 건가?" 필립이 퉁명스럽게 쏘아붙였다.

"우리가 FBI의 데시와 루시(전설적인 코미디언 루실 볼과 그녀의 남편 데시 아네즈 부부를 말한다—옮긴이)라고 불리는 데는 이유가 있죠. 안 그래, 세라?"

"사람들이 우릴 그렇게 부르는 가장 큰 이유는 내가 루실 볼처럼 빨간 머리라서예요, 맥스. 우리가 재미있어서가 아니라."

맥스는 눈살을 찌푸렸다. "정말이야, 세라? 하지만 난 '바바루(루실 볼의 드라마 〈아이러브루시〉에 자주 나왔던 노래—옮긴이)'를 현대적으로 재해석해서 연습하는 중이었는데."

그때 문을 두드리는 소리가 나더니 뚱뚱한 교도소 간부와 셈시 형사가 들어왔다. 간부가 말했다. "데이비드 버로스는 수감된 기간을 통틀어 면회한 사람이 한 명뿐이었습니다. 처제요. 이름은 레이철 앤더슨이고 어제와 그제 방문했습니다."

"잠깐만, 버로스가 면회한 것이 어제와 그제뿐이었다고요?" 맥스는 가슴에 손을 얹었다. "놀랍고 또 놀라워라. 이번에도 우연의 일치로군, 세라."

"원래 이 세상은 우연으로 가득해요, 맥스."

"세상에는 우연 말고도 뭐가 많아, 세라. 어떻게 생각하세요, 소장님?"

이번에는 필립 매켄지도 침묵을 지켰다.

맥스는 다시 교도소 간부를 돌아봤다. "그 처제가 지금 어디 머무는지 압니까?"

"아마 브리그스 모터 모텔일 겁니다. 우리 교도소를 찾아오는 사람들은 대부분 거기 머무니까요."

맥스가 셈시 형사 쪽을 바라보자 그가 말했다. "알아보겠습니다."

교도소 간부가 덧붙였다. "아니면 아울렛 옆에 있는 하얏트 호텔에 묵을 수도 있고요."

"와."

마치 누군가 줄로 당긴 것처럼 맥스의 머리가 홱 돌아갔다. 맥스는 춤을 추는 걸음으로 지도 앞으로 갔다. 실내는 조용해졌다. 맥스는 차가 지나간 동선을 살펴보더니 다시 노트북 앞으로 점프했다.

"빙고, 세라."

"뭐예요, 맥스?"

"셈시 형사?"

그가 앞으로 나왔다. "저 여기 있습니다."

"차가 터널로 들어가기 직전에 버로스가 전화했다고 했죠?"

"네."

"버로스가 먼저 전화했나요?"

"네. 5분만 기다려 달라고 하더니 다시 전화했습니다."

"그게 몇 시였죠? 정확히? 당신 휴대전화를 확인해 봐요."

"8시 55분이요."

"그렇다면 차는……." 맥스는 찾아냈다. "여기 있었겠군. 그런가. 쇼핑몰 지하주차장에 들어가기 직전이었군." 맥스는 필립 매켄지에게 몸을 돌렸다. "왜 그 지하주차장을 통과했죠, 소장님?"

필립은 그를 노려보았다. "재소자가 그렇게 하라고 시켰으니까. 총을 겨누면서."

맥스는 다시 지도로 폴짝 뛰어가더니 손가락으로 라미 아울렛 센터를 가리키며 주변을 훑었다. "세라, 지금 내가 무슨 생각 하는지 알겠어?"

"기차역이요, 맥스."

맥스는 고개를 끄덕였다. "셈시 형사?"

"네?"

"기차를 다 멈춰요. 8시 55분 이후에 출발한 열차가 있으면 경찰을 보내 수색하고. 동원 가능한 경찰을 모두 저 아울렛으로 보내자고요."

"알겠습니다."

페인 가문 자산의 뉴잉글랜드 지부 담당자인 여든두 살의 거트루드 페인은 로드아일랜드주, 뉴포트에 있는 페인 미술관에서 손자 헤이든이 연단에 오르는 모습을 지켜보았다. 헤이든은 서른일곱 살이었고, 대다수 사람들은 그가 세련되고 귀족적인 분위기를 풍길 거라고 예상했지만 사실 헤이든은 그의 증조부 랜들 페인을 닮았다. 랜들 페인은 1868년 페인 켄터키 버번 회사를 설립해 페인 왕조를 세운 강단 있는 사람이었다.

"제 가족을 대표해⋯⋯." 헤이든이 말문을 열었다. "특히나 제 할머니 픽시를 대표해서⋯⋯."

픽시는 아버지가 그녀에게 직접 지어준 별명이었다. 대체 왜 그런 별명을 지어줬는지는 아무도 몰랐지만(픽시는 귀가 뾰족하고 장난을 잘 치는 요정이다—옮긴이). 헤이든은 그녀를 돌아보며 씩 웃었고, 거트루드도 손자에게 미소 지었다.

헤이든은 연설을 계속했다. "매년 열리는 모금 오찬에 이렇게 많은 분이 참석해 주셔서 정말 기쁩니다. 오늘 행사의 수익금은 모두 '페인가와 함께 그림을'이라는 예술 개발 자선단체에 전달되어 프로비던스 지역의 소외 계층 청소년들에게 미술 수업과 재료를 제공하는 데 쓰일 예정입니다. 여러분의 너그러운 후원에 정말 감사드립니다."

오커 포인트 애비뉴에 있는 페인 하우스 대리석 연회장에 정중한 박수가 울려 퍼졌다. 1892년에 지어진 이 저택은 대서양을 내려다보고 있었다. 거트루드가 이 가문에 시집온 지 얼마 지나지 않은 1968년, 그녀는 이 저택을 미술관으로 만들고 보존 협회에 매각하자는 아이디어를 앞장서서 실현했다. 페인 하우스는 참으로 아름답고 웅장했으나 말 그대로든 비유적으로든 춥고 냉랭한 곳이었다. 대다수 사람들은 부자들이 일반인도 즐길 수 있도록 이런 저택들을 기증했다고 생각하지만 실은 어디까지나 그 자신들에게 재정적으로 이득이기 때문에 기증한 것이다. 브레이커스 저택이나 마블 하우스, 혹은 여기 있는 페인 하우스처럼 유명한 관광지가 된 저택들은 대부분 보존 단체가 부자들에게 거액을 주고 매입한다.

부자가 되면 언제든 돈을 벌 방법이 있다는 사실을 픽시는 알게 되었다.

"올해는 **특히 더** 흥분되는 해입니다." 헤이든은 연설을 계속했다. "약속드린 대로 현지 출장 요리사 한스 라스피어가 제공하는 훌륭한 점심 식사를 마친 후에는……."

작게 박수가 터져 나왔다.

"우리의 주요 후원자인 여러분께 박물관 개인 투어를 제공하고, 물론 오늘의 하이라이트이자 여러분이 이 자리에 모인 이유이기도

한 악명 높은 그림을 특별히 공개하겠습니다. 지난 20년 넘게 대중에게 공개되지 않았던 요하네스 페르메이르(Johannes Vermeer)의 〈피아노를 치는 소녀〉입니다."

때맞춰 감탄사가 쏟아졌다.

문제의 페르메이르 작품은 거의 25년 전 록우드 가문 출신인 거트루드의 사촌이 도난당한 후 최근에야 맨해튼 어퍼웨스트사이드의 기괴한 살인 사건 현장에서 발견되었다. 높이가 45센티미터에 불과한 이 그림은 이미 귀한 걸작이었지만 미술품 절도, 살인 사건, 자국민을 상대로 한 테러가 뒤섞여 악명을 얻는 바람에 전 세계에서 가장 가치 있는 작품 중 하나로 여겨졌다. 마침내 그림을 되찾은 거트루드의 사촌 윈은 이 그림이 록우드 저택의 우중충한 거실에서 시들어 갈 것이 아니라 세상을 돌아다니며 수백만 명까지는 아니더라도 수천 명이 즐길 수 있어야 한다고 생각했다. 도난당했던 페르메이르는 바로 이곳, 로드아일랜드주 뉴포트에서 한 달간의 전시회를 시작으로 전 세계 박물관을 순회할 예정이었다.

페르메이르를 맨 처음 선보이기로 한 것은 아주 잘한 일이었다. 오늘 오찬 티켓은 1인당 5만 달러부터 시작했다. 돈이 중요한 건 아니었지만. 정말로 그랬다. 페인 가문의 재산은 수십억 달러였으나 부유층에게 자선 활동은 늘 사회적 지위 상승을 위해서였다. 거기에 어쩌면 약간의 죄책감도 있으리라. 또 한편으로는 사람들과 어울리고 파티를 열기 위한 핑계이기도 했다. 왜냐하면 이렇게 터무니없을 정도로 돈이 많은데 그저 파티나 여는 것은 너무 품위가 없고 너무 천박하며 너무 튀기 때문이었다. 따라서 말하자면 위장 전술로 자선 행사를 이용하는 것이었다. 거트루드는 이런 행사가 전부 개수작이라는 걸 알고 있었다. 여기 있는 부자들은 소외 계층 청소년을 위해 페인가의 자선단체에 수표를 써서 후원할 수도 있었다. 누구도 그 돈을 아까워하지 않을 것이다. 원래 부자들은 '내가 큰 타격을 입을 때까지 베풀고 또 베풀어라'라는 격언은 고사하고 조금이라도 아깝다는 생각조차 들지 않을 만큼만 기부한다. 누구도 자발적으로 자신의 몫을 줄이지 않는다는 사실을 거트루드는 이해했다. 당연했다. 입으로는 우리보다 불우한 사람들이 잘되기를 바란다고 말할지 몰라도—심지어 진심일 수도 있다—거기에 자신의 희생은 조금도 수반되지 않기를 바란다. 그래서 부자들이 그토록 괴물 같아 보일 수 있는 거라고 거트루드는 이미 오래전에 짐작했다.

헤이든은 연설을 계속했다. "소외 계층 청소년들을 위한 페인 재단의 프로그램은 수만 명의 불우한 어린이들을 도와왔습니다. 우리 재단 창립자인 베넷 페인이 1938년, 우리 가문에서 최초로 남자아이들을 위한 보육원을 설립한 이래로요."

헤이든은 베넷 페인의 대형 유화 초상화를 향해 손짓했다.

'아, 훌륭하고 존경받는 베넷 시삼촌.' 거트루드는 생각했다. 소아성애자라는 단어가 존재하기도 전인 그 시절에 베넷 시삼촌이 소아성애자였다는 사실을 아는 사람은 거의 없다. '너그러운' 시삼촌이 가난한 아이들과 함께 일하려고 한 이유는 단 하나였다. 아이들에게 마음껏 접근할 수 있었기 때문이었다. 물론 베넷 시삼촌은 자신의 성향을 비밀로 했지만 대부분의 인간이 그렇듯 자신의 행동을 정당화했다. 결과적으로는 자신이 좋은 일을 하는 거라고 스스로를 설득했다. 이 아이들, 특히 극빈층 아이들은 페인가에서 돕지 않았더라면 죽었을 것이다. 베넷 삼촌은 그들을 먹이고 입히고 가르쳤다. 그리고 원래 섹스는 양쪽 다 즐거운 행위가 아니던가? 여기서 무엇이 범죄란 말인가? 베넷 시삼촌은 세상을 여행했는데 종종 자신과 생각이 비슷한 선교사들과 함께 다녔다. 덕분에 아주 다양한 아이들과 섹스를─사람들은 이걸 강간이라고 부르겠지?─할 수 있었다.

인과응보가 이뤄졌는지 궁금한 사람들을 위해, 평생 허기와 갈증, 불편함이라고는 모르고 살았으며 진짜 직업을 가져본 적 없고 막대한 부 말고는 아는 게 없었던 베넷 페인이 결국 악행의 대가를 치렀는지 궁금한 사람들을 위해 말하자면 그 대답은 안타깝게도 '아니오'이다. 베넷 시삼촌은 아흔셋이라는 고령에 자다가 돌아가셨다. 그의 악행은 세상에 알려지지 않았다. 오늘날까지도 모든 페인 재단 자선단체에는 그의 초상화가 걸려있다.

여기서 아이러니한 점은 이제 페인 재단이 정말로 상당한 선행을 한다는 사실이다. 베넷 시삼촌이 아이들을 강간하기 위한 수단으로 시작한 일이 이제는 진정으로 불우한 이들을 돕고 있었다. 그러니 이 사실을 어떻게 받아들여야 할까? 거트루드는 수많은 대의명분이 좋은 의도로 시작했다가 흉악하고 부패한 형태로 변질된 경우를 많이 보았다. 에릭 호퍼는 이런 말을 한 적이 있다. "세상의 위대한 대의는 모두 운동으로 시작했다가 사업이 되고 결국에는 비리로 변질된다." 정말로 맞는 말이다. 하지만 반대의 경우에는 어떻게 될까?

거트루드는 모든 남성이 소시오패스적 자질과 함께 자신이 한 어떤 행동이든 정당화하는 놀라운 능력을 소유했다고 믿었다. 그렇다, 일반화가 맞았다. 그렇다, 틀림없이 저 뒤쪽에서 누군가가 "모든 남자가 그런 건 아닙니다"라고 외칠 것이다. 하지만 거의 모든 남자가 그렇다. 그녀의 아버지는 어머니를 때리며 고분고분하게 굴라고 요구하는 알코올중독자였다. 아버지는 성경 구절을 들먹이며 자신의 행동을 정당화했다. 그런가 하면 거트루드의 남편 조지는 시도 때도 없이 불륜을 저질렀다. 그는 일부일처제가 '부자연스럽다'는 과학적 주장을 들어 자신의 행동을 정당화했다. 그리고 베넷 시삼촌이 저지른 일들은 은폐되었다. 페인가에서 특별한 취향을 가진 사람은 시삼촌만이 아니었다. 거트루드의 외아들이자 헤이든의 아버지 웨이드는 그녀가 생각하기에 '어떤 법칙에도 예외는 있기 마련이다'에 해당했지만 아마 엄마로서 '눈에 콩깍지가 씌어서' 그랬을 것이다. 웨이드는 내면에 잠재했을 소시오패스 성향이 발현되기도 전인 서른한 살에 아내와 함께 베일로 스키 여행을 떠났다가 전용기 추락 사고로 사망했다. 거트루드의 삶은 아들의 죽음으로 산산조각 났다. 고아가 된 헤이든은 당시 겨우 네 살이었다. 헤이든의 양육은 거트루드의 몫이 되었으나 그녀는 제대로 해내지 못했다. 헤이든을 잘 돌보지 않았고 헤이든은 그로 인해 고통받았다.

그녀의 휴대전화가 진동했다. 거트루드는 현대 문명을 좋아했다. 물론 현대의 많은 것이 그렇듯 결국에는 집착으로 이어지기도 하지만, 핸드백에 넣고 다니는 작은 기기 하나로 언제 어디서나 누구와 소통할 수 있고, 전 세계 모든 도서관이 소장한 책을 볼 수 있는데 누가 좋아하지 않을 수 있겠는가.

"다시 한번 이 훌륭한 대의를 지지해 주신 모든 분께 감사의 말씀을 전합니다." 헤이든이 연설을 마무리했다. "15분 뒤에 도난당했던 페르메이르를 감상할 겁니다. 우선 디저트를 맛있게 드세요."

헤이든이 미소 지으며 손을 흔들자 거트루드는 휴대전화를 슬쩍 들여다봤다. 메시지를 읽는 순간, 가슴이 철렁 내려앉았다. 거트루드의 테이블로 돌아온 헤이든이 그녀의 얼굴을 보더니 "괜찮으세요, 할머니?"라고 물었다.

거트루드는 균형을 잡으려고 한 손을 테이블에 올리며 말했다. "나랑 같이 좀 걷자."

"하지만 우린……."

"제발 날 부축해 다오. 당장."

"알겠어요, 할머니."

둘은 얼굴에서 미소를 지우지 않은 채 연회장을 빠져나왔다. 연회장 한쪽 벽은 거울로 되었는데 거트루드는 나가기 전 거울에 비친 자신의 모습을 보았다. 거울 속 저 할머니는 누굴까?

"무슨 일이에요, 할머니?"

그녀는 헤이든에게 전화를 건넸다. 문자를 읽는 헤이든의 눈이 휘둥그레졌다. "탈옥?"

"그런 것 같구나."

거트루드는 문이 열리는 쪽을 바라봤다. 오랫동안 이 집의 보안 책임자로 일한 스테파노는 절대 그녀의 시야에서 벗어나지 않았다. 스테파노가 눈을 마주치자 거트루드가 고개를 살짝 갸웃했다. 나중에 이야기하자는 의미였다. 스테파노는 고개를 끄덕이며 그녀와 일정한 거리를 두었다.

"어쩌면 계시일지도 몰라요."

거트루드는 다시 손자에게 주의를 돌렸다. "계시?"

"꼭 종교적인 의미는 아니고요. 그럴 수도 있기는 하지만. 그보다는 기회에 가깝죠."

헤이든은 정말 어리석었다. "이건 기회가 아니야, 헤이든." 거트루드가 이를 악문 채 말했다. "경찰은 하루 안에 그 사람을 잡을 거야."

"우리가 그 사람을 도와줘야 할까요?"

거트루드가 그를 빤히 바라보자 마침내 헤이든은 고개를 돌렸다. 그러자 거트루드가 말했다. "우린 지금 떠나야 해."

헤이든은 다시 연회장 쪽으로 손짓했다. "하지만 할머니, 후원자들이……."

"저들이 원하는 건 페르메이르 그림을 보는 거야. 우리가 여기 있든 말든 관심 없어. 시오는 어디 있니?"

"그림을 보고 싶대요."

거트루드는 두 보안요원을 지나, 한때 가족 음악실이었고 이제는 페르메이르 그림이 걸린 방으로 들어섰다. 한 소년이 그녀를 등진 채 그림 앞에 서있었다.

"시오, 떠날 준비 됐니?" 거트루드가 소년에게 말했다.

"네, 증조할머니. 준비됐어요." 시오가 말했다.

여덟 살 소년이 그녀를 돌아보자 거트루드의 시선은 어쩔 수 없이 소년의 볼에 있는 선명한 화염상 모반으로 향했다. 그녀는 침을 꿀꺽 삼키고 아이가 잡을 수 있도록 손을 내밀었다.

"그럼 함께 가자꾸나."

CHAPTER
16

맥스와 세라는 취조실 테이블에 앉았다. 두 사람 맞은편에는 레이철 앤더슨이 혼자 앉아있었다. 두 사람은 자기소개를 하고 정말로 변호인이 입회하지 않아도 되겠냐고 재차 물었다. 레이철은 변호사 선임권을 포기한 터였다.

"먼저 이렇게 와주셔서 감사하다는 말씀부터 드리죠." 맥스가 말했다.

"당연히 와야죠." 레이철이 눈을 크게 뜨고 해맑은 표정으로 말했다. "하지만 무슨 일 때문인지 말해주실 수 있을까요?"

맥스는 세라를 힐끗 보았다. 세라는 어이없다는 듯이 눈알을 굴렸다.

여기는 브리그스 교도소에서 800킬로미터가량 떨어진 뉴저지주 뉴어크의 FBI 건물이었다. 그들은 데이비드 버로스의 수배령을 내렸고, 마침내 항만청 경찰에게서 연락이 왔다. 조지 워싱턴 다리를 건너 뉴욕에서 뉴저지주로 향하는 레이철 앤더슨의 번호판이

CCTV에 포착된 것이었다. 뉴저지주 경찰은 지원을 요청한 다음—지명수배를 내릴 때, 탈주범 데이비드 버로스가 총을 소지했으며 위험한 인물이라고 말했기 때문이다—뉴저지주 티넥 4번 국도에서 레이첼 앤더슨의 흰색 도요타 캠리를 세웠다.

데이비드 버로스는 그 차에 없었다.

맥스는 단도직입적으로 묻기로 했다. "당신의 전 형부는 어디 있나요, 미즈 앤더슨?"

레이첼이 입을 딱 벌렸다. "데이비드요?"

"네. 데이비드 버로스."

"데이비드는 감옥에 있죠. 메인주 브리그스 교도소에서 복역 중이에요."

맥스와 세라는 그저 그녀를 바라보았다.

세라가 한숨을 쉬었다. "정말 이러기예요, 레이첼?"

"네?"

"굳이 그 길로 가겠다고요?"

맥스는 진정하라는 뜻으로 세라의 팔에 손을 올린 뒤 레이첼에게 말했다. "당신이 변호사 선임권을 포기한 건 알지만 그래도 걱정하실 필요 없습니다."

"제가 걱정을요?" 레이첼이 다시 물었다.

세라가 대꾸하려고 하자 맥스는 그녀의 팔을 살짝 쥐고 이번에도 자신이 말했다. "당신이 우리에게 사실대로 말한다면 지금 당장 수사선상에서 완전히 제외될 수 있어요."

레이첼은 세라를 바라본 다음 다시 맥스를 바라보았다. "그게 무슨 말이죠?"

I will find you

세라는 고개를 저었다. "맙소사."

"'수사선상에서 완전히 제외된다'는 게 무슨 말인지 설명해 드리죠. 당신이 데이비드 버로스의 탈옥을 도왔다고 가정해 봅시다. 완전히 억측이죠. 그래도 그런 가정하에 만약 그가 어디 있는지 당신이 말해준다면, 또는 연방법에 저촉되는 매우 심각한 이 범죄에서……."

"……당신이 감옥에서 오래오래 썩을 수 있는 범죄죠." 세라가 덧붙였다.

"맞아. 고마워, 세라." 맥스가 말했다. "이 범죄에서 당신이 어떤 역할을 했는지 말해준다면 당신은 기소되지 않을 겁니다. 그냥 풀려날 거예요."

"잠깐만요." 레이철이 가슴에 손을 올리며 말했다. "데이비드가 탈옥했다고요?"

세라는 의자에 등을 기대며 아랫입술을 뜯었다. 그러고는 레이철을 빤히 바라보다가 그녀를 향해 손짓했다. "어떻게 생각해요, 맥스?"

"정말 훌륭한 연기야, 세라. 네 생각은?"

"모르겠어요, 맥스. 충격받은 연기가 너무 과하지 않아요?"

"응, 약간 그런 것 같긴 해." 맥스가 인정했다. "'데이비드가 탈옥했다고요?'만 해도 됐을 텐데 그전에 '잠깐만요'가 오히려 사족이었어."

"그리고 가슴에 손을 올리는 동작도요. 너무 지나쳐요. 진주 목걸이라도 하고 있었다면 아마 목걸이를 움켜잡았을 거예요."

"그렇기는 해도 오스카상 후보에 올랐다는 소문이 돌법한 연기였어."

"후보에는 오를 수 있죠. 하지만 수상은 못 해요." 세라가 말했다.

둘 다 빈정거리듯이 레이철을 향해 천천히 손뼉을 쳤다. 레이철은 아무 말도 하지 않았다.

"데이비드 버로스가 탈옥했을 때 우린 당신이 묵는 모텔로 사람(man)을 보냈어요."맥스가 말했다.

"사람(person)이라고 해야죠, 맥스."

"뭐?"

"방금 사람(man)을 보냈다고 했잖아요. 그건 좀 성차별적이지 않나요?"

"맞아. 사과하지. 내가 어디까지 했지?"

"레이철이 묵는 모텔로 사람을 보냈다고요."

"맞아."맥스는 레이철을 돌아보았다. "물론 당신은 거기 없더군요. 프런트에서 당신이 네스빗 스테이션 다이너에 있을 거라고 알려줬죠. 모텔 와이파이가 불만스러웠나 봐요?"

"그래서요?"레이철이 반문했다. "식당에 가는 게 불법인가요?"

"웨이트리스 말로는 탈옥 경보가 울린 지 얼마 지나지 않아 당신이 서둘러 식당을 나갔다더군요."

"나가기 직전에 전화가 왔고요."세라가 말했다.

레이철은 어깨를 으쓱였다. "그랬나 보죠. 그래서요?"

"그게 누구 전화였는지 기억납니까?"맥스가 물었다.

"아뇨, 기억 안 나요. 아마 받지도 않았을 거예요. 전화를 안 받을 때가 많거든요."

"웨이트리스는 당신이 전화 받는 걸 봤어요."

"그럼 아마 스팸이었을 거예요. 스팸 전화가 많이 오거든요."

"스팸 전화가 아니었어요."세라가 말했다. "데이비드 버로스의 전화였죠."

레이철은 눈살을 찌푸렸다. "데이비드는 연방교도소에 수감되어 있어요. 그런 사람이 어떻게 전화를 하죠?"

"와." 세라는 양손을 번쩍 들며 짐짓 항복하는 척했다.

"탈옥하는 과정에서 휴대전화를 훔친 겁니다." 맥스가 말했다. 물론 맥스는 버로스가 정말로 휴대전화를 훔쳤다고는 생각하지 않았다. 탈옥 계획의 일환으로 필립과 애덤이 자신들의 휴대전화를 데이비드에게 주었을 것이다. 하지만 지금 그 이야기를 할 이유는 없었다. "발신자 신원이 애덤 매켄지로 떴을 겁니다. 그게 누군지 알아요?"

"그럼요. 데이비드의 죽마고우죠."

"애덤의 휴대전화로 걸려 온 전화를 받은 기억이 납니까?"

"아뇨, 미안해요." 레이철은 미안한 척하는 미소를 지었다. "어쩌면 음성사서함으로 넘어갔는지도 몰라요. 확인해 볼까요?"

맥스와 세라는 다시 서로를 바라봤다. 쉽지 않을 것 같았다.

"식당에서 나온 뒤에는 어디로 갔죠?" 맥스가 물었다.

"전 여기 뉴저지주에 살아요."

"네, 압니다."

"음, 그래서 거기로 가는 중이었어요. 집으로. 거의 다 왔을 때 주 경찰들이 총을 빼 들고 제게 차를 세우라고 했죠. 어찌나 무섭던지. 그다음에는 여기로 끌려왔고요."

"그러니까 식당에서 곧장 집으로 가려고 한 겁니까?" 맥스가 물었다.

"네."

"하지만 체크아웃을 하지 않았던데요. 방에 당신 옷이 그대로 있었어요. 개인 소지품도요."

"다시 돌아올 예정이었어요."

"무슨 말이죠?"

"그 모텔은 일주일 단위로 투숙하면 숙박비가 더 저렴해요. 그래서 계속 묵기로 했죠. 다만 몇 가지 일을 보고, 집 상태도 확인할 겸 집에 온 거예요. 목요일에 다시 메인주로 갈 예정이었죠." 레이철이 몸을 테이블에 바짝 붙였다. "지금 뭐가 뭔지 모르겠어요, 형사님."

"특수요원이요." 세라가 정정했다. "이분은 연방수사국의 맥스 번스타인 특수요원이에요. 난 세라 자블론스키 특수요원이고요."

레이철은 세라와 눈을 마주치고 빤히 바라보았다. "특수요원이시군요. 정말 자랑스러우시겠어요."

맥스는 옆길로 빠지고 싶지 않았다. "식당에서 나오신 후에 곧장 집으로 갔나요, 미즈 앤더슨?"

레이철은 다시 의자에 등을 기댔다. "중간에 멈췄을 수도 있어요."

"데이비드 버로스가 전화한 지 8분 후에 라미 아울렛 센터 부근 CCTV에 당신 차가 포착됐습니다."

"맞아요. 쇼핑을 좀 할까 싶었어요." 레이철은 세라를 돌아봤다. "거기 토리 버치 매장이 있거든요."

"하셨나요?"

"뭘요?"

"쇼핑."

"아뇨."

"왜죠?"

"마음이 바뀌었어요."

"그러니까 거기까지 운전해서 갔는데 그냥 떠났다고요?"

"그런 셈이죠."

"그런데 놀라운 우연의 일치로 라미 아울렛 센터는 데이비드 버로스가 탈옥 후 숨어있던 곳이었어요."

"몰랐네요. 데이비드가 정말로 탈옥했나요?"

세라는 그녀의 질문을 무시했다. "통신사에 당신 아이폰의 위치 추적을 부탁했죠. 그래서 당신의 휴대전화 위치를 파악하려고 했는데 어떻게 됐는지 알아요?"

레이철은 어깨를 으쓱였다.

"당신 전화는 내내 전원이 꺼져있었어요. 그래서 추적할 수가 없었죠."세라가 말했다.

"그래서 저도 데이비드와 한패처럼 보인다는 말인가요?"

"네, 그래요."

"왜죠? 전 운전할 때 가끔씩 전화를 꺼둬요. 방해받기 싫어서요."

"아뇨, 레이철. 당신은 그러지 않아요."세라가 쏘아붙였다. "당신의 휴대전화 통신사에 따르면 당신은 지난 4개월 동안 전화를 끈 적이 없어요. 우린 또 당신이 라미 아울렛 센터에서 **북쪽으로** 15킬로미터 운전한 후에 전원을 껐다는 사실도 알고 있어요. 그쪽은 뉴저지주와 반대 방향이죠."

레이철은 이번에도 별일 아니라는 듯이 어깨를 으쓱였다. "집에 가기 전에 관광지를 몇 군데 구경하고 싶었어요."

"아, 거참 그럴듯하네요."세라가 무표정한 얼굴로 말했다. "당신의 전 형부가 탈옥했어요. 탈옥 후에는 훔친 전화로 당신에게 전화했고요. 전화를 받은 당신은 그자가 숨어있는 아울렛까지 차를 몰고 갔죠. 그런 다음 무슨 이유에서인지 갑자기 반대 방향으로 차를 몰았어요. 비록 당신은 체크아웃하지 않고 집으로 가던 중이었다고 주장하지만. 그러고는 넉 달 전 소프트웨어를 업데이트한 이후 처음으로 갑자기 휴대전화를 꺼버리죠. 맞나요?"

레이철은 세라에게 미소 짓고는 맥스를 돌아봤다. "전 체포되는 건가요, 번스타인 특수요원님?"

"협조하시면 체포 안 됩니다." 맥스가 말했다.

"만약 제가 그냥 일어나서 나간다면요?"

"괜찮다면 가정법은 사용하지 않기로 하죠, 미즈 앤더슨." 맥스가 말했다. "우리는 당신이 휴대전화를 끈 후에도 계속 북쪽으로 차를 몰았다는 걸 압니다. 95번 주간고속도로에서 대략 50킬로미터 떨어진 카타딘 잡화점에서 데이비드 버로스는 훔친 신용카드로 다양한 캠핑 장비를 구입했습니다. 텐트, 주머니칼, 침낭 같은 거요. 가게 주인이 데이비드가 맞다고 확인해 줬고요. 할 말 있나요?"

레이철은 고개를 저었다. "전 전혀 모르는 일이에요."

"그 지역은 온통 공원과 숲입니다. 가도 가도 숲이 펼쳐져 있죠. 누가 거기 내려주면 완벽하게 자취를 감출 수 있어요. 캐나다 국경까지 천천히 갈 수도 있고요."

레이철 앤더슨은 아무 말도 하지 않았다.

세라는 다른 방법으로 공격하기로 마음먹었다. 그들은 불과 몇 시간 동안 자신들이 알아낸 방대한 정보에 놀란 레이철이 계속 균형을 못 잡고 비틀거리기를 바랐다. "왜 이제 와서 데이비드 버로스를 찾아간 거죠?"

"데이비드는 제 형부였어요. 예전에 가까운 사이였죠."

"하지만 면회를 간 건 이번이 처음이었어요."

"네."

"버로스가 거기 수감된 지 몇 년이 됐죠? 4년? 5년?"

"그쯤 돼요."

세라는 양손을 옆으로 벌렸다. "그런데 왜 하필 이제 와서 찾아간 거죠, 레이철?"

"모르겠어요. 그냥…… 이제 만날 때가 된 것 같았어요."

"데이비드 버로스가 조카를 죽였다고 믿나요?"

레이철의 시선이 왼쪽 먼 곳으로 미끄러졌다. "네, 그렇게 믿어요."

"확신은 없는 것 같은데요."

"아, 확신해요. 하지만 데이비드가 의도적으로 그랬다고는 생각하지 않아요. 필름이 끊겼거나 정신에 문제가 있었다고 생각하죠."

"그래서 데이비드를 비난하지는 않는군요?" 맥스가 물었다.

"네, 별로요."

"만나서 무슨 이야기를 했나요?"

"그냥 어떻게 지내는지 물어봤어요."

"어떻게 지내던가요?"

"여전히 괴로워하더군요. 데이비드는 면회를 원치 않았어요. 그저 혼자 있고 싶어 했죠."

"하지만 당신은 이튿날 다시 갔죠."

"네."

"그리고 또 찾아갈 계획이었고요."

"데이비드와 전 친했어요. 그러니까 그런 일이 있기 전에요. 만나서…… 제 얘기도 했고요."

"당신 얘기가 뭐였는지 물어봐도 될까요?"

"그건 별로 중요하지 않아요. 저도 나름대로 어려움을 겪었거든요."

"그래서, 음, 버로스가 당신 이야기를 잘 들어줄 거라고 생각했나요?"

레이철이 부드러운 목소리로 말했다. "그런 셈이죠."

"어려움이라면 최근의 이혼을 말하는 건가요?" 세라가 물었다.

"아니면 당신 경력을 끝장낸 스캔들을 말하는 건가요?" 맥스가 덧붙였다.

레이철은 미동도 하지 않았다.

맥스가 몸을 앞으로 내밀었다. 이제는 조심스럽게 접근할 이유가 없었다. "당신들의 계획은 다 틀어졌어요, 미즈 앤더슨. 알고 있죠?"

레이철은 미끼를 물지 않았다.

"불과 몇 시간 만에 세라가 얼마나 많이 알아냈는지 보세요. 우린 버로스를 잡을 겁니다. 그건 의심의 여지가 없어요. 버로스가 운이 좋다면 생포되겠지만 그자는 소장에게서 총을 훔친 유아 살해범이에요. 그러니……." 맥스는 자기도 어쩔 수 없다는 듯이 어깨를 으쓱였다. "버로스가 체포되는 즉시, 아마도 서너 시간 뒤일 겁니다, 세라와 난 총력을 다해 당신을 방조죄로 기소할 겁니다."

"당신은 아주 오랫동안 복역할 거예요." 세라가 말했다.

"괜한 위협이 아닙니다." 맥스가 말했다.

"위협이 아니죠." 세라가 반복하며 다시 레이철을 쏘아보았다. "하루빨리 당신을 교도소에 처넣고 싶네요."

"다만, 세라."

"다만 뭐요, 맥스?"

"다만 우리에게 협조하면 얘기가 다르지. 지금부터라도 말이야."

세라는 눈살을 찌푸렸다. "우린 이 여자가 필요 없을 것 같은데요, 맥스."

"아마 그 말이 맞을 거야. 하지만 미즈 앤더슨은 자기가 무슨 일에 휘말렸는지 모를 수도 있어. 자기가 무슨 일을 하는지 몰랐을 수도 있다고."

"아뇨, 알고 한 일이에요."

"그래도…… 우린 이미 합의했잖아, 세라. 만약 레이철이 지금이라도 자기가 아는 걸 말해주면 우린 이 여자를 수사선상에서 제외해야 해."

"그건 그때 얘기죠. 지금은 우릴 이렇게 괴롭히는 대가로 감방에 처넣고 싶어요."

"일리 있는 말이야, 세라."

레이철은 침묵을 지켰다.

"이게 마지막 기회예요, 레이철. 당신의 '감옥 탈출권'은 3분 후에 만료될 겁니다." 맥스가 말했다.

"그때는 레이철을 체포하는 건가요, 맥스?"

"그때는 레이철을 체포하는 거지, 세라."

세라는 손깍지를 껴서 테이블에 올려놓았다. "자, 어떻게 할래요, 레이철?"

"생각이 바뀌었어요." 레이철이 말했다. "변호사를 불러야겠어요."

좋아, 세라. 가장 유력한 가설을 말해봐." 맥스가 말했다.

맥스와 세라는 브리그스 교도소로 돌아가는 비행기를 타려고 뉴어크 공항으로 향했다. 알고 보니 레이철 앤더슨이 부른 변호사는 악명 높은 헤스터 크림스틴이었고, 그녀는 곧바로 보석을 신청해 레이철을 풀어주었다.

"손톱 좀 그만 물어뜯어요, 맥스."

"그냥 내버려 둬, 세라."

"구역질 난다고요."

"그래야 머리가 잘 돌아가."

세라는 한숨을 쉬었다.

"그래서 유력한 가설이 뭐야?"

"버로스는 필립 매켄지와 애덤 매켄지의 도움을 받아 탈옥했어요." 세라가 시작했다.

"매켄지 부자가 한패인 건 확실해?"

"그런 것 같아요."

"나도 그런 것 같아. 계속해 봐."

"버로스는 아울렛 센터 지하주차장에서 내렸어요. 그런 다음 레이철에게 전화했죠. 레이철은 네스빗 스테이션 다이너에서 그의 전화를 기다리다가 전화를 받고 아울렛으로 차를 몰았어요. 여기까지 이해했어요, 맥스?"

"응. 계속해."

"레이철은 버로스를 만났어요. 버로스는 레이철의 차에 탔고요."

"그다음에는?"

"둘은 북쪽으로 향했죠. 거기서 마지막으로 위치가 파악됐어요."

"그게 이상하단 말이야."

"왜요?"

"왜 거기서 휴대전화를 껐을까? 왜 더 진작 끄지 않고?"

"아울렛 센터에서 끄면 거기가 목적지라는 걸 우리가 알았을 테니까요."

맥스는 얼굴을 찡그렸다. "그래, 그렇겠네. 아마도."

"뭐가 걸리는데요?"

맥스는 털어버렸다. "계속해."

"두 사람은 그 잡화점으로……."

"밀리노켓에 있는 카타딘 잡화점이지." 맥스가 덧붙였다.

"맞아요. 거기서 버로스는 캠핑 장비를 구입해요. 내가 종합한 교통 패턴과 타임라인을 보면 레이철은 그 뒤로 대략 한 시간 반가량 더 북쪽으로 갈 수 있는 시간이 있었어요. 어느 쪽이든 레이철은 숲이 빽빽이 우거진 지역에 버로스를 내려줬어요. 지금 헬리콥터와 개를 동원해서 수색 중이지만 그 지역은 워낙 블랙홀처럼 광활해요."

"그다음에는?"

세라는 어깨를 으쓱였다. "그게 끝이에요."

"그럼 지금 버로스의 계획은 뭘까?"

"잘 모르겠어요, 맥스. 국립공원에 숨으려는 계획일 수도 있죠. 수색이 멈추기를 기다리면서. 아니면 몰래 캐나다 국경을 넘으려고 할 수도 있고요."

맥스는 손톱을 더 세게 물어뜯었다.

"안 믿는군요." 세라가 말했다.

"안 믿어."

"이유가 뭔데요?"

"구멍이 너무 많아. 버로스는 도시에서 자랐어. 야생에서 살아남은 경험이 있을까?"

"글쎄요. 아니면 힘들어 봤자 얼마나 힘들겠냐고 생각할 수도 있죠. 선택의 여지가 없다고 생각할 수도 있고요."

"앞뒤가 안 맞아, 세라."

"뭐가 안 맞아요, 맥스?"

"처음부터 다시 시작하지. 이 탈옥은 미리 계획됐을까?"

"당연하죠."

"그렇다면 꽤나 형편없는 계획이야."

"글쎄요. 꽤 기발하긴 해요."

"어떤 점에서?"

"너무 간단하잖아요. 버로스는 총을 빼앗아 매켄지를 인질로 삼고 교도소에서 걸어 나갔어요. 터널을 파지도 않고, 트럭을 탈취하지도 않고, 쓰레기통에 숨지도 않았죠. 그 어떤 일도 하지 않았어요. 만약 그 교도관…… 그 사람 이름이 뭐였죠?"

"웨스턴. 테드 웨스턴."

"맞아요. 만약 웨스턴이 때맞춰서 창밖을 내다보지 않았다면, 버로스와 소장이 차에 타는 걸 발견하지 않았다면 그들은 무사히 집으로 갔을 거예요. 몇 시간 후에야 버로스가 사라졌다고 보고했겠죠."

맥스는 곰곰이 생각했다. "그쪽을 한번 파보자고, 세라."

"그래요, 맥스."

"일이 다 틀어졌을 때, 그러니까 웨스턴이 경보를 울렸을 때부터 그들은 즉흥적으로 행동할 수밖에 없었다는 게 네 가설이지?"

"맞아요." 세라가 말했다.

맥스는 생각했다. "그렇다면 레이철이 식당에 있을 때 버로스가 전화한 게 설명이 돼. 레이철이 처음부터 계획에 동참했다면 굳이 전화할 필요가 없었을 거야. 버로스를 데리러 가려고 어딘가에서 대기하고 있었겠지."

"재미있네요. 그럼 레이철이 처음부터 탈옥 계획에 동참하지 않았다는 가설이 성립하는 건가요?"

"모르겠어."

"하지만 버로스가 탈옥한 날 레이철이 면회하러 가기로 되어있던 건 우연이 아니에요."

"우연이 아니지." 맥스가 동의했다. 그는 다른 손톱을 물어뜯기 시작했다. "하지만 세라?"

"왜요, 맥스?"

"우린 여전히 뭔가를 놓치고 있어. 아주 중요한 뭔가를."

CHAPTER
18

나는 뉴욕 12번가에 서서 재지스라는 피자 가게에서 만든 역대 최고의 페퍼로니 피자를 먹고 있다.

나는 자유다.

아직 그 사실이 실감 나지 않는 듯하다. 한창 밤의 항해를 하던 중에 갑자기 꿈이 이상해지면서―내 경우에는 **좋은** 쪽으로―지금 꿈을 꾸는 중임을 깨닫고 꿈에서 깰까 두려워서 깨지 않으려 안간힘을 쓴 적이 있는가? 머릿속 영상이 희미해져 가는 동안에도 그 영상에 필사적으로 매달려 본 적이 있는가? 지난 몇 시간 동안 내가 그런 기분이었다. 곧 눈이 떠지고, 나는 지린내가 진동하는(보통 꿈에서는 냄새가 나지 않으므로 이런 악취라도 반갑다) 도심이 아니라 다시 브리그스 교도소로 돌아가게 될까 두렵다.

나는 지금 해리엇 윈체스터, 다시 말해 힐데 윈슬로의 집 맞은편 길에 서 있다.

오늘 탈옥했다는 사실이 도저히 믿기지 않는다. 브리그스에서 교도관이 날 죽이려고 한 지 24시간도 채 되지 않았다. 그러다 피해자인 내가 오히려 먼저 공격했다는 누명을 쓰자 필립 아저씨와 애덤은 날 탈옥시켰다. 오늘—아직 **같은** 날이고 **여전히** 진행 중인 하루—있었던 충격적인 사건들이 자꾸 떠오르지만 난 떨쳐내고 눈앞의 일에 집중하려고 노력한다.

힐데 윈슬로는 법정에서 거짓 증언으로 내가 유죄판결을 받는 데 일조했다. 왜 그랬는지 그 답을 알아내는 것이 내 아들을 구하는 첫걸음이다.

'내 아들을 구한다.'

저 구절을 생각할 때마다 나는 이를 악물고 눈물을 참으며 무엇이 중요한지 되새겨야 한다. 레이철이 찾아오기 전까지는 내 아들이 죽었고 살해됐으며 어쩌면 내 손으로 살해했을지도 모른다고 믿었다. 하지만 이제는 정반대의 사실을 믿게 되었다. 매슈는 살아있고, 나는 함정에 빠졌다고. 왜, 그리고 어떻게 그럴 수 있었는지는 전혀 모른다. 한 번에 하나씩 알아낼 것이다.

그 첫 번째 단계가 힐데 윈슬로다.

아울렛 지하주차장에서 필립 아저씨가 몰던 차에서 내린 뒤 나는 레이철에게 데리러 와달라고 전화했다. 그녀는 식당에 있었다. 나는 레이철에게 언제, 어디로 와야 하는지 설명한 뒤 직원 주차장으로 갔다. 아울렛 매장들이 막 문을 열었기 때문에 대부분의 직원이 근무 중이라서 내게는 여유가 있었다. 레이철은 뉴저지주에 살았다. 경찰이 그녀의 차에 지명수배를 내리면 그들은 뉴저지주 번호판을 집중해서 수색할 것이다. 나는 앞뒤 번호판 나사가 거의 다 풀려서 떼어낼 수 있을 듯한 낡은 시빅 혼다 한 대를 발견했다. 차 주인이 알아차릴까? 아마 당분간은 모를 것이다. 대다수 사람들은 운전하기 전에 번호판이 제대로 붙어있는지 확인하지 않는다. 하지만 설사 낡은 혼다 주인이 알아차린다고 해도 교대 근무가 끝날 때인 몇 시간 뒤일 것이다. 우리는 시간을 벌 수 있다.

레이철은 내가 부탁한 대로 ATM에서 한도까지 인출해 두었다. 그녀는 세 개의 신용카드를 사용했는데 두 개는 한도가 800달러였고, 하나는 600달러였다. 거기에 매켄지 부자가 준 돈까지 합하니 한동안은 버틸 수 있을 정도로 넉넉했다. 내가 아저씨의 차에서 정말로 내린 곳이 어디인지 결국은 경찰이 알아낼 것이다. 아저씨가 어떤 이야기를 지어내든 하루나 이틀이면 거짓으로 밝혀질 것이다.

내가 숨어있는 아울렛 주차장 뒤쪽으로 레이철이 도착하자마자 나는 차에 올라타 계속 운전하라고 했다. 3킬로미터를 달린 후에 우리는 폐업한 식당을 발견했다. 나는 레이철에게 그 식당 뒤에 차를 세우라고 했다. 사람들의 시야에서 벗어나자 나는 재빨리 번호판을 바꿔 달았다. 그리하여 세상에서 가장 흔한 차 중 하나인 레이철의 흰색 도요타 캠리는 이제 메인주 번호판을 달게 되었다.

"이제 어떻게 하죠?" 레이철이 물었다.

즉각적으로 대대적인 수색이 벌어질 터였지만, 나는 경찰이 그 수색에만 집중하지 않을 것이며 철두철미하게 수색하지 않으리라는 것도 안다. 어떤 계획이든 핵심은 목표를 세우는 것이다. 내 목표는 하나뿐이다. 아들을 찾는 것. 그걸로 끝이다.

그것만이 내 유일한 목표다.

그게 실질적으로는 무슨 의미일까?

어떤 단서든 따라가라는 뜻이다. 내가 가진 가장 큰 단서이자 유일한 단서는 힐데 윈슬로였다. 그녀는 증언석에서 거짓말했을 뿐 아니라 이름을 바꾸고 뉴욕으로 이사했다. 그러니 난 최대한 빨리 힐데 윈슬로를 만나 왜 거짓말했는지 알아낼 계획이다.

일단 목적지가 정해진 뒤에는 어떻게 해서든 경찰의 주의를 돌리고 교란시키고 물을 흐려야 했다. 경찰은 곧 레이철이 교도소로 날 면회 왔다는 사실을 알아내고 그녀의 휴대전화 위치를 추적할 것이다. 또한 현재 내 수중에 있는 필립 아저씨와 애덤의 휴대전화도 추적할 것이다. 두 전화기는 이미 전원을 꺼두었다.

"전화기 켜놨지?" 내가 물었다.

"네. 이런 젠장. 경찰에서 추적할 수 있죠? 지금 전원을 끌까요?"

"아니, 나중에."

"왜요?"

전화기 전원이 꺼지면 통신업체에서는 더 이상 우리의 위치를 추적할 수 없지만 경찰에게 신호가 마지막으로 잡힌 곳이 어디인지 알려줄 수 있었다. 나는 레이철에게 내 목적지와 반대 방향으로 운전하게 했다. 경찰로 하여금 우리가 뉴욕이 아닌 캐나다 국경으로 향한다는 결론을 내리게 할 만큼 북쪽으로 한참 달린 후에야 나는 레이철에게 휴대전화 전원을 끄라고 했다. 더 오래 켜두면 오히려 의심을 살 것 같았다. 한마디로 무리수를 두는 것이다. 이쯤에서 꺼야 우리가 도망쳐서 10분이나 15분쯤 차로 달리다가 전원을 끄지 않은 사실이 생각나서 뒤늦게 끈 것처럼 보이리라.

"이제 어떻게 하죠?" 레이철이 물었다.

나는 차를 돌려 뉴욕 방향으로 가자고 하려다가, 과연 휴대전화 위치 추적만으로 경찰의 주의를 돌리고 교란시키고 물을 흐렸는지 확신할 수 없었다.

"계속 북쪽으로 가." 내가 말했다.

20분 뒤 우리는 캠핑 장비를 파는 카타딘 잡화점 앞에 차를 세웠다. 주유기 근처에 CCTV가 있는지 살폈지만 없었다. 사실 별로 상관은 없었다. 경찰은 내가 여기 들렀다는 사실을 곧 알아낼 터였다. 레이철이 차에 기름을 넣는 사이에 나는 재빨리, 하지만 눈에 띄지 않게(그러기를 바랐다) 캠핑 장비를 구입했다. 사람들이 장기간 하이킹이나 캠핑할 때 구입하는 물건들. 그런 다음 애덤이 정지시키는 걸 '잊어버릴' 거라고 말했던 마스터카드로 계산했다. 아마 경찰은 이 카드의 존재도 곧 알아낼 테지만 그래도 시간이 걸릴 것이다. 설사 경찰이 이 카드를 알아내지 못한다 해도 지명수배가 내리면 물건을 계산했던 노인이 내 얼굴을 기억할 것이다.

그 또한 상관없었다.

일을 마치고 레이철과 나는 (혹시 경찰이 누군가에게 차가 어느 방향으로 갔는지 물어볼 경우를 대비해) 다시 북쪽으로 1킬로미터를 더 달린 후에야 방향을 틀어 남쪽으로 향했다. 가는 길에 보스턴 외곽 오피스 단지 뒤쪽에서 구세군 기부함을 발견해 내가 산 캠핑 장비를 모두 거기에 버렸다. 기부함에 적힌 표지판에 따르면 다음 수거 날짜는 나흘 뒤였다. 잘됐다. 설사 구세군 측에서 이 장비를 수상하게 여겨 경찰에 신고한다고 해도 상관없었다. 설사 여기 CCTV에 우리가 찍혔다 해도 그래서 어쩌겠는가? 우린 진작에 떠났을 텐데. 그저 내가 숲에 숨었다고 경찰이 믿기만 바랄 뿐이었다.

우리는 오피스 단지에서 빠져나와 오랫동안 남쪽으로 달렸다. 코네티컷주 밀퍼드 근처에서 내가 차에 앉아있는 동안 레이철은 내가 쓸 버너폰과 손톱깎이, 면도용품을 사러 드럭스토어에 갔다. 가장 낮은 도수의 안경도 사 올 예정이었으나 레이철은 실내에 들어가면 안경으로 변하는 선글라스를 사 왔다. 내게 딱 필요한 물건이었다. 그다음에 도착한 트럭 휴게소에서 나는 야구모자를 푹 눌러쓴 채 화장실에 갔다. 감옥에 있을 때는 면도를 거의 하지 않았다. 아마 일주일에 한 번쯤 턱이 가려울 때마다 했을 것이다. 따라서 내 수염은 까끌까끌하게 자란 정도를 넘어섰지만 그렇다고 덥수룩하지는 않은, 그 중간쯤 어딘가였다. 나는 콧수염만 남기고 수염을 다 밀어 버렸다. 그런 다음 머리카락을 자르고 삭발한 뒤에 안경을 썼다.

변장한 내 모습에 레이철도 감탄했다. "하마터면 차에 태우지 않을 뻔했어요."

조지 워싱턴 다리가 가까워지자 나는 레이철에게 브롱크스의 제롬 애비뉴에 차를 세우게 했다. 인적 없는 곳으로 후진해서 레이철의 자동차 번호판을 다시 뉴저지주 번호판으로 바꾸고 메인주 번호판은 야외 쓰레기통에 버렸다. 만약 경찰이 다 알아냈다면—아무래도 그랬을 것 같다—레이철이 워싱턴 다리를 건널 때 이 뉴저지주 번호판을 알아볼 것이다. 나는 레이철에게 그 점을 경고했다. 경찰이 그녀의 차를 잡아 세우거나 집에 찾아왔을 때 어떻게 해야 할지도 미리 연습했다.

"내가 널 너무 힘들게 하네." 내가 말했다.

"걱정 말아요. 매슈는 내 조카이기도 해요. 잊었어요?"

"넌 좋은 이모였어."

"최고였죠." 레이철이 희미하게 미소 지으며 말했다.

"하지만 상황이 악화되면, 만약 경찰에 체포되면……."

"난 괜찮을 거예요."

"알아. 하지만 그래도 궁지에 몰리면 내가 총을 겨눈 채 강요했다고 경찰에 말해."

"이제 그만 가보세요."

지하철 4호선의 마운트 이든애비뉴역이 바로 옆이었다. 나는 지하철을 타고 남쪽으로 35분간 달려 맨해튼 14번가, 유니온스퀘어역에 내렸다. 일단 노드스트롬 랙에 가서 가장 싼 재킷과 와이셔츠, 넥타이를 샀다. 삭발에 콧수염, 안경까지 꼈는데 이런 옷차림을 한다는 건 너무 과할 수도 있지만, 만약 내가 뉴욕에 있다는 사실을 경찰이 알아낸다면 재킷에 넥타이 차림의 남자는 찾지 않을 것이다.

거기서 힐데 윈슬로의 집이 있는 12번가까지는 걸어서 10분이었다. 가는 길에 페퍼로니 피자와 펩시 하나를 샀다. 피자를 첫입 먹었을 때는 머리가 어지러웠다. 요점에서 벗어난 말이긴 하지만, 자유의 몸이 되어 뉴욕의 피자를 처음 먹었을 때만큼 평범한 일상이 근사하게 느껴진 적은 없었던 것 같다. 그 경험은 오래전에 꺼져버린 무언가에 불을 붙이며 나를 추억과 색, 질감으로 가득 채웠다. 나는 애덤, 에디, TJ, 그리고 우리 패거리 전부와 함께 다시 리비어비치에 있는 살스 피자로 돌아갔고 그러자 아, 정말로 마음이 편안해졌다.

이제 나는 거리에서 기다린다.

당연히 레이철이 걱정된다. 지금쯤이면 틀림없이 경찰에게 끌려갔을 것이다. 집에 가기는 했을까? 아니면 경찰이 도로에서 차를 세웠을까? 얼마나 곤란한 상황일까? 필립 아저씨와 애덤, 그리고 그들에게 닥칠 후폭풍도 걱정된다. 마지막으로 내 전처이자 매슈의 엄마 셰릴을 생각한다. 셰릴은 내 탈옥을 어떻게 생각할까? 소피 고모는? 아버지가 정신이 온전하다면 이 일을 어떻게 생각했을까?

상관없다. 지금은 그 어떤 것도 중요하지 않다.

나는 길을 건넌다. 힐데 윈슬로, 혹은 해리엇 윈체스터는 내가 탈옥했다는 사실을 알까? 잘 모르겠다. 그녀가 사는 건물에는 도어맨이 없다. 들어가려면 안에 사는 사람이 공동 현관문을 열어줘야만 한다. 4B호 밑에 '윈체스터, H'라는 이름이 적혀있다. 나는 벨을 누른다. 건물 안에서 벨이 울리는 소리가 난다. 한 번, 두 번, 세 번. 네 번 누른 후에야 스피커에서 목소리가 지지직 흘러나온다. 법정에서 들은 뒤로 내가 아직 기억하는 목소리다.

"네?"

몇 초 지난 후에야 지금 어떤 상황인지 파악하고 목소리를 바꾼다. 한심하게도 너무 뻔하지만 가장 만만한 동유럽 억양으로 말한다. "택배요."

"현관에 두고 가세요."

"서명해 주셔야 합니다."

지난 몇 시간 동안 계획을 세웠는데도 막상 힐데 윈슬로를 만날 기회가 코앞에 닥치자 일을 망치고 있다. 나는 택배 배달원의 옷차림이 아니었고, 손에 택배 상자도 없다.

"사실 구두로 승낙해 주시면 택배를 여기 두고 갈 수 있습니다." 나는 재빨리 꾸며낸다. "택배를 현관에 두고 가도 된다고 허락해 주시겠습니까?"

정적이 흐르자 내 정체가 들통난 것인지 걱정된다. 그러자 힐데 윈슬로가 천천히 말한다. "거기 두고 가는 걸 허락할게요."

"알겠습니다. 현관 구석에 두고 가겠습니다."

나는 통화를 끝낸다. 뒤로 물러서서 이제 어떻게 해야 할지 생각하려는데 한 남자가 계단을 내려오더니 공동 현관문을 향해 걸어온다. 순간적으로 힐데 윈슬로가 이웃 사람에게 택배를 가져다 달라고 부탁한 걸까 생각했으나 아니다. 그러기에는 시간이 부족했다. 남자가 공동 현관문을 열자 나는 휴대전화를 다시 귀에 대고 말한다. "알겠습니다. 지금 집으로 가져다드릴게요." 하지만 굳이 속임수를 쓸 필요도 없었다. 남자는 내게 손톱만큼의 관심도 보이지 않은 채 밖으로 나간다.

나는 닫히려는 문에 발을 밀어 넣고 건물 안으로 들어간다. 내 뒤로 문이 닫힌다.

나는 계단을 올라가 4B호로 향한다.

***

휴대전화가 진동하자 세라는 방금 도착한 메시지를 보았다. "선배가 옳았어요."

"뭐가?"

"번호판이요."

맥스는 레이철 앤더슨이 메인주에서 다시 뉴저지주로 돌아가는 긴 여정 동안 아무도 그녀의 차를 발견하지 못했다는 사실이 이상하다고 생각했다. 처음에는 레이철이 메인 도로를 피해서 다녔다고 생각했지만, 교통 상황을 빠르게 살펴본 결과 유료 도로를 완전히 벗어나 달렸다가는 그 시간에 뉴저지주에 도착할 수 없었다.

"L. L. 빈 매장에서 일하는 조지 벨비라는 남자가 교대 근무를 마치고 주차장에 갔더니 자기 차의 번호판이 없어졌대요."

"조지 벨비는 메인주 주민이겠지?"

"네."

"그럼 버로스나 레이철이 번호판을 바꾼 거로군. 뉴저지주 번호판을 떼어내고 메인주 번호판을 단 거야."

"다만 항만국에서 다리를 건너는 레이철의 차를 발견했을 때는……."

"이미 번호판을 다시 바꾼 뒤였겠지." 맥스가 세라 대신 말을 끝맺었다. "그렇다면 문제는 레이철이 언제 그리고 왜 번호판을 바꿨느냐는 거야."

"이유는 알죠. 안 그래요, 맥스?"

"그런 것 같아, 응."

세라의 휴대전화가 다시 진동했다. 그녀는 액정을 응시하며 "와" 하고 감탄했다.

"뭔데?"

"레이철 앤더슨의 최근 통화를 추적하고 있었거든요."

"그런데?"

"버로스의 면회를 다녀온 뒤에 레이철이 《글로브》의 옛 동료에게 연락해 부탁했대요."

"뭘?"

"매슈 버로스 살인 사건 조서를 구해달라고요."

맥스는 그 말을 곰곰이 생각했다. "옛 동료가 그 정도 영향력이 있어?"

"아뇨. 하지만 레이철이 부탁한 게 또 있어요."

"뭔데?"

"그 재판에 섰던 증인의 사회보장번호를 알려달라고 했대요. 힐데 윈슬로라는 여자요."

"그 이름 기억나……."

"윈슬로는 버로스가 야구방망이를 땅에 묻는 걸 봤다고 증언했죠."

"맞아. 내 기억으로는 나이가 많은 여자였어."

"맞아요, 맥스. 하지만 이상한 점이 있어요. 보아하니 힐데 윈슬로는 재판이 끝나고 얼마 되지 않아 해리엇 윈체스터로 개명한 모양이에요."

둘은 서로를 바라보았다.

"왜 그런 짓을 했지?" 맥스가 물었다.

"모르겠어요. 하지만 더 놀라운 점이 있어요. 힐데 혹은 해리엇은 뉴욕으로 이사했어요." 세라는 실눈으로 액정을 바라보았다. "정확히 말하면 웨스트 12번가 35번지로요."

손톱을 물어뜯던 맥스는 동작을 멈추고 손을 툭 떨어뜨렸다. "그러니까 레이철 앤더슨은 데이비드 버로스의 면회를 갔어. 둘이 만난 후에 레이철은 그 사건의 주요 증인에 대해 알아봤지. 버로스의 주장에 따르면 거짓 증언을 한 사람. 알고 보니 그 증인은 이름을 바꾸고 이사를 했어." 맥스가 고개를 들었다. "그래서 지금 버로스가 어디로 가고 있을 것 같아?"

"힐데 윈슬로를 만나서 따지려고요?"

"그보다 더 심한 짓을 할 수도 있지." 맥스는 공항 출구를 향해 달려가기 시작했다. "세라?"

"왜요?"

"뉴욕까지 갈 차를 구해줘. 그리고 맨해튼 사무실에 전화해. 지금 당장 힐데 윈슬로의 아파트에 경찰이 쫙 깔리게 해줘."

나는 힐데 윈슬로의 현관문 앞에 서있다.

이제 어떻게 하지?

물론 노크를 할 수도 있지만 이 건물에 들어오려면 먼저 아래층 벨을 눌러야 하기 때문에 그녀는 당연히 경계할 것이다. 과연 그게 올바른 방법인지도 모르겠다. 그녀는 누구냐고 물을 것이다. 문에 달린 외시경으로 누가 문을 두드렸는지 볼 것이다. 날 알아볼까? 아마 아닐 것이다. 내 탈옥 뉴스를 들었다면 모를까. 어느 쪽이든 순순히 문을 열지는 않으리라.

따라서 그냥 문을 두드리는 첫 번째 선택지는 아마 먹히지 않을 것이다.

나는 식스 애비뉴 노점상에게 산 양키스 야구모자를 쓰고 있다. 따라서 나중에 경찰이 그녀에게 내 인상착의를 묻는다 해도 그녀는 내가 삭발이라는 사실을 모를 것이다. 여기서 나간 후에는 이 모자를 버릴 작정이다.

두 번째 선택지는 발로 현관문을 차든가, 모르겠다, 총을 쏴서 들어가는 것이다. 하지만 말도 안 된다. 아마 힐데 윈슬로는 고래고래 소리를 질러댈 것이다. 또한 이웃 사람들이 경찰에 총성을 들었다고 신고할 것이다. 따라서 두 번째 선택지는 어리석고 성공할 가능성도 없다.

세 번째 선택지는…… 사실 없다. 아직은. 하지만 계속 이렇게 복도에 숨어있을 수는 없다. 누군가가 날 발견하고 내가 뭘 하는지 의아해할 것이다. 사실 이런 상황을 충분히 생각해 보지 않았다. 오늘―아직도 하루가 끝나지 않았다니!―그 많은 시간을 레이철과 함께 차에 앉아있었는데도 제대로 된 계획을 생각해 내지 못했다. 이제 그 대가를 치르고 있다.

왼쪽에 비상계단으로 통하는 문이 있다. 어쩌면 저기 숨어서 힐데 윈슬로가 문을 열고 나오는지 지켜볼 수도 있다. 하지만 지금은 꽤 늦은 시간이다. 힐데 혹은 해리엇은 80대 노부인인데 오늘 밤에 밖으로 나올까? 아마 아닐 것이다.

내가 여전히 어떻게 해야 할지 고민하고 있을 때 4B호의 문손잡이가 돌아간다.

누군가 문을 열고 있다.

나는 아무 계획이 없었으므로 순전히 본능에 따라 움직인다. 지금 왜 문이 열리는지 모르겠다. 아마도 현관에 두고 갔다는 택배가 궁금해서 가지러 나오는 게 아닐까? 상관없다. 나는 머뭇거리지 않는다. 문이 빼꼼 열리자마자 어깨로 문을 세게 밀친다.

현관문이 활짝 열린다.

내 행동이 너무 거칠지 않았는지, 이 육중한 문에 맞아 노부인이 쓰러진 건 아닌지 잠시 걱정했지만 그렇게 문을 밀치고 들어가 보니 힐데 윈슬로가 눈을 휘둥그렇게 뜬 채 우두커니 서있다. 그녀는 뒤로 물러서며 비명을 지르려고 입을 벌린다. 내 뇌의 원시적인 부분이 발동해 이번에도 나는 머뭇거리지 않는다. 서둘러 그녀에게 달려가 서툴지만 단호하게 손으로 그녀의 입을 틀어막는다. 발로는 문을 차서 닫는다. 나는 노부인을 내 쪽으로 끌어당겨 그녀의 뒤통수를 내 가슴 위로 꾹 누르고, 손으로는 계속 그녀의 입을 막는다.

"부인을 해치고 싶지 않습니다." 내가 속삭인다.

방금 내가 정말로 그렇게 말했나? 만약 그렇다면 내 말이 그다지 큰 위로가 되지는 않은 듯하다. 그녀가 몸을 꿈지럭거리며 내 손을 잡아 입에서 떼어내려고 한다. 나는 그녀의 입을 막은 손에 힘을 준다. 나도 친절하고 이성적이고 예의 바르게 행동하고 싶지만 그런 접근이 나나 매슈에게 어떤 식으로든 도움이 될 것 같지 않다.

나는 다른 손으로 총을 꺼내 그녀에게 보여준다.

"그냥 얘기만 할 겁니다. 알았어요? 내게 사실만 말해주면 난 여기서 나갈 거예요. 이해했으면 고개를 끄덕이세요."

여전히 뒤통수를 내 가슴에 댄 채 그녀는 간신히 고개를 끄덕인다.

"이제 손을 뗄 겁니다. 제발 당신을 해치는 일이 없도록 해주세요."

고전 영화에 나올법한 말이었지만 달리 무슨 말을 해야 할지, 혹은 이 상황을 어떻게 처리해야 할지 정말로 알 수가 없다. 나는 그녀를 놓아주고 그녀가 소리 지르지 않기를 바란다. 설사 그녀가 소리를 지른다 해도 쏘지 못할 테니 말이다. 총 개머리판 같은 것으로 때리지도 않을 것이다. 아니면 때리게 될까?

힐데 윈슬로는 나에 대해 거짓말을 했다. 증인 선서를 하고도 거짓말을 했고, 내가 유죄를 선고받는 데 일조했다.

그러니 내가 무슨 짓까지 하게 될까? 그녀가 날 자극해 그 답을 알아내는 일이 없기를 바란다.

힐데 윈슬로가 날 돌아본다. "원하는 게 뭔가요?"

"내가 누군지 알아보겠어요?" 내가 묻는다.

"데이비드로군요."

그녀의 목소리는 놀랄 정도로 안정적이고 자신감이 넘친다. 내 눈을 피하지도 않는다. 반항적이지는 않지만 겁을 먹었거나 위협을 느끼는 표정도 아니다.

"왜 여기 온 거죠?" 힐데가 묻는다.

"당신은 거짓말을 했어요."

"무슨 말이에요?"

"내 재판에서요. 당신 증언, 그건 전부 거짓말이었어요."

"아뇨, 그렇지 않아요."

이제는 정말로 선택의 여지가 없다. 나는 총을 들어 노부인의 이마에 대고 총구를 꾹 누른다.

"내 말 좀 들어주세요." 목소리가 갈라지지 않기를 바라며 내가 말한다. "난 잃을 게 없어요. 이해하죠? 여기서 또 내게 거짓말을 하면, 사실을 말해주지 않으면 난 부인을 죽일 겁니다. 나도 그러고 싶지 않아요. 정말로. 하지만 지금으로서는 당신보다 내 아들이 더 중요해요."

그녀의 눈이 빠르게 깜빡인다.

"맞아요." 내가 말을 잇는다. "내 아들은 아직 살아있어요. 압니다. 당신은 내 말을 믿지 않을 테고, 내겐 당신을 설득할 시간도 없어요. 하지만 지금 당신에게 중요한 사실은 내가 그걸 믿는다는 겁니다. 그렇기 때문에 나는 아무런 거리낌 없이 당신을 죽일 겁니다. 내 말 알아들었어요?"

"난 무슨 말을 해야 할지……."

나는 총신으로 그녀의 뺨을 쳤다.

아니, 쉬운 일은 아니었다. 그리고 세게 치지도 않았다. 그냥 톡 건드리는 수준이었다. 그런데도 그녀에게 내 뜻을 전달하는 동시에 내가 쓰레기가 된 기분을 느끼기에 충분했다. "당신은 이름을 바꾸고 이사했어요." 내가 말한다. "왜냐하면 증인석에서 거짓말을 해서 도망가야 했기 때문이었죠. 난 당신에게 복수를 하겠다거나 그럴 마음은 없어요. 하지만 당신이 거짓말을 한 이유가 있을 겁니다. 그리고 그 이유는 내 아들과 연결되어 있을 거예요. 그러니 난 그 이유를 알아내든지 아니면 당신을 죽일 겁니다."

노부인이 날 빤히 바라본다. 나도 그녀를 바라본다.

"미쳤군요." 힐데 혹은 해리엇이 말한다.

"그럴지도 모르죠."

"정말로 아들이 아직 살아있다고 생각하는 건 아니죠?"

"아뇨, 난 살아있다고 믿습니다."

힐데는 떨리는 손을 들어 입을 가린다. 고개를 절레절레 흔들더니 눈을 감는다. 나는 총을 내리지 않는다. 눈을 뜬 그녀의 얼굴은 아까와 다르다. 방어적이고 반항적인 기색이 사라졌다. "당신이 여기 서있다는 게 믿기지 않아요, 데이비드."

나는 아무 말도 하지 않는다.

"지금 이 대화를 녹음하고 있나요?" 그녀가 묻는다.

"아뇨." 나는 얼른 휴대전화를 꺼내 그녀에게 보여준 다음, 그 사실을 강조하려고 테이블에 내려놓는다. "이건 우리 둘만의 대화입니다."

"만약 다른 사람에게 말하면 난 그냥 부인할 거예요."

내 맥박이 빨라진다. "이해합니다."

"그리고 만약 누군가가 이 대화를 녹음한다면 난 총으로 날 위협하는 미치광이 살인마의 비위를 맞추려고 지어낸 이야기라고 할 거예요."

나는 그렇게 하라는 뜻으로 고개를 끄덕인다.

힐데 윈슬로는 날 올려다보더니 나와 눈을 마주친다. "오랫동안 이 순간을 상상해 왔어요. 당신이 내 앞에 서있고, 내가 진실을 털어놓는 순간을요."

그녀가 숨을 깊이 들이쉰다. 나는 조금만 움직여도 이 마법이 깨질까 두려워서 숨을 참는다.

"우선 난 내 증언이 중요하지 않을 거라고 생각하며 내 행동을 정당화했어요. 당신은 어차피 유죄를 받았을 것이다, 내 증언은 그저 덤일 뿐이라고요. 나 자신에게 그렇게 말했죠. 또한 당신이 정말로 아들을 죽였다고 믿었어요. 그렇게 날 설득했죠. 난 살인범을 잡는 걸 돕고 있다고. 진실을 알고 싶나요, 데이비드?"

나는 고개를 끄덕인다.

"난 지금도 당신이 범인이라고 생각해요. 당신이 범인이라는 증거는 차고 넘쳤어요. 덕분에 두 다리 뻗고 잘 수 있었죠. 당신이 범인이라는 확신이 있었어요. 하지만 그렇다고 해서 괴롭지 않은 건 아니더군요. 난 보스턴 대학에서 철학을 가르쳤죠. 알고 있었나요?"

알고 있었다. 내 변호사들은 반대 심문에서 이용할 수 있는 정보를 찾아내려고 그녀의 뒷조사를 철저하게 했다. 덕분에 나는 그녀가 예순 살에 남편과 사별했고, 결혼한 세 자녀와 네 명의 손자를 두었다는 사실을 알고 있었다.

"그래서 나는 '목적이 수단을 정당화한다'는 식의 온갖 논리를 연구했어요. 이 일에서도 그렇게 했죠. 내 행동을 변호하려고 했어요. 하지만 내 증언이 재판을 훼손했다는 사실은 부인할 수 없더군요. 그보다 더 심각한 일은 내 자존감까지 훼손했다는 거예요."

그때 그녀의 휴대전화가 진동한다. 그녀가 날 올려다보자 나는 확인해도 괜찮다는 뜻으로 고개를 끄덕인다.

"발신자 표시가 없어요." 그녀가 말한다.

"받지 마세요."

"알았어요."

"어디까지 말하셨죠?"

"내 며느리 엘런 때문이었어요. 엘런은 리비어에서 의사로 일하고 있죠."

파일에서 본 기억이 난다. "부인의 장남 마티와 결혼했죠."

"맞아요."

"그 며느리가 왜요?"

"그 애는 도박 중독이었어요. 아마 지금도 그럴 거예요. 고질적인 문제였죠. 당시에는 몰랐어요. 엘런은 존경할 만한 산부인과 의사였어요. 내 친구들 손주도 모두 엘런이 받았죠. 아마 마티는 안 해본 게 없을 거예요. 단도박 모임에도 데려가고, 정신과 의사에게 상담도 받게 하고, 각종 테라피에도 데려가고, 아예 엘런이 돈에 접근

하지 못하게도 했을 거예요. 하지만 중독이 어떤지 알죠? 어떻게든 방법을 찾아내죠. 엘런도 그랬어요. 엘런은 도박에 아주 깊이 빠져 있었죠. 빠져나올 수 없을 정도로. 빚이 수십만 달러라고 전화 통화에서 그 남자가 말하더군요. 엘런이 도저히 갚을 수 없을 정도의 빚이었지만 그 빚더미에서 빠져나올 수 있다고 했어요. 내가 작은 부탁 하나만 들어준다면요."

노부인은 얼굴을 문지르고 눈을 감는다. 나는 이번에도 가만히 있는다.

"내가 왜 당신에게 불리한 증언을 했는지 알고 싶다고 했죠? 그게 이유예요. 그 남자가 날 찾아왔어요. 아주 공손하고 깍듯했죠. 얼굴에는 늘 미소를 머금고. 하지만 눈이, 뭐랄까, 새까맣더군요. 죽은 눈이었어요. 그런 눈, 알아요?"

나는 고개를 끄덕인다.

"또 백모증도 있었죠."

"백모증?"

그녀는 머리 한가운데를 가리킨다. "흰 머리카락이요. 검은 머리인데 한가운데만 흰 머리카락이 한 줄 있더군요."

나는 몸이 굳는다.

"어쨌든 그 남자가 엘런의 상황을 말해줬어요. 내가 그들을 돕는다면 세상을 위해서 좋은 일을 하는 거라고. 또 당신이 아들을 죽인 게 확실하다고도 했죠. 당신이 야구방망이로 자기 아들의 머리를 박살 냈지만 당신 아버지가 비리 경찰이기 때문에 잡히지 않을 거라고 하더군요. 결과는 이미 정해졌다고요."

나는 침을 삼킨다. 흰 머리카락. 나는 그 남자가 누구인지 안다.

"그 남자가 우리 아버지를 언급했나요?"

"네. 이름까지 말했어요. 레니 버로스. 그래서 내 도움이 필요하다고 했어요. 정의가 실현되게 도와야 한다면서요. 내가 이번 일로 그들을 돕는다면 그들이 엘런을 도울 거라고 했어요. 그 남자는 맨발에 비싼 로퍼를 신고 있었어요. 내게 상세히 설명해 줬죠. 내가 뭐라고 했는지 알고 싶어요?"

나는 고개를 끄덕인다.

"싫다고 했어요. 하지 않겠다고. 엘런이 빚을 갚을 방법은 본인이 직접 찾으라고 하세요. 그게 내가 한 말이었죠. 그 땅딸막한 남자는 '알겠습니다'라고만 했어요. 나와 입씨름을 벌이지도 않았고, 협박하지도 않았어요. 이튿날 아침 그 남자가 다시 전화하더니 정중한 어조로 말하더군요. '윈슬로 부인? 들어보세요.' 그러고는……." 그녀가 눈을 질끈 감는다. "뭔가가 우지직 부러지는 소리가 나더니 마티가 비명을 질렀어요. 엘런이 아니라 내 아들 마티요. 그 땅딸막한 남자가 내 아들의 가운뎃손가락을 연필처럼 부러뜨린 거예요."

멀리서 도시의 소음이 들린다. 웅웅 지나다니는 차 소리, 희미한 사이렌 소리, 후진하는 트럭의 삐삐 소리, 개 짖는 소리, 사람들 웃음소리.

"그래서 돕기로 했나요?" 내가 말한다.

"선택의 여지가 없었어요. 이해하죠?"

"네." 내가 정말로 이해하는지는 잘 모르겠지만 나는 그렇게 대답한다. "윈슬로 부인, 그 땅딸막한 남자의 이름이 뭐였죠?"

"그 남자가 명함이라도 남기고 갔을 거라고 생각하는 거예요? 남자는 내게 이름을 알려주지 않았고 나도 묻지 않았어요."

상관없다. 나는 그가 누구인지 안다. "아들이나 며느리에게 그 남자에 대해 묻지 않았나요?"

"아뇨. 전혀요. 나는 그 남자가 부탁한 대로 했어요. 그런 다음에 집을 팔고 이름을 바꾸고 여기로 이사했죠. 아들 내외와는 5년 동안 이야기한 적이 없어요. 그리고 그거 알아요? 그 애들도 내게 연락한 적이 없어요. 아무도 그 일을 다시 생각하고 싶지 않은 거죠."

그때 거리에서 누군가가 소리를 지르기 시작한다.

목소리로 보아 젊은 여성이다. 처음에는 무슨 말인지 알아듣지 못한다. 힐데와 나는 서로를 바라본다. 창가로 가보니 여자가 계속 소리 지르는데 이제는 무슨 말인지 알아들을 수 있다.

"경고한다! 망할 경찰이 출동했다! 반복한다. 파시스트 돼지들이 왔다!"

다른 사람까지 가세해 똑같이 외치더니 또 다른 사람도 가세한다.

창밖을 내다보니 이 건물 앞에 순찰차들이 이중 주차되어 있다. 제복을 입은 경찰 네 명이 건물 입구로 달려간다. 또 다른 순찰차 두 대가 요란한 소리를 내며 12번가를 따라 달려온다.

'이런 젠장.'

의심할 여지가 없다. 날 잡으러 온 것이다. 지금 당장 나가야 한다. 서둘러 현관으로 갔지만 문을 여니 벌써 계단을 빠르게 올라오는 발소리가 들린다. 그 소리는 점점 커지고 말소리도 들린다. 지직거리는 무전기 소리도 들린다.

경찰이 점점 가까워지고 있다.

나는 서둘러 비상구와 계단이 있는 쪽으로 달려간다. 문을 여니 여기도 말소리와 무전기 소리가 들린다.

경찰이 양쪽에서 동시에 올라오는 중이다. 나는 독 안에 든 쥐 신세다.

여전히 문 앞에 서있던 힐데가 "이리로 와요, 얼른"이라고 말한다.

내겐 선택의 여지가 없다. 나는 서둘러 그녀의 집 안으로 들어가고, 그녀는 현관문을 닫는다. "침실 창문을 열면 비상계단이 있어요. 내가 시간을 끌어볼게요."

머뭇거리거나 심사숙고할 시간도 없다. 나는 황급히 침실로 달려가 창문을 연다. 산들바람이 의외로 상쾌하게 느껴진다. 뒷마당에도 경찰이 깔린 건 아닐까? 아직은 아니다. 적어도 아직은 아닌 듯하다. 아래쪽은 꽤 어둡다. 이 건물 뒤쪽과 11번가에 있는 건물 사이는 좁다. 아마 6미터쯤 될 것이다. 나는 창밖으로 기어나간 다음 창문을 닫는다.

이제 어떻게 하지?

금속 비상계단을 내려가자 이번에도 지직거리는 경찰 무전기 소리와 말소리가 들린다.

저 아래 누군가 있다.

지금은 저녁인데 이쪽은 조명이 거의 없다. 내게는 잘된 일이리라. 건물 안에서 경찰이 힐데 윈슬로의 현관문을 두드리는 소리가 나더니 이어서 고함 소리가 들린다. 힐데가 나간다고 소리친다.

나는 아래로 내려갈 수 없다. 그렇다고 다시 집 안으로 들어갈 수도 없다. 그렇다면 길은 하나뿐이다. 위로 가는 것. 나는 5층으로 올라간다. 이 건물이 몇 층이었는지 기억나지 않는다. 많아야 5, 6층일 것이다. 5층 창문 앞 층계참에서 걸음을 멈춘다. 5층 집은 내부가 깜깜하다. 아무도 없는 것이다. 창문을 열어보려고 하지만 잠겨

있다. 팔꿈치로 유리창을 깨볼까 하다가 아무래도 소리가 너무 클 것 같다. 설사 성공한다 해도 경찰이 금방 쫓아오지 않을까? 언제까지 이 집에 숨어있을 수는 없다.

'계속 움직이자.'

나는 한 층 더 올라가며 그 집은 창문이 잠겨있지 않기를 바란다. 하지만 6층은 없고 옥상이 나온다. 나는 몸을 끌어 올려 옥상에 올라간다. 가슴이 두근거린다. 감옥에 관한 클리셰 중에서 절대적으로 사실이라고 할 수 있는 것이 하나 있다. 감옥에 있으면 운동을 많이 한다는 것이다. 운동장을 이용할 수 있을 때는 역기로 운동하지만 주로 감방을 나만의 신병 훈련소로 만들어서 딥스, 스쾃 스러스트, 스쾃 점프, 마운틴 클라이머, 그리고 무엇보다 푸시업을 했다. 나는 하루에 푸시업을 적어도 500번 이상 하는데 그것도 온갖 다양한 방법으로 가능하다. 전통적인 방법으로도 하고, 양손을 삼각형 모양으로도 만들어서 하고, 양손을 넓게 벌리고도 하고, 도중에 손뼉을 치면서도 하고, 양손을 엇갈리게 놓고서도 하고, 팔을 쭉 폈다가 구부렸다가 하면서도 하고, 일직선으로 몸을 허공에 띄우면서도 하고, 한쪽 팔만으로도 하고, 물구나무를 선 채로도 하고, 손가락만으로도 한다. 폭력 범죄로 자주 복역하는 사람들을 데려다가 신체적으로 더 강하게 단련하는 것만이 유일하게 자신을 계발할 수 있는 환경에 놓아두다니 참으로 아이러니하다. 그런 생각을 하는 사람이 내가 처음은 아닐 것이다. 하지만 사실 나는 그 어느 때보다 체력이 좋았고 마침내 그 덕을 보게 되었다.

내 바람이기는 하지만.

그나저나 경찰이 날 어떻게 그리 빨리 찾아냈을까? 레이철이 말한 게 아니라면 도저히……. 아니다. 레이철은 말하지 않았으리라. 다른 방법이 있었을 것이다. 내가 제대로 계획을 세우지 못했다. 난 서둘렀고, 그 과정에서 놓친 게 있다. 이 모두가 내가 생각만큼 똑똑하지 않다는 사실을 일깨워 준다.

그렇기는 해도 중요한 사실은 힐데 원슬로에게 질문할 수 있었다는 것이다. 그리고 난 미치지 않았다. 역시 그녀는 증언석에서 거짓말을 했다. 내가 의식이 없는 상태에서 야구방망이를 묻은 게 아니다.

그녀가. 거짓말을. 했다.

그리고 나는 그녀에게 거짓말을 하라고 시킨 사람이 누구인지 안다.

이제 단서가 생겼다.

도망쳐야 한다. 여기서 잡히면 내가 가진 단서는 증발해 버릴 것이다.

그러니 이제 어떻게 해야 할까?

옥상에 숨어있을 수도 있다. 힐데 원슬로는 당분간 내 편인 듯하다. 경찰에 날 못 봤다고 말할 수도 있다. 아니면 내가 왔다가 가버렸다고 말할 수도 있고. 난 여기 숨어서 기다렸다가 경찰이 철수하고 나면 내려갈 수도 있다. 하지만 과연 그녀가 경찰에 거짓말할까? 경찰이 추궁해도? 그녀는 정말로 내 편일까? 아니면 자신이 안전해지기를 원했기 때문에 날 이 건물에서 내보내려고 비상계단으로 보낸 걸까? 지금 경찰에 내 이야기를 하고 있을까?

결국에는 경찰이 옥상을 수색할까?

마지막 질문의 답은 '그렇다'라고 믿어야만 한다.

머리 위로 맨해튼의 맑은 밤하늘이 펼쳐져 있다. 엠파이어 스테이트 빌딩은 빨간색 조명으로 빛나고 있는데 이유는 모르겠다. 그래도 숨 막히게 아름답다. 전부 다 그렇다. 물론 우리는 우리가 가진 것에 절대 고마워하지 않는다. 다들 그렇게 말한다. 하지만 사실은 고마워하지 않는 게 아니다. 그냥 그렇게 길들여졌을 뿐이다. 우리는 익숙해진 것을 당연히 여긴다. 인간의 본성이다. 이 멋진 야경을 좀 더 즐기고 싶지만 아쉽게도 그럴 수가 없다. 전에도 말했듯이 나는 감옥에 갇힌 신세로 살아도 상관없었다. 매슈가 죽었고, 그건 내 탓이었기 때문에 시궁창 같은 삶을 살아도 만족했다. '만족'이 올바른 표현인지는 모르겠지만. 나는 아무것도 느끼고 싶지 않았다. 하지만 이제 다시 세상에 나와 도심의 분위기와 전류, 생생한 소리와 색을 맛보니 어질어질하다.

경찰들이 옥상 문을 부수고 들어왔을 때 나는 이미 준비가 되었다. 여기 올라온 후로 계속 옆 건물로 넘어가야겠다고 생각했다. 건물 높이가 얼마나 되는지는 모르겠다. 성공할 수 있을지도 모르겠다. 하지만 나는 지금 이 건물의 남동쪽 모퉁이에 있다. 그러다 팔을 돌리며 온 힘을 다해 달린다. 귓가로 바람이 씽씽 지나가지만 그래도 경찰의 경고가 들린다.

"멈춰! 경찰이다!"

나는 그 말을 듣지 않는다. 경찰이 총을 쏠 것 같진 않지만 쏠 테면 쏘라지. 나는 더욱 속도를 내고 발걸음을 계산해 옥상의 북서쪽 모퉁이에 거의 다 왔을 때 왼발을 딛고 뛰어오른다.

내 몸이 공중에 붕 뜬다.

나는 자전거 타듯이 허공에서 다리를 돌리고, 두 팔도 계속 돌린다. 옆 건물 옥상은 어둡다. 과연 내가 성공할 수 있을지 알 수 없다.

순간적으로 어릴 때 봤던 만화가 떠오르며 나도 와일 E 코요테(워너브라더스 애니메이션 〈루니 툰〉에 나오는 캐릭터—옮긴이)처럼 허공을 달리다가 우뚝 멈춰 선 다음 돌덩이처럼 바닥으로 쿵 떨어지는 게 아닐까 생각한다. 중력이 날 아래로 끌어당기며 추진력이 느려진다.

나는 추락하기 시작한다. 눈을 감는다. 길 맞은편 건물 옥상에 쿵 떨어지자 나는 몸을 웅크려 옆으로 구른다.

"멈춰!"

나는 멈추지 않고 몸을 굴려 일어선다. 그런 다음 다시 같은 과정을 반복한다. 달리다가 뛰어올라 옆 건물 옥상에 착지한다. 그런 다음에 다시 옆 건물로 뛰어넘는다. 이젠 무섭지 않다. 이유는 모르겠다. 그저 신난다. 달리고 뛰어오르고 달리고 뛰어오르고. 마치 내가 스파이더맨이라도 된 것처럼 밤새 이렇게 할 수 있을 것 같다.

아주 캄캄한 옥상이 나오고, 이쯤 되면 힐데 윈슬로가 사는 건물 옥상의 경찰들과 충분히 멀어졌다는 생각이 들자 나는 달리기를 멈추고 귀를 기울인다. 여전히 경찰의 말소리와 소란스러운 소리가 들리지만 꽤나 멀리서 들리는 듯하다. 이 건물 뒤쪽은 어둡고, 계속 스파이더맨 놀이를 할 수는 없으니 이쯤에서 내려가야 한다.

반은 뛰고 반은 미끄러지듯이 비상계단을 내려가다 땅까지 3미터쯤 남았을 때 다시 걸음을 멈추고 주위를 돌아보며 귀를 기울인다. 경찰을 따돌린 듯하다. 나는 비상계단 맨 아래 칸에 잠시 매달려 있다가 손을 놓는다. 무릎을 구부리고 얼굴에는 미소를 띤 채 땅에 착지한다.

몸을 펴자 "꼼짝 마"라는 소리가 들린다.

I will find you

뒤를 돌아본 나는 가슴이 철렁 내려앉는다. 한 경찰이 내게 총을 겨눈 채 서있다.

"움직이지 마."

내게 선택의 여지가 있나?

"내가 볼 수 있게 손 내밀어. 당장."

젊은 경찰이고 혼자다. 그는 내게 총을 겨눈 채 고개를 숙여 옷에 달린 마이크에 말하려고 한다. 일단 다른 경찰에게 알리면 이 뒷마당은 경찰로 바글거릴 것이다.

내게는 선택의 여지가 없다.

나는 머뭇거리지 않고, 공격하는 척만 하지도 않는다. 그저 그에게 곧장 달려든다.

그가 움직이지 말라고 명령한 지 채 1초도 지나지 않았다. 내 갑작스러운 공격이 그의 허를 찔렀기를 바란다. 경찰이 총을 겨누고 있는 상황에서 나의 이런 공격은 당연히 위험하지만 경찰은 약간 겁에 질린 채 머뭇거리는 듯하다. 어쩌면 그 점이 내게 유리하게 작용할 수도 있다. 아닐 수도 있고.

하지만 내게는 선택의 여지가 없다.

만약 그가 총을 쏜다면 쏘라지. 아마 난 죽지 않을 것이다. 설사 죽는다 해도 그 위험은 기꺼이 감수하겠다. 아마 죽기보다는 다치고 다시 감옥으로 끌려가게 될 확률이 더 높을 것이다. 내가 순순히 항복해도 결과는 같다. 다시 감옥행이다.

그건 용납할 수 없다.

그래서 난 고개를 숙이고 그에게 돌진한다. 그는 다시 "꼼짝 마(Freeze)!"라고 외치지만 말을 다 끝맺기도 전에 내가 들이받은 터라 그 말은 "자유(Free)!"가 된다. 현재 나는 흥분하고 절박한 상태라서 그 말을 좋은 징조로 받아들인다. 내가 그의 허리를 움켜잡자 그가 차고 있던 벨트와 묵직한 조끼, 그리고 요즘 경찰이 몸에 달고 다니는 온갖 장비가 쨍그랑거린다.

나는 기세를 몰아 항타기(건물의 기초가 되는 말뚝을 땅에 깊이 박는 장비—옮긴이)처럼 그를 집 뒤쪽 콘크리트 보도에 세게 내리꽂는다. 그의 등이 강한 충격을 받으며 몸에서 공기가 헉 빠져나오는 소리가 들린다.

그가 숨을 쉬려고 발버둥 친다.

나는 그를 놓아주지 않는다.

내게도 이 일은 전혀 즐겁지 않다. 누구도 해치고 싶지 않다. 이 경찰은 그저 자기 일을 할 뿐이고, 그 일은 정당하다. 하지만 나로서는 매슈와 이 경찰 중에서 하나를 선택해야 하므로 어쩔 수가 없다.

나는 고개를 뒤로 젖혔다가 그의 코를 향해 이마를 날린다. 물항아리를 향해 던진 대포알처럼 내 이마는 경찰의 얼굴과 세게 부딪친다.

그의 얼굴에서 무언가가 금이 가더니 내려앉는다. 내 얼굴에 끈적한 액체가 묻었는데 알고 보니 피다.

경찰의 몸에서 힘이 빠진다.

나는 얼른 자리에서 일어난다. 그가 신음하며 움직인다. 그걸 보니 무섭기도 하면서 안도감이 든다. 그를 다시 때릴까 하다가 그럴 필요 없다는 생각이 든다. 빨리 이 자리를 뜨면 괜찮을 것이다.

서둘러 식스 애비뉴로 달려가며 재킷을 벗어 얼굴에 묻은 피를 닦는다. 피가 묻은 재킷과 모자를 관목에 던지고 계속 걷는다.

I will find you

거리로 나오자 숨을 고르려고 노력한다.

계속 이동하자. 나는 그렇게 되뇐다.

어느새 사람들이 모여있다. 대다수가 잠시 걸음을 멈추고 무슨 일인지 지켜보다가 떠난다. 일이 어떻게 진행되는지 서서 지켜보는 사람들도 있다. 나는 머리를 숙이고 구경꾼들 사이에 섞여 들어간다. 이제 내 맥박은 안정적이다. 나는 동쪽으로 걸어가며 휘파람을 분다. 자연스럽게 행동하면서 사람들 눈에 띄지 않으려고 너무 애쓰다 보니 오히려 헬스장 안의 담배처럼 더 튀는 기분이다.

몇 블록 지난 후에야 위험을 무릅쓰고 뒤를 돌아본다. 아무도 날 따라오지 않는다. 아무도 날 쫓아오지 않는다. 나는 이제 더 크게 휘파람을 불고 얼굴에는 미소가, 생생한 진짜 미소가 번진다.

나는 자유다.

CHAPTER
20

마침내 레이철이 지금껏 한 번도 느껴보지 못한 지독한 피로를 느끼며 집에 도착하니 언니 셰릴이 현관 계단 위에서 서성이고 있었다.

"대체 무슨 일이야, 레이철?"

"일단 안에 들어가서 얘기하자, 응?"

"네가 데이비드의 탈옥을 도왔니?"

레이철은 대답하려고 입을 열었다가 다물었다. "들어가서 얘기해."

"레이철……."

"들어가자고."

그녀는 가방에서 열쇠 꾸러미를 꺼냈다. 레이철은 좋게 말해서 '정원이 딸린 아파트'라고 할만한 건물에 살고 있다. 최근에는 일자리를 구하려고 지역 무가지에 지원했다. 거기서 일하기에는 그녀의 경력이 너무 아까웠으나 지금은 찬밥 더운밥 가릴 때가 아니었다. 그녀가 좋아하는 저널리즘 교수이자 기자 캐시 코베라가 그녀를 옹호해 주었으나 신문사 발행인은 그녀의 과거를 알았고, 조금이라도

I will find you

스캔들에 얽히고 싶어 하지 않았다. 요즘 분위기를 생각하면 이해할 수 있는 일이었다.

레이철은 문을 밀치고 안으로 들어가 곧장 주방으로 향했다. 셰릴이 그 뒤를 바짝 따라왔다.

"레이철?"

그녀는 대답하지 않았다. 몸 구석구석이 쑤셔서 얼른 무감각해지고 싶은 마음이 간절했다. 지금처럼 술이 필요했던 적이 없었다. 우드퍼드 리저브는 냉장고 옆 장식장에 있었다. 그녀는 술병을 집어 들었다.

"한잔할래?"

셰릴은 얼굴을 찡그렸다. "저기, 나 임신했거든. 잊었어?"

"한 잔 정도는 괜찮아." 장식장에서 유리잔을 꺼내며 레이철이 말했다. "어딘가에서 읽었어."

"진심이야?"

"정말로 안 마실 거야?"

셰릴은 말없이 그녀를 노려봤다. "작작해, 레이철."

레이철은 잔에 얼음을 채운 뒤 위스키를 따랐다. "언니가 생각하는 그런 게 아니야."

"어제 나한테 전화해서 수수께끼 같은 소리만 했잖아. 느닷없이 데이비드를 만나러 갔다고 했지. 그러다 집에 돌아오면 나랑 얘기 좀 하자고 하더니 인제 와서……."

레이철은 한 모금 들이켰다.

"그게 나한테 하고 싶은 말이었어?" 셰릴이 말을 이었다. "네가 데이비드의 탈옥을 도왔다고?"

"아니, 당연히 아니지. 난 데이비드가 탈옥할 줄 전혀 몰랐어."

"그럼 네가 브리그스에 간 건 순전히 우연의 일치였다는 거야?"

"아니."

"그럼 뭔지 말해봐, 레이철."

그녀의 언니. 아름답고, 임신한 언니. 셰릴은 지옥 같은 시간을 견뎌냈다. 5년 전 매슈가 살해됐을 때 언니는 쓰러졌고, 레이철은 언니가 다시는 일어날 수 없을 거라고 생각했다. 다른 사람들이 보기에 현재 셰릴은 새로운 삶을 살고 있었다. 재혼하고 임신하고 새로운 직책을 맡았다. 하지만 사실은 그렇지 않았다. 셰릴은 새롭고 단단한 무언가를 지으려고 했지만 그것 또한 어설프고 불안정하다는 걸 레이철은 알고 있었다. 인생은 최고로 좋을 때조차도 깨지기 쉽다. 인생의 토대는 늘 우리 발밑에서 이동한다.

"무슨 일인지 제발 내게 말해줘." 셰릴이 말했다.

"지금 그러려고 노력 중이야."

갑자기 언니가 작고 연약해 보였다. 셰릴은 마치 곧 어딘가에서 날아올 주먹을 기다리는 듯이 몸을 움츠리고 있었다. 레이철은 머릿속으로 할 말을 연습해 보았지만 전부 어색하고 이상하게 들렸다. 반창고를 천천히 뗄 수도 있고, 빨리 떼어낼 수도 있지만 어느 쪽이든 아플 것이다.

"언니한테 보여줄 게 있어."

"보여줘."

"너무 놀라지는 마."

"그 정도야?"

출력한 사진은 데이비드에게 줬지만 레이철은 아이린의 집에서 그 놀이공원 사진을 자신의 휴대전화로 찍어두었다. 레이철은 위스키를 한 모금 더 마시고 눈을 감았다. 술이 그녀의 몸을 따뜻하게 덥혔다. 레이철은 휴대전화를 집어 들었다. 사진 아이콘을 누르고 아래로 내려갔다. 셰릴이 그녀 옆으로 다가와 그녀의 어깨 너머로 지켜보고 있었다.

레이철은 사진을 발견하고 멈췄다.

"이해가 안 되네." 셰릴이 말했다. "이 여자랑 아이들이 누군데?"

레이철은 엄지와 검지로 그들 뒤에 있는 소년의 얼굴을 확대했다.

맥스와 세라를 태운 FBI 감시 차량이 힐데 윈슬로가 사는 건물 앞에 빠르게 정차했다. 여섯 대의 순찰차와 앰뷸런스 한 대가 맥스의 눈에 들어왔다. 세라는 컴퓨터 모니터를 응시하며 이어폰으로 누군가와 통화하는 중이었다. 그러더니 중요한 전화라고 손짓하며 맥스에게 먼저 나가라고 했다. 맥스가 고개를 끄덕이자 밴 옆문이 열렸다.

맥스가 모르는 요원이 말했다. "번스타인 요원님? 용의자는 도망쳤습니다."

"무전으로 들었어."

"지금 경찰이 쫓는 중입니다. 곧 잡을 거라고 자신만만하더군요."

맥스는 그렇게 생각하지 않았다. 여기는 구석과 틈, 사람이 많은 대도시였다. 이런 곳이 사라지기에는 더 좋은 법이다. 그와 세라는 첨단 장비가 설치된 FBI 밴을 타고 오는 동안 버로스를 체포하려고 옥상으로 올라가는 네 경찰관의 보디캠이 생중계하는 화면을 통해 그 과정을 지켜봤다.

그걸 지켜보는 동안 뭔가 거슬리는 구석이 있었다.

"힐데 윈슬로는 어디 있지?"

그가 모르는 요원이 수첩을 보며 얼굴을 찡그렸다. "그분은 자기 이름이 해리엇……."

"윈체스터, 그래, 알아. 어디 있지?"

젊은 요원은 앰뷸런스를 가리켰다. 앰뷸런스 뒤쪽이 열려있었고, 힐데 윈슬로가 담요를 숄처럼 두른 채 거기 앉아 종이 팩에 든 주스를 빨대로 홀짝였다. 맥스는 그녀에게 다가가 자신을 소개했다. 힐데 윈슬로의 눈이 초롱초롱해지더니 그의 눈을 바라보았다. 그녀는 체구가 작고 쪼글쪼글했으며 딱딱한 등딱지를 갑옷처럼 두른 아르마딜로보다 더 단단해 보였다.

"괜찮으세요?" 맥스가 그녀에게 물었다.

"조금 충격을 받았을 뿐이에요. 내가 괜찮다는데도 이 사람들이 고집을 부리네요." 힐데가 대답했다.

긴 머리를 포니테일로 묶은 동양계 여성 구급대원이 말했다. "긴장 푸세요, 해리엇."

"난 집에 가고 싶어요." 힐데가 말했다.

"경찰이 돌아가도 된다고 하면 그때 가실 수 있어요."

힐데 윈슬로는 구급대원에게 다정한 미소를 지은 다음, 사과주스를 한 모금 더 마셨다. 맥스에게는 그런 모습이 할머니처럼 보이는 동시에 어린 소녀 같기도 했다.

"당신은 FBI 특수요원이라고 했죠?" 힐데가 말했다.

"네, 부인. 데이비드 버로스 체포 작전의 책임자입니다."

"그렇군요."

맥스는 힐데가 더 말하기를 기다렸지만 그녀는 주스만 마셨다.

"버로스가 부인에게 뭐라고 했는지 말해주실 수 있나요?"

"사실 아무 말도 안 했어요."

"아무 말도요?"

"그럴 틈이 없었죠."

"그럼 버로스가 왜 찾아왔는지 모르시겠네요."

"전혀 몰라요."

"좀 더 자세히 설명해 주시겠어요, 윈슬로 부인?"

맥스는 일부러 그녀의 예전 이름을 부르며 그녀가 정정해 주기를 기다렸다. 하지만 그녀는 아무 말도 하지 않았다.

"정확히 무슨 일이 있었던 겁니까?" 맥스가 다시 물었다.

"그 사람이 우리 집 현관문을 두드렸어요. 그래서 내가 문을 열었는데……."

"누구냐고 물어보셨나요?"

노부인은 잠시 생각에 잠겼다. "아뇨, 안 물은 것 같네요."

"노크 소리만 듣고 그냥 문을 열어줬다고요?"

"네."

"원래 그러시나요? 누구냐고 묻지도 않고 그냥 문을 열어주세요?"

"이 건물에 들어오려면 벨을 눌러서 내부인이 공동 현관문을 열어줘야만 해요."

"부인께서 버로스에게 공동 현관문을 열었나요?"

"아뇨."

"그런데도 그냥 문을 열어줬다고요?"

노부인은 그에게 미소 지었다. "이 건물은 입주민들끼리 친하답니다. 난 옆집 사람일 거라고 생각했어요."

"그렇군요."

왜 거짓말을 하는 거지? 맥스는 의아했다.

"게다가 난 늙었어요. 그래서 가끔씩 깜빡하죠. 하지만 당신 말이 맞아요, 번스타인 요원님. 그건 내 실수예요. 앞으로는 좀 더 조심할게요."

지금 이 노부인은 그를 가지고 놀고 있었다. 레이철 앤더슨이 그랬던 것처럼. 레이철은 버로스의 사랑스러운 처제였으니 그럴만한 동기가 충분했다. 하지만 힐데 윈슬로는 왜 거짓말을 하는 걸까?

"그러니까 데이비드 버로스가 현관문을 두드렸고 부인은 열어주셨군요." 맥스가 말했다.

"네."

"버로스를 알아보셨나요?"

"아뇨, 그럴 리가요."

"어떻게 생겼던가요?"

"그거야 그냥 남자처럼 생겼죠. 아까 형사님에게 인상착의를 설명하려고 했지만 워낙 순식간에 일어난 일이라서요."

"버로스에게 뭐라고 하셨나요?"

"아무 말도 안 했어요."

"버로스는 뭐라고 했나요?"

"이야기를 주고받을 시간이 없었다니까요. 현관문을 열었더니 갑자기 아래층이 시끌시끌하더라고요. 경찰이 이미 건물 안에 들어와서 우리 집으로 올라오는 중이었던 것 같아요."

"그렇군요. 그다음에는 어떻게 됐나요?"

"그 사람이 겁을 먹은 것 같았어요."

"데이비드 버로스가요?"

"네."

"겁을 먹은 버로스가 어떻게 했나요?"

"우리 집으로 뛰어들더니 문을 닫았어요."

"무서우셨겠네요."

"아, 그럼요. 네, 무서웠어요." 노부인이 구급대원을 돌아봤다. "애니?"

"네, 윈체스터 부인."

"주스 하나 더 마실 수 있을까요?"

"물론이죠. 몸은 괜찮으세요?"

"좀 피곤하네요. 질문이 워낙 많아서." 힐데 윈슬로가 말했다.

구급대원 애니가 무서운 눈으로 맥스를 노려봤다. 맥스는 그녀를 무시하고 엇나간 대화의 방향을 다시 바로잡으려고 했다.

"그러니까 버로스가 부인과 함께 집 안에 있었고, 이제 문은 닫혔겠네요?"

"네."

"부인은 문간에 서있었죠? 버로스가 집으로 들어오는 과정에서 부인을 밀었나요? 아니면 부인이 뒤로 물러났나요?"

"흠." 그녀는 일부러 뜸을 들였다. "기억이 안 나요. 그게 중요한가요?"

"아닌 것 같네요. 비명을 지르셨나요?"

"아뇨. 그자를 화나게 하고 싶지 않았어요."

"무슨 말이라도 하셨나요?"

"무슨 말이요?"

"이를테면 당신 누구냐, 왜 이러는 거냐, 내 집에서 나가라 등등."

그녀는 생각에 잠겼다. 구급대원 애니가 주스를 들고 오자 힐데는 미소를 지으며 고맙다고 말했다.

"윈슬로 부인?"

이번에도 맥스는 그녀를 예전 이름으로 불렀다.

"한 것도 같네요. 아마 했을 거예요. 하지만 워낙 순식간에 벌어진 일이라서요. 그자가 창가로 달려가더니 창문을 열더군요."

"곧장 창문으로요? 한마디 말도 없이요?"

"네."

"그리고 그 창문은 부인 침실에 있는 창문이죠?"

"맞아요."

"거실에 있는 창문이 현관에서 더 가깝지 않나요?"

"모르겠어요. 거리를 재본 적이 없어서. 아마 그럴 거예요."

"하지만 거실 창문은 비상계단과 연결되지 않죠?"

"네."

"침실 창문만 비상계단과 연결되죠." 맥스는 그렇게 말하며 고개를 오른쪽으로 갸웃했다. "그걸 버로스가 어떻게 알았을까요?"

"나야 모르죠."

"부인이 말해주지 않았나요?"

"내가 그걸 왜 말해주겠어요. 어쩌면 이 건물 배치도를 미리 구했을 수도 있죠."

"데이비드 버로스가 오늘 아침에 탈옥했다는 사실은 아시나요?"

"아까 친절한 경찰관이 말해줬어요."

"그전에는 모르셨나요?"

"당연히 몰랐죠. 내가 어떻게 알았겠어요?"

"30분 전에 제가 부인에게 전화해서 음성메시지를 남겼습니다."

"아, 그래요? 난 원래 전화를 안 받아요. 받아봐야 노인네 속여먹으려는 사기꾼들뿐이거든요. 그냥 음성사서함으로 넘어가게 내버려두죠. 그리고 사실 난 음성사서함을 어떻게 확인하는지도 몰라요."

맥스는 노부인을 바라봤다. 그녀가 한 말을 하나도 믿지 않았다.

"왜 버로스가 곧장 부인에게 왔을까요?"

"네?"

"버로스가 탈옥하고 제일 먼저 한 일이 차를 타고 뉴욕으로 온 겁니다. 부인을 만나려고요. 왜 그랬을까요?"

"모르겠네요……." 갑자기 그녀의 눈이 휘둥그레진다. "세상에."

"왜 그러시죠?"

"혹시…… 혹시 날 해치려고 온 걸까요?" 그녀는 떨리는 손을 입으로 가져갔다. "요원님은 그렇게 생각하는 건가요?"

"아뇨." 맥스가 말했다.

"하지만 방금 요원님이……."

"만약 버로스가 부인을 해치고 싶었다면 집으로 들어올 때 부인을 밀쳤을 겁니다. 아니면 때리거나 뭐 그랬겠죠." 그때 맥스의 눈에 무언가가 들어왔다. "볼의 그 자국은 뭔가요?"

"아무것도 아니에요." 그녀가 지나치게 빨리 대답했다.

"데이비드 버로스에게는 총이 있었습니다. 보셨나요?"

"총이요? 세상에. 아뇨."

"잠시 생각해 보세요. 부인이 데이비드 버로스입니다. 5년을 감옥에 갇혀있다가 마침내 탈옥했죠. 자신에 대해 거짓 증언을 한 증인을 만나러 곧장⋯⋯."

"번스타인 요원님?"

"네."

"너무 힘드네요. 내가 아는 건 이미 다 말했어요." 그녀가 다정하게 말했다.

"부인이 법정에서 한 증언에 대해 몇 가지 묻고 싶습니다."

"아뇨."

"아니라고요?"

"그 일을 다시 들추고 싶지 않아요." 그녀가 몸을 돌렸다. "애니?"

"네, 윈체스터 부인."

"피곤하네요."

"말씀드렸잖아요, 해리엇. 쉬셔야 해요."

맥스가 막 따지려는데 그를 부르는 세라의 목소리가 들렸다. "맥스?"

돌아보니 세라가 FBI 밴의 옆문에 서서 그에게 다급하게 오라고 손짓했다. 맥스는 작별 인사를 생략하고 서둘러 그녀에게 갔다. 다가오는 그의 표정을 보더니 세라가 물었다.

"왜 그래요?"

"저 부인은 거짓말을 하고 있어."

"뭐에 대해서요?"

"전부 다." 맥스는 바지를 추켜올렸다. "그래, 뭐가 그렇게 중요한데?"

"레이철이 버로스를 면회하는 장면이 찍힌 CCTV 영상을 입수했어요. 선배도 이걸 봐야 할 것 같아요."

셰릴은 말없이 사진을 바라보았다.

"놀이공원에서 찍은 거야." 레이철이 말했다.

"나도 알아. 그래서?" 셰릴이 퉁명스럽게 말했다.

레이철은 굳이 아이린과 전후 사정에 대해 설명하지 않았다. 그저 배경에 있는 소년의 얼굴만 확대해 두었다. 너무 확대하면 얼굴이 흐릿해지니까 적당히. 레이철은 언니에게 휴대전화를 건넸다. 셰릴은 사진을 계속 바라봤다.

"언니?"

사진에서 눈을 떼지 않은 채 셰릴이 속삭였다. "지금 뭐 하자는 거야?"

레이철은 대답하지 않았다.

이제 셰릴은 눈물을 흘렸다. "이걸 데이비드에게 보여줬구나."

레이철은 그게 질문인지 아닌지 알 수 없었다. "응."

"그래서 브리그스에 간 거였어."

"응."

셰릴은 사진을 계속 바라보며 고개를 저었다. "이거 어디서 났어?"

레이철은 다시 부드럽게 휴대전화를 가져가 사진을 원래 크기로 돌려놓았다. "사진 속 여자가 내 친구야. 가족이랑 식스 플래그에 갔다가 남편이 찍어준 사진이야. 이걸 나한테 보여주는데⋯⋯."

"그런데?" 셰릴의 목소리는 얼음장처럼 차가웠다. "내 죽은 아들과 닮은 아이를 보고 다른 사람들의 인생을 망쳐야겠다고 생각한 거야?"

'언니 인생은 아니야.' 레이철은 그렇게 생각했지만 말하지 않는 게 좋을듯했다.

"레이철?"

"나도 어떻게 해야 할지 몰랐어."

"그래서 데이비드에게 보여줬다고?"

"응."

"왜?"

레이철은 언니를 보호하려고 그랬다는 말을 늘어놓고 싶지 않았다. 그래서 아무 말도 하지 않았다.

셰릴이 다그쳤다. "데이비드가 뭐라고 했어?"

"데이비드는 충격을 받았어."

"데이비드가 뭐라고 했냐니까?"

"그 아이가 매슈라고 생각했어."

셰릴의 얼굴이 빨개졌다. "당연히 그렇겠지. 물에 빠진 사람에게 돌덩이를 던져주면 구명조끼라고 착각하는 법이야."

"만약 형부가 매슈를 죽였다면 그게 돌덩이라는 걸 알지 않았을까?"

셰릴은 그저 고개를 흔들었다.

"처음부터 말이 되지 않았어. 데이비드가 매슈를 죽이다니. 언니도 알잖아. 아무리 의식을 잃은 상태였니 뭐니 해도 말이 안 돼. 그리고 '땅에 묻힌 흉기'라는 것도 그래. 데이비드가 왜 그런 짓을 하겠어? 너무 바보 같은 짓이잖아. 그리고 그 증인. 힐데 윈슬로. 그 노부인은 이름을 바꾸고 이사까지 했어. 왜 그랬겠어?"

"맙소사." 셰릴이 동생을 바라봤다. "너 그걸 말이라고 해?"

"모르겠어. 내가 하고 싶은 말은 그게 다야."

"어떻게 모를 수가 있어? 아니면 너도 절박해서 그럴 수 있어, 레이철."

"뭐라고?"

"기삿거리를 찾고 싶어서 말이야."

"진심이야?"

"구원받고 싶어서. 또 다른 기회를 얻고 싶어서. 내 아들이 살아있다면 이건 엄청난 사건이 될 거야, 맞지? 온갖 방송에, 신문 1면에……."

"어떻게 그런 말을……."

"만약 그 애가 매슈가 아니라 그저 매슈와 닮은 아이라 해도 이모두가 여전히 큰 뉴스가 되겠지. 데이비드의 탈옥이며, 오랜 시간이지난 후에 마침내 데이비드가 자신의 심정을 털어놓는 일 말이야."

"언니."

"내 살해된 아들이 너의 귀환 티켓이 되는 거야."

레이철은 뺨이라도 맞은 듯이 뒤로 휘청거렸다.

"진심으로 한 말은 아니었어." 셰릴이 한결 부드러워진 목소리로얼른 덧붙였다.

레이철은 대답하지 않았다.

"내 말 좀 들어봐." 셰릴이 말을 이었다. "매슈는 죽었어. 캐서린 툴로도."

"이 일은 캐서린과 아무 상관 없어."

"캐서린이 죽은 건 네 탓이 아니야, 레이철."

"당연히 내 탓이지."

셰릴은 고개를 저으며 두 손으로 동생의 어깨를 잡았다. "아까

한 말은 진심이 아니었어.”

“진심이었어.”

“아니야. 맹세해.”

“어쩌면 언니 말이 맞을지도 몰라. 난 내가 불쌍했어. 내가 잃은 것들도 아쉬웠고. 하지만 내가 너무 밀어붙였고 그 결과 캐서린 툴로가 죽었어. 나 때문에 죽은 거야. 난 그런 일을 당해도 싸.”

셰릴은 고개를 저었다. “그렇지 않아. 넌 그저……”

“그저 뭐?”

“너무 몰입했던 거야. 내가 잊었을 거 같아?”

레이철은 뭐라고 말해야 할지 몰랐다.

“네가 신입생 때 핼러윈 파티에서 있었던 일.”

레이철은 고개를 돌리고 눈을 감았다. 기억이 사라지길 바랐다.

“레이철?”

“언니 말이 맞을지 몰라.” 레이철은 그렇게 말하고 사진을 내려다봤다. “어쩌면 내가 보고 싶은 것만 보는 중인지도 몰라. 데이비드도 그렇고. 아마 그럴 거야. 하지만 가능성은 있잖아. 안 그래? 데이비드에게는 아무것도 없어. 지금 데이비드의 상태는 언니가 상상하는 것만큼 나빠. 아니, 훨씬 더 나빠. 그러니까 데이비드가 매슈를 찾게 내버려 둬. 데이비드는 손해 볼 거 없어. 지금보다 더 나빠지진 않을 거라고. 그래서 데이비드에게 사진을 보여준 거야. 만약 아니라면, 그래, 사실 그럴 확률이 꽤나 높지. 만약 정말로 그렇다면 아무 성과도 없겠지. 하지만 누구에게 해를 끼친 것도 아니니까 괜찮아. 다시 처음으로 돌아가면 돼. 언니는 끝까지 몰랐을 거야. 하지만 만약 그 애가 정말 매슈라면……”

"매슈가 아니야."

"어쨌든 데이비드와 내가 끝까지 가게 해줘."

"이건 레이철 앤더슨의 첫 면회 영상이에요." 세라가 맥스에게 말했다. "전에도 말했듯이 버로스가 브리그스에 수감된 지 5년 만의 면회였죠."

포드를 개조해서 만든 FBI 감시 차량은 뒤쪽 창문이 선팅된 것처럼 보였지만 사실은 완벽한 프라이버시 유지를 위해 검은 페인트를 칠했다. 차 안에서는 차량 외부에 전략적으로 숨겨서 설치한 카메라를 통해서만 밖을 볼 수 있었다. 그것도 아주 선명하게. 맥스와 세라는 컴퓨터 세 대가 놓인 책상 앞에 나란히 앉았다. 의자는 인체공학적으로 설계된 리클라이너였다. 한 번에 몇 시간씩 이 차에 틀어박혀 일하는 요원들이 있기 때문에 이 리클라이너는 생각보다 편했다. 운전석에는 요원 둘이 앉아있었다. 그중 한 명은 IT 전문가였지만 세라도 누구 못지않게 컴퓨터를 잘 다뤘다.

"소리를 키울 수 있어?"

"소리는 없어요, 맥스."

맥스가 얼굴을 찡그렸다. "왜?"

"몇 년 전에 소송이 있었어요. 사생활 침해에 관한 소송."

"그래서 소리는 녹음할 수 없지만 CCTV로 촬영하는 건 사생활 침해가 아니다?"

"재판에서 음성을 녹음할 권리를 잃은 뒤로 브리그스는 CCTV는 보안의 문제이지 프라이버시를 침해하지 않는다고 주장했어요."

"법원에서는 그걸 인정해 줬고?"

"네."

맥스는 어깨를 으쓱였다. "그래서 내가 뭘 보기를 바라는 거야?"

"여길 보세요."

세라는 비디오를 재생했다. 카메라는 데이비드 버로스의 어깨 뒤쪽 어딘가의 천장에 설치된 것이 분명했다. 화면에는 레이철의 얼굴이 정면으로 잡혔다. 그녀는 유리 칸막이를 사이에 두고 버로스 맞은편에 앉았다. 세라가 빠르게 감기 버튼을 누르자 두 인물이 홱홱 움직였다. 화면 속 레이철이 마닐라 봉투 같은 것을 꺼내자 세라가 정지 버튼을 눌렀다가 다시 재생 버튼을 눌렀다. 재생 속도가 정상으로 돌아갔다. 맥스는 얼굴을 찡그리고 지켜보았다. 화면에서 레이철은 마치 용기를 끌어모으듯 아래를 내려다보았다. 그러더니 봉투에서 무언가를 꺼내 칸막이에 댔다.

맥스는 실눈을 떴다. "저거 사진이야?"

"그런 거 같아요."

"무슨 사진인데?"

소리도 들리지 않고, 화소나 조명도 평범한 화질이었으나 맥스는 면회실의 분위기가 변하는 걸 느낄 수 있었다. 버로스의 몸이 굳어졌다.

"아직 모르겠어요." 세라가 말했다.

"탈옥 계획서일지도 몰라."

"선배가 오기 전에 내가 저 사진을 확대해 봤어요."

"뭐가 보였어?"

"사람들이요. 그중 한 명은 배트맨 같기도 했어요."

"뭐라고?"

"잘 모르겠어요. 시간이 좀 더 필요해요."

"독순술사를 데려와."

"알겠어요. 법무팀 말로는 영장을 신청해야 한대요."

"프라이버시 침해 소송 때문에?"

"네. 하지만 영상은 이미 전문가에게 보냈어요. 저 화질로는 알아내지 못할 것 같아요."

"더 확대할 수 있어?"

"이게 최대한 확대한 거예요." 세라가 키보드의 키를 누르자 사진이 확대되었다. 세라는 화질이 좋아지기를 기다렸지만 사진은 끝내 또렷해지지 않았다. 맥스는 다시 실눈을 떴다.

"레이철 앤더슨에게 물어봐야겠군."

"하지만 레이철의 변호사가 어떤 질문에도 대답하지 못하게 했잖아요."

"그래도 시도해 봐야지. 아직 감시하고 있지?"

"네. 지금 집에 있어요. 언니가 찾아왔대요."

"버로스의 전부인?"

세라는 고개를 끄덕였다. "임신 중이래요."

"와. 모든 전화에 도청 장치 달았지?"

"네. 아직은 전화 온 게 없어요."

"레이철 앤더슨은 몇 시간 동안 버로스와 함께 있었어. 둘이 이 일을 함께 계획한 거야. 바보가 아닌 이상 휴대전화를 사용하지 않겠지."

"동의해요."

"우린 레이철의 과거를 알아."

"그 미투 기사요?"

맥스는 고개를 끄덕였다. "혹시 그 기사가 이번 일과 관련이 있을까?"

"아닌 것 같아요, 맥스. 선배는요?"

맥스는 생각해 보았다. 그의 생각에도 아니었다. 아직은. "금융계좌 추적하는 건 어떻게 됐어?"

"진행 중이에요." 맥스는 한 사람의 재정 상태를 샅샅이 훑어보는 일이 얼마나 오래 걸리는지 알고 있었다. 화이트칼라 범죄자들은 그 사실을 이용해 재판을 몇 년씩 끌었다. "하지만 찾아낸 게 있어요."

"말해봐."

"테드 웨스턴."

"버로스가 죽이려고 했던 교도관?"

세라가 고개를 끄덕였다. "그 남자는 빚더미에서 허우적거리고 있더라고요. 그런데 최근에 정확히 2,000달러가 두 번 송금됐어요."

"보낸 사람은?"

"아직 알아보는 중이에요."

맥스가 다시 의자에 앉았다. "뇌물일까?"

"아마도요."

"도저히 이해가 안 돼."

"뭐가요?"

"버로스가 웨스턴을 죽이려고 했다는 사실 말이야." 맥스는 손톱을 물어뜯었다. "이 일은 단순한 탈옥 사건이 아닌 것 같아, 세라."

"그럴 수 있어요, 맥스. 그걸 알아낼 수 있는 확실한 방법이 뭔지 알아요?"

"뭔데?"

"할 일을 하는 거예요. 한눈팔지 말고 버로스를 잡아 와야죠."

"맞는 말이야, 세라. 웨스턴이 변호사를 선임하기 전에 얼른 끌고 오자고."

CHAPTER
22

거트루드 페인은 페인 영지 안의 절벽에 서있었다. 대서양의 출렁이는 물결에 달이 반사되었다. 그녀는 희끗희끗한 머리를 풀어 헤친 채 눈을 감았다. 얼굴에 닿는 바람이 기분 좋게 느껴졌다. 부서지는 파도가 그녀를 달래주었다. 다가오는 스테파노의 발소리가 들렸지만 10초 정도 눈을 계속 감고 있었다.

마침내 눈을 떴을 때 그녀가 말했다. "그자를 해치우지 못했군."

"로스 섬녀가 실패했답니다."

"그 교도관, 처제가 면회 왔다고 말해준 그 사람은?"

"그 사람도 실패했습니다."

거트루드는 바다를 등지고 돌아섰다. 스테파노는 근육질 남자였는데 앞머리를 일자로 내린 새까만 단발머리 때문에 젊음을 붙잡으려고 안간힘을 쓰는 늙은 로커처럼 보였다. 직접 맞춘 양복을 입었는데도 몸은 그저 직사각형 같았다.

"이해가 안 가. 어떻게 그자가 탈옥할 수 있었을까?" 거트루드가 말했다.

"그게 중요한가요?"

"아니겠지."

"위협이 되는 것도 아니잖아요."

거트루드가 미소 지었다.

"왜요? 위협이 된다고 생각하세요?"

데이비드 버로스가 지속적인 손해를 입힐 확률이 극히 낮다는 걸 거트루드도 알고 있었다. 하지만 남편이 구역질나게도 '페인가의 정점(Payne Pinnacle)'이라고 불렀던 단계에 도달하려면 또 다른 P가 필요했다.

편집증(Paranoia).

물론 그녀는 또한 세상이 어떻게 돌아가는지 알고 있었다. 세상 일은 모르는 법이다. 우리는 우리가 안전하다고 철석같이 믿는다. 모든 각도를 다 고려했고, 모든 가능성도 다 생각했다고 확신한다. 하지만 그렇지 않다. 절대로. 세상은 그런 식으로 돌아가지 않는다.

누구도 매번 일을 완벽하게 처리할 수는 없다.

"회장님?"

"준비해야겠어, 스테파노."

I will find you

CHAPTER
23

나는 서둘러 맨해튼 거리를 걷는다.

괜히 뛰어서 사람들 눈에 띄고 싶지 않지만 힐데 윈슬로의 건물과 거리를 두고 싶다. 나는 북쪽으로 향한다. 14번가 지하철역을 지난 다음 23번가역을 지난다. 지하철역으로 내려가고 싶지만 참는다. 혹시라도 검문이나 수색이 이뤄지면 인근 지하철역이 모두 그 대상이 될 수 있기 때문이다.

아닐 수도 있고.

솔직히 감이 잡히지 않는다.

물론 내게는 목적지가 있다.

매사추세츠주 리비어. 내 고향.

힐데 윈슬로를 협박했던 남자. 흰머리가 있는 남자. 그가 사는 곳이 바로 거기다.

나는 그를 안다.

아마도 FBI에서는 우리 아버지의 집을 감시하고 있을 것이다. 하지만 다시 말하건대 경찰이 한 번에 모든 곳에 있을 수는 없다. 우리는 나쁜 짓을 저지르면 경찰이 철저한 감시나 지문 채취, DNA 샘플을 통해 신속하게 정의의 심판을 받게 한다는 영화나 텔레비전의 관점에 익숙해져 있다.

또 힐데 윈슬로가 경찰에 뭐라고 했을지도 모른다. 그녀는 내 처지를 진심으로 딱하게 여기는 듯했고, 내가 도망가도록 도와주었다. 하지만 확신할 수는 없다. 그녀가 연기했을 수도 있다. 경찰이 들이닥쳤을 때 내가 옆에 있으면 무슨 일이 생길지 몰라서 그랬을 수도 있다. 나도 모르겠다.

하지만 내게는 정말로 선택의 여지가 없다. 위험을 무릅쓰고 리비어에 가야 한다.

30분 뒤 타임스스퀘어에 도착하자 나는 완전히 압도당한다. 이렇게 번잡할 거라고 예상하기는 했지만—사람들, 소음, 밝은 조명, 대형 스크린, 네온사인—지금 경험하는 것에는 전혀 준비되지 않았다. 나는 걸음을 멈춘다. 자극이 너무 많다. 웅웅거리는 소리와 온갖 다양한 색채, 냄새, 얼굴이 빙글빙글 돌아가며 나를 맹공격해 머리를 어지럽힌다. 나는 5년간 캄캄한 방에 갇혀있었던 신세나 마찬가지인데 지금 이 상황은 누군가가 내 눈에 손전등을 비춰대는 것과 같다. 벽에 기대지 않으면 쓰러질 수밖에 없을 정도로 머리가 핑 돈다.

날 지탱해 주던 아드레날린은 약해진 정도가 아니라 아예 연기로 변해 밤공기 속으로 사라져 버렸다. 피로가 몰려온다. 늦은 시간이라서 보스턴 지역으로 가는 기차와 버스는 운행이 끝났다. 현명하게 대처해야 한다. 리비어에 돌아가면 뭘 해야 할지 알고 있고, 그 일을 해내려면 신체적, 정신적 능력을 최대로 발휘해야 한다. 한마디로 잠을 자둬야 한다.

이 근처에는 지하철역이 많지만—너무 많아서 경찰이 다 수색하지 못할 정도다—결국 나는 걸어가기로 한다. 삭발만으로도 경찰이 날 알아보지 못할 텐데—힐데 윈슬로는 내가 이미 버린 야구모자를 쓴 모습만 보았다—난 마스크까지 썼다. 요즘에는 마스크를 쓰는 사람이 많지 않아서 눈에 띌까 걱정된다. 하지만 마스크 역시 훌륭한 변장 도구다. 이걸 계속 써야 할까? 결정하기 힘들다. 어디서 잠을 잘지 결정하는 문제도 마찬가지다. 북쪽으로 걸어서 센트럴 파크에 갈까? 거기에는 은신처로 삼을만한 곳이 수두룩하다. 하지만 경찰이 센트럴 파크도 수색하지 않을까? 나는 버너폰을 확인한다. 이걸 사준 레이철만 이 버너폰의 번호를 알고 있다. 나는 레이철에게서 연락이 오기를 기다리지만 아직 연락이 없다. 그게 무슨 의미인지 잘 모르겠다. 아마 레이철은 자신이 여전히 감시를 받는다고 생각할 것이다.

나는 계획을 세운다. 마스크를 쓴 채 센트럴 파크로 향한다. 79번가 근처에 있는, 센트럴 파크 내 자연보호 구역 램블로 들어선다. 여기는 다른 곳보다 수목이 더 울창하다. 최대한 깊숙이 들어가 고립된 장소를 찾아낸다. 근처에 나뭇가지를 깔아두고 만약 누군가가 다가오면 나뭇가지 부러지는 소리에 잠이 깨기를 간절히 바란다. 자리에 누워서 도시 소음과 섞여 졸졸 흐르는 시냇물 소리를 듣는다. 눈을 감자 다행히 꿈도 꾸지 않는 단잠에 빠진다.

출근 시간에 펜 스테이션이 붐빌 것을 알고 일부러 그 시간에 가서 보스턴행 열차에 오른다. 머리는 삭발했고, 얼굴에는 마스크를 썼다. 기차를 타고 가는 동안 가끔씩 이제 자유의 몸이 된 지 24시간이 되었음을 깨닫는다. 기차 타는 내내 긴장하고 있었는데 화장실로 가서 거울을 보자 누군가 날 알아볼 확률이 거의 없다는 걸 깨닫는다. 이 기차를 타는 게 얼마나 위험한 일인지는 모르겠지만 내게는 선택의 여지가 없다.

보스턴까지 한 시간쯤 남았을 때 마침내 버너폰이 울린다. 걸려 온 번호는 모르는 번호다. 수신 버튼을 누르지만 아무 말도 하지 않고 전화기를 귀에 댄 채 기다린다.

"알파카." 레이철이 말한다.

그제야 나는 안도한다. 우리는 대화를 시작할 때마다 사용할 일곱 개의 암호를 정해놓았다. 만약 레이철이 암호를 말하지 않고 대화를 시작한다면, 상황이 안전하지 않고 누군가 강제로 전화하게 했거나 도청하고 있다는 의미였다. 만약 레이철이 한 번 사용한 암호를 또 사용한다면, 그러니까 다음번 통화해서 또 '알파카'라고 말한다면 그때도 누군가 어떻게든 우리의 통화를 도청하며 나를 속이려 한다는 뜻이다.

"괜찮아?" 내가 묻는다.

내게는 사용해야 할 암호가 없다. 굳이 그럴 필요가 없을 것 같았다. 조심스러운 행동도 너무 지나치면 우스꽝스러워지는 법이다.

"예상했던 대로 아무 문제 없어요."

"경찰이 신문했어?"

"FBI가요, 네."

"내 목적지가 어딘지 알아냈더라고."

"FBI가요?"

"응. 하마터면 힐데 윈슬로의 집에서 잡힐 뻔했어."

"난 말하지 않았어요. 맹세해요."

"알아."

"그럼 어떻게 알아냈을까요?"

"나도 모르겠어."

"그래도 따돌렸죠?"

"지금으로서는."

"물어보긴 했어요?"

당연히 힐데 윈슬로를 말하는 것이다. 나는 레이철에게 그렇다고 말하며 내가 알게 된 사실을 알려주었다. 힐데가 증언석에서 거짓말한 것을 인정했다는 사실은 알려줬지만 도박 빚이나 리비어와의 연관성은 말하지 않았다. 만약 누군가 우리 대화를 도청한다면—젠장, 이 모든 일을 겪다 보면 망할 놈의 편집증에 걸리기 마련이다—내 목적지가 어디일지 조금이라도 힌트를 주지 않는 편이 낫다.

"최대한 현금을 많이 모으고 있어요. 전에 우리가 얘기한 대로 FBI의 미행을 따돌릴 방법을 찾아낼 거예요."

"얼마나 걸릴까?"

"한 시간, 어쩌면 두 시간 정도요. 목적지에 도착하면 위치를 알려주세요. 거기로 갈게요."

"고마워."

"그리고 하나 더 있어요." 내 말이 끝나자 레이철이 말한다.

나는 기다린다.

"어젯밤에 언니가 다녀갔어요."

가슴이 조여든다. "어떻게 됐어?"

"언니에게 사진을 보여줬어요. 언니는 우리 둘 다 미쳤다고 생각해요."

"그럴만도 하지."

"또 내가 개인적 문제로 판단력이 흐려졌다는 말도 했어요."

"그건 또 무슨 말이야?"

"내가 링크를 보내줄게요, 데이비드. 그 링크의 기사를 읽어봐요. 내가 설명하는 것보다 그게 더 쉽겠어요."

레이철은 자신이 계획했던 미투 기사와 그로 인해 캐서린 툴로라는 젊은 여자의 자살을 다룬 세 개의 각기 다른 기사 링크를 내게 문자로 보내주었다. 나는 좌석에 편히 기댄 채 세 개의 기사를 모두 읽는다. 레이철처럼 내가 아끼는 누군가가 연관되어 있지 않은 듯 이 상황을 객관적으로 살펴보려고 노력한다.

하지만 여러 가지 이유로 객관적인 입장이 되기는 어렵다.

레이철에게 궁금한 점이 있지만 나중에 물어봐도 된다.

나는 등받이에 몸을 기대고 눈을 감는다. 마침내 보스턴 노스 스테이션에 도착했다는 방송이 들린다. 기차가 플랫폼에 들어서자 경찰이 쫙 깔려있지 않을까 두려워하며 창밖을 내다본다. 여기저기 경찰이 있기는 하지만 평상시와 같은 수준이고, 딱히 경계 태세도 아닌 듯하다. 큰 의미는 없지만 그래도 수백 명의 경찰이 총을 빼들고 있는 것보다는 낫다. 기차역에서 나와 내 고향 도시로 향한다. 저절로 미소가 지어진다. 코즈웨이가를 따라 걷다가 랭커스터가 모퉁이에서 던킨 도넛을 발견한다. 보스턴에는 어딜 가나 던킨 도넛이 있다. 나는 프렌치 크롤러 두 개, 초콜릿 글레이즈드 두 개, 토스티드 코코넛 하나, 올드 패션드 하나 총 여섯 개와 무향 블랙커피를

라지 사이즈로 주문한다. 향이 나는 커피는 딱 질색인데 특히나 던킨 커피는 더욱 그렇다.

손에 던킨 봉투를 든 채 랭커스터 애비뉴를 걸어간다. 아직 마스크를 쓰고 있지만 프렌치 크롤러를 먹기 위해 결국은 벗게 될 것이다. 먹을 생각을 하니 입에 침이 고인다. 15분 뒤에는 보든가 전철역에서 리비어 비치행 블루 라인을 탄다. 어릴 때 이렇게 타고 다니던 시절을 떠올려 본다. 당시 우리는 여럿이서 몰려다녔는데 모두 리비어 고등학교 같은 반이었다. 내 단짝은 애덤 매켄지였지만 그 외에도 TJ, 빌리 심슨, 그리고 지금 내가 만나러 가는 에디 그릴턴이 있었다.

에디의 가족은 리비어 비치역에서 아주 가까운 센테니얼 애비뉴와 노스 쇼어 로드가 교차하는 지점에서 약국을 운영했다. 내가 아는 사람들은 전부 그 약국에서 약을 처방받았고, 아주 예전에는 에디의 할아버지가, 그다음에는 에디의 아버지가 이 마을에서 온갖 범죄를 다 일으키는 피셔가를 대신해 도박을 주관했다.

약국 뒤의 작은 주차장은 거리에서 완전히 격리되어 있다. 예전에는 그곳이 우리의 아지트여서 거기에 모여 맥주를 마시고 대마초를 피웠다. 물론 오래전 일이다. 지금은 그 친구들도 대부분 리비어를 떠났다. TJ는 뉴턴에서 의사로 일했고, 빌리는 마이애미에서 바를 열었다. 하지만 에디, 우리 중에서 누구보다 이 마을을 떠나고 싶어 했고, 할아버지와 아버지처럼 살기 싫어했으며, 학창 시절에도 억지로 약국에서 일해야만 했던 에디는 여전히 여기에서 산다. 에디는 결국 아버지가 원했던 대로 약대에 진학했다. 졸업 후에는 약국에서 일했는데 어느 날 아버지가, 그전에 할아버지가 그랬듯이 심장마비로 쓰러져 돌아가셨다. 이제는 에디가 약국을 운영하며 자신이 쓰러질 차례를 기다리고 있다.

리비어 비치역에 내리며 나는 다시 주변을 경계한다. 경찰이 대기하고 있을지 몰라서가 아니라 여기는 내 고향이고, 내가 변장을 해도 알아볼 수 있는 사람이 있다면 바로 이들이기 때문이다. 어린 시절에 살던 집, 매켄지가 살던 집, 살스 피자, 그릴턴 약국, 이 모두가 3미터 안에 있다.

그릴턴 약국은 약간 낡아 보이지만 내가 기억하는 한 예전부터 서서히 노후화가 진행되었다. 빛바랜 벽돌은 예전에 이미 붉은색이 다 사라졌다. 가게 위에 걸린 네온사인은 가장자리가 녹슬어 갔고, 불이 들어오면 글자들이 경련하며 빛을 뿜어냈다. 나는 고개를 숙인 채 골목을 지나 약국 뒤쪽의 옛 아지트로 걸어간다. 여기에는 차 한 대만 주차할 수 있었는데 예전에 에디의 아버지가 늘 캐딜락을 주차해 뒀던 기억이 난다. 에디의 아버지는 그 캐딜락을 애지중지했고, 늘 왁스를 완벽하게 칠해놓았다. 이제는 에디가 자신의 캐딜락 ATS를 같은 자리에 주차해 뒀다. 세월이 흐르면 모든 것이 변하면서도 또 모든 것이 그대로다.

나는 피곤하면 철학적이 된다.

대형 쓰레기통 뒤에 웅크리고 앉는다. 커피는 여전히 뜨겁다. 그게 던킨 커피의 매력이다. 프렌치 크롤러를 단숨에 먹어 치우고, 토스티드 코코넛을 먹다가 속도를 늦춘다. 감옥은 여러 면에서 수감자를 학대하지만 나는 그중에서도 미뢰에 가해지는 잔인함을 간과했던 것 같다. 도넛의 맛 때문인지 아니면 당도가 너무 높아서인지 현기증이 난다. 아니면 자유를 만끽하고 있어서일 수도 있다. 감옥에서는 모든 것을 쉽게 차단할 수 있다. 자신을 무감각하게 만들고, 즐거움과 연결된 것이라면 일절 느끼지 못하거나 경험하지 못하게 할 수 있다. 사실 그렇게 하는 것이 도움이 된다. 그 덕분에 나는 살 수 있었다. 하지만 어쩔 수 없이 그 보호막에서 나와 매슈와 구원의 가능성을 생각하게 되자 모든 '느낌'이 물밀듯이 밀려든다.

나는 시간을 확인한다. 그릴턴 약국의 이 뒷문은 아무도 사용하지 않는다. 우리가 늘 여기 모여서 놀았기 때문에 잘 안다. 이제 곧 나올 것이다. 아니나 다를까 뒷문이 열리더니 에디가 불붙지 않은 담배를 입에 문 채 밖으로 나온다. 손에 라이터를 들고, 유리문이 닫히는 순간 라이터를 켜서 담배에 불을 붙이더니 눈을 감고 담배를 깊이 빨아들인다.

에디는 나이 들어 보인다. 말랐지만 구부정한 자세에 올챙이배다. 한때 숱이 많았던 머리도 많이 빠져서 지금은 탈모와 대머리 사이 그 어딘가에 있다. 연필로 그린 듯 가느다란 콧수염을 기르고, 눈은 움푹 들어갔다. 나는 어떻게 해야 할지 몰라서 그냥 에디가 볼 수 있는 곳으로 나간다.

"어이, 에디."

에디는 날 보더니 입을 딱 벌린다. 입에 물고 있던 담배가 떨어지지만 에디는 도중에 붙잡는다. 그걸 보니 저절로 미소가 지어진다. 에디는 내가 아는 사람 중에서 손이 제일 빨랐다. 최고의 탁구 선수이자 포켓볼은 타짜 수준이었으며 비디오 게임이나 핀볼 게임, 볼링, 미니 골프 등 손과 눈의 협응력만 필요로 할 뿐 다른 기술은 필요 없는 분야에서 아주 뛰어났다.

"맙소사." 에디가 말한다.

"소리 지르지 말라고 부탁해야 할까?"

"아니, 장난해?" 에디가 서둘러 내게 다가온다. "얼굴 보니 진짜 반갑다."

에디가 나를 껴안자 새로우면서도 익숙한 그 느낌에 나는 몸이 굳는다. 이대로 감상에 빠졌다가는 쓰러져서 다시는 일어나지 못할까 두렵다. 그렇기는 해도 이 포옹이 반갑다. 에디에게서 풍기는 담배 냄새조차도. "나도야, 에디."

"네가 탈옥했다는 뉴스는 봤어." 에디가 내 머리를 가리킨다. "너도 탈모야?"

"아니, 변장한 거야."

"똑똑하네. 먼저 하나만 물어봐도 될까?"

"물론이지."

"넌 매슈를 죽이지 않았지? 안 그래?"

"난 죽이지 않았어."

"그럴 줄 알았어. 계획은 있냐? 됐어. 난 모르는 게 많을수록 좋지. 현금 필요해?"

"응."

"좋아. 요즘 장사가 안 되지만 금고에 돈이 좀 있어. 거기 얼마가 있든 그거 다 줄게."

나는 눈물이 핑 도는 걸 꾹 참는다. "고마워, 에디."

"날 찾아온 이유가 그거야?"

"아니."

"그럼 뭔데?"

"아직도 너희 약국에서 불법 도박 주관해?"

"아니. 그래서 장사가 안 된다는 거야. 예전에는 했거든. 할아버지가 숫자에 돈을 거는 도박을 주관했지. 아버지는 사람들이 돈을 얼마씩 거는지 기록하고. 경찰은 두 분을 사기꾼이라고 했어. 네 아버지에게 악의는 없어."

"알아."

"그나저나 아버지는 어떠셔?"

"아마 네가 나보다 더 잘 알 거야, 에디."

"하긴. 그렇겠다. 내가 어디까지 했지?"

"경찰이 네 아버지와 할아버지를 사기꾼이라고 했다고."

"그래. 하지만 결국 우리 사업을 접게 만든 게 누구인지 알아? 정부야. 예전에는 숫자에 돈을 거는 도박이 불법이었지. 그런데 어느 날 정부가 그걸 복권이라고 부르더니 우리보다 훨씬 더 거지 같은 확률을 정해놓고는 짜잔, 이젠 합법이 됐어. 도박도 불법이었다가 인터넷 사업가들이 정치인들에게 돈을 뿌렸더니 이제는 클릭만 하면 도박을 할 수 있어. 마리화나도 마찬가지야. 우리 아버지가 마리화나를 판 적은 없지만."

"하지만 5년 전에는 도박을 주관했지?"

"그때쯤부터 사업이 기울기 시작했지. 왜?"

"너희 고객 중에 엘런 윈슬로라는 여자 기억해?"

에디는 얼굴을 찡그린다. "내 담당은 아니었어. 셜리 애비뉴의 레지가 그 여자 담당이었지."

"하지만 이름은 알지?"

"응, 그 여자는 아주 깊이 빠져있었어. 그런데 네가 왜 그 여자한테 관심을 갖는 거야?"

에디는 지금도 흰 약사 가운을 입고 있다. 마치 자신이 의사나 백화점 화장품 코너의 판매원이라도 된다는 듯이.

"그럼 그 여자가 피서 형제에게 빚을 진 건가?"

에디는 이 대화가 흘러가는 방향을 마음에 들어 하지 않는다. "응, 그럴 거야. 데이비, 왜 이런 걸 물어보는 거야?"

"나 카일과 만나야 해."

정적이 흐른다.

"카일이라면 스컹크 카일?"

"아직도 그렇게 불러?"

"본인이 그렇게 불리는 걸 더 좋아해."

우리가 어릴 때 그게 카일의 별명이었다. 카일이 언제 이 동네로 이사 왔는지는 기억나지 않는다. 초등학교 1학년인가 2학년 때일 것이다. 카일은 그때도 앞머리가 백발이었다. 검은 머리에 한 줄로 난 흰머리 때문에 아이들은 아이들답게 카일에게 유치한 별명을 붙였다. 스컹크. 그런 별명을 싫어했을 아이들도 있을 테지만 어린 카일은 즐기는 듯했다.

"그러니까 정리하자면 스컹크 카일을 만나서 예전 빚에 대해 이야기하고 싶다고?"

"응."

에디가 휘파람을 분다. "너 카일이 어떤 애인지 기억하지?"

"응."

"우리가 아홉 살 때 카일이 리사 밀스톤을 지붕에서 밀었던 거 기억해?"

"기억해."

I will find you

"그리고 베일리 부인의 고양이 사건도 있었잖아. 우리가 열두 살 때였던가 그 부인의 고양이들이 계속 사라졌지."

"알아."

"그리고 펄론가의 딸도 있어. 이름이 뭐였더라. 메리 앤······."

"다 기억해."

"스컹크는 그 후로 전혀 나아지지 않았어, 데이비."

"알아. 여전히 피셔가를 위해서 일하겠지?"

에디는 오른손으로 얼굴을 세게 문지른다. "이게 다 무슨 일인지 말해줄래?"

말 못 할 이유가 없다. "피셔가에서 내 아들을 납치하고 내게 살인 누명을 씌운 것 같아."

나는 에디에게 상황을 간략히 요약해서 들려주었다. 에디는 내게 미쳤다고 말하지는 않았지만 그렇게 생각하는 듯하다. 나는 놀이공원에서 찍은 사진도 보여준다. 에디는 재빨리 그 사진을 보지만 사진보다는 주로 나를 유심히 바라본다. 그러더니 갈라진 도로에 담배를 버리고 또 하나를 꺼내 불을 붙인다. 내가 말하는 동안 끼어들지 않는다.

내 말이 끝나자 에디가 말한다. "널 말리지는 않을 거야. 넌 성인이니까."

"고마워. 약속 잡아줄 수 있어?"

"전화는 해줄 수 있어."

"고마워."

"그 늙은이 은퇴한 거 알지?"

"니키 피셔가 은퇴했다고?"

"응. 은퇴해서 따뜻한 곳으로 이사했어. 요즘은 매일 골프를 치면서 산다더라. 평생 살인에 강도, 갈취, 약탈하고 사람을 불구로 만들었는데 말년에는 이렇게 플로리다에서 골프 치고 스파에서 마사지 받고 파인 다이닝에서 식사하면서 잘살고 있대. 인과응보가 대단하지?"

"그럼 지금은 누가 대장이야?"

"니키의 아들 NJ."

"NJ가 날 만나줄까?"

"물어볼 수밖에 없지. 하지만 네가 정말로 그렇게 생각한다 해도 그쪽에서 순순히 자백하지는 않을 거야."

"경찰에 신고할 생각은 없어."

"알아, 하지만 단지 그것만이 아니야. 만약 그들이 정말로 네 아들을 죽이고 네게 누명을 씌우고 싶었다면, 그게 말이 안 되는 이유는 셀 수 없이 많지만 그건 차치하고 아무튼 그랬다면 당장 경찰에 널 신고하지 않겠어?"

"그 범죄자들이 경찰에 신고를 한다고?"

"그래, 솔직히 자기들 체면을 구기는 일이기는 하지. 인정해. 아니면 그냥 널 죽여버릴 수도 있어. 그게 네가 생각해 낸 이 몬테크리스토 백작 이야기보다 더 놈들 방식에 어울려."

"난 정말로 선택의 여지가 없어, 에디. 이게 유일한 단서야."

에디가 고개를 끄덕인다. "알았어. 내가 전화해 볼게."

CHAPTER
24

레이철은 자신이 미행당하고 있는지 아닌지 알 수 없었다. 아마 당하고 있을 것이다.

상관없었다. 그녀에게는 계획이 있었다.

레이철은 기차역으로 가서 메인-버겐 라인을 탔다. 이 시간대에는 기차가 붐비지 않았다. 레이철은 주위를 둘러보며 열차 칸을 두 번이나 이동했다. 그녀를 따라오거나 감시하는 사람은 없는 듯했으나 그들의 실력이 좋아서 그녀가 알아차리지 못하는 것일 수도 있었다.

레이철은 세코커스 정선에서 내려 뉴욕 펜 스테이션행 기차를 타러 갔다. 그녀와 함께 기차에 탔던 사람들도 거의 다 그렇게 했다. 이번에도 레이철은 주위를 살펴보았지만 아무도 그녀를 감시하지 않는 듯했다.

상관없었다. 그녀에게는 계획이 있었다.

그 후로 45분 동안 레이철은 미드타운을 여기저기 돌아다니며 맨해튼 거리를 거닐다 마침내 파크 애비뉴와 46번가 교차로에 있는 고층 빌딩에 도착했다. 그녀의 변호사 헤스터 크림스틴이 가보라고 말한 곳이었다. 그녀를 기다리고 있던 젊은 남자가 레이철에게 이름을 묻지도 않고 그저 미소를 지으며 "이쪽으로 오시죠"라고 말했다. 엘리베이터 문은 이미 열려있었고, 둘은 말없이 4층으로 올라갔다. 엘리베이터 문이 열리자 남자가 말했다. "이 복도로 쭉 가서 왼쪽입니다." 그는 레이철이 내리기를 기다리더니 길을 안내했다. 레이철은 문을 열고 안으로 들어갔다. 또 다른 남자가 세면대 옆에 서 있었다.

"앉으시죠." 남자가 말했다.

레이철은 세면대를 등진 채 앉았다. 남자는 손이 빨랐다. 먼저 그녀의 머리를 자르더니 옅은 붉은색으로 염색했다. 그동안 말은 한마디도 주고받지 않았다. 그가 일을 끝내자 아까 그녀를 이곳까지 안내해 준 더 젊은 남자가 돌아왔다. 그는 레이철을 다시 엘리베이터로 안내해 주더니 G3 버튼을 눌렀다. 아마도 주차장 3층일 거라고 그녀는 생각했다. 엘리베이터 안에서 남자는 그녀에게 자동차 열쇠와 봉투를 건넸다. 봉투 안에는 현금, 레이철 앤더슨(그녀의 처녀적 성)이라는 이름의 운전면허증, 신용카드 두 장, 휴대전화 한 대가 있었다. 그 전화기는 일종의 복제품이었다. 일반적인 전화나 문자는 받을 수 있지만 FBI가 이걸로 그녀의 위치를 추적할 수는 없었다. 적어도 젊은 남자의 설명대로라면 그랬다.

G3에 이르자 엘리베이터 문이 열렸다. "주차구역 47번입니다. 안전 운전하세요." 남자가 말했다.

자동차는 혼다 어코드였다. 도난 차량도 렌터카도 아니었으며 헤스터는 저 차를 추적해도 그들과 연결될 일은 없다고 했다. 레이철은 운전석에 앉으며 휴대전화를 확인했다. 방금 전에 데이비드가 그의 위치를 보내주었다.

'와.'

레이철은 그가 리비어에, 그것도 예전에 살던 집에서 멀지 않은 곳에 있는 걸 보고 놀랐다. 왜 거기에 갔을까? 고향에 가는 건 계획에 없던 일이었다. 사실 데이비드는 어디든 익숙한 곳에 가는 건 위험하다고 강조했던 터였다.

그렇다면 힐데 윈슬로에게 리비어로 갈 수밖에 없었던 정보를 들었다는 뜻이었다.

레이철은 이유를 몰랐지만 아직은 알 필요가 없었다. 그녀는 차에 시동을 걸고 북쪽으로 향했다.

***

에디가 전화를 끊더니 카일을 만나려면 시간이 걸릴 거라고 한다.

"그때까지 안쪽 방에 있을래?" 에디가 묻는다.

나는 고개를 젓고 에디에게 내 버너폰 번호를 알려준다. "시간 정해지면 전화해 줄래?"

"물론이지."

나는 그에게 고맙다고 하고 길을 건넌다. 이 동네를 손바닥 보듯 잘 알고 있다. 세상은 변하기 마련이지만 이런 동네는 별로 변하지 않는다. 바닷가 동네라면 더욱 그렇다. 리비어 비치가 내려다보이는 고층 건물들이 새로 생기기는 했다. 하지만 여기, 내가 자란 동네는 연립주택에 새로 페인트를 칠하거나 알루미늄 외장재 혹은 다른 부가물을 부착하기는 해도 예전과 거의 그대로다. 어릴 때는 늘 이웃집 마당을 가로질러 다녔는데 지름길로 가려고 혹은 사람들 눈에 띄지 않으려고 혹은 그저 모험이라고 생각해서였다.

이제 우리 집이 코앞에 있다.

불현듯 여기 오는 것이 얼마나 위험한지 깨닫는다. 틀림없이 경찰은 대대적으로 날 수색하고 있으리라. 따라서 아버지와 고모가 아직 살고 있는 내 어린 시절 집을 감시하고 있을 수 있다. 충분히 납득이 간다. 하지만 앞서도 말했듯이 경찰이 모든 곳에 있을 수는 없다. 그들은 어젯밤에 내가 뉴욕에 있었다는 걸 안다. 내가 거기서 리비어로 갈 거라고 예상했을까? 아마도 힐데 윈슬로가 경찰에 뭐라고 했는지에 달렸겠지만 그녀가 내 재판에서 자신이 위증한 사실을 자백했을 것 같지는 않다.

어린 시절에 들락거렸던 이웃집 뒷마당으로 숨어 들어가며 나는 모든 각도를 확인한다. 집 앞에 주차된 밴이 없어도 얼마든지 이 집을 감시할 수 있다는 건 알지만 위험한 징후는 보이지 않는다. 과연 안전할까? 이래도 되는 걸까? 잠시 한발 물러서서 생각해 보자. 이제 와서 아버지와 소피 고모를 만나는 게 무슨 소용이 있을까? 두 분은 날 보면 괜히 속만 상하지 않을까?

하지만 난 자석에 끌리듯 내가 살던 집으로 다가간다. 나는 몇 시간 후면 죽을지도 모르는 탈옥수이고, 내가 제일 사랑하는 사람들을 보고 싶다. 그게 그렇게 이상한 일인가? 아니다. 하지만 내게 가장 중요한 동기와 목표는 여전히 매슈를 찾는 일이다.

손튼가와 하일랜드가 사이의 뒷마당에 도착하니 안전하다는 느낌이 든다. 대다수가 다세대 주택인 집이 다닥다닥 붙어있어 어디까지가 내 땅이고, 어디부터가 옆집 땅인지 알 수 없다. 그 때문에 몇 년 동안 재미있는 싸움이 벌어졌다. 내가 열네 살 때 시겔만 부부는 크레스틴 씨의 정원이 사유지 경계선을 넘었다고 주장하며 크레스틴 씨가 박람회에서 1등을 수상한 토마토를 나눠달라고 했다. 지금 나는 그 분쟁이 오간 경계선을 지나 보르디오 부인의 집에 도착한다. 보르디오 부인은 여기서 아들 팻과 함께 살았는데 팻은 사팔눈이었다. 두 모자는 2000년대 초반에 다른 곳으로 이사했고, 이 집은 새 주인이 잘 관리하는 듯하다. 팻의 아버지 보르디오 씨는 내가 태어나기 전에 베트남에서 전사한 탓에 이 집 정원은 늘 풀이 무성했다. 마침내 우리 아버지가 나서서 마을 남자들이 돌아가며 보르디오 부인의 집 잔디를 깎아주는 순번을 정했다. 보르디오 부인은 직접 만든 피넛 브리틀로 이웃 남자들에게 보답했다. 지금 내가 지나가는 집은 러스킨 씨 집인데 러스킨 씨는 여름 내내 콘크리트와 벽돌로 거대한 피자 화덕을 만들었다. 러스킨 가족은 2007년에 이 동네를 떠났지만 그 화덕은 아직 그 자리에 있다. 만약 토네이도가 이 동네를 휩쓸고 간다면 저 화덕만 남으리라.

저 앞에 내가 어릴 적 살던 집의 뒷면이 보인다.

우리 집은 관목이 더 우거져 있다. 아주 어린 시절의 기억 중 하나는—분명 서너 살 때였으리라—아버지와 필립 아저씨가 마당에 그네 세트를 만들던 일이다. 애덤과 나는 감탄하는 마음으로 두 아버지를 지켜보았다. 더운 날이었고, 난 아버지가 버드와이저 한 병을 들어 입술로 가져가던 모습이 가장 기억에 남는다. 아버지는 길게 한 모금 들이켰다가 내려놓더니 내가 지켜보는 걸 알아차리고 내게 윙크했다.

물론 고등학교 때 여자 친구였던 셰릴도 기억난다.

집으로 가까이 다가갈수록 신성모독적인 기억 하나가 점점 더 떠오른다. 다이아몬드 씨가 초막절(이집트에서 탈출한 이스라엘인들이 40년 동안 텐트에서 살며 방황했던 선조들의 유랑 시절을 기념하는 절기—옮긴이)을 기념해 매년 만드는 텐트와 관련된 기억이다. 수카(텐트)는 원래 나뭇가지로 만든 오두막처럼 생긴 구조물로 지붕이 없으며 반드시 야외에 만들어야 한다. 이제 종교적 세부 사항은 기억나지 않는다. 이상하게도 교도소에 있던 죄수들이 내가 만난 사람 중에서 가장 독실한 신자들이었다. 나는 그쪽 부류와는 맞지 않는다.

어쨌든 다이아몬드 씨의 수카는 우리 동네에서 단연 독보적이었는데 알록달록한 색들과 히브리어 글자로 장식된 대형 텐트였다. 그때 셰릴과 나는 열일곱 살이었고, 선선한 10월 저녁에 우리는 몰래 다이아몬드 씨의 수카에 들어가 첫 경험을 했다.

맞다. 갑자기 그렇게 됐다.

그 기억을 떠올리니 저절로 미소가 지어지며 움찔하게 된다.

그때 내가 셰릴을 얼마나 사랑했던지.

나는 8학년 때 셰릴의 가족이 셜리 애비뉴로 이사 온 후로 그녀를 짝사랑했지만 셰릴은 고등학교 2학년이 되어 졸업 무도회에 함께 가기 전까지 날 전혀 상대해 주지 않았다. 그때도 어디까지나 '친구로서' 무도회에 가게 되었다. 여러분도 잘 알 것이다. 우리는 겹치는 친구가 많았고, 둘 다 달리 함께 갈 사람이 없었다. 결국 그날 밤 첫 경험을 했는데 셰릴의 경우에는 그저 심심하다는 이유가 가장 컸다.

그렇게 우리는 커플이 되었다.

나는 다이아몬드 씨가 예전에 살았던 집 뒷마당의 나무에 몸을 기댄다. 셰릴과 나는 꽤 오랫동안 잘 지냈다. 대학 시절에 잠깐 헤어진 적이 있었는데 셰릴보다 내 잘못이 컸다. 다들 우리가 결혼하기에는 너무 어리고, 다른 사람도 사귀어 봐야 한다고 조언했다. 그래서 그렇게 해보려고도 했지만 나는 다른 사람과는 맞지 않았다. 우리는 대학교 졸업반일 때 약혼했지만 셰릴이 의대를 졸업한 후에 결혼하기로 약속했고 그 계획을 고수했다. 결혼한 뒤에 셰릴은 꿈에 그리던 레지던트 자리를 얻었고, 그 후로 순탄하고 예측 가능하며 행복한 시절을 보내다가 우리는 아이를 갖기로 했다.

여기서부터 일이 꼬이기 시작했다.

셰릴은—아니면 우리라고 해야 할까?—임신이 되지 않았다.

임신에 문제가 생기면 그 스트레스와 부담감이 얼마나 큰지 알 것이다. 셰릴과 나는 아이를 원했다. 간절히. 당연한 일이었다. 우리는 넷을 낳기로 했다. 그럴 계획이었다. 우리 둘 다 동의한 일이었다. 임신을 하고 싶을 때는 나만 빼고 세상 사람 모두가 쉽게 임신하는 것처럼 보인다. 부모 자격이 없는 사람, 인간쓰레기, 아이를 원하지 않는 사람까지. 나만 빼고 모두가 임신한다.

전문의를 찾아가 검사를 하고 또 한 끝에 그 원인이 나라는 사실을 알게 됐다. 다들 말로는 이건 누구의 잘못도 아니다, 이건 부부 공동의 문제다, 그렇다고 해서 당신의 남성성이 떨어지는 건 아니다 어쩌다 하지만 내 정자 수가 너무 적어 아이를 가질 수 없다는 사실을 알게 되니 피해의식이 생겼다. 이제는 그렇게 어리석지 않다. 유해한 남성성에 대해서도 알고 있다. 하지만 이런 동네에서 나와 같은 방식으로 자라면 남자에게는 해야 할 일과 책임이 있으며, 자기 아내조차 임신시키지 못하는 남자는 제구실을 못 한다고 생각하게 된다.

나는 수치스러웠다. 어리석다는 거 안다. 하지만 그래도 수치심이 드는 건 어쩔 수 없었다.

셰릴과 나는 시험관 시술을 세 번이나 시도했지만 실패했다. 우리의 부담감은 점점 더 커져갔다. 우리가 나누는 대화는 전부 임신에 관한 것이거나, 그렇지 않을 때는 더 나빴다. 임신 이야기를 꺼내지 않으려고 할 때면—가끔은 그냥 긴장을 풀고 관계를 가질 때 마법처럼 아이가 생긴다는 말을 듣기도 했다—임신이 흔히들 말하는 방 안의 코끼리가 되었다. 방뿐 아니라 침대에서까지 그 코끼리는 우리 곁을 떠나지 않았다.

셰릴은 그렇게 시치미 떼는 일을 아주 잘했다.

혹은 나는 그렇게 생각했다.

그녀는 날 비난하지 않았으나 자존감에 치명타를 입은 바보가 된 나는 상상의 나래를 마음껏 펼쳤다. 날 보는 그녀의 시선이 달라졌다고 생각했다. 셰릴이 날 결함 있는 남자로 본다고 생각했다. 정력이 넘치고 임신이 잘되는 다른 남자를 바라보며 저런 남자랑 사귀었다면 어떻게 되었을까 생각한다고 의심했다.

그런 생각이 우리를 망가뜨렸다.

그러다가 좋은 소식을 듣게 되었다. 아버지의 옛 친구 중에 뉴햄프셔주에서 의사로 일하는 닥터 셍커라는 분이 있었다. 그분은 자신도 같은 문제가 있었는데 정맥류 수술로 치료되었다고 했다. 그 수술에 대해 자세히 말하고 싶지 않고, 여러분도 듣고 싶지 않을 테지만 간단히 말해서 음낭 내부의 부은 정맥을 제거하는 수술이다. 한마디로 그 수술은 효과가 있었다. 갑자기 내 정자 수가 정상치 이상으로 치솟았다.

넉 달 후 셰릴은 매슈를 임신했다.

그리고 다시 모든 것이 좋아졌다.

하지만 그렇지가 않았다.

수년간의 불임 지옥이 우리 관계에 큰 타격을 주었지만 매슈가 태어나자 이제 다 지난 일이라고 생각했다. 그리고 실제로도 그랬다. 그러다 셰릴이 겉으로는 날 위로하면서 나 몰래 정자 기증을 알아보려고 다른 불임 클리닉에 다녀왔다는 사실을 알게 되었다. 실제로 정자를 기증받지는 않았다. 셰릴은 내게 계속 그 사실을 상기시켰다. 그리고 전후 사정을 분명히 설명했다. 단지 아기를 갖고 싶어서만이 아니라 우리 둘 다 이 지옥에서 벗어났으면 하는 마음이 너무도 간절해서 순간적으로 어리석은 마음에 정자 기증을 받는 걸 고려해 봤다고. 내가 절대 동의하지 않으리라는 것을 알았기 때문에 내게 말하지 않았다고.

생각만 해도 끔찍한 일이라는 사실을 셰릴도 인정했고, 내게 여러 번 사과했다. 하지만 난 처음에는 그녀의 사과를 받아주지 않았다. 나는 상처를 받았다. 그녀의 행동은 내 어리석은 불안감을 자극했고 그래서 나는 그녀를 비난했다. 셰릴은 내 신뢰를 깨뜨렸고, 나는 이 문제에 제대로 대처하지 못해 사태를 악화시켰다.

우리 집 뒤쪽 창문 너머로 누군가 움직이는 게 보인다. 난 관목 뒤로 가본다. 소피 고모가 주방으로 들어와 혼자 식탁에 앉는다. 그 모습을 보자 가슴이 터질 듯하다. 소피 고모는 낡아서 후줄근한 홈드레스를 입고 있다. 등은 구부정하고, 머리카락을 실핀으로 고정했지만 몇 가닥 빠져나와 얼굴에 매달려 있다. 복잡한 감정이 울컥치민다. 소피 고모. 어머니가 암으로 돌아가신 후로 날 키워준 나의 훌륭하고 너그럽고 친절하고 강인한 고모. 고모는 지치고 피곤하고 나이보다 더 늙어 보인다. 세월이 고모의 활력을 빨아먹어 버렸다. 아니면 아버지 간병 때문일까?

아니면 나 때문에?

소피 고모는 늘 날 믿어주었다. 다른 사람들은 의심에 굴복했지만 소피 고모는 한 번도 그런 적이 없었다.

나는 어떻게 해야 할지 몰랐지만 어느새 머뭇거리며 뒤쪽 창문으로 다가간다. 라디오가 켜져있다. 고모는 늘 부엌에서 음악 듣는 걸 좋아했다. 고전 록 음악. 물론 지금은 라디오가 아니라 알렉사나 다른 스피커 장치일 것이다. 팻 베네타가 우린 젊고 마음이 아프다고 힘차게 노래한다. 고모는 팻 베네타와 스티비 닉스, 크리시 하인데, 조안 제트를 좋아했다. 나는 뒤쪽 현관 계단을 살금살금 올라가 아무 생각 없이 창문을 톡톡 두드린다.

고모가 고개를 들고 나를 본다.

나는 고모가 놀라거나 당황하거나 적어도 갑작스러운 내 등장에 어리둥절할 거라고 예상한다. 고모가 아주 잠깐이라도 머뭇거릴 거라고 예상하고, 그 정도는 충분히 이해할 수 있다. 하지만 소피 고모의 반응은 그 어디에도 해당되지 않는다. 고모는 늘 나를 무조건 맹렬히 사랑해 주었는데 지금도 고모의 얼굴에서는 그런 애정만 보인다. 고모가 벌떡 일어나 곧장 뒷문으로 달려온다. 고모의 얼굴은 화창한 날에 여우비가 내리는 풍경처럼 벌써 환히 웃는 동시에 눈물을 흘린다. 고모는 뒷문을 활짝 열더니 날 보호하려는 듯이 좌우를 둘러보며 내 가슴을 뭉클하게 하고는 "이리 들어오렴"이라고 말한다.

나는 당연히 그 말대로 한다. 예전 일이 떠오른다. 아버지가 야근을 마치고 늦게 귀가해서 내가 어디 있냐고 물으면 소피 고모는 이런저런 핑계를 댔고, 나중에 아버지 몰래 날 뒷문으로 들어오게 해주었다. 나는 집으로 들어가 문을 닫는다. 고모가 날 안아준다. 고모는 이제 더 작아지고 연약해진 듯하다. 처음에는 고모를 너무 꽉 껴안을까 두려웠지만 오히려 고모가 그런 포옹을 용납하지 않는다.

나는 감정을 누르고 침착한 태도를 유지하고 싶다. 순간적인 감정에 휩쓸리고 싶지 않지만 소피 고모 앞에서는 불가능하다. 소피 고모의 포옹 앞에서는. 다리에서 힘이 빠지고 내가 작게 흐느낀 것도 같지만 엄청나게 강인한 이 연약한 여성이 날 지탱해 준다.

"다 잘될 거야."

고모가 그렇게 말하고 난 고모를 믿는다.

브리그스 교도관 테드 웨스턴은 맥스와 세라에게 자신의 이야기를 한 번, 두 번, 세 번 들려주었다. 그가 이야기하는 동안 맥스와 세라는 주로 침묵을 지켰다. 맥스는 계속하라는 듯이 고개를 끄덕였다. 세라는 팔짱을 낀 채 그들이 현재 취조실로 사용하는 교도소 사무실 구석에 기대서 있었다. 테드는 교도소장과 데이비드 버로스가 교도소장의 차에 타는 모습을 목격한 과정을 설명하며 세 번째로 들려주는 자신의 이야기를 자랑스럽게 마무리했다. 계속 고개를 끄덕이던 맥스가 세라를 돌아보며 말했다. "나는 저 마지막 부분이 제일 좋아. 안 그래, 세라?"

"소장의 차를 발견하는 대목이요?"

"응."

"네, 나도요."

맥스는 엄지와 검지로 입술을 뜯기 시작했다. 손톱을 물어뜯고 싶은 것을 참기 위해서였다. "세라와 내가 왜 그 부분을 제일 좋아하는지 알아요, 테드? 테드라고 불러도 될까요?"

테드 웨스턴은 어색한 미소를 지었다. "물론이죠."

"고마워요, 테드. 그래서, 이유를 알려줄까요?"

테드는 마지못해 어깨를 으쓱였다. "그렇게 하시죠."

"왜냐하면 그 부분이 사실이기 때문이에요. 정말입니다. 당신이 창밖을 내다보다가 차를 발견하고, '아니 저게 뭐야'라고 생각했던 부분. 그 이야기를 할 때면 당신 얼굴은 정직함으로 빛이 나요."

"정말 그래요." 세라가 덧붙였다.

"마치 얼굴에 고급 크림이라도 바른 것처럼요. 하지만 나머지 이야기를 할 때는…… 예를 들어서 아프다는 데이비드 버로스를 밤늦게 의무실에 데려갔다거나……."

"……규칙을 몽땅 무시하고서요." 세라가 덧붙였다.

"……그자가 갑자기 당신을 공격했다거나……."

"……아무런 동기도 없이요."

"당신 오른손잡이죠, 테드?"

"네?"

"당신은 오른손잡이예요. 계속 지켜봤어요. 별거 아니지만 당신이 감방에 있던 버로스를 의무실로 데려갔다는 이야기를 할 때마다 눈이 오른쪽 위를 보더군요."

"그건 당신이 거짓말을 하고 있다는 신호예요, 테드." 세라가 말했다.

"100퍼센트 확실한 건 아니지만 맞는 편이죠. 정말로 기억을 더듬는 거라면 오른손잡이는……."

"……오른손잡이의 85퍼센트이기는 하지만 어쨌든……."

"……왼쪽 위를 보죠."

"그리고 눈을 이리저리 굴리는 것도요, 맥스."

"맞아, 고마워, 세라. 이것도 참 재미있어요, 테드. 당신도 좋아할 겁니다. 당신은 거짓말할 때 눈을 많이 굴려요. 당신만이 아닙니다. 대다수 사람들이 그러죠. 이유를 알려줄까요?"

테드는 아무 말도 하지 않았다. 맥스는 말을 이었다.

"그건 퇴행이에요, 테드. 인간이 다른 인간이나 동물에 의해서 위기에 처했다고 느꼈던 시대로 퇴행하는 겁니다. 그래서 눈을 이리저리 굴리면서 탈출로를 찾는 거죠."

"정말로 거기서 기원했다고 생각해요, 맥스?" 세라가 물었다.

"모르겠어. 눈을 굴리는 게 대개 거짓말하는 신호라는 건 의심의 여지가 없잖아. 하지만 그게 정말로 기원인지는 잘 모르겠어. 그래도 설득력 있는 이야기야."

"그렇긴 해요." 세라가 동의했다.

"눈을 굴린다." 테드 웨스턴이 당당해 보이려고 노력하며 그렇게 말했다. "이거 정말 모욕적이네요."

맥스가 세라를 돌아보았다.

세라는 고개를 끄덕였다. "아주 남자답네요, 테드."

테드는 자리에서 일어났다. "내가 거짓말한다는 증거는 없잖아요."

"없긴요." 맥스가 말했다. "아무렴 우리가 정말 당신 눈만 보고 그런 결론을 내렸을까요?"

"테드는 우리가 어떤 사람인지 몰라요, 맥스."

"정말 그러네, 세라. 테드에게 보여줘."

세라는 통장 거래 내역서를 테이블 위로 내밀었다. 테드 웨스턴은 선 채로 그걸 내려다보더니 얼굴이 창백해졌다.

"세라가 친절하게도 우리에게 중요한 부분을 형광펜으로 표시해 뒀어요, 테드. 보여요?"

"현찰로 거래하지 그랬어요, 테드." 세라가 말했다.

"그러게. 하지만 현찰로 받았어도 어차피 은행에 입금했을 거야. 매번 송금액을 1만 달러 미만으로 유지했더라고. 그렇게 하면 아무도 모를 줄 알았나 봐."

"하지만 우린 알죠."

"**우리**가 아니야, 세라. 너지. 네가 알아차렸어. 네가 최고의 요원이라는 걸 여기 있는 테드가 어떻게 알겠어."

"나 얼굴 빨개져요, 맥스."

그때 세라의 휴대전화가 진동했다. 세라는 옆으로 물러섰고, 테드 웨스턴은 의자에 털썩 주저앉았다.

"이제 정말로 무슨 일이 있었는지 사실대로 말할래요?" 맥스가 무대에서 방백하듯 말했다. "아니면 일반 동에서 다른 죄수들이랑 한번 살아볼래요?"

테드는 통장 거래 내역서를 계속 바라보았다.

"맥스?" 세라였다.

"왜?"

"안면 인식 장치가 우리 주인공을 찾아낸 것 같아요."

"어디서?"

"리비어 비치요. 거기 도착한 기차에서 내렸대요."

***

"넌 여기 있으면 안 돼." 소피 고모가 말한다. "오늘 아침에 FBI가 다녀갔어. 또 올 거다."

나는 고개를 끄덕인다. "아버지랑 얘기 좀 할 수 있을까요?"

고모는 고개를 갸웃하며 슬픈 표정을 짓는다. "아버지는 잠들었어. 모르핀 때문에. 아버지를 볼 수는 있지만 아마 네가 온 것도 모를 거야. 내가 데려다주마."

우리는 피아노 옆으로 지나간다. 레이스 덮개를 깐 피아노 위에는 옛날 사진들이 놓여있는데 셰릴과 내 결혼사진이 여전히 맨 앞줄 중앙에 놓여있다. 이 사실을 어떻게 받아들여야 할지 모르겠다. 이 동네에 사는 내 친구들은 대부분 형제자매가 적어도 두셋은 있었고, 그보다 더 많은 경우도 흔했다. 외동은 나 혼자뿐이었다. 이유를 물은 적은 한 번도 없지만 내가 겪은 문제가 유전이 아닐까 의심스럽다. 이른바 최악의 '부전자전'. 물론 내 경우에는 아들이 아예 없었을 수도 있지만. 어디까지나 내 추측일 뿐이다.

나는 아버지의 침대 옆 의자, 아버지가 사용했던 오래된 책상 의자에 앉아 아버지를 내려다본다. 아버지는 잠들었지만 얼굴을 찡그리고 있다. 소피 고모가 내 뒤에 서있다. 나는 아버지를 사랑한다. 우리 아버지는 세상에서 가장 훌륭한 아버지였다. 하지만 난 아버지에 대해 잘 모른다. 아버지에게 감정을 공유하는 일 따위는 없었다. 나는 아버지의 꿈과 희망이 무엇인지 전혀 모른다. 어쩌면 그편이 최선인지도 모른다. 요즘에는 그런 성향, 다시 말해 감정을 꾹 누르는 유해한 남성성에 대해 많이들 우려한다. 아버지도 그런 경우가 아닐까 싶다. 아버지는 베트남전에 참전했고, 할아버지는 2차대전에 참전했다. 할머니 말로는 두 남자 모두 집을 떠날 때와는 완전히 다른 사람이 돼서 돌아왔다고 했다. 그거야 당연한 일이다. 하지만 또한 할머니 말로는 두 사람이 단순히 변했다기보다는, 전쟁터에서 무엇을 보고 겪고 무슨 짓을 했는지 몰라도 그걸 철저히 숨겨야 한다고 생각했던 것 같다. 자신들을 위해서가 아니라 자신이 사랑하는 사람들을 그런 공포에 빠뜨리고 싶지 않았기 때문이었다. 그들은 잔인하거나 무심하거나 심지어 트라우마가 있는 사람들도 아니었다. 그저 어떤 대가를 치르더라도 사랑하는 사람들을 지키고 싶어 했던 파수꾼이었다. 매슈가 태어났을 때 나는 아버지가 내게 해줬던 일을 전부 기억해 내려고 노력했다. 나도 그런 아버지가 되고 싶었다. 매슈도 안전하고 사랑받고 강하다는 기분을 느끼게 해주고 싶었다. 마치 능숙한 마술사를 지켜보는 어린아이처럼 나는 아버지가 어떻게 그 많은 일을 다 해냈는지 신기해했다. 아버지의 비결을 알아내서 매슈에게 그대로 해주고 싶었다.

나는 아버지를 사랑한다. 아버지는 지쳐서 귀가한 후에도 흰 티셔츠로 갈아입고 밖에서 나와 함께 캐치볼을 했다. 토요일 점심에는 날 켈리스에 데려가서 로스트비프 샌드위치와 셰이크를 사줬다. 개 경주에도 데려가서 당신이 좋아하는 개와 승률에 대해 설명해주었다. 나는 리비어 경찰 소프트볼팀 투수인 아버지의 경기가 있을 때마다 직접 가서 응원했다. 특히 매해 열리는 소방관들과의 시합은 빼먹지 않았다. 아버지는 내게 넥타이 매는 법도 가르쳐 주었다. 내가 일곱 살 때는 아버지 옆에서 함께 면도하는 척할 수 있도록 얼굴에 비누 거품을 발라주고, 면도날이 없는 면도기를 주었다. 1년에 두 번씩 펜웨이 파크로 데려가 레드삭스 경기도 보여주었다. 우리는 외야석에 앉았고 나는 핫도그와 콜라를, 아버지는 핫도그와 맥주를 먹었다. 아버지는 내가 그 경기를 기억할 수 있도록 상대 팀의 삼각 깃발을 사줬다. 우리는 필립 아저씨 집에서 셀틱스 경기를 보기도 했는데 아저씨 집에 대형 텔레비전이 있기 때문이었다. 아버지는 날 귀찮다거나 부담스럽게 여긴 적이 한 번도 없었고 나와 보내는 시간을 소중히 했다. 나도 아버지와 보내는 시간을 소중히 했다.

하지만 그렇다고 해도 나는 아버지의 희망과 꿈, 걱정, 염려가 무엇인지 모른다. 죽어가는 어머니를 어떻게 생각했는지, 혹은 이 삶에 만족했는지 불만이었는지도 모른다.

이제 나는 아버지 곁에 앉아서 아버지가 눈을 뜨고 날 알아보기를 기다린다. 당연히 나는 기적을 바란다. 내가 집에 돌아오자 이상하게 아버지의 병이 낫고, 내 존재만으로 아버지가 침대에서 일어나거나 적어도 잠시나마 정신이 돌아와 하나뿐인 자식에게 마지막 지혜의 말을 남긴다거나 하는 기적.

하지만 그런 기적은 일어나지 않았다. 아버지는 그저 자고 있다.

잠시 후 소피 고모가 말한다. "여긴 안전하지 않아, 데이비드. 그만 가거라."

나는 고개를 끄덕인다.

"네 사촌 두기가 한 달 동안 상어 탐사를 하러 가서 집을 비웠어. 나한테 그 집 열쇠가 있다. 원하는 만큼 그 집을 사용하렴."

"고마워요."

나는 자리에서 일어난다. 아버지의 축 처진 손을 잠시 바라본다. 예전에는 저 손에 힘이 넘쳤지만 지금은 사라졌다. 아버지가 스크루드라이버나 렌치를 돌릴 때 불거졌던 팔뚝의 근육도 지금은 모두 사라지고 말랑한 살만 남았다. 나는 아버지의 이마에 키스한다. 마지막으로 아버지가 눈을 뜨기를 잠시 더 기다리지만 눈은 굳게 감겨있다.

"고모도 내가 그랬다고 생각해요?" 내가 묻는다.

"아니."

나는 고모를 바라본다. "한 번이라도……."

"아니. 한순간도 그렇게 생각한 적 없어."

우리는 침실에서 나간다. 다시는 아버지를 볼 수 없으리라는 걸 깨닫지만 지금은 그 사실을 곱씹을 시간도 없고 그럴 필요도 없다. 휴대전화가 진동하더니 메시지가 도착한다.

"별일 없는 거니?"

나는 고모에게 레이철의 메시지라고 말한다. 30분 뒤에 도착한다는 내용이라고. 그런 다음 레이철에게 두기 형의 집 주소를 알려주고 뒷문으로 들어오라고 답장을 보낸다.

"레이철이 널 도와주는 거야?"

"네."

고모는 고개를 끄덕인다. "난 예전부터 그 애가 마음에 들었어. 힘든 일을 겪었더구나. 두기네 집에 있으면 안전할 거야. 너도, 레이철도. 필요한 게 있으면 연락해라. 알았지?"

나는 고모를 껴안는다. 눈을 감고 고모에게 매달린다. 그런 다음 멍청한 질문을 한다. 혀로 계속 건드려 보는 아픈 이처럼 날 성가시게 하는 의문이다. "아버지도 내가 그랬다고 생각했어요?"

소피 고모는 거짓말을 못 하는 사람이기 때문에 솔직히 말한다. "처음에는 아니라고 생각했어."

나는 움직이지 않는다. "그랬는데요?"

"네 아버지는 증거를 믿는 사람이야, 데이비드. 너도 알잖니. 네가 의식을 잃은 일이며 셰릴과 다툰 일, 네가 십대였을 때 자면서 걸어 다녔던 일⋯⋯."

"그래서 아버지는⋯⋯?"

"고의로 한 짓은 아니라고 생각했어."

"하지만 그래도 내가 매슈를 죽였다고 생각한 거네요?"

소피 고모가 날 놓아준다. "아버지는 몰랐어, 데이비드. 그 얘기는 그만하면 안 되겠니?"

머리를 단발로 자른 레이철은 딴사람 같다.

"어때요?" 레이철이 장난스러운 말투로 묻는다.

"잘 어울리네."

정말로 그랬다. 앤더슨 자매는 예전부터 미인으로 소문났지만 각자 스타일이 달랐다. 전처 셰릴은 지나가던 사람을 돌아보게 만드는 쪽에 가까웠다. 어디서나 눈에 띄고, 보는 순간 예쁘다는 생각이 든다. 반면 레이철은 처음 볼 때는 예쁘다는 생각이 잘 안 들지만 시간이 지날수록 점점 더 예뻐 보인다. 소피 고모는 레이철의 얼굴이 매우 흥미롭다고 했는데 최고의 칭찬으로 한 말이었다. 이제는 나도 그 말을 이해한다. 사회적 기준으로 볼 때 불완전하다고 할만한 요소들 때문에 오히려 레이철의 얼굴은 볼 때마다 새로운 점을 발견하게 된다. 하루 중 언제 보는지, 방 안의 조명이 어떠한지, 어떤 각도에서 보는지에 따라 달리 보이는 그림과 비슷했다. 레이철은 단발이 잘 어울리는 듯했다. 광대뼈라고 해야 할지 아무튼 그쪽이 도드라져 보였다.

나는 레이철에게 힐데 윈슬로 그리고 에디와 나눈 이야기를 들려주고 피셔가에 대해서도 말해준다. 그러는 동안 휴대전화의 띠링 소리와 함께 에디의 문자가 도착한다.

여기 오지 마. 경찰들이 널 찾고 있어.

나는 경찰이 내가 여기 있는 걸 아는 듯하다고 답장을 보낸다.

리비어에 경찰이 바글거려. 몰덴의 헌팅가 280번지에 있는 팝스 카센터에서 만나기로 했어. 오후 3시에. 올 수 있겠어?

나는 갈 수 있다고 답장한다.

왼쪽 차고로 들어와. 혼자 와. 그쪽에서 그렇게 전해달래.

레이철은 내 어깨 너머로 문자를 읽고 있다. 두기 형은 쉰네 살의 독신남인데 이 집의 인테리어가 그 사실을 증명하는 듯하다. 벽은 싸구려 술집처럼 진갈색 패널을 덧댔고, 다트판과 벽 전체를 다 차지하는 대형 텔레비전이 있으며, 바닥에는 초록색 카펫이 깔려있다. 의자는 인조 가죽으로 만든 리클라이너로 발을 놓아두는 부분의 금속이 튀어나와 있다. 떡갈나무로 만든 오래된 바 테이블이 있는데 그 주위에는 특대 사이즈의 맥주 브랜드 네온사인들이 걸려있다. 하나는 미켈롭 라이트, 또 하나는 블루문 벨지언 화이트이다.

집에 들어섰을 때는 이 네온사인들을 제외하고는 어두웠다. 조명을 켜거나 끄지 않았기 때문에 지금은 네온사인이 유일한 조명이다.

"내가 차로 약속 장소까지 데려다줄게요." 레이철이 말한다.

"'혼자 와'라고 말한 거 못 봤어?"

"아직도 이해가 안 돼요. 피셔가는 강탈, 마약, 매춘 같은 걸 일삼는 사람들이잖아요. 그들이 왜 매슈의······." 레이철은 말을 멈춘다. "그걸 뭐라고 말해야 할지도 모르겠어요."

"이제부터 유괴라고 하지."

"알겠어요. 그들이 왜 매슈의 유괴에 관여했을까요?"

"모르겠어."

"그들이 순순히 말해줄 거라고 생각해요?"

"우리에겐 다른 단서가 없어."

"있을지도 몰라요." 레이철이 노트북을 열며 말한다. 그 안의 파일을 클릭하자 사진이 다운로드되기 시작한다. "식스 플래그에서 찍은 아이린의 사진에서 우리가 알게 된 사실을 바탕으로 다양한 이미지를 검색해 봤어요. 우린 위치와 날짜를 알아요. 거기서부터 시작했죠. 예를 들어 인스타그램에 들어가 그 날짜에 식스 플래그가 태그된 사진을 모조리 뒤졌어요. 사진을 당일에 포스팅하지 않는 사람도 있을 것 같아서 그 날짜에서 사흘 뒤까지 포함시켰고요. 그런 다음에는 아이린과 아이린의 가족 이미지로 검색했죠. 어쩌면 다른 사람이 찍은 사진에 그들이 있을 수도 있고, 그러면 혹시라도 매슈의 다른 모습을 볼 수도 있으니까요."

"그래서?"

"그래서 검색 결과 인스타그램, 페이스북, 트위터, 틱톡 등 소셜미디어에서 685개의 사진과 동영상이 나왔어요. 약속 시간까지 아직 여유가 있으니까 이걸 살펴볼 수 있을 거예요."

시간 순서대로(찍힌 시간이 아닌 포스팅한 시간) 정리된 사진들은 다시 소셜미디어 매체별로 나뉘어 있다. 커플과 가족들이 놀이기구에 탔거나 타는 중이거나 내리는 모습, 대관람차나 회전목마에서 손을 흔들거나 롤러코스터에 거꾸로 매달려 있는 모습이 찍혀있다. 포즈를 취하고 찍은 사진, 카메라를 의식하지 않고 찍은 사진, 놀이기구를 멀리서 찍은 사진들도 있다. 나는 놀이기구를 좋아한다. 늘 어린 사촌, 조카 혹은 누구든 데리고 가장 무서운 놀이기구를 함께 타주겠다고 자진해서 나서는 어른이었다. 아버지도 놀이기구를 좋아하셨다. 할아버지가 된 후에도 그랬다. 나는 그 사실을 생각한다. 매슈도 놀이공원에 몇 번 데리고 갔다. 당시 매슈는 당연히 주요 놀이기구를 타기에는 너무 어렸지만 작은 기차라든가 꼬마 비행기, 천천히 가는 보트를 좋아했다. 매슈는 우리 아버지를 닮았다. 다들 그렇게 말했고, 아버지를 보고 나니 다시 한번 할아버지에게서 아버지, 나, 매슈에게로 대물림되는 특성을 생각하게 된다. 그 모든 게 메아리처럼 반복된다.

사진 중 일부는 차를 몰고 식스 플래그로 가는 사람들이다. 식스 플래그에서 차를 타고 들어갈 수 있는 야생 사파리에서 동물들과 함께 찍은 사진도 있고, 아이스크림 혹은 햄버거를 먹거나 긴 줄을 서서 기다리는 사진도 있다. 배트맨이나 벅스 버니, 포키 피그 같은 캐릭터 코스튬을 입은 사람들도 있고, 게임에서 우승하면 상품으로 주는 거북이 인형이나 푸른 강아지, 여러 가지 포켓몬 캐릭터로 분장한 사람들도 있다.

놀이공원은 다양한 사람들이 모인 용광로다. 온갖 인종, 신념, 종교 등이 다 모여있다. 야물커를 쓴 유대인 남자아이들도 있고, 히잡으로 머리카락을 가린 여자아이들도 있다. 다들 웃고 있다.

열 명, 스무 명, 심지어 서른 명이 함께 찍은 단체 사진들도 의외로 많다. 우리는 여기서 잠시 멈춰 단체 사진 속 얼굴을 하나씩 전부 확대한다. 매슈를 찾고 있으니 아이들의 얼굴을 확대하는 건 당연하다. 어른의 경우에는 우리가 어떤 식으로든 아는 사람들, 뭐랄까, 수상한 사람들을 찾고 있다.

그러다 톰과 아이린 롱리 부부가 두 아들과 함께 찍은 단체 사진을 찾아낸다. 롱리 가족을 제외하고 열여섯 명이다. 그 사진을 찬찬히 살펴봤지만 아무것도 찾아내지 못한다.

나는 시간을 확인한다. 팝스 카센터에서 만나기로 한 시간에 맞춰서 가려면 아무래도 사진을 다 보진 못할 것 같다. 나중에 또 살펴볼 수 있으니 우선은 속도를 낸다. 롱리 가족이 영화 〈슈퍼배드〉의 노란 미니언들로 분장한 사람들과 함께 찍은 사진이 나온다.

레이철이 지나가려고 버튼을 누르지만 내가 "잠깐만"이라고 말한다.

"왜요?"

"아까 그 사진으로 돌아가."

그녀는 뒤로 가기를 클릭한다.

"한 번 더."

레이철은 그렇게 한다. 이것도 롱리 가족의 사진이다. 다른 사람 없이 롱리 가족만 찍은 사진. 하지만 내 눈길을 끈 것은 그들이 아니다.

"이 사람들 뒤에 있는 게 뭐지?" 내가 묻는다.

"기업 홍보용 대형 스크린 같은데요."

그것은 영화 시사회나 기업 이벤트를 홍보할 때 사용하는 가림막으로 주로 포토 존 뒤쪽에 세워두는데 대개 기업 로고가 반복적으로 찍혀있다. 하지만 이 가림막은 의외로 다양한 기업 로고가 찍혀있다.

"아이린이 기업 행사차 갔다고 했던 것 같아요. 아이린 남편이 머튼 제약회사에서 일한다고 했잖아요. 저게 그 회사 로고예요." 레이철이 말한다.

다른 기업 로고도 있다. 약국에서 처방전 없이 살 수 있는 흔한 진통제 회사 로고도 보이고, 인기 있는 화장품 회사의 로고도 보인다.

"거대한 복합 기업이에요. 식품 브랜드도 있고 제약회사, 체인 레스토랑, 병원도 가지고 있죠." 레이철이 말한다.

"그 회사에서 놀이공원 전체를 다 빌렸을까?"

"모르겠어요. 아이린에게 물어볼 순 있어요. 근데 왜요? 뭐 때문에 그러는 거예요?"

"여기서 찍은 사진 또 있지? 이 가림막 앞에서 말이야."

"네, 엄청 많을 거예요. 이제 시작인걸요. 보통은 놀이공원에 처음 도착했을 때 이런 사진을 찍지만 롱리 가족은 마지막에 찍고 싶었나 봐요."

"계속 클릭해 봐."

레이철이 세 번째로 클릭했을 때 난 그걸 발견한다. 그걸 보자 몸 전체가 얼어붙는다.

"멈춰."

"왜요?"

나는 오른쪽 하단에 있는 로고를 가리킨다. 이전에는 롱리 가족 때문에 로고의 일부만, 그나마 내 시선을 끌 정도만 보였으나 지금은 전체가 다 보인다. 내 손가락을 따라간 레이철도 그것을 본다.

아기 대신 세 단어가 들어있는 보자기를 물고 날아가는 황새 로고다.

버그 생식 연구소

레이철은 그 로고를 잠시 더 바라보다가 날 돌아본다.

나는 입이 마른다. "언니가 갔던 곳이야."

"알아요. 그래서요?"

나는 아무 말도 하지 않는다.

"그게 무슨 상관이에요, 데이비드? 이 회사 산하에는 피자 가게도 있어요. 언니는 그 피자 가게도 갔잖아요."

나는 얼굴을 찡그린다. "피자 가게 갔던 일로 내 결혼 생활이 깨지진 않았어."

"지금 무슨 말을 하려는지 모르겠어요."

"언니가 나 몰래 저 '연구소'에 갔다고." 나는 손가락을 까딱거려 따옴표를 표시한다.

"알아요." 레이철의 목소리가 어찌나 부드럽고 다정한지 날 쓰다듬는 듯하다. "하지만 아무 일 없었다는 거 알잖아요."

"없지 않았어."

"무슨 말이에요?"

"그 후로 난 셰릴을 못 믿게 됐지."

"그럴 필요 없었는데 형부가 괜히 그랬던 거죠. 그때 언니는 힘든 시기였어요. 언니를 이해해 줄 수도 있었잖아요. 언니는 정자를 기증받지 않았다고요."

이 일로 굳이 입씨름할 필요가 없었고 아마도 레이철의 말이 맞을 것이다. 나는 로고를 바라보다 고개를 젓는다. "이건 우연이 아니야."

"당연히 우연이죠. 난 그냥 그 당시에 형부가 이해해 줬으면 좋았겠다는 거예요."

"아, 이해해." 내 목소리는 의외로 담담하다. "나는 불임이었고, 그 사실은 우리 결혼 생활에 부담을 줬어. 셰릴은 기증받은 정자로 임신해서 그걸 내 아이라고 주장할 수 있을 거라고 생각했지. 굳이 저런 연구소를 거치지 않고 아무 남자하고나 자지 않았다는 사실이 놀라워."

"너무해요, 데이비드."

"지금 셰릴의 남편이 누구야?" 내가 따지듯 묻는다. "나한테 말해주지 않았어."

"그건 중요하지 않아요."

"로널드지. 안 그래?"

레이철은 아무 말도 하지 않는다. 나는 또다시 가슴이 찢어진다. "셰릴은 로널드가 그냥 친구일 뿐이라고 늘 말했지."

"그땐 정말로 그랬어요."

나는 고개를 젓는다. "순진하게 굴지 마."

"로널드에게 다른 마음이 있었을 수는 있지만……."

"상관없어." 나는 그렇게 말한다. 그게 사실이고 더는 이 이야기를 듣고 싶지 않기 때문이다. "지금 내게 중요한 일은 매슈를 찾는 것뿐이야."

"그래서 이게," 레이철은 그 보기 싫은 황새 로고를 가리킨다. "그 답이라고 생각해요?"

"응."

"왜요?"

나는 그 답을 모르기 때문에 우리는 한동안 침묵을 지킨다.

잠시 시간이 흐른 후 레이철이 말한다. "그 스컹크 남자, 만나러 갈 거예요?"

"응."

"그럼 지금 가는 게 좋겠어요."

"응." 나는 레이철을 바라본다. "나한테 말 안 한 게 뭐야?"

"없어요."

나는 계속 그녀를 바라본다.

"그냥 우연의 일치예요. 그뿐이라고요." 레이철이 말한다.

저게 날 설득하려고 하는 말인지 레이철이 자신을 설득하려고 하는 말인지는 모르겠다.

"증조할머니?"

거트루드는 멋진 풍경이 내다보이는 창문에서 몸을 돌려 작은 소년을 바라봤다. 불과 4년 전에 완공된 이 페인 하우스는 박물관 같았던 왕년의 페인 하우스와는 완전히 달랐다. 이 저택도 부지는 넓어서 테니스장, 수영장, 승마 전용 도로 등 모든 것이 갖춰졌다. 하지만 대리석으로 지은 거대한 무덤 같던 옛 저택과 달리 이 저택은 빛이 잘 들고 통풍이 잘 되며 포스트모던 스타일의 현대적인 복합 건물이었고, 흰 정육면체와 통창으로 이뤄졌다. 손님들은 이 저택을 보고 놀랐지만 거트루드 마음에는 쏙 들었다.

"왜 그러니, 시오?"

"아빠는 어디 있어요?"

그녀는 시오에게 미소 지었다. 시오는 그 모든 어둠에도 불구하고 순수한 빛이었다. 착하고 상냥하고 똑똑하며 사려 깊은 아이였다. 주로 장크트갈렌에 있는 기숙학교에서 지냈기 때문에 영어뿐 아니라 프랑스어와 독일어까지 구사했다. 그 스위스 기숙학교는 학생 수가 채 300명도 되지 않았고 승마, 등산, 요트 타기까지 가르치므로 학비가 1년에 거의 20만 달러였다. 시오에게 아빠의 빈자리를 느끼게 하고 싶지 않았던 헤이든은 스위스에서 많은 시간을 보냈다. 이번에 오랜만에 처음으로 아이들이(거트루드 눈에는 손자도 증손자도 마냥 어려 보였다) 미국으로 돌아왔고, 이 영지에서 그녀와 함께 지낸 지 석 달이 되어갔다. 거트루드는 아이들이 미국으로 돌아오는 걸 찬성했다. 나이를 먹어가다 보니 아이들과 함께 살고 싶기 때문이었다.

하지만 실수였다.

시오 뒤로 헤이든이 들어왔다. "아빠 여기 있다."

헤이든이 시오의 어깨에 손을 올리자 아이가 눈을 깜빡였다. 시오는 처음부터 그랬다. 정말로 착한 아이였고, 과도기가 지나자 잘 적응하는 듯했으나 걸핏하면 놀랐다. 언제 맞을지 모른다는 듯이 몸을 움찔거리거나 눈을 깜빡였다. 시오를 때릴 사람은 아무도 없었다. 지금까지 때린 적도 없었고. 아이는 진실을 모르는데도 가끔씩 그 애 안에 있는 원초적인 무언가가 무의식적으로 보호 장치를 작동시키는 듯했다.

헤이든은 거트루드에게 경직된 미소를 지었고, 그녀는 문제가 생겼다는 걸 즉시 눈치챘다. 거트루드가 스테파노를 부르자 그는 시오를 데리고 밖으로 나갔다. 스테파노는 할머니와 손자 둘이서만 이야기할 수 있도록 문을 닫고 나갔지만 이 가족의 비리는 전부 다 알고 있었다.

"무슨 일이니, 헤이든?" 그녀가 물었다.

"그자가 경찰관을 폭행했어요."

거트루드는 아직 뉴스를 보지 않았다. 요즘에는 무슨 일이 생기면 곧바로 인터넷에 올라온다는 걸 알지만, 그녀가 믿는 장수의 비결은 규칙적인 생활과 새로운 경험의 조화였다. 그렇기는 해도 그녀의 아침 일정은 늘 똑같았다. 7시 기상. 20분간 스트레칭. 20분간 명상. 여유가 있을 때는 커피를 마시며 한 시간 동안 소설을 읽었다. 그런 후에야 비로소 뉴스를 보았다. 나이를 먹으면서 뉴스가 정보 습득의 수단이라기보다는 엔터테인먼트, 그것도 스트레스를 주는 엔터테인먼트에 가깝다는 걸 깨닫게 되었다.

"잡혔겠지?"

"아뇨. 아직."

거트루드는 깜짝 놀랐다. 데이비드 버로스는 그녀가 생각했던 것보다 훨씬 더 수완이 좋았다. "넌 여기 있으면 안 돼. 너도 알잖니."

"데이비드가 뭔가 아는 걸까요?"

뭔가? 그래, 알긴 알 것이다. 빙산의 일각에 불과하겠지만. "경찰관을 폭행한 곳이 어디니?"

"뉴욕이요."

거트루드는 이해할 수 없었다. "왜 거기 갔는지 밝혀졌니?"

"소문으로는 증인에게 복수하려고 그랬대요."

"증인 누구?"

"거의 모든 증인이 그 지역 전문가였죠."

"한 명만 빼고." 거트루드가 말했다. "데이비드가 야구방망이를 묻는 걸 봤다고 거짓말했던 여자."

헤이든은 천천히 고개를 끄덕였다. "그 여자일 수도 있겠네요."

그 증인이 등장했을 때 거트루드는 당연히 어리둥절했다. 그들은 그녀가 거짓말하고 있다는 걸 알았다. 다만 이유를 모를 뿐이었다.

"전 시오를 숨기는 데 지쳤어요, 할머니."

"나도 안다, 헤이든."

"시오에게는 페인가의 피가 흐르고 있다고요."

"그것도 알아."

"검사까지 했잖아요. 시오는 내 아들이에요. 할머니의 증손자고요. 결국 페인가의 남자예요."

그 말에 거트루드는 하마터면 웃을 뻔했다. 페인가의 남자라니. 마치 그게 자랑이라는 듯이. 그 남자들이 지금까지 어떤 피해를 입혔는데. 기습 임신, 협박, 갈취, 심지어 살인까지. 하지만 그들은 막대한 돈을 써서 다 덮어버렸다. 예전에 테드 케네디와 여자 비서가 탄 차가 바다에 빠져 비서가 사망한 사건이 발생했을 때 거트루드는 전혀 놀라지 않았다. 그저 소문이 퍼지기 전에 그 사건이 은폐되지 않았다는 사실이 놀라울 뿐이었다. 그런 일은 자주 일어났다. 부자들은 유가족에게 돈을 지불한다. 그것이 당근이다. 하지만 부자들은 채찍도 사용한다. 물론 임신했거나 다쳤거나 살해된 가족을 위해 다른 가족들이 싸우려고 할 수도 있다. 그러나 결국 상황만 악화될 뿐이다. 정의는 절대 실현되지 않는다. 부자들은 부인하고 물을 흐리고 뇌물을 주고 압력을 가하고 파산시키고 고소하고 협박할 것이며 그중 어느 것도 효과가 없다면 당신은 사라지게 될 것이다. 이 마지막 방법은 대체로 늘 효과가 있다. 혹은 자녀들이 화를 입게 될 수도 있다. 어떤 일로든. 무슨 일로든.

따라서 딸이 죽었는데 어떻게 유가족이 그 대가로 돈을 받았는지

의아하다면 그건 그들이 탐욕스럽거나 부도덕해서가 아니다.

선택의 여지가 없기 때문이다.

"나도 안다, 헤이든." 거트루드가 말했다.

"분명히 다른 방법이 있을 거예요."

거트루드는 대답하지 않았다.

"어쩌면 진실을 밝혀야 할지도 몰라요."

"안 돼."

"제 말은, 설사 그들이 시오를 찾아낸다 해도……."

"헤이든?"

"……뭘 증명하겠어요?"

"헤이든, 그만해라."

말 자체보다도 그녀의 말투에 헤이든은 입을 다물었다.

"너희 둘이 오늘 오후에 떠날 수 있도록 준비하마." 대화를 끝내며 그녀가 말했다. "그때까지 시오는 영지 밖으로 내보내지 마라."

PART 3

CHAPTER
27

데이비드는 그녀의 얼굴에서 거짓을 봤을까?

하마터면 레이철은 사실대로 말할 뻔했다. 말했어야 할지도 몰랐다. 누가 알겠는가? 하지만 지금은 데이비드가 전적으로 그녀를 믿어야 했다. 만약 언니가 그 불임 클리닉을 찾아간 일의 진실, 모든 진실을 데이비드가 알게 된다면 그녀를 밀어낼 수도 있었다. 지금은 그럴 상황이 아니었다. 그러니 지금은, 옳든 그르든, 속일 수밖에 없었다. 지금은 정직한 것보다 데이비드와 한편으로 남는 것이 더 중요했다.

데이비드가 팝스 카센터로 떠난 후에 레이철은 사진을 다시 한번 샅샅이 뒤져봤다. 이번에는 새로운 목표를 염두에 두고 있었다. 익숙한 얼굴, 하지만 데이비드는 모르는 그 얼굴을 찾고 있었다. 다행히 그 얼굴은 나오지 않았다. 데이비드의 생각이 틀렸을 가능성, 다시 말해 버그 생식 연구소가 그날 식스 플래그의 스폰서 중 하나였다는 사실이 우연일 가능성은 아직 남아있다. 하지만 생각하면 할 수록 틀림없이 뭔가 있다는 걸 깨달았다.

대체 불임 클리닉이 이 모든 일과 무슨 연관이 있을까?

레이철은 휴대전화를 바라봤다. 오랫동안 미뤄둔 전화가 있었다. 그녀에게는 답이 필요했고 아마 그 친구가 답을 줄 것이다. 레이철은 전화를 걸었다. 두 번째 신호음이 울리자 상대가 전화를 받았다.

"여보세요?"

"잘 지냈어?"

"레이철?"

그가 노래하듯이 말했다. 그 말투에 레이철은 미소 지었다.

"그래."

"맙소사. 정말 오랜만이네."

"그러게. 미안해."

"괜찮아. 잘 지내?"

"나야 잘 지내지."

"내가 전화했었어."

"알아."

"그 기사와 우리 모교에 관한 일이 틀어졌을 때……."

"알아." 레이철이 다시 한번 말했다. "내가 전화했어야 했는데. 난 너한테 빚이 있잖아."

"빚은 무슨."

"아니야. 내가 미안해. 단지…… 그때 너무 힘들었어."

정적이 흘렀다. 그러더니 그가 물었다. "전화한 이유가 있어?"

"부탁이 있어."

"난 늘 네 편이야. 너도 알잖아."

레이철도 알고 있었다. 그녀는 헛기침을 했다. "우리 형부가 탈옥했다는 기사 읽었어? 그 뉴스를 봤는지 모르겠는데……."

"봤어, 응."

"네가 날 도와줬으면 좋겠어."

그는 망설였다. "저기, 레이철, 너 어디야?"

"무슨 말이야?"

"집이야?"

"아니, 여긴……." 어디인지 말해야 할까? "보스턴 근처야."

"잘됐네."

"왜?"

"워싱턴가에 있는 토로 레스토랑으로 올 수 있어? 한 시간쯤 후에?"

"잠깐. 너 귀국했어?"

"만나서 얘기하는 게 낫지 않을까?"

레이철도 그편이 낫다고 생각했다.

"널 만나면 정말 반가울 거야. 레이철."

"나도 그래."

"토로에서 한 시간 뒤에 봐."

"거기서 봐."

*　*　*

팝스 카센터에서 만나기로 한 것이 마음에 들지 않는다.

전혀.

나는 레이철이 리비어까지 몰고 온, 추적할 수 없다는 차를 운전하고 있다. 두기 형의 야구모자와 레이벤 선글라스를 썼지만 이걸로 완전히 변장했다고 할 수는 없다. 그래도 경찰이 리비어와 몰덴 사이에 바리케이드를 설치하고 운전자의 신원을 확인하지는 않을 것이다. 내가 여기 있다는 사실을 경찰이 알고 있다면 기차를 타고 왔다는 걸 알아냈으리라. 그러니 내가 차량을 구했을 거라고는 생각하지 않을 것이다. 어쩌면 생각했을 수도 있고. 어느 쪽이든 나는 위험을 감수해야 하지만 그래도 이 일은 충분히 계산된 위험인 듯하다.

　헌팅가는 주택들과 자동차 정비소들이 묘하게 어우러진 거리로 도심 경계에 있다. 팝스 카센터는 알스 카센터와 가르시아 정비소 사이에 끼어있고, 건너편에는 몰덴스 카센터가 있다. 나는 당연히 경찰이나 밴 또는 수상한 차량이나 사람이 없는지 둘러본다. 하지만 아무것도 없고, 평소에는 차량으로 꽉 막히던 도로도 텅 비어있다. 그래서 더욱 의심스럽다.

　알스 카센터는 영업이 끝난 듯하다. 가르시아 정비소와 몰덴 카센터도 마찬가지다. 그냥 조용한 정도가 아니라 셔터를 내리고, 창문 블라인드도 내리고, 불도 꺼졌고, 인기척이 없다.

　마음에 안 든다.

　보이는 사람이라고는 푸른색 작업복을 입은 남자뿐이다. 작업복 가슴에 내가 알아볼 수 없는 글씨로 이름이 찍힌 그 남자가 내게 손을 흔든다. 공항에서 조종사에게 어떤 게이트로 들어가고 나가라고 손짓하는 사람처럼 그가 열린 차고 한 곳으로 들어오라고 손짓한다. 나는 헌팅가에서 벗어나 팝스 카센터로 향한다. 널찍한 차고 입구는 어둡고 동굴처럼 생겨서 날 통째로 삼킬 것만 같다.

내가 떡 벌어진 차고의 아가리를 바라보며 머뭇거리고 있을 때 어둠 속에서 스컹크가 모습을 드러낸다. 마치 무덤에서 일어나는 공포 영화 속 유령처럼.

스컹크는 얼굴이 창백하고, 머리카락은 기름을 발라 뒤로 넘겼다. 흰 앞머리는 그 어느 때보다도 눈에 띈다. 스컹크가 내게 미소 짓자 나는 등골이 오싹해진다. 스컹크는 전혀 나이를 먹지 않았다. 오후 햇살을 받은 그의 양복이 지나치게 번들거린다. 스컹크가 옆으로 물러서더니 내게 들어오라고 손짓한다.

내게는 다른 선택의 여지가 없다.

나는 스컹크가 이끄는 대로 차를 몰고 들어간다. 스컹크는 계속 앞으로 오라고 손짓하더니 어느 순간 속도를 줄이라고, 그다음에는 세우라고 손짓한다. 나는 이제 차고 안에 있고 내 뒤로 문이 스르륵 닫힌다.

이 안에는 우리 둘뿐이다.

나는 차에서 내린다.

스컹크가 환히 웃으며 내게 다가온다.

"데이비!"

그가 날 껴안는다. 지난 5년 동안 그리고 오늘, 날 세 번째로 안아준 사람이다. 이 포옹에는 아무런 위안도, 온기도 없다. 마치 커피 테이블을 껴안는 것처럼 딱딱할 뿐이다. 스컹크에게서 싸구려 유럽 향수 냄새가 난다. 감옥에서 온갖 끔찍한 냄새는 다 맡아봤지만 이 냄새는 토할 것 같다.

"데이비." 스컹크가 내게서 몸을 떼며 다시 말한다. "좋아 보이네."

"너도 좋아 보인다, 카일."

"이거 참 유감이야."

스컹크가 그렇게 말하더니 내 배를 세게 때린다.

완전히 불시의 일격이었지만 나는 예상하고 있었다. 감옥에서 배운 훌륭한 가르침 중 하나는 늘 경계하라는 것이다. 우리는 매일 그 가르침을 연마한다. 원시시대로 돌아가 늘 경계하고, 늘 공격에 대비한다. 고등학교 때 나는 라크로스팀에서 공격수로 활약했다. 코치 선생님은 끊임없이 "고개 돌려!"라고 외치곤 했는데 날 기습 공격하려는 사람이 없는지 계속 살피라는 뜻이었다. 감옥에 가면 그렇게 살게 된다.

나는 몸을 잽싸게 움직이며 복부에 힘을 준다. 그래도 여전히 그의 주먹이 날 강타하지만 크게 내상을 입는 곳은 아니다. 스컹크의 손가락 관절은 내 엉덩이뼈를 스친다. 장담하건대 나보다 그 녀석이 더 아팠으리라. 나는 본능에 따라 행동한다. 하지만 마음 한편에서는 그냥 물러나라고, 정말로 스컹크를 다치게 해서는 안 된다고, 이 녀석에게 힐데 윈슬로에 관한 정보를 얻어내야 한다는 소리가 들린다.

알 게 뭐야.

스컹크는 내게 아무것도 말해주지 않을 것이다. 그걸 이제야 깨닫다니. 내가 진실을 알아낼 수 있는 최상의 방법?

이 녀석을 두들겨 패는 것이다.

스컹크의 주먹에 맞은 아픔을 느끼기도 전에 나는 어깨 근처의 큰 근육을 이용해 오른팔을 휘두른다. 몸을 왼쪽 아래로 내려 그의 주먹이 허공을 가르게 하는 동시에 내 반격의 추진력을 얻는다. 엄지를 손바닥 안으로 집어넣고 그의 머리를 향해 주먹 안쪽을 날린다.

내 주먹이 스컹크의 머리 옆쪽을 강타한다.

손뼈가 소리굽쇠처럼 진동하지만 그걸 신경 쓸 겨를이 없다. 스컹크는 모든 면에서 잔인하고 흉악한 놈이다. 방심했다가는 놈이 날 죽일 것이다. 모든 싸움이 다 그렇다. 절대 싸움을 만만하게 봐서는 안 된다. 대다수 사람들은 그 사실을 모른다. 술집에서 주정뱅이들끼리 싸우든, 미식 축구장에서 머저리 팬들끼리 싸우든 우리가 보는 모든 싸움에는 불구가 되거나 죽을 가능성이 있다.

머리를 맞은 스컹크가 비틀거린다. 나는 발을 내밀어 세게 휘두른다. 내 발바닥이 스컹크의 다리 아래쪽을 친다. 스컹크는 넘어지지 않지만 균형을 잃는다. 뒤로 비틀거리며 나와 거리를 두려고 한다.

나는 그런 스컹크를 가만두지 않는다.

그에게 달려들어 그를 덮친다. 그가 바닥에 쿵 쓰러지고 나는 스컹크 위에 올라탄다.

그의 몸을 돌려 등을 대고 눕게 한 뒤 가슴에 올라탄다. 두 주먹을 불끈 쥐고 그의 얼굴에 주먹을 날릴 채비를 한다. 흠씬 두들겨 팬 다음에 힐데 윈슬로에 대해 물어볼 것이다.

하지만 내가 오른쪽 주먹을 날리려는 순간 문이 벌컥 열린다.

누군가 외치는 소리가 들린다. "꼼짝 마! 경찰이다!"

돌아보니 경찰이 내게 총을 겨누고 있다. 가슴이 철렁 내려앉는다. 또 다른 경찰이 차고로 들어온다. 그 역시 내게 총을 겨누고 있다. 또 다른 경찰이 들어온다.

내가 어떻게 해야 할지 고민하고 있을 때 머릿속에서 작은 목소리가 내게 경고한다. 스컹크에게서 눈을 떼면 안 된다고.

상관없다.

그때 딱딱한 무언가가—총의 개머리판인지 타이어를 떼는 지렛대인지 모르겠지만—내 옆통수를 후려친다.

눈동자가 저절로 돌아간다. 이번에는 누군가가 날 세게 때린다. 경찰인 듯하다. 나는 스컹크 몸 위에서 옆으로 쓰러진다. 또 다른 경찰이 내게 달려든다. 나는 손을 들어 반격하려고 하지만 힘이 없다.

이제 나는 바닥에 엎드려 있고, 누군가가 내 양팔을 뒤로 잡아당긴다. 아무 느낌도 없지만 소리로 보아 내게 수갑을 채우는 듯하다.

또다시 무언가가 내 옆통수를 강타하자 어둠이 밀려오고 나는 마지막으로 숨을 헉 들이쉰다.

그리고 모든 것이 사라진다.

***

레이철은 데이비드에게 볼일이 있어서 나갔다 오겠다고 문자를 보냈다.

무슨 이유로 어디에 가는지는 말하지 않았다.

데이비드가 차를 가져갔고, 그녀가 가지고 있는 휴대전화에는 차량을 부를 수 있는 앱이 없기 때문에 레이철은 기차를 탔다. 시간을 확인하고 또 확인했다. 데이비드가 떠난 지 거의 한 시간이 되었는데 아무 소식이 없었다. 최악의 상황이 벌어졌을까 두려웠다. 이런 상황에서는 늘 최악을 걱정하기 마련이라고 레이철은 생각했다. 마치 살면서 이런 일을 자주 겪어봤다는 듯이. 하지만 그 일은 그 일이고, 그녀는 자신이 해야 할 일을 해야 했다. 만약 그 스컹크라는 남자가 데이비드에게 무슨 짓을 했다면 그녀가 할 수 있는 일은 아무것도 없었다. 만약 경찰이 데이비드를 찾아내 체포했다 해도 마찬가지였다.

해야 할 일을 하자.

레이철이 토로 레스토랑에 도착했을 때 사소한 일 하나가 떠올랐다. 바뀐 머리 스타일. 오늘 아침 뉴욕에서 손질받은 이 머리는 일부러 변장하기 위해서 바꾼 것이었다. 그를 만나는 건 아주 오랜만이다.

과연 그가 그녀를 알아볼까?

그 질문의 답은 금방 얻었다. 그녀가 레스토랑에 들어서자마자 그가 자리에서 일어나 아주 따뜻한 미소를 보냈다. 레이철도 미소로 답했고, 순간적으로 과거로 돌아가는 바람에 자신이 왜 여기 왔는지 잊어버렸다. 갑자기 동창회라도 참석한 듯했다. 그것도 우정이 아주 돈독한 친구와의 동창회. 비극 속에서 맺어진 유대감은 결코 피상적일 수 없기 때문이었다. 어떻게 둘이 이렇게 소원해질 수 있었을까? 하지만 인생이란 그런 법이었다. 안 그런가? 대학을 졸업하고 이사하고 이직하고 새로운 사람들을 만나고 동반자를 만나고 가정을 꾸리고 이혼하고 등등. 물론 연락은 계속 주고받는다. 상대의 소셜미디어를 확인하고 가끔 문자를 주고받고 만나기로 약속한다. 그러다 몇 년이 흐르고 부탁할 일이 생겨서 이제 갑자기 재회하게 된 것이다.

둘 다 상대를 어떻게 맞이해야 할지 몰라 잠시 머뭇거렸다. 레이철이 그를 껴안자 그도 곧바로 레이철을 껴안았다. 그간의 세월이 눈 녹듯 사라졌다. 함께 많은 일을 겪은 사이라면, 이들처럼 비극에

바탕을 두고 유대감이 형성된 경우라면 절대 그 관계를 쉽게 놓아
버릴 수 없다.

"만나서 정말 반가워, 레이철." 그가 말했다.

레이철은 그의 품에 잠시 더 안겨있었다. "나도야, 헤이든."

CHAPTER
28

눈을 떠보니 손에 수갑을 차고 있다.

또한 소형 비행기 좌석에 앉아있다.

다 끝났다.

스컹크 혹은 피셔가 놈들이 날 경찰에 팔아넘겼다. 난 머저리다. 정말로. 대체 뭘 기대한 걸까? 내 아들을 살해한 죄를 내게 뒤집어씌운 놈들이다. 왜 멍청하게 그들이 날 경찰에 팔아서 다시 감옥에 처넣을 거라고 생각하지 않은 걸까?

뒤를 보려고 목을 빼려 하지만 힘들다. 목에도 무언가가 채워져 있기 때문이다. 팔걸이에 놓인 팔에도 수갑이 채워져 있다. 사복 경찰인지 연방 요원인지 보안관인지 모를 두 깡패가 뒤쪽에 앉아 휴대전화를 들여다보고 있다. 둘 다 삭발한 머리에 검은 티셔츠와 청바지 차림이다.

"언제 도착합니까?" 내가 묻는다.

통로 쪽에 앉은 깡패가 휴대전화에서 고개를 들지 않은 채 말한다. "입 닥치고 가만히 있어."

나는 대들지 않기로 한다. 아무 소용 없기 때문이다. 비행기는 30분 뒤에 착륙하고, 완전히 멈추자 두 깡패가 안전벨트를 풀더니 내게 다가온다. 그러고는 경고도 없이 한 놈은 내 머리에 검은 봉지를 씌우고, 다른 한 놈은 팔걸이에 채워둔 수갑을 딸각 푼다.

"눈까지 가릴 필요가 있나요?" 내가 묻는다.

"입 닥쳐." 깡패 1이 다시 말한다.

비행기 문이 열리고 나는 자리에서 일어난다. 누가 뒤에서 날 밀치고, 나는 활주로에 내리기도 전에 뭔가 단단히 잘못되었다고 확신한다. 비닐봉지 때문에 시야가 완전히 가려졌는데도 알 수 있다.

여긴 브리그스가 아니다.

몸에서 즉시 땀이 난다. 덥고 습하다. 눈으로 볼 수는 없지만 여기가 열대지방이라는 사실을 냄새로, 맛으로 알 수 있고, 손으로도 느껴질 듯하다. 검은 비닐봉지를 뚫고 들어오는 햇살도 강렬하다.

여긴 절대 메인주가 아니다.

"여기가 대체 어딥니까?" 내가 묻는다.

아무 대답이 없자 내가 말한다. "입 닥치라고 해야 하는 거 아닌가요?"

두 깡패는 에어컨을 틀어둔 차량 뒷좌석으로 날 밀어 넣는다. 10분 정도 달린 듯하지만 시계도 없고, 눈도 안 보이고, 여생을 보내게 될 감옥으로 돌아가는 길일지 모른다고 생각하는 상황에서는 시간을 가늠하기가 쉽지 않다. 그렇기는 해도 그 시간이 길게 느껴지지는 않는다. 차량이—좌석 위치가 꽤나 높았던 것으로 보아 틀림없이 SUV다—멈추자 깡패들이 날 밖으로 끌어낸다. 발아래로 보도가 밟히는데 어찌나 뜨거운지 신발 밑창을 뚫고 올라오는 열기가 느껴진다. 음악이 연주되고 있다. 끔찍한 음악이다. 컨트리 록을 관현악으로만 연주하는데, 풀장 옆에서 '가슴털이 가장 무성한 남자' 콘테스트가 열리는 동안 유람선에서 활동하는 밴드가 연주할 법한 음악이다.

지금 내가 경솔해 보인다는 건 안다. 이상하게도 내 기분이 그렇다. 마음 한편으로는 또다시 아들을 구하지 못했다는 생각에 가슴이 무너진다. 또한 이제 감옥이나 혹은 더 나쁜 곳으로 가게 될 테니 절망감도 든다. 두려운 동시에 궁금하기도 하다. 내가 대체 이 열대지방에 왜 왔는지 모르기 때문이다.

하지만 그보다는 다 내려놓고 싶은 마음이 제일 크다. 적어도 지금 이 순간만큼은.

나는 탈옥하면서 이 미친 여정을 시작했고, 이 여정이 날 어디로 데려갈지는 나도 모른다. 지금으로서는 내가 이 여정을 통제할 수 없으니 그냥 받아들이고 있다.

걱정되지 않는 건 아니다. 그저 불안을 누르고 있을 뿐이다. 어쩌면 생존 본능일 수도 있다. 두 깡패가—아마 아까 그 깡패들과 같은 놈들인 듯한데 앞이 안 보여서 잘 모르겠다—양쪽에서 내 팔을 잡고, 반은 끌고 반은 안내하듯 실내로 데려가더니 날 의자 위로 내던진다. 아까 탔던 차와 마찬가지로 다행히 이 방에도 에어컨이 세게 틀어져 있다. 하마터면 겉옷을 달라고 할 뻔한다.

누군가가 내 손목을 잡더니 살이 꼬집히는 느낌과 함께 수갑이 벗겨진다.

"움직이지 마." 깡패 1이 말한다.

나는 그 말대로 한다. 쿠션이 전혀 없는 이 의자에 앉은 채 다음 행동을 계획하려 하지만 내 앞에 놓인 선택지가 너무 암울해서 뇌가 명백한 사실을 외면하려고 한다. 난 망했다는 사실. 주위에서 인기척이 느껴지는데 소리로 보아 적어도 서너 명은 되는 듯하다. 뒤에선 여전히 그 끔찍한 음악이 들린다. 마치 확성기를 통해 흘러나오는 듯하다.

그러더니 이번에도 아무런 경고 없이 검은 비닐봉지가 머리에서 벗겨진다. 갑작스러운 빛의 공격에 나는 눈을 깜빡이고 고개를 든다. 내 앞에, 얼굴에서 몇 센티미터 떨어지지 않은 곳에 80대로 보이는 쪼글쪼글한 노인이 서 있다. 밀짚모자를 썼고, 뛰어오르는 청새치 무늬가 있는 연두색 하와이안 셔츠를 입었다. 내 뒤로 아까 비행기에서 봤던 삭발한 깡패들이 보인다. 둘 다 가슴 위로 팔짱을 낀 채 지금은 조종사들이 쓰는 선글라스를 꼈다.

쪼글쪼글한 노인이 검버섯이 핀 손을 내게 내민다. "자, 데이비드. 산책하러 가세." 너덜너덜한 타이어가 자갈길을 굴러가는 듯한 목소리로 노인이 말한다.

노인은 자신을 소개하지 않지만 나는 그가 누구인지 알고, 내가 안다는 사실을 노인도 알고 있다. 수년 동안 내가 봤던 사진 속 그는 건장한 남자였고, 주로 남자 무리의 중앙에 자리했으며 인간이라기보다 폭발물처럼 보였다. 세월이 흐르며 쪼그라들기는 했어도 여전히 폭발할 듯한 분위기를 풍긴다.

그의 이름은 니키 피셔. 시대가 달랐다면 대부라든가 돈(don, 이탈리아어로 신사나 주인을 의미. 주로 권력이나 영향력을 가진 사람에게 사용하는 존칭—옮긴이) 같은 이름으로 불렸을 것이다. 요즘 아이들이 '볼드모트'라는 이름을 속삭이듯이 내가 학생이었을 때는 아이들이 그의 이름을 속삭였다. 니키 피셔는 우리 아버지가 경찰이 되기 전부터 리비어, 첼시, 에버렛 지역에서 범죄 조직을 운영했다.

그리고 스컹크의 보스이기도 하다. 지금은 아닌가?

밖으로 나오자 나는 햇볕 속에서 눈을 깜빡인다. 좌우를 둘러보며 눈살을 찌푸린다.

대체 여기가 어디지?

여기는 정말로 열대지방이지만, 디즈니와 에프콧(디즈니 월드 리조트에서 두 번째로 개장한 테마파크—옮긴이) 설계자들이 모히토를 너무 많이 마시고 취한 상태에서 만든 실버타운처럼 생겼다. 막다른 골목과 주택 단지가 보이는데 만화 〈고인돌 가족 플린스톤〉에 나왔던 집처럼 하나같이 둥글둥글하다. 주택은 모두 단층이고, 휠체어로 접근 가능하며, 지나치게 깨끗한 어도비 벽돌로 지었다. 막다른 길에는 물줄기가 그 끔찍한 음악에 맞춰 춤추는 거대한 분수가 있다. 저 음악은 끊임없이 흘러나오는 듯하다.

"난 은퇴했네. 들었나?" 니키 피셔가 내게 말한다.

"제가 한동안 정보 업데이트가 안 돼서요." 나는 비꼬지 않는 투로 말하려고 애쓴다.

"맞아. 당연히 그렇겠지. 감옥에 있었으니까. 그래서 내가 자네를 여기로 데려온 거야."

"제 아들을 어떻게 한 겁니까, 피셔 씨?"

니키 피셔는 걸음을 멈추더니 목을 쭉 빼고 날 돌아본다. 수십, 수백 명의 사람들이 죽음을 맞이하기 전에 마지막으로 봤을 그 눈, 얼음장처럼 차가운 푸른 눈으로 날 뚫어지게 바라본다. "난 자네 아들에게 아무 짓도 하지 않았어. 우린 그런 짓은 안 해. 아이는 건드리지 않아."

난 얼굴을 찡그리지 않으려고 노력한다. 저런 식의 조폭 강령 같은 개소리는 딱 질색이다. 우린 아이를 해치지 않고, 교회에 기부하고, 약자를 돌본다 어쩐다. 전부 자신들의 범죄를 정당화하기 위한 사이코패스 같은 횡설수설이다.

"여긴 플로리다주 데이토나야. 와본 적 있나?" 니키 피셔가 내게 말한다.

"처음 와봅니다."

"어쨌든 난 은퇴 후에 여기서 지낸다네."

우리는 분수대 주위를 돈다. 춤추는 물줄기가 인조 대리석 위로 철벅철벅 떨어지며 우리 쪽으로 부드럽게 물보라를 뿌린다. 얼굴에 닿는 물방울이 시원하다. 우리 뒤로 두 남자가 적당히 거리를 둔 채 따라온다. 딱히 목적 없이 주변을 서성거리는 노인들도 있다. 그들은 우리에게 묵례하고 우리도 그들에게 묵례한다.

"들어오는 길에 있는 큰 표지판 봤나?"

"얼굴에 비닐봉지를 쓰고 있어서요."

"아, 그랬겠군. 내가 시키진 않았네. 우리 애들이 원래 극적인 걸 좋아해서 말이야. 무슨 말인지 알지? 스컹크 일도 미안하네. 스컹크가 어떤지 알잖나. 스컹크가 할 일은 그저 자네를 내 전용기에 태우는 거였어. 내가 상품이 파손되면 안 된다고 말했는데도 내 말을 들어야 말이지." 니키가 내 팔에 손을 올린다. 나는 그의 손을 뿌리치고 싶은 걸 참는다. "다친 데는 없나, 데이비드?"

"없습니다."

"자네가 경찰에 잡힌 것처럼 속이자는 아이디어는 정말 멍청했어. 하지만 스컹크의 재치는 인정해야 해. 자네는 꼼짝없이 감옥으로 끌려가는 줄 알았을 테고, 그게 스컹크가 원하는 거였어. 재미있지 않나?"

"웃겨서 죽을 뻔했습니다."

"좀 지나치긴 했어. 하지만 스컹크가 원래 그래. 내가 잘 타이르겠네. 알겠나?"

나는 뭐라고 말해야 할지 몰라 그저 고개만 끄덕인다.

"어쨌든 그 표지판에는 이렇게 적혀있어. '보드 워크스'(판자를 깔아 만든 길로 우리나라에서는 주로 데크라고 부른다—옮긴이). 그게 다야. 그게 이 실버타운 이름이라네. 보드 워크스. 거지 같은 이름이지. 난 그 이름에 반대했어. 상상력이 부족하잖아. 난 더 고급스러운 이름을 원했네. '그랜드'랄지 '비스타' 아니면 '레지던스'가 들어가는 이름, 하지만 여기 사는 사람들이 전부 투표한 결과가 저거니……." 니키는 어쩔 수 없다는 듯이 어깨를 으쓱이더니 계속 걷는다. "이 거리에 있는 또 하나의 실버타운은 이름이 뭔지 아나?"

나는 모른다고 말한다.

"마르가리타빌이라네. 그 노래 제목처럼 말이야. 자네도 아나?"

"그 노래요? 네, 압니다."

"마르가리타빌에서 또다시 빈둥댄다고 했던가 빈둥댔다고 했던가 잘 모르겠군. 어쨌든 그게 그 실버타운 이름이야. 정말 웃기지 않나? 지미 뷔페(〈마르가리타빌〉을 부른 가수—옮긴이)는 빌어먹을 자신만의 실버타운을 세웠어. 그것도 하나가 아니야. 이제 세 군데나 돼. 하나는 여기 있고, 다른 하나는 사우스캐롤라이나주, 다른 하나는 어디인지 잊어버렸는데 아마 조지아주일 거야. 마치 싸구려 체인 레스토랑을 인수해서 주거지로 만든 것처럼 생겼다니까. 누가 그런 데서 살고 싶겠나?"

내 눈에는 이 실버타운도 정확히 그렇게 보였기 때문에 나는 대답하지 않는다.

"어쨌든 그걸 보고 아이디어가 떠올랐지. 하지만 마르가리타에 취해 해변에서 노는 건 내 스타일이 아니야. 내가 생각하는 환상의 장소가 아니란 말일세. 그래서 우린 여기 보드 워크스를 다르게 만들어 봤지. 따라오게. 보여주고 싶은 게 있어."

우리는 양옆에 야자수가 늘어진 보도에 도착한다. 여러 방향을 가리키는 밝은 화살표로 이뤄진 표지판이 있다. '수영장'을 가리키는 화살표도 있고, '파인 다이닝'을 가리키는 화살표도 있고, '보드 워크'라고 적힌 채 왼쪽을 가리키는 화살표도 있다. 우리는 마지막 화살표를 따라간다. 니키 피셔는 말이 없어진다. 그가 나를 지켜보는 걸 느낄 수 있다. 우리가 공터에 들어서자 나는 그 이유를 알게 된다. 니키 피셔는 내 반응이 보고 싶었던 것이다.

그곳에는 양방향으로 시야의 끝까지 거대한 보드 워크가 쭉 펼쳐져 있다.

광활한 보드 워크는 오래전에 지어진 듯한 느낌을 주려고 무척 노력했으나 그러기에는 너무 말끔하고 깨끗하다. 역시나 디즈니의 복제품 같아서 보기에는 그럴싸하지만 왠지 1970년대 드라마 〈환상특급〉에서 튀어나온 듯하다. 놀이기구와 오락실, 탄산음료 디스펜서, 싸구려 상점들, 회전목마도 있다. 놀이기구는 작동하고 있지만 타고 있는 사람이 아무도 없어서 이곳의 비현실적이고 음산한 분위기를 더욱 고조시킨다. 나비넥타이를 매고 양 끝이 안쪽으로 말린 콧수염을 기른 남자가 솜사탕을 팔고 있다. 플랜터스 피넛 광고의 미스터 피넛처럼 실크해트에 외눈 안경을 쓰고 턱시도를 입은 남자도 있고, '스키볼-핀볼-미니 골프'라고 적힌 광고판도 있다.

"보드 워크스." 니키 피셔가 말한다. "복수형이지. 리비어 비치를 본떠서 만들었지만 코니아일랜드와 애틀랜틱시티, 심지어 캘리포니아의 베니스 비치에서도 이것저것 따왔다네. 그리고 놀이기구도 있어. 저기 롤러코스터와 관람차 보이지? 하지만 우리 같은 늙은이들도 탈 수 있도록 약간 천천히 작동한다네." 니키는 친구처럼 내 팔을 툭 치며 빙그레 웃는다. "끝내주지 않나? 매일 휴가를 즐기는 기분이지. 안 될 게 뭔가? 우린 그럴 자격이 있어."

니키는 내가 맞장구쳐 주기를 바라는 듯하다. 나는 고개를 끄덕여 보지만 그의 마음에 들 정도의 호응이었는지는 잘 모르겠다.

"아, 이제 이곳의 하이라이트를 보여주겠네, 데이비드. 바로 여길세. 자네 아버지를 여기로 데려와서 이걸 보여줄 수 있다면 좋으련만. 알아, 알아. 레니와 난 평생 원수로 살았지만 솔직히 자네 아버지도 여길 좋아했을 거야."

니키는 '나폴리타나 피자 전문점'이라는 간판이 달린 흰색 노점상을 향해 손짓한다. 계산대 뒤에는 하얀 앞치마를 두른 세 남자가 서있고, 계산대 위에는 '이탈리아 음식 전문점'이라는 표지판과 'C. B. 코츠 토닉'이라는 음료가 놓여있다.

나는 여기가 어디인지 모르겠다는 표정으로 니키를 바라본다.

"여기가 바로 살스 피자 가게의 전신이라고! 리비어 비치에 있던 오래된 노점상이지." 그가 외친다. "믿어지나? 1940년 당시 모습을 그대로 재현했다네. 여기 앉게. 내가 피자 두 개를 주문했어. 피자 좋아하지?" 니키 피셔는 그렇게 말하고 내게 눈을 찡긋했는데 정말이지 소름이 쫙 끼친다.

"만약 자네가 이 피자를 먹고 맛없다고 한다면, 여기 조이가 자네 머리에 총을 쏴서 그 불행에서 벗어나게 해주지."

니키 피셔는 자기 농담에 웃으며 내 등을 철썩 때린다.

우리는 파라솔 아래 앉는다. 선풍기 두 대가 우리 쪽으로 찬바람을 뿜어댄다. 앞치마를 두른 남자 중 하나가 우리에게 각각 1인용 피자를 가져다주고 가버린다. 이제는 우리 둘만 남는다.

"아버지는 어떤가?" 니키 피셔가 묻는다.

"죽어가고 있습니다."

"그래, 들었네. 유감이야."

"제가 왜 여기 있는 겁니까, 피셔 씨?"

"니키라고 부르게. 니키 아저씨."

나는 대답하지 않지만 절대 그렇게 부르지 않을 것이다.

"자네가 여기 온 이유는, 우리가 얘기를 좀 나눠야 하기 때문이지."

니키 피셔는 영화 속 갱스터처럼 말한다. 나는 이제 깡패들을 많이 아는데 그들 중 누구도 저렇게 말하지 않는다. 브리그스에서 종신형으로 복역 중인 살인청부업자는 갱스터 영화가 인기를 얻은 뒤로 실제 갱스터들이 영화 속 갱스터처럼 말하기 시작했다고 했다. 삶이 영화를 모방하는 것이다.

"듣고 있습니다."

니키가 몸을 앞으로 내밀고 나를 올려다본다. 이제 본론에 다가가고 있다. 주위가 고요하다. 심지어 흘러나오던 음악도 멎었다.

"자네 아버지와 나, 우리는 악연이지."

"아버지는 경찰이었어요. 당신은 범죄 조직을 운영했고."

"범죄 조직이라." 니키가 킥킥 웃으며 대답한다. "근사한 표현이군. 자네 아버지도 마냥 깨끗한 건 아니야. 알지?"

나는 대답하지 않기로 한다. 니키는 나를 한 번 더 쳐다보았고, 이 습한 지옥에서조차도 나는 한기를 느낀다.

"아버지를 사랑하나?" 그가 묻는다.

"아주 많이요."

"좋은 아버지였나?"

"최고의 아버지죠." 나는 그렇게 대답하고 덧붙인다. "외람되지만 제가 왜 여기 있는 겁니까?"

"왜냐하면 내게도 아들이 있으니까." 이제 그의 목소리에서 살짝 적대감이 느껴진다. "알고 있나?"

알고 있다. 그리고 앞으로 대화가 진행될 방향이 내 마음에 들지 않을 거라는 확신이 꽤 강하게 든다.

"셋이었지. 한때는. 마이키를 아나?"

역시 알고 있다. 마이키 피셔는 20년 전 감옥에서 죽었다.

내 아버지가 마이키를 교도소에 처넣었다.

니키 피셔는 내가 그를 볼 때까지 기다린 후에야 말한다. "이제야 이해가 되나?"

이상하게도 이해가 된다. "우리 아버지가 당신 아들을 감옥에 넣었죠. 그래서 답례한 거로군요."

"비슷해."

나는 기다린다.

"자네 아버지는, 아까도 말했듯이, 마냥 깨끗한 경찰은 아니었어. 레니와 그의 파트너 매켄지는 럭키 크레이버를 죽인 혐의로 마이키를 체포했지. 마이키는 럭키를 살짝 때리려고만 했는데 내 아들은 종종 도를 넘는다네. 럭키를 아나?"

"아뇨."

"사람들이 그 친구를 럭키라고 부른 이유는 살면서 운이 좋았던 순간이 한 번도 없었기 때문이야. 당연히 삶이 끝나는 순간까지 말이야. 어쨌든 자네 아버지는 럭키를 죽인 혐의로 마이키를 체포했어. 그 과정은 자네도 잘 알 거야. 문제는 자네 아버지와 매켄지가 마이키의 혐의를 입증할 수 없었다는 거지. 그게 마이키의 짓이라는 건 누구나 알고 있었어. 하지만 그걸 법정에서 증명해야만 해. 그렇지?"

나는 침묵한다.

"자네 아버지는 그 사건을 꽤나 열심히 수사했어. 그건 의심의 여지가 없지. 주요 증인들을 찾아냈고, 럭키의 전처에게 증언하게 했어. 하지만 경찰은 규칙을 따라야 하지. 나? 난 그럴 필요가 없어. 그래서 우리 애들을 보내서 증인들에게 잘 이야기하라고 했지. 자네 오랜 친구 스컹크 같은 놈들 말이야. 그러자 갑자기 증인들의 기억력이 가물가물해졌어. 무슨 말인지 알지?"

"네."

"럭키의 전처는 다른 사람들보다 더 고집을 부리긴 했지만 결국에는 그 여자도 우리가 잘 처리했지. 게다가 경찰 사물함에는 증거물이 있었거든? 에인절 더스트(합성 헤로인—옮긴이)와 장도리였는데 그게 감쪽같이 사라져 버린 거야. 그래서 자네 아버지는 마이키의 혐의를 입증하기가 어려워졌지. 정말 답답했을 거야."

나는 움직이지 않는다. 숨도 쉬지 않는다.

"그러자 자네 아버지와 매켄지는 선을 넘었어. 갑자기 새로운 증거가 나온 거야. 어떻게 된 건지는 자세히 설명할 필요 없겠지. 그건 중요하지 않으니까. 하지만 내 아들을 감방에 처넣은 그 가짜 증거는 자네 아버지와 매켄지가 심어놓은 거야."

니키 피셔는 피자를 한 입 베어 물더니 맛을 음미하고는 다시 등받이에 몸을 기댄다. "자네는 안 먹나?"

"전 듣는 중이라서요."

"두 가지를 동시에 못 해?" 그는 아직 씹는 중이다. "알겠네. 나머지가 듣고 싶겠지만 이쯤 되면 자네도 알 거야. 내 아들 마이키는 범죄 혐의로 감옥에 가게 됐지만 사실 그 정도는 대수롭지 않은 일이야. 내 판사 친구에게 손을 써서 유죄판결을 뒤집을 예정이었거든. 그래서 난 마이키에게 몇 주 동안만 감옥에서 조용히 지내라고 했어. 하지만 마이키는 그러질 못했지. 우리 마이키는 착한 아이지만 정말 다혈질이거든. 자기 아버지가 보스니까 자기가 엄청나게 강하다고 생각했어. 그래서 운동장에서 덩치가 큰 두 놈과 시비가 붙은 거야. 도체스터 출신의 조폭들이었어. 한 놈이 마이키의 팔을 잡고, 다른 한 놈이 칼로 마이키의 심장을 찔렀지. 자네도 알고 있지?"

"네, 들었습니다."

니키 피셔는 피자를 들어 입으로 가져가려고 하지만 아들에 대한 기억 때문에 피자가 너무 무거워졌다는 듯이 도중에 팔을 내린다. 그러고는 시선을 떨군다. 그의 눈가가 촉촉해진다. 그가 다시 입을 열었을 때 그의 목소리에서는 슬픔과 분노, 날것의 감정이 전해진다. "그 두 놈들. 내가 그놈들에게 무슨 짓을 했는지는 모르는 게 나을 거야. 아주 서서히 죽어갔다는 것만 말해두지."

나는 그가 더 말하기를 기다리지만 아무 말이 없자 이렇게 묻는다. "제 아들을 해쳤습니까?"

"아니라고 했잖나. 난 그런 짓은 안 해. 심지어 자네 아버지도 비난하지 않았어. 그 당시에는 말이야. 하지만 세월이 흐르고 자네가 아들을 죽였다는 기사를 읽게 되자……."

"전 죽이지 않았……."

"쉬, 데이비드, 그냥 좀 들어봐. 자네 세대의 문제는 아무도 다른 사람 말을 듣지 않는다는 거야. 나머지 이야기도 들을 건가 말 건가?"

"듣겠습니다."

"내가 말했듯이 자네 아버지는 필요할 때는 법을 어기는 것도 마다하지 않았어. 마이키의 경우처럼. 선을 넘는 경찰이 많다는 건 자네도 알고 나도 알아. 그들은 마약 봉지를 용의자 차에 슬쩍 흘려두기도 하고, 무기가 없는 사람을 쏴놓고서 현장에 주인을 추적할 수 없는 권총을 피해자 것인 양 놓아두기도 해. 더 말 안 해도 알 거야. 그러니 자네 아들이…… 이름이 뭐라고 했지?"

"매슈요." 나는 그렇게 말하고 침을 삼킨다.

"맞아, 미안하네. 그러니까 매슈가 살해된 뒤에 한 경찰이 자네 지하실에서 야구방망이를 찾아냈다네."

나는 얼굴을 찡그린다. "야구방망이는 우리 집 지하실에서 발견된 게 아닙니다."

"아니, 거기가 맞아."

나는 고개를 젓는다.

"자네가 거기에 숨겨둔 거야. 환풍구나 파이프 뒤쪽 같은 곳에."

난 계속 고개를 젓지만 역시나 니키 피셔가 무슨 말을 하려고 하는지 알 것 같다. 이 자리에 앉은 순간부터 알았던 것 같다.

"내가 어디까지 했지? 아, 그래. 야구방망이. 그러니까 경찰이 자네 지하실에서 그걸 찾아냈어. 신입이었는데 이름이 로저스였을 거야. 왜 내가 그 이름을 기억하는지 모르겠지만 아무튼 기억해. 그런데 로저스는 자네 아버지에게 우호적이었어. 같은 경찰이라 이거지. 그래서 레니에게 야구방망이에 대해 말해줬어. 레니는 이게 결정적 증거가 되리라는 걸 알았지. 검찰이 그 야구방망이에 대해 알게 되면 자넨 죽은 목숨이었어. 자네 아버지는 그걸 두고 볼 수 없었어. 아들을 보호해야 했지. 하지만 그렇다고 야구방망이를 없애버릴 순 없었어. 그건 도가 지나치니까."

니키 피셔가 날 보며 씩 웃는다. 그의 아랫입술에 토마토소스가 묻어있다. "자네 아버지가 어떻게 했을지 짐작이 가지? 왜 그러나, 데이비드. 어서 말해봐."

"우리 아버지가 그걸 숲에 숨겼다고 생각하는군요."

"**생각**하는 게 아니야. **사실**이야."

나는 굳이 반박하지 않는다.

"아주 똑똑한 작전이었어. 만약 **자네가** 범인이었다면 당연히 야구방망이는 지하실에 있었을 거야. 환풍구나 무언가 뒤에 숨겨놓았겠지. 하지만 다른 사람이 범인이라면 야구방망이를 들고 달아났을 거야. 근처에 버리거나 묻었겠지."

나는 고개를 젓는다. "그게 아닙니다."

"아니긴 왜 아니야. 데이비드, 자네는 아들을 죽였어. 그런 다음 흉기를 숨긴 거야. 나중에 기회가 생길 때 없앨 수 있을 거라고 생각했겠지." 니키 피셔는 테이블을 가로질러 몸을 내밀더니 다시 그 미소를 짓는다. 가늘고 뾰족한 그의 이가 드러난다. "부자 관계는 다 똑같아. 마이키를 감옥에 안 보낼 수만 있다면 난 뭐든 했을 거야. 설사 마이키가 유죄라고 해도. 자네 아버지도 마찬가지고."

나는 다시 고개를 젓지만 그의 말에서 지독한 진실의 악취가 풍긴다. 내가 누구보다 사랑했던 아버지는 내가 정말로 아들을 죽였다고 믿었다. 그 사실에 가슴이 찢어진다.

"이제 검사는 난처해졌어." 니키 피셔가 말을 잇는다. "그날 밤에 비가 왔거든. 그 숲은 사방이 진흙탕이었지. 감식반이 자네 신발과 옷을 모두 조사했지만 흙은 나오지 않았어. 진흙도 마찬가지고. 따라서 자네 아버지가 그 야구방망이를 땅에 묻은 덕분에, 그 방망이가 숲에서 발견된 덕분에 자네는 감옥에 가지 않게 된 거야. 난 그걸 두고 볼 수 없었어. 무슨 말인지 알지?"

나는 고개를 끄덕인다. 이제 확실히 알 수 있다. "그래서 당신이 힐데 윈슬로에게 제가 야구방망이를 묻는 걸 봤다고 증언하게 했군요."

"빙고."

"당신이 꾸민 일이었어요."

"그래, 내가 했어."

"마이키의 일로 복수하고 싶었기 때문인가요?"

니키 피셔는 손가락으로 날 가리킨다. "한 번만 더 내 아들 이름을 말하면 네 혀를 뽑아서 이 피자와 함께 먹어버릴 거야."

나는 아무 말도 하지 않는다.

"지금까지 내가 한 말을 어디로 들은 거야?" 그가 두 주먹으로 테이블을 내려치며 호통친다. 두 깡패가 우리 쪽을 바라보지만 움직이지 않는다. "이건 복수와 아무 상관 없어. 나는 그게 옳은 일이라서 했을 뿐이야."

"이해가 안 됩니다."

"내가 그렇게 한 이유는," 이를 악물고 말하는 니키 피셔의 목소리에서 이제는 정말로 위협이 느껴진다. "네가 아들을 죽였기 때문이야. 이 역겨운 개자식아."

나는 그가 하는 말을 믿을 수가 없다.

"네 아버지는 그 사실을 알았어. 나도 알았고. 아마 자네는 정신을 잃었거나 기억상실증이거나 그러겠지. 나도 정확히는 몰라. 알게 뭐야. 어쨌든 자네의 범죄를 입증하는 확실한 증거가 나온 거야. 그런데 자네 아버지, 증거를 조작해 **내** 아들을 감옥에 처넣고 훈장을 받은 자네 아버지가 그 증거를 없애서 자네를 무죄로 만들었지. 정의의 여신상을 본 적 있나? 자네 아버지는 그 저울 한쪽에 자기 손가락을 올렸어. 그래서 나도 반대편에 내 손가락을 올려서 균형을 맞춘 거야. 이제 알겠나?"

나는 말문이 막힌다.

"그걸로 정의가 실현됐고 자네는 자네가 가야 할 곳에서 형을 살게 된 거야. 뭐랄까, 우주의 균형 같은 게 잡힌 거지. 하지만 내 문제는, 내 아들 마이키는 여전히 죽었다는 거야. 그리고 데이비드 자네는 여기 이렇게 살아서 숨 쉬고 이 빌어먹을 피자를 처먹고 있지."

쥐 죽은 듯한 침묵이 흐른다. 보드워크 전체가 미동도 하지 않는 듯하다.

이제 니키 피셔는 나직하게 말하지만 그 목소리는 사신의 낫처럼 습기를 가른다. "이제 내게는 선택지가 있어. 종신형도 죽음이나 마찬가지인 것 같으니 자네를 다시 감옥에 처넣을까? 아니면 자네를 죽여서 악어 먹이로 주라고 할까?"

그는 우리 대화가 끝났다는 듯이 냅킨으로 손을 닦는다.

"당신이 틀렸습니다." 내가 말한다.

"뭐가?"

"당신이 한 짓이요. 그건 우리 아버지가 한 일과는 달라요."

"어떤 면에서?"

나는 위험을 무릅쓰고 다시 그 이름을 말한다. "마이키는 죄를 지었어요. 당신도 그렇게 말했잖아요."

니키 피셔는 코웃음을 친다. "아, 그래서 자네는 결백하다고 말하려는 건가?"

그가 깡패들을 향해 오른손을 까딱거리자 그들이 우리 쪽으로 다가온다. 나는 도망칠까 고민한다. 어쩌면 이 실버타운에서 도망칠 기회가 있을지도 모른다. 보는 눈이 있는데 날 그냥 쏘지는 않으리라. 하지만 달아나 봐야 잡힐 듯해서 다른 길을 택한다.

"결백한 정도가 아니죠." 나는 그렇게 말하며 영혼 없이 차갑고 푸른 그의 눈을 똑바로 바라본다. "내 아들은 살아있어요."

그런 다음 그에게 말한다.

전부 다. 나는 놀랄 만큼 열정적이고 다급하게 내 주장을 펼친다. 니키는 두 깡패를 제자리로 돌려보낸다. 나는 계속 말한다. 니키 피셔는 아무런 내색도 하지 않는다. 속마음을 감추는 데 고수다.

내 이야기가 끝나자 그는 다시 냅킨을 집어 들더니 잠시 그걸 들여다본다. 그러고는 냅킨을 천천히 반으로 접었다가 4등분한 다음 다시 단정하게 테이블에 올려놓는다.

"거참 황당한 이야기로군." 그가 말한다.

"사실입니다."

"내 아들은 여전히 죽었어."

"그건 제가 어떻게 할 수 없습니다."

"그래, 할 수 없지." 그는 고개를 끄덕인다. "자넨 정말로 아들이 살아있다고 믿는군."

질문인지 자기 생각을 말하는 것인지 알 수 없다. 어느 쪽이든 나는 고개를 끄덕이며 말한다. "네, 전 믿습니다."

"난 못 믿겠네." 그의 입이 약간 실룩거린다. "전부 개소리야."

나는 가슴이 철렁 내려앉는다. 니키는 등받이에 몸을 기대더니 얼굴을 문지르고 눈을 깜빡거린다. 그러고는 눈을 돌려 애처롭게 바다 역할을 하는 좁은 수로를 바라보더니 입을 연다. "하지만 뭔가 앞뒤가 안 맞는 부분들이 있어."

"뭐가요?"

"이를테면 필립 매켄지."

"아저씨가 왜요?"

"매켄지는 자네가 탈옥하도록 도왔어. 그 부분은 사실이야. 하지만 이런 궁금증이 드는군. 매켄지가 왜 그랬을까? 단지 자네 아버지를 생각해서 그런 짓을 하지는 않았을 거야. 게다가 왜 하필 이제 와서? 그러니 더 많은 궁금증이 생기는군." 그는 손가락으로 테이블을 두드린다. "탈옥한 후에 자네는 숨어서 새로운 삶을 살 수 있었어. 하지만 그렇게 하지 않았지. 멍청한 미치광이처럼 곧장 가짜 증인에게 달려갔어. 왜지? 그 여자를 만난 후에는 멍청하게도, 아니명청한 정도가 아니라 **자살행위**지, 내 부하들을 만나려고 리비어로 갔어. 그것도 하필 스컹크를."

나는 끼어들지 않고 그가 계속 말하게 둔다.

"그러니까 내 문제는 이거야, 데이비드. 만약 자네 말이 사실이라면, 난 자네가 저지르지도 않은 범죄로 감옥에 가도록 도운 셈이야. 그게 처음 있는 일은 아니지. 전에도 다른 사람에게 죄를 뒤집어씌운 적이 있어. 하지만 이런 일로는 아니었어. 자식을 잃은 것만으로도 힘든데 자식을 죽였다는 누명을 씌워 감옥에 처넣는다? 모르겠어. 지금으로서는 납득이 가지 않아. 난 내가 저울의 균형을 맞춘다고 생각했네. 나와 우리 아들 마이키 그리고, 뭐랄까, 세상을 위해 정의가 구현되길 바랐어. 무슨 말인지 알겠나?"

니키는 내 대답을 기다리며 머뭇거린다. 나는 천천히 고개를 끄덕인다.

"난 자네가 아들을 죽였다고 확신했어. 그런데 죽이지 않았다면, 그리고 자네 아들이 아직 살아있을지도 모른다면……."

니키 피서는 고개를 젓더니 자리에서 일어난다. 그러고는 다시 바다 겸 인공 호수를 바라본다. 그의 눈가가 아직 촉촉하다. 아들 마이키를 생각하는 것이다.

"이제 그만 가보게. 우리 아이들이 비행기로 자네가 원하는 곳까지 데려다줄 거야." 그가 날 보지 않은 채 말하고, 나도 굳이 위험을 무릅쓰고 대꾸하지 않는다.

"난 늙었다네. 실수도 많이 했지. 아마 죽기 전에 몇 번 더 할 거야. 이제 와서 하느님에게 회개할 생각은 없어. 그러기엔 너무 늦었지. 내 생각에…… 이 실버타운은…… 단순히 고향에 대한 향수 때문만은 아니야. 가끔은 다시 시작하고 싶다는 생각이 드네. 무슨 말인지 알지?"

사실은 잘 모르겠다.

"자네 아버지 건강이 좋아지면 여기로 데려오고 싶군. 내 손님으로 말이야. 여기 앉아서 함께 피자를 먹고 싶어. 우리 둘 다 좋아할 것 같은데, 안 그런가?"

아니, 그럴 것 같지 않다. 하지만 이번에도 나는 말을 아낀다.

니키 피셔는 그렇게 말하고 자리를 뜬다.

"**내**가 여기 주인에게 알아서 내오라고 했어. 이 집 타파스는 최고야." 헤이든이 말했다.

레이철은 정신이 딴 데 팔린 듯이 보이지 않으려고 노력하며 고개를 끄덕였다. 휴대전화를 진동으로 설정해 두고 울리는 소리를 들을 수 있게 해두었다. 데이비드에게서 너무 오래 연락이 없었다. 그가 경찰에 잡혔거나 혹은 더 나쁜 일이 벌어졌을지도 모른다는 두려움이 가슴을 짓눌렀다. 레이철은 두려움을 밀어내고 헤이든의 초록색 눈동자를 바라봤다. 그는 한가한 부자들의 교복과도 같은 옷차림인 카키색 바지와 가슴에 엠블럼이 달린 푸른색 재킷을 입었다. 숱이 줄어든 머리카락은 기름을 발라 머리에 딱 붙였다. 여전히 잘생겼고 아직도 소년미가 있지만 조금 더 부드러워졌다. 턱살은 약간 처지고 안색은 더 붉어졌다. 페인 박물관에서 보관 중인 초상화 속 조상들의 얼굴과 비슷해지고 있다고 레이철은 생각했다.

그들은 안부를 주고받았다. 헤이든은 그녀의 새로운 헤어스타일을 언급하며 예쁘다고 칭찬했지만 거짓말인 듯했다. 레이철이 예전에 이메일로 자신의 이혼을 알렸기 때문에 군이 그 이야기를 할 필요는 없었다. 헤이든은 몇 년 전에 한동안 사귀었던 이탈리아 출신 B급 영화배우가 자신의 아들을 낳았다는 사실을 알게 되어서 지금은 그 애의—이름이 시오라고 했다—양육과 부양을 돕는다고 했다. 지난 10년간 주로 해외에서 지냈는데, 말로는 가문의 유럽 자산을 관리했다고 하지만 아마 생모리츠에서 스키를 타고, 프렌치 리베라에서 파티를 즐기는 시간이 더 많았을 거라고 레이철은 짐작했다.

헤이든이 들으면 억울해할 테지만.

기자로서 그녀의 경력이 끝나버린 이야기로 넘어가자 헤이든이 말했다. "네 오랜 원수를 잡으려고 그랬구나."

"내가 너무 세게 밀어붙였어."

"그럴만하지."

"너한테 말했어야 했는데……."

헤이든은 손사래를 쳤다. 오래전 그들이 신입생이었을 때 램홀 대학에서 열렸던 그 핼러윈 파티 현장에 헤이든도 있었다. 사실 그들은 그날 밤 맥주통 옆에서 처음 만났고, 서로에게 약간 호감이 있었다. 레이철은 헤이든 페인이 누구인지 알고 있었고—캠퍼스의 모든 학생이 그가 부유한 집안의 자제라는 사실을 알고 있었다—따라서 헤이든과 이야기 나누는 건 재미있었다. 헤이든은 매력적이고 다정했지만 둘 사이에 딱히 불꽃이 튀지는 않았다.

레이철은 영화 〈아담스 패밀리〉에 나오는 모티시아 아담스로 분장했고, 아마 술을 너무 많이 마셨으리라. 하지만 문제는 그게 아니었다. 그녀는 약에 취해있었다. 그 사실을 나중에야 알게 되었다. 그리고 헤이든을 만난 지 두 시간쯤 후 그녀의 밤은 폭주 기관차처럼 탈선해 버렸다. 파티에서 조심하라는 경고를 숱하게 들었는데도 자신이 마시는 술을 제대로 지켜보지 않았다는 사실이 지금도 바보처럼 느껴졌다.

당시 대학 이사회 임원을 어머니로 둔 에번 타일러라는 젊은 인문학 교수가 있었다. 레이철의 술에 약을 탄 사람이 바로 그였다. 약을 먹은 이후의 시간은 흐릿했다. 마치 거즈를 통해 바라본 듯이 어렴풋한 기억과 환영들뿐이었다. 그녀의 찢긴 옷, 그 남자의 곱슬곱슬한 머리카락, 자신의 입을 덮치는 그의 입. 레이철은 자신의 몸에 올라탄 그의 무게가 자신을 짓누르고 질식시키는 것을 느낄 수 있었다. 레이철은 싫다고 말하려고 했다. 도와달라고 외치려고 했다. 그를 밀어내려고 했다.

결국 그 모습이 그녀의 머릿속에 각인되고 말았다. 그녀 위에 올라타 광적인 환희로 히죽거리는 에번 타일러. 당연히 그 모습은 아직도 잠결에 그녀를 찾아오지만 깨어있을 때도 불쑥 튀어나왔다. 상자를 열면 튀어나오는 기분 나쁜 인형처럼. 그리하여 그녀가 긴장을 풀고 편안하게 있을 때면 어김없이 그녀를 놀라게 했다. 지금까지도. 그렇게 많은 세월이 흘렀는데도 그 모습, 그 미친 듯이 히죽거리는 얼굴은 항상 그녀와 함께했다. 그녀에게서 몇 발짝 떨어져 그녀를 조롱했고, 가끔 그녀가 조금이라도 자신감을 느끼면 어깨를 툭툭 두드렸다. 며칠, 몇 달, 몇 년 동안 밤이고 낮이고 레이철을 따라다니며 그녀의 분노를 부채질했고, 그녀에게 더 열심히 공부하고 취재하고 정의를 추구하라고 다그쳤다. 또한 그 광기 어린 미소를 질식시키고, 주위 사람들을 압박하라고도 했다. 캐서린 툴로를 포함해서.

하지만 그 끔찍한 핼러윈 파티의 밤, 레이철이 숨을 쉴 수 없고 어쩌면 더 나쁜 상황으로 끝나버릴 수도 있었을 때—기절해서 그 일을 완전히 잊어버렸을 수도 있다—갑자기 그녀의 위에 있던 에 번 타일러가 사라졌다.

그녀의 가슴을 짓누르던 그 남자의 무게가 펑 사라져 버렸다.

누군가가 타일러를 공격한 것이다.

레이철은 몸을 일으키려고 했지만 뇌의 명령이 아직 근육에 도달하지 못했다. 그래서 그저 고개를 옆으로 축 늘어뜨린 채 그냥 누워 있었고, 헤이든의 짐승 같은 외침을 들었다. 헤이든은 타일러를 주먹으로 때리고 또 때렸다. 그의 주먹이 날아가며 방 전체에 피를 뿌렸다. 헤이든은 지칠 줄 몰랐고 타일러를 봐주지도 않았다. 소란스러운 소리를 듣고 다른 두 남자가 방에 들이닥쳐 피범벅이 된 헤이든을 끌어내지 않았다면 에번 타일러는 죽었을 거라고 레이철은 확신했다.

에번 타일러는 그 후로 2주간 혼수상태에 빠졌다.

레이철은 여전히 그를 고소하고 싶었다. 특히 타일러에게 당한 사람이 자신이 처음이 아니라는 사실을 알게 된 후로는 더더욱. 하지만 학교 측에서는 그 일을 묻어두고 싶어 했다. 어쨌든 타일러는 혼수상태였고, 나으려면 몇 달이 걸릴 정도로 안면 부상을 입었다. 그 정도면 충분히 벌을 받지 않았을까? 게다가 그의 어머니는 영향력이 큰 사람이었다. 꼭 대학 명성에 먹칠을 해야 속이 시원하겠는가? 그게 무슨 의미가 있겠는가?

하지만 레이철은 그런 건 전혀 신경 쓰이지 않았다.

다만 헤이든이 신경 쓰였다.

그게 문제였다. 헤이든은 단지 범죄를 막기 위해서였다고 하기에는 지나칠 정도로 타일러를 심하게 때렸다. 분명 페인가의 재산으로 이 일을 무사히 넘길 수는 있었지만 그래도 헤이든의 가족은 당연히 이 일이 묻히기를 바랐다. 그래서 그렇게 되고 말았다. 거래가 이뤄졌고, 아마도 돈이 오갔으리라.

그 사건은 대의를 위해 그렇게 묻혀버렸다. 끝나버렸다. 이제는 잊어야 했다.

레이철의 뇌리에 각인된 에번 타일러의 모습만 제외하고. 그는 나중에 렘홀 대학 총장이 되었다.

레이철과 헤이든은 그 일로 친한 친구가 되었다. 비극적인 일을 함께 겪거나 비밀을 공유하면 종종 그렇게 된다는 것을 레이철은 깨달았다. 그들의 경우에는 둘 다였다.

데이비드와 셰릴이 렘홀 대학을 찾아와 헤이든을 만났을 때 데이비드는 레이철을 한쪽으로 끌고 가서 말했다. "저 친구는 처제를 사랑하는데."

"아뇨, 그렇지 않아요."

"친구로 지내는 데 만족할 수도 있지. 하지만 그 이상이라는 거 처제도 알잖아."

레이철도 알고 있었다. 하지만 당시에는 캠퍼스 남녀 우정의 90퍼센트가 그런 식으로 탄생했다. 남자는 여자를 좋아하고, 여자와 자고 싶어 하지만 그러지 못하고 친구로 지내는 것에 만족하면서 둘 사이의 성적 긴장감은 서서히 사라진다. 어느 쪽이든 그녀와 헤이든은 속내를 털어놓는 절친한 사이가 되었다. 남자가 자신을 좋아하는 걸 알고, 설사 그와 사귀고 싶다고 해도 사귈 수 없을 정도로 절친한 사이.

웨이터가 접시를 들고 다가와 둘 사이에 놓아주며 말했다. "랍스터 파에야입니다."

헤이든은 웨이터에게 미소 지었다. "고마워요, 켄."

냄새가 기가 막혔다.

헤이든은 포크를 집어 들었다. "일단 이것부터 맛보고 얘기해."

"내가 너한테 연락한 이유는 렘홀 대학 일이나 그 기사 때문이 아니야."

"그럼?"

"5월 27일에 식스 플래그 놀이공원에서 페인 인더스트리 행사가 있었어?"

헤이든은 눈살을 찌푸렸다. 그는 아직도 렘홀 대학교 반지를 끼고 다녔다. 학교 문장이 새겨졌고 보라색 돌이 박힌 촌스러운 반지로, 레이철은 대체 왜 헤이든이 그 반지를 끼고 다니는지 이해할 수 없었다. 사실 헤이든은 지금 그 반지를 만지작거리고 있었다. 마치 그렇게 하면 스트레스가 해소된다는 듯이 반지를 빙빙 돌리는 중이었다. 어쩌면 정말로 그런지도 몰랐다. 그렇기는 해도 레이철 입장에서는 도저히 저 반지를 끼고 다닐 수 없었다. 그녀는 렘홀 대학을 잊고 싶었다. 헤이든은 어떤 이유에서인지 그곳을 기억하고 싶은 모양이었다.

"5월 27일?" 그가 다시 물었다. "잘 모르겠는데. 왜?"

레이철은 휴대전화를 꺼내서 스와이프하며 그에게 로고가 찍힌 가림막 앞에 서있는 가족사진을 보여주었다. 헤이든은 그녀의 손에서 휴대전화를 가져가 사진을 자세히 살펴봤다.

"우리 회사 행사가 있었나 보네." 헤이든은 그렇게 말하며 다시 휴대전화를 건넸다. "그건 왜 묻는 거야?"

"회사 이벤트 같은 거였어?"

"그랬을 거야. 회사에서 일종의 복지 차원으로 극장이나 야구장, 놀이동산 티켓을 잔뜩 사서 직원과 고객에게 나눠주거든. 네가 취재하는 기사 때문이야?"

레이철은 계속 물었다. "너희가 고용한 사진작가가 따로 있지?"

"그럴 거야."

"그러니까 이렇게 가림막 앞에서 찍은 이 사진처럼 말이야. 너희가 고용한 사진작가도 이런 사진을 찍었겠지?"

"그랬을 거야. 대체 무슨 일이야, 레이철?"

"그 사진들 나 줄 수 있어?"

순간적으로 헤이든의 눈동자가 확 타오른다. "뭐라고?"

"그 사진들을 살펴봐야 해."

"이런 기업 행사를 할 때는 가끔씩 놀이공원의 절반 정도를 빌려. 참가 인원이 아마, 모르겠다, 5,000명? 만 명쯤 될 거야. 뭘 찾는데?"

"말해도 안 믿을 거야."

"그래도 말해봐." 헤이든은 그렇게 말하더니 덧붙였다. "탈옥한 네 형부와 연관이 있는 것 같은데?"

"맞아."

"아직도 형부를 짝사랑하는 건 아니겠지, 레이철?"

"뭐? 난 데이비드를 짝사랑한 적 없어."

"입만 열면 데이비드 얘기를 했잖아."

"질투하는 것처럼 들리네."

헤이든이 웃었다. "아마 그랬을 거야."

이건 레이철이 발을 들이고 싶지 않은 지뢰밭이었다. "나 믿어?" 그녀가 물었다.

"믿는 거 알잖아."

"그럼 사진 가져다줄 수 있어?"

헤이든은 물잔을 집어 들고 한 모금 마셨다. "알았어."

"고마워."

"그게 다가 아닐 텐데?"

레이철은 헤이든을 잘 알고 있었다. "이번 부탁은 좀 더 까다로워."

웨이터가 두 번째 접시를 가지고 왔다. "캐비어를 곁들인 하몽 이베리코입니다."

헤이든은 그에게 미소 지으며 말했다. "고마워요, 켄."

"맛있게 드세요."

"둘 다 정말 맛있을 거야." 헤이든은 그렇게 말하며 그녀의 접시에 파에야를 약간 덜어주었다. 맛있는 냄새가 풍겼지만 레이철은 잠시 무시했다. 헤이든은 한 입 먹더니 음미하듯 눈을 감았다. 그러고는 다시 눈을 뜨며 말했다. "그래서 부탁할 게 뭔데?"

"저 가림막에 있는 로고 중에 하나가 버그 생식 연구소야."

"당연하지. 우리 자회사 중 하나니까. 알고 있지?"

"알아."

"그래서?"

"그래서, 10년 전에 내가 거기에 예약을 잡은 적 있어."

음식을 씹던 헤이든이 동작을 멈췄다. "뭐라고?"

"바브에게 전화했지." 당시 그 연구소의 소장이 바브 매티슨이었다. "네가 소개해 줬잖아."

"기억나. 가족 휴가 파티에서였지."

"맞아."

"이해가 안 가." 헤이든은 포크를 내려놓았다. "왜 거기에 예약한 거야?"

"바브에게 기증받은 정자를 통한 임신에 대해 알아보고 싶다고 했어."

"정말이야?"

"예약한 거? 응. 정말로 임신을 시도했냐고? 아니."

"무슨 말인지 모르겠어, 레이철."

"난 언니를 대신해서 약속을 잡은 거야."

"알았어." 헤이든이 천천히 말했다. "그래도 아직 이해가 안 돼."

"언니는 데이비드가 모르길 바랐어."

"아."

"그래."

"그래서 셰릴이 남편에게 알리지 않으려고 네 이름으로 예약한 거야?"

"맞아."

헤이든은 고개를 갸웃했다. "그거 아마 불법일 거야. 알고 있지?"

"불법은 아니야. 하지만 윤리에 어긋나는 일이라는 건 알아. 어쨌든 언니는 내 이름으로 접수했고 내 신분증을 사용했지. 우린 꽤 닮았으니까. 청구서도 우리 집으로 날아왔고."

"그렇군." 헤이든이 천천히 말했다.

"심지어 바브가 보스턴 연구소에 있을 경우를 대비해 로웰에 있는 분원에 예약했어."

"그 모두가 형부에게 비밀로 하기 위해서였다?"

"응."

"재미있네."

"그때 언니가 힘들었거든. 그래도 아무 문제 없을 거라고 생각했지."

"그럴 것 같지 같은데. 결국 데이비드가 알아냈어?"

"응."

"너한테 화를 냈겠네."

"데이비드는 내가 그 일에 관여한 걸 몰라."

"하지만 셰릴이 정자 기증을 알아보러 갔다는 건 알잖아."

"응."

"하지만 넌 형부에게 이…… '사기극'이라고 해도 될까? 이 사기극에서 네가 한 일을 끝내 말하지 않았다는 거지?"

"맞아. 말한 적 없어." 레이철이 부드럽게 말했다.

웨이터가 다가와 와인을 따라주었다. 웨이터가 자리를 뜨자 헤이든이 물었다. "그래서 네가 지금 원하는 게 뭔데?"

"데이비드는 이 일이 우연이라고 생각하지 않아."

"뭘 우연이라고 생각하지 않는다는 거야?"

"넌 미쳤다고 생각할 거야."

"우리 사이에 못 할 이야기가 어딨어, 레이철."

"데이비드는…… 그러니까 우리는……." 순간적으로 자신이 하려는 말이 너무 황당하게 들려서 레이철은 말을 잇지 못했다. 그러다 마침내 입을 열었다. "우린 매슈가 너희 회사 일행과 이 놀이공원에 있었다고 생각해."

헤이든은 따귀라도 맞은 사람처럼 눈을 빠르게 깜빡거리더니 목을 가다듬고 물었다. "매슈가 누군데?"

"내 조카. 데이비드의 아들."

헤이든은 눈을 좀 더 깜빡였다. "데이비드가 죽인 아들?"

"바로 그거야. 우린 매슈가 죽었다고 생각하지 않아."

레이철은 헤이든에게 다시 휴대전화를 건넸다. 이번에는 매슈일지도 모르는 아이가 찍힌 사진이었다. "배경에 있는 아이를 봐. 누군가의 손을 잡은 아이."

헤이든은 전화기를 받아 코앞으로 가져가더니 손가락으로 사진을 확대했다. 레이철은 기다렸다. 헤이든은 실눈을 떴다. "너무 흐릿해."

"알아."

"설마 정말로……."

"나도 확신은 없어."

헤이든이 눈살을 찌푸렸다. "레이철."

"나도 알아. 미쳤지. 다 미친 소리야."

헤이든은 고개를 절레절레 흔들었다. 그러고는 마치 전화기에 불이라도 붙었다는 듯이 다시 그녀에게 건넸다. "나한테 뭘 해달라는 거야?"

"식스 플래그에서 찍은 사진을 내게 전부 보내줄 수 있어?"

"왜?"

"사진을 샅샅이 살펴보려고."

"뭘 찾으려는 건데?"

"이 아이."

헤이든은 고개를 저었다. "평범하디평범하게 생긴 이 흐릿한 남자아이?"

"네가 이해해 줄 거라고는 기대하지 않아."

"그건 네 말이 맞아."

"하지만 날 위해서라도, 헤이든, 제발 부탁이야. 도와줄 거야?"

헤이든은 한숨을 쉬었다. 그러고는 "그래, 당연하지"라고 대답했다.

CHAPTER
30

대다수의 유능한 취조관이 그렇듯 맥스도 범인에게 다양한 전술을 사용했다. 최근에 그가 가장 효과적으로 사용하는 방법은 교란이었다. 그는 세라와 한 팀을 이루어 비난, 유머, 혐오, 희망, 우정, 협박, 동맹, 회의론을 교대로 사용하며 용의자로 하여금 균형을 잃게 했다. 그와 세라는 좋은 경찰과 나쁜 경찰을 연기하며 중간에 역할을 바꾸기도 했고, 때로는 둘 다 좋은 경찰이 되었다가 때로는 둘 다 나쁜 경찰이 되기도 했다.

핵심은 혼란이었다. 용의자의 얼을 쏙 빼놓아야 했다.

그들은 용의자에게 질문을 퍼부은 다음 오랫동안 침묵 속에 남겨 두었다. 메이저리그 최고의 투수들처럼—맥스가 그나마 조금이라도 아는 유일한 스포츠가 야구였다—그들은 계속 변화를 줬다. 강속구를 던졌다가 변화구를 던지고 커브볼을 던지는가 하면 슬라이더를 던졌다.

하지만 맥더멋 펍의 구석 칸막이 자리에서 필립 매켄지 소장 맞

I will find you

은편에 앉아있는 지금, 맥스는 그런 방법을 다 버렸다. 그의 곁에 세라는 없었다. 세라는 그가 여기 온 줄도 몰랐다. 만약 알았다면 반대했으리라. 세라는 규칙에 매우 충실한 사람이기 때문이었다. 게다가 지금 맥스는 (그의 빈약한 야구 은유를 계속하자면) 흠집을 내고(이렇게 하면 야구공 주변의 공기 흐름이 불안정해지면서 공의 방향이 달라져 투수에게 유리하다—옮긴이) 침까지 바른 야구공을(침을 바르면 공의 표면이 미끄러워 타자가 공을 치기 어렵다—옮긴이) 던질 예정이었다. 이건 당연히 반칙이었고, 이 일로 누군가 퇴장을 당해야 한다면 자기 혼자 퇴장당하는 편이 나았다.

매켄지는 '작가의 눈물'이라는 아일랜드 위스키를 주문했고, 맥스는 클럽 소다를 주문했다. 그는 술을 잘 마시지 못했다.

"그래서, 뭘 도와드릴까, 번스타인 특수요원?" 매켄지가 물었다.

맥스는 일부러 교도소장의 단골 술집에서 만나기로 약속을 잡았다. 오늘 이 자리는 협박을 하거나 자신의 지위를 활용하기 위한 것이 아니기 때문이다. 오히려 그 반대였다.

"데이비드를 찾는 데 소장님의 도움이 필요합니다."

"물론이네." 매켄지는 그렇게 말하며 허리를 약간 더 곧추세웠다. "나도 데이비드가 빨리 잡히길 바라네. 우리 교도소 수감자니까."

"또 소장님의 대자이기도 하고요."

"그거야 그렇지. 그러니 더더욱 데이비드가 무사히 돌아오길 바라네."

"전에는 그 사실을 아무도 몰랐다는 게 믿기지 않더군요."

"그 사실이라니?"

"소장님과 데이비드의 관계요. 하지만 상관없습니다. 소장님이 데이비드의 탈옥을 도왔다는 건 우리 둘 다 알고 있으니까요."

매켄지는 미소를 짓더니 오랫동안 위스키를 들이켰다. "내 변호사 얘기 못 들었나? CCTV 영상이 내 진술을 뒷받침하고 있어. 데이비드가 총을 들고 있는 장면이⋯⋯."

"저기, 이건 그냥 우리끼리 하는 이야기입니다. 난 이 대화를 녹음하지 않을 거예요. 귀여운 함정도 아니고요."

맥스는 둘 사이에 있는 끈적끈적한 탁자에 휴대전화를 올려놓았다.

"아이고, 저런." 매켄지가 잔뜩 비꼬는 말투로 말했다. "자네 전화기가 테이블 위에 있는데도 이 대화를 녹음하는 게 아니라고?"

"네. 소장님도 내 말을 믿으실 겁니다. 하지만 혹시라도 누가 들을지 모르니 상황을 가정해서 대화를 나눌 거예요. 그뿐입니다."

매켄지는 얼굴을 찡그렸다. "진심인가?"

"저기요, 소장님, 난 이 대화가 잘 풀리기를 바랍니다. 소장님을 더 협박하고 싶은 마음은 없어요. 아셨죠? 알다시피 난 소장님을 방조죄로 기소할 겁니다. 소장님은 처벌받을 거고요. 아드님도 그렇게 되겠죠. 두 사람은 감옥에 갈 거예요. 설사 감옥에 가지 않더라도 내가 난리를 치면 일자리를 잃고 연금도 박탈될 겁니다. 상황이 아주 나빠질 거예요. 그리고 만약 내 분노를 산다면, 아니 내가 문제가 아닙니다, 만약 **세라**의 분노를 산다면 그때는 끝장나는 겁니다. 세라는 소장님의 괄약근 속으로 기어들어 가 거기에 집을 짓고 소장님을 집요하게 괴롭힐 겁니다."

"원색적인 표현이로군."

"하지만 오늘은 그런 거 하나도 신경 안 쓸 겁니다. 오늘은 그저 소장님이 왜 그랬는지 알고 싶어요. 왜 하필 이제 와서 그랬는지요.

물론 이건 어디까지나 가정입니다."

매켄지는 한 모금 들이켰다. "자네만의 가설이 있는 것 같군, 번스타인 특수요원."

"있습니다. 들어보실래요?"

"물론이지."

"데이비드 버로스는 몇 년간 면회객이 없었습니다. 그런데 갑자기 처제가 나타났죠. 내가 확인해 봤는데 처제가 찾아오기 전에 편지라든가 전화를 주고받은 기록은 전혀 없었습니다. 첫 번째 면회를 녹화한 CCTV 영상도 봤습니다. 데이비드는 처제가 오리라는 걸 모르고 있었어요. 여기까지는 이해가 가십니까?"

"그래."

"처제는 데이비드에게 사진을 보여줬습니다. 무슨 사진인지는 알아볼 수 없었어요. 그 사진이 핵심입니다. 데이비드가 그 사진을 보는 순간 모든 게 변했어요. CCTV 영상에서도 그걸 느낄 수 있더군요. 면회가 끝나자 데이비드는 소장님에게 연락했어요. 역시나 내가 알아본 바로는 소장님에게 연락한 건 처음이었죠. 이 대목에서 날 도와줄 수 있나요? 데이비드가 원했던 게 뭡니까?"

"이미 말했다시피……"

"네, 네, 날 도와줄 생각이 없는 모양이군요. 좋습니다. 그럼 계속하죠. 데이비드가 찾아온 후로 소장님은 예전의 경찰 파트너를 만나러 갔습니다. 공교롭게도 데이비드의 아버지였죠. 그를 만나고 돌아오자마자 소장님은 데이비드의 탈옥을 도왔어요. 로스 섬너와 데이비드의 싸움이 이 일과 어떻게 연결되는지는 잘 모르겠습니다. 교도관 테드 웨스턴의 일도요. 그 사람은 소장님 부하 직원이니 그에 대해서는 나보다 더 잘 아실 겁니다. 어쨌든 테드가 누군가에게 뇌물을 받았다는 사실이 밝혀져서 현재 그는 변호사를 선임했습니다. 알고 계셨나요?"

"아니."

"놀라셨나요?"

"그 친구가 뇌물을 받아서?"

"네."

매켄지는 한 모금 더 마시고 어깨를 으쓱했다.

"알겠습니다. 대답하지 마세요. 하지만 이게 중요한 이유가 있습니다. 난 데이비드가 테드 웨스턴을 공격했다고 생각하지 않습니다. 오히려 그 반대죠. 테드가 데이비드를 공격한 겁니다. 그게 이상하단 말이죠. 그리고 마지막으로 데이비드가 탈옥했을 때 제일 먼저 찾아간 사람은 자기 재판의 핵심 증인이었어요. 재판이 끝나자마자 이름을 바꾸고 다른 곳으로 이사해 버린 노부인이요. 그리고 그 노부인도 이상하단 말이죠. 내가 만나서 이야기를 해봤는데 데이비드가 찾아와 뭐라고 했는지에 대해 거짓말을 하더군요. 무슨 이유에서인지 노부인은 데이비드를 보호하는 것 같았습니다."

맥스는 양손을 옆으로 벌렸다. "그러니 이 모든 걸 종합해서 내가 어떤 결론을 내렸는지 압니까?"

"어떤 결론인가?"

"훌륭한 탐사 저널리스트였던 데이비드의 처제가 그의 무죄를 증명할 수 있는 무언가를 찾아낸 겁니다. 처제는 그걸 데이비드에게 가져가서, 칸막이 유리 너머로 보여줍니다. 그걸 본 데이비드는 소장님에게 갑니다. 가서 레이철 앤더슨이 뭘 가지고 있는지 말하죠. 소장님은 데이비드에게 돕겠다고 합니다. 문제는 소장님이 그렇게 많은 것을 우연에 맡긴 채 서둘러 데이비드를 탈옥시킬 정도로 무능력한 사람이 아니라는 겁니다. 그러니까 아마도 섬너 사건이나 테드 웨스턴의 공격 혹은 둘 다 때문에 어쩔 수 없었던 거겠죠."

"거참 대단히 흥미로운 이야기로군, 번스타인 특수요원."

"맥스라고 부르세요. 나도 정확하진 않습니다. 놓친 부분들이 있긴 해요. 하지만 내 가설이 진실에 근접하다는 건 우리 둘 다 알고 있죠. 문제는 이겁니다. 우린 데이비드를 데려와야 해요. 소장님도 그 점을 이해하실 겁니다. 그런데 왜 처제가 보여준 그 증거를 데이비드의 변호사에게 주지 않았는지 모르겠습니다. 거기에는 분명히 그럴만한 이유가 있겠죠."

매켄지는 여전히 아무 말도 하지 않았다.

"그리고 세라는 철저하게 규칙을 따릅니다. 만약 데이비드가 누명을 쓴 거라면, 그가 한 짓이 아니라면, 난 〈도망자〉에 나오는 그 형사와는 다릅니다. 그 영화 기억하시나요?"

매켄지는 고개를 끄덕였다. "텔레비전 시리즈도 기억나네."

"그건 내가 태어나기 전이죠. 아무튼 그 영화에서 탈옥수 해리슨 포드가 그를 잡으려는 연방 요원 토미 리 존스에게 '난 결백해요'라고 말하는 명장면이 있죠. 그때 토미 리 존스가 뭐라고 했는지 기억하시나요?"

매켄지는 고개를 끄덕였다. "'상관없어'라고 말하지."

"맞아요. 그게 세라예요. 세라는 상관하지 않습니다. 세라에게는 데이비드 버로스를 잡아 오는 것만 중요하죠. 그래서 소장님과 나 단둘이서 이 술집에서 만나는 겁니다. 지금은 내가 불리한 상황이에요. 소장님이 내가 한 말을 경찰에 신고할 수도 있으니까요. 하지만 토미 리 존스와 달리 난 상관있습니다. 만약 데이비드가 범인이 아니라면 내가 돕고 싶어요."

소장은 술잔을 들어 불빛에 대더니 이렇게 말했다. "내가 자네 말이 대부분 맞다고 말했다고 가정해 보세."

맥스의 맥박이 빨라졌다. 매켄지가 말을 이었다.

"하지만 진짜 사연은 자네가 지어낸 이야기보다 훨씬 더 이상하다는 말도 했다고 가정해 보지."

"어떻게 이상하다는 겁니까?"

"데이비드가 탈옥한 **진짜** 이유는 아이가 심각한 위험에 처했을 수 있기 때문이라고 가정해 보자고."

맥스는 어리둥절한 표정을 지었다. "다른 아이를 말하는 겁니까?"

"그건 아니야."

"설명해 주시겠어요?"

필립 매켄지는 미소를 지었으나 전혀 즐거운 미소가 아니었다. "이렇게 하지." 그가 위스키를 다 마시고 칸막이 자리에서 나가며 말했다. "우리 아들에게 완전한 면책권을 준다는 서류를 작성해 오게. 이 대화는 그때 끝내자고."

"소장님의 면책권은요?"

"난 면책 받을 자격이 없네. 적어도 아직은."

*　*　*

날 데려왔던 깡패 둘이 날 다시 비행기로 안내한다. 이번에는 수

갑도 채우지 않고, 머리에 비닐봉지도 씌우지 않고, 거칠게 대하지도 않는다. 활주로에 도착하자 내가 처음으로 말한다.

"내 휴대전화 돌려줘요."

'입 닥치고 가만히 있어'라고 말했던 남자가 주머니에 손을 넣더니 내 휴대전화를 던진다. "충전해 뒀어."

"고맙군요."

"경찰을 때렸다면서."

"아뇨."

"뉴욕에서 그랬다고 뉴스에서 봤어. 그 경찰은 지금 병원에 있대."

"난 그냥 도망치려고 그런 겁니다."

"어쨌든. 리스펙한다, 친구."

"그래." 다른 깡패가 처음으로 입을 연다. "리스펙이야."

'고맙습니다'는 적절한 대답이 아닌 것 같아서 나는 아무 말도 하지 않는다. 우린 같은 비행기에 올라타 아까와 같은 좌석에 앉는다. 수신된 문자를 확인해 보니 당연히 전부 레이철이 보냈다. 레이철의 문자는 점점 더 패닉에 빠져들었다.

나는 답장을 보낸다. 난 괜찮아. 미안. 너무 늦었지.

레이철 쪽의 점들이 춤추기 시작한다. 중요한 정보는 알아냈어요?

놀랍게도 레이철은 무슨 일이 있었는지, 심지어 내가 어디 다녀왔는지 묻느라 시간을 낭비하지 않았다. 여전히 목표에만 집중했다.

나는 답장을 작성한다. 힐데 윈슬로의 단서는 매슈와 연결되지 않았어.

막다른 길이에요?

그런 셈이지, 응.

나는 비행기가 이륙하고 와이파이가 작동할 만큼 높이 올라가기를 기다린다. 뒤를 돌아보니 두 깡패는 헤드폰을 쓴 채 전화기를 들여다보고 있다. 나는 레이철에게 전화한다.

"이게 무슨 소음이에요? 목소리가 잘 안 들려요." 레이철이 말한다.

"지금 비행기 안이야."

"뭐라고요?"

레이철에게 전후 상황을 설명하지 않고서는 대화를 이어나갈 수 없어서, 그녀와 헤어진 이후로 무슨 일이 있었는지 간략히 설명한다.

"넌 어때? 새로 알아낸 거 있어?"

정적이 흐르고 난 순간적으로 전화가 끊어진 줄 알았다.

"어쩌면 단서가 생길지도 몰라요. 내 옛 친구 헤이든 페인 기억해요?"

그 이름을 기억해 내는 데 몇 분 걸린다. "널 열렬히 짝사랑했던 부잣집 도련님?" 그제야 나는 깨닫는다. "잠깐만. 그 친구 집안이 그 회사들과 연관이 있지?"

"그 회사들을 소유하고 있죠. 전부 페인 그룹 자회사예요."

나는 그 사실을 생각한다. "그것 또한 우연일 리 없어."

"무슨 말이에요?"

하지만 나는 레이철의 이야기를 마저 듣고 싶다. "어쨌거나 헤이든이 왜?"

"페인 그룹이 식스 플래그에서 기업 이벤트를 열었대요. 그 사진도 거기서 찍힌 거고요. 내가 헤이든에게 그날 찍은 사진을 전부 달라고 했어요."

"참석자 명단도 구할 수 있을까?"

"부탁할 수는 있지만 수천 명은 될 거라고 했어요."

"거기서부터 시작해야겠군."

"그럴 수도 있죠, 네. 하지만 그날 페인 그룹이 식스 플래그 전체를 다 빌린 건 아니에요. 매슈가 다른 사람하고 왔을 수도 있어요."

"그래도 시도해 볼 가치는 있어."

"맞아요."

"또 없어?"

"지금 보스턴으로 가는 거예요?"

질문에 질문으로 답하기. "아니."

"그럼 어디로요?"

"뉴저지주."

"거긴 왜요?"

"셰릴. 셰릴과 직접 만나서 이야기해야 해."

"**농**담하는 거죠?" 그녀가 말했다.

맥스는 그녀와의 눈싸움에서 이기려고 했다. 하지만 상대와 눈을 잘 마주치지 못했다. 어릴 때부터 그랬다. 전에도 말했듯이 그는 상대의 눈을 보는 행위가 과대평가되었다고 생각했다. 그래도 맥스는 인내심을 발휘했다. 그녀의 이름은 로런 퍼드였고, 보스턴 지역의 범죄수사팀 팀장이었다. 지금으로서는 로런이 훨씬 더 이글거리는 눈길로 그를 바라보았다.

"난 농담 안 합니다." 맥스가 말했다.

"그러니까 정리해 보죠." 로런은 책상 뒤에서 서성이기 시작했다. "지금 나더러 과학수사팀에 DNA 재검을 지시해서 살인 피해자가 정말로 매슈 버로스가 맞는지 확인하라는 거잖아요?"

"맞습니다."

"그것도, 음, 한 5년쯤 된 사건인가요?"

"6년쯤 됐죠."

"그리고 이미 범인을 체포해서 유죄판결까지 받은 사건을요."

"맞습니다."

"그리고 그 사건의 범인이 최근 연방 교도소를 탈옥했죠?"

"역시나 맞습니다."

"그리고 내가 알기로 당신의 임무는 그 사람을 다시 잡는 거죠. 재심을 받게 하는 것이 아니라."

맥스는 대답하지 않았다.

"그러니까," 로런은 양손을 옆으로 벌리며 물었다. "탈옥한 죄수를 찾는데 왜 오래전에 죽은 피해자의 DNA를 검사해야 한다는 건가요?"

"처음 사건이 발생했을 때 DNA를 검사했나요?"

로런이 한숨을 쉬었다. "아까 내가 'DNA 재검'이라고 말하는 거 못 들었어요?"

"들었습니다."

"그럼 이미 한 번 했다는 뜻이 내포된 거 아닌가요?"

"맞습니다." 맥스가 동의했다.

"그리고 원래 DNA 검사 자체가 수사 절차에는 없는 일이에요. 시신이 심하게 훼손되기는 했어도 우린 이미 시신의 신원을 알고 있었으니까요. 요즘 사람들은 〈CSI 과학수사대〉를 너무 봐서 문제라니까요. 현실에서는 살인 사건 피해자의 DNA 검사를 거의 하지 않아요. 어떤 법 집행 기관도 하지 않죠. 지문 검사도 안 해요. 피해자의 신원이 의심스러울 때만 하죠. 하지만 이 사건은 그런 의문이 전혀 없었어요. 우린 피해자가 누구인지 알고 있었으니까요."

"그런데도 DNA 검사를 한 겁니까?"

"그래요. 왜냐하면 아까도 말했듯이 요즘 배심원들은 하나같이 텔레비전을 너무 많이 보니까요. 법의학 자료와 DNA 검사 결과를 제출하지 않으면 배심원들은 경찰을 믿지 않아요. 그래서 시간 낭비였지만 그냥 검사를 했다고요."

"어떻게요?"

"무슨 말이죠?"

"피해자의 DNA를 누구와 비교했나요? 엄마의 DNA였나요, 아니면 아빠의……?"

"그걸 누가 기억하겠어요? 당시 그 사건이 세간의 이목을 받았다는 건 알죠?"

"알고 있습니다. 네."

"우린 어떤 실수도 저지르지 않았어요."

"실수를 저질렀다는 말이 아닙니다. 저기, 아직 피해자의 혈액 샘플이 남아있죠?"

"물론이에요. 창고에 보관되어 있기는 하지만 네, 아직 남아있어요."

"데이비드 버로스의 DNA도 있고요."

이제는 그게 당연하다는 걸 맥스는 알고 있었다. 유죄를 받으면 모든 죄수의 DNA는 자동으로 데이터뱅크에 추가된다.

"DNA 재검은 어떤 식으로든 이 사건을 다시 들추는 거고, 그건 보통 일이 아니죠." 로런 퍼드가 말했다.

"그럼 조용히 진행하세요. 당신과 나만 알고 있도록."

"과학수사원은 어쩌고요?"

"당신과 나, 과학수사원, 이렇게 셋만 알고 있도록 은밀하게 진행하세요."

로런은 얼굴을 찡그렸다. "방금 '은밀하게'라고 했어요?"

맥스는 기다렸다.

"난 당신에게 그냥 내 사무실에서 꺼지라고 할 수도 있어요."

"그럴 수 있죠."

"그건 정당한 급습이었어요. 우린 규칙대로 했다고요. 경찰의 아들, 그것도 **인기 있는** 경찰의 아들이 범인이었는데도 우린 편파적으로 행동하지 않으려고 노력했어요."

"존경스럽네요." 맥스가 말했다.

로런은 상체를 뒤로 젖히더니 맥스처럼 손가락을 물어뜯기 시작했다. "내가 비밀 하나 말해줄게요. 그건 어느 모로 보나 정당한 판결이었으니까."

"뭔데요?"

"당시 DNA 검사실 말이에요."

"그게 왜요?"

"거기서 몇 가지 실수를 저질렀어요."

"어떤 실수요?"

"내사가 시작되자 검사원이 갑자기 일을 그만두고 해외로 나가버렸죠."

침묵이 흘렀다.

"젠장." 로런이 말했다. "정말로 죽은 애가 다른 사람이라는 거예요?"

"난 그냥 검사를 해보라는 겁니다. 그리고 하는 김에 피해자의 DNA를 실종자 데이터베이스에 돌려보세요. 만약 죽은 아이가 매슈 버로스가 아니라면 누구인지 알아내야 합니다."

***

레이철의 차는 공항 활주로에 진입할 수 있었다. 아마도 전용기의 특권 중 하나일 것이다. 비행기에서 내린 후 두 깡패는 나와 신나게 악수한다.

"우린 화해한 거지?" 내게 닥치라고 했던 남자가 말한다.

"화해한 거죠." 내가 말한다.

나는 레이철의 차에 탄다. 레이철은 전용기를 보더니 "범죄를 저지르고 누리는 호사가 대단하네요"라고 말한다.

"응."

레이철은 운전을 시작한다.

"언니를 만나고 싶다고 했죠? 그 불임 클리닉 때문이에요?"

"이건 우연이 아니야, 레이철."

"계속 그렇게 말하네요." 그녀는 운전대를 꽉 잡는다. "형부에게 할 말이 있어요."

"무슨 말?"

"옛날 일이에요. 이젠 중요하지 않아요."

하지만 정작 그녀의 말투는 매우 중요한 일이라고 말하고 있다. 나는 레이철을 돌아본다. 그녀의 눈은 전방 도로에만 고정되어 있다.

"말해봐."

"언니가 불임 클리닉을 예약하는 걸 내가 도와줬어요."

나는 그 말이 무슨 뜻인지 이해할 수 없었다. "'도왔다'라고 한다면……."

"예전에 헤이든 페인의 소개로 버그 연구소 소장을 만난 적이 있어요. 그래서 소장에게 전화해서 예약했어요."

"셰릴 대신에?"

"네."

"별일 아닌 거 같은데? 물론 미리 말해줬더라면……."

"소장에게 내가 갈 거라고 했어요." 레이철은 여전히 전방을 주시하며 침을 삼킨다. "병원에 갔을 때 언니는 내 신분증을 사용했고요."

나는 레이철의 옆얼굴을 살펴본다. 내 목소리는 이상하게도 차분하다. "왜 그랬어?"

"왜 그랬겠어요?"

대답은 뻔하다. "나한테 숨기려고 그랬겠지."

"맞아요."

눈물이 핑 돌았으나 그 이유조차 알 수 없다. "이젠 신경 안 써, 레이철."

"형부가 생각하는 그런 게 아니에요."

"셰릴은 정자 기증받는 법에 대해 알아보고 싶었고, 나 모르게 하고 싶었던 것 같은데. 넌 공모해서 언니를 도왔고. 내가 틀려?"

레이철의 두 손은 계속 운전대를 잡고 있다.

"감옥에 있다 보면 내 편은 없다는 걸 배우게 되지."

"난 형부 편이에요."

나는 아무 말도 하지 않는다.

"셰릴은 내 언니고요. 이해해요?"

"그래서 언니 생각에 동의한 거야?"

"반대했어요."

"그래도 언니에게 동조했잖아."

레이철은 조심스럽게 깜빡이를 켜고 백미러를 확인한 후 차선을 변경한다. 5년간 만나지 않았는데도 난 여전히 레이철을 너무 잘 안다.

"레이철?"

그녀는 대답하지 않는다.

"내게 말하지 않은 게 뭐야?" 내가 묻는다.

"난 언니가 하려는 일에 동의하지 않았어요. 형부에게 말해야 한다고 생각했죠."

나는 뒤이어서 나올 불길한 말을 초조하게 기다린다.

"언니가 정자를 기증받지 않았다는 걸 알고 난⋯⋯."

"난?"

레이철은 내 질문을 무시한다. "언니가 버그 클리닉에 간 건 어떻게 알았어요?"

"클리닉의 한 직원이 우리 집 자동응답기에 메시지를 남겼어."

"생각해 보세요. 환자 정보가 전부 내 이름으로 되어있을 텐데 클리닉에서 왜 언니네 집에 메시지를 남겼겠어요?"

나는 멈칫한다. 너무 늦게 알아차린다. "네가 한 거야?"

레이철은 도로에서 눈을 떼지 않는다.

"네가 그 메시지를 남겼다고?"

"다 끝난 일이었어요. 언니는 정자를 기증받지도 않았고요. 난 그 일에 연루된 게 싫었고, 아무리 정당화하려고 해도 형부를 배신한 건 사실이었죠. 그 사실이 불편하더군요. 그래서 어느 날 밤 술에 취했을 때 생각했죠. 젠장, 언니는 형부에게 말해야 해. 언니를 위해서. 형부를 위해서, 또 나를 위해서도. 그래야 여생 동안 이 끔찍한 거짓말을 머리 위에 달고 살지 않을 거 아니에요. 두 사람은 둘만의 가족을 꾸리려고 했잖아요."

나는 그냥 가만히 있는다. 더는 놀랄 일이 없을 거라고 생각했는데 내 예상이 빗나갔다.

"그런 거짓말은 늘 우리를 따라다닌다는 걸 나는 힘들게 배웠어요. 절대 사라지지 않고 우리를 속부터 서서히 썩어가게 하죠. 그런 비밀을 두고 두 사람이 가정을 꾸릴 수는 없어요. 네, 맞아요, 그건 내가 나서서 말할 비밀은 아니었어요. 하지만 형부를 속이는 데 언니가 날 끌어들였죠. 이젠 그 비밀이 우리 관계도 부식시키고 있다고요. 형부와 나의 관계요."

"그래서 비밀을 밝히기로 마음먹었군."

레이철이 고개를 끄덕인다. 나는 고개를 돌린다.

"상관없어. 아까 네가 말했듯이 이미 오래전 일이야."

"미안해요."

나는 또 다른 상처를 받는다. 그만 화제를 돌려야 한다. "내가 가는 걸 셰릴도 알고 있어?"

레이철은 고개를 흔든다. "언니한테 말하지 말라면서요."

"그럼, 셰릴은……."

"언니는 나만 만나는 줄 알고 있어요. 언니 사무실에서 만나기로 했어요."

"병원까지 얼마나 걸릴까?"

"앞으로 30분 정도요." 레이철이 대답했고 우리는 침묵에 빠진다.

레이철은 뉴저지주 리빙스턴에 있는 세인트 바나바스 메디컬 센터 방문객 주차장에 차를 세운다. 우리 둘 다 수술용 마스크를 쓰고 있다. 코로나 사태 이후로는 마스크 쓴 사람을 봐도 아무도 이상하게 생각하지 않는다. 특히 병원 근처에서는. 다시 말하지만 마스크는 꽤 효과적인 변장 도구다.

우리는 정문을 향해 걸어간다.

"셰릴이 여기 근무한 지 얼마나 됐지?" 내가 묻는다.

"3년이요. 이 병원은 신장 이식으로 유명해요."

"하지만 셰릴은 보스턴 종합병원에서 일하는 걸 좋아했는데."

"그랬죠." 레이철도 동의한다. "하지만 형부가 유죄판결을 받은 후로 더는 거기서 근무할 수 없었어요. 병원 측에서 언니를 '걸림돌'이라고 했대요." 레이철이 손가락으로 따옴표를 넣으며 말했다.

나는 하늘을 올려다본다.

"아, 그리고 지금 언니는 닥터 셰릴 드리즌으로 통해요." 레이철이 말한다.

다시 가슴에 통증이 느껴진다. "로널드의 성까지 쓴단 말이야?"

"그래야 신분을 감출 수 있으니까요."

"정말 똑똑하군."

"진심이에요?"

나는 얼굴을 찡그린다.

"언니는 전부 다 잃었어요."

새 남편에 다시 임신하고 여전히 자신이 좋아하는 이식 수술까지 하는 셰릴에게 전부 다 잃었다고 하는 레이철의 말은 앞뒤가 안 맞는 듯하지만, 그렇다고 솔직히 말하면 너무 매몰차게 들릴 것이다.

우리는 병원 안으로 들어간다. 레이철이 안내 데스크로 가서 방문증을 받아온다. 엘리베이터를 타고 4층으로 올라가 '신장 및 췌장 이식'이라고 적힌 표지판을 따라간다. 레이철이 마스크를 내리고 접수원에게 손을 흔든다.

"안녕하세요, 벳시."

"안녕하세요, 레이철. 사무실에서 기다리고 계세요."

레이철은 한 번 더 미소 짓고 마스크를 다시 올려 쓴다. 나는 마치 레이철과 매번 함께 왔고, 어디로 가야 하는지 안다는 듯이 그녀와 함께 걸어간다. 맥박이 빨라지고 숨이 얕아진다.

내 전처이자 내 아이의 엄마, 내가 평생 유일하게 사랑했던 여자인 셰릴이 불과 몇 미터 앞에 있다.

난 감정이 북받친다. 이 순간을 생각하고 상상했지만 막상 현실이 되니…….

레이철이 걸음을 멈춘다. "젠장."

나는 경찰이구나, 생각했다가 곧 그게 아니라는 걸 깨닫는다. 레이철이 본 사람은 셰릴의 새 남편 로널드 드리즌이다. 물론 나도 로널드를 안다. 로널드는 보스턴 종합병원 행정 담당자로 늘 셰릴에게 '신경을 써주었다'. 그게 무슨 말인지 알 것이다. 로널드는 그저 셰릴의 '친구'가 되고 싶어 했지만, 나와 로널드의 아내를—사실대로 말하자면 당시 로널드는 아내와 별거 중이었다—포함한 다른 사람에게는 뻔한 개수작으로 보였다. 당연히 나는 로널드가 끊임없이 보내는 '업무' 문자가 불만이었다. 역시나 그의 의도가 뻔했기 때문이었다. 하지만 셰릴은 웃어넘겼다.

"그래, 맞아. 로널드가 나한테 약간 호감이 있는 건 맞아. 하지만 그냥 순수하게 좋아하는 거야." 셰릴은 그렇게 말하곤 했다.

'순수한 거 좋아하네.' 나는 코웃음을 치고, 하마터면 그렇게 말할 뻔한다.

로널드가 레이철을 먼저 보더니 미소 짓는다. 셰릴과 레이철은 친하기 때문에 분명 레이철은 여기를 자주 왔을 것이다. 둘의 만남은 아마 익숙하지는 않더라도 딱히 놀랍거나 처음 있는 일은 아니리라. 나는 고개를 숙인 채 약간 오른쪽으로 방향을 튼다. 마스크를 끌어 올리고 걸음을 늦추며 뒤를 돌아본다. 마치 레이철과 일행이 아니라 따로 왔다는 듯이. 레이철은 한 치도 머뭇거리지 않고 로널드에게 계속 걸어가 그의 팔을 잡고 약간 지나치다 싶을 정도로 쾌활하게 인사한다. "어머, 로널드."

로널드가 그녀의 뺨에 키스한다.

뻣뻣한 키스지만 원래 로널드는 모든 행동이 다 뻣뻣하다. 나는 거기서 생각을 멈추고 더는 하지 않는다. 벽에 붙어 벽 쪽으로 얼굴을 돌린 채 다시 그들을 향해 걸어간다. 도중에 걸음을 멈추지 않고, 로널드 쪽을 보지도 않는다.

눈을 감은 채 그를 지나친다.

무사히.

레이철은 로널드를 다른 쪽으로 데려가려고 하지만 그가 막는다.

"처제를 여기서 볼 줄은 몰랐어. 데이비드가 탈옥했다는 소식은 들었어?" 로널드가 말한다.

나는 서둘러 걸어간다. 내 앞에 아무 표시 없는 세 개의 문이 있다. 그중 하나가 아내의, 아니 전처의 사무실일 것이다. 시간이 촉박하다. 나는 첫 번째 문손잡이를 돌려 안으로 들어간다.

사무실에는 셰릴이 있다.

태블릿으로 타자를 치고 있던 셰릴이 고개를 든다. 나는 아직 수술용 마스크를 썼고, 머리도 삭발했지만 그건 중요치 않다. 셰릴은 단번에 날 알아본다. 순간적으로 우리 둘 다 움직이지 않는다. 그저 바라볼 뿐이다. 내가 느끼는 감정이 무엇인지 잘 모르겠다. 그보다는 느끼지 못하는 감정이 무엇인지 모르겠다고 말하는 편이 더 적절하리라. 나는 온갖 감정과 그 이상을 느낀다. 모든 감정이 지친 내 혈관을 타고 감당하기 힘들 정도로 밀려든다.

셰릴도 마찬가지다.

셰릴과 난 고등학교 때 사랑에 빠졌다. 우리는 사귀고 약혼하고 결혼하고 사랑스러운 아들을 낳았다.

불쑥 이상한 생각이 떠오른다. 어쩌면 로널드가 다시 올지 모른다. 아니면 간호사나 동료 의사가 들어올 수도 있다. 나는 뒤로 돌아 문을 잠근다. 그게 다였다. 그게 셰릴을 만나고 내가 제일 먼저 한 행동이다. 나는 셰릴이 어떤 반응을 보일지 모르겠다고 생각하며 다시 그녀를 돌아본다. 하지만 셰릴은 벌써 자리에서 일어나 책상을 돌아 달려오더니 내게 다가와 조금도 망설이지 않고 두 팔로 나를 잡아 끌어당긴다. 나는 반쯤 무너지고, 셰릴이 나를 붙잡아 세운다.

"데이비드." 셰릴이 부드럽게 말한다. 그 부드러운 말투에 내 심장이 갈가리 찢기는 듯하다.

나는 그녀를 끌어안는다. 셰릴이 울고 나도 운다. 안 된다. 이래서는 안 된다. 해야 할 질문이 백만 개지만 내가 여기 온 데는 이유가 있다. 이러려고 온 것이 아니다. 나는 약간 거칠게 그녀를 떼어 낸다.

서론은 생략해야 한다.

"우리 아들이 아직 살아있을지 몰라." 내가 말한다.

셰릴은 눈을 질끈 감는다. "데이비드."

"제발 내 말 들어봐."

그녀의 눈은 아직 감겨있다. "나만큼 그 말이 사실이길 바라는 사람은 없어."

"사진 봤어?"

"그건 매슈가 아니야, 데이비드."

"왜 그렇게 확신하지?"

눈물이 그녀의 뺨을 타고 흘러내린다. 셰릴은 두 손을 들어 내 얼굴을 잡는다. 순간적으로 나는 또 무너져서 다시는 일어나지 못할까 두렵다. "매슈는 죽었으니까." 거의 들리지 않을 정도로 부드럽게 그녀가 속삭인다. "우리는 어린 아들을 묻었어. 당신과 나. 우린 함께 서서 손을 잡은 채 사람들이 그 작고 하얀 관을 땅에 묻는 걸 지켜봤어."

나는 고개를 젓는다. "난 죽이지 않았어. 셰릴."

"그 말이 사실이었으면 정말 좋겠어."

막상 그 말을 들으니 생각했던 것보다 더 마음이 아프다. 셰릴은 고개를 숙인다. 그녀의 얼굴에 고통이 새겨져 있다. 지금이든 언제든 이런 이야기는 절대 꺼내고 싶지 않았지만 어쩔 수가 없다.

"왜 날 포기한 거야, 셰릴?"

내 목소리에서 한심한 투정이 느껴지고, 이런 내가 싫다.

"포기한 적 없어. 한 번도."

"어떻게 내가 그런 짓을 저질렀다고 생각할 수 있지?"

"난 당신을 비난한 적 없어. 정말이야."

왜 날 믿지 않았냐고 다시 한번 물어보려다가 멈칫한다. 역시나 지금은 그걸 파헤칠 때가 아니다. 목표에 집중해야 한다.

"매슈는 살아있어." 나는 좀 더 단호하게 말한 다음 다시 덧붙인다. "당신이 날 믿든 말든 상관없어. 당신에게 물어볼 게 있어. 그것만 묻고 갈게."

그녀의 얼굴에 나타난 동정심이 내게는 너무 잔인하게 느껴진다. "뭔데, 데이비드? 나한테 묻고 싶은 게 뭐야?"

"당신이 버그 생식 연구소를 찾아간 일." 내가 말한다.

셰릴의 얼굴에 나타났던 동정심이 혼란으로 바뀐다. "무슨 말을 하는 거야?"

"그 불임 클리닉 말이야. 당신이 찾아갔던."

"그게 왜?"

"거기가 매슈에게 일어난 일과 연관이 있어."

셰릴은 한 걸음 물러선다. "뭐라고? 아니…… 그럴 리가 없어."

"레이철이 보여준 사진 있지? 버그 생식 연구소 행사에서 찍힌 거야. 연관이 있어."

셰릴은 고개를 젓는다. "아냐."

나는 아무 말도 하지 않는다.

"왜 그렇게 생각해?"

"그냥 말해줘, 셰릴."

"당신도 다 알잖아."

"거기 갈 때 레이철 행세를 했다는 말은 안 했잖아."

"레이철이 얘기했어?"

굳이 대답할 필요가 없다.

"이해가 안 가." 셰릴은 다시 눈을 질끈 감는다. 이 모든 게 사라졌으면 좋겠다는 듯이. "이제 와서 그 일이 왜 중요한데?" 그녀의 말투는 질문이라기보다 간청에 가깝다. 고통이 점점 커지며 그녀를 집어삼키고 있다. 지금이라도 새삼 그녀를 위로해 주고 싶지만 그건 불가능하다. "그 클리닉에 가지 말았어야 했어."

나는 아무 말도 하지 않는다.

"전부 내 잘못이야." 셰릴이 말한다.

그녀의 말투가 마음에 들지 않는다. 갑자기 사무실 안이 춥게 느껴진다.

"무슨 말이야?" 내가 묻는다.

"당신 몰래 거길 갔어. 정말 미안해."

"알아. 이젠 상관없어."

"당신한테 그런 짓을 해서는 안 되는 거였어."

나는 움찔한다. "셰릴."

"우리 관계는 흔들리고 있었어. 왜지, 데이비드?" 셰릴이 예전처럼 고개를 갸웃하자 순간적으로 우리는 다시 우리 집 마당으로 돌아간다. 우리가 마실 커피와 책이 있고, 황금빛 아침 햇살로 물든 마당. 셰릴은 고개를 갸웃한 채 내게 질문한다. "불임의 고통을 경험한 부부가 우리가 처음은 아니잖아."

"아니지, 맞아."

"그런데 우린 왜 흔들렸지?"

"모르겠어."

"어쩌면 우리 사이에는 늘 균열이 있었는지도 몰라."

"그럴 수도 있지." 이런 얘기는 듣고 싶지 않다. "이젠 상관없어."

"하지만 난 당신을 배신했어."

나는 아무 말도 하지 않는다. 말이 나올 것 같지 않기 때문이다.

"그리고 그 일 때문에……." 이제 그녀의 목소리가 갈라진다. "내가 당신에게 한 짓 때문에 우리 아들이……."

셰릴은 눈물을 흘린다.

나는 당연히 셰릴과 오랫동안 알고 지냈으며, 그녀가 온갖 감정을 겪는 모습을 지켜봐 왔다. 전에도 우는 모습을 본 적이 있지만 이런 모습은 처음이다. 매슈가 죽었을 때도 이렇게 울지는 않았다. 셰릴은 어떤 상황에서든 감정을 과하게 드러내지 않았다. 심지어 나와 사랑을 나누거나 매슈를 안을 때도 마음 한편으로는 자제력을 유지했다. 그런 셰릴에게서 냉정함과 거리감이 느껴졌다. 비난으로 들리겠지만 그렇지 않다. 그녀는 그저 어떤 상황에서든 어느 정도 감정을 자제했다.

지금 이 순간까지는.

나는 뭐라도 하고 싶다. 셰릴을 안아주거나 적어도 어깨라도 빌려주고 싶다. 하지만 동시에 갑작스러운 한기가 심장을 관통한다.

"무슨 일이야, 셰릴?"

그녀는 계속 흐느낀다.

"셰릴?"

"사실은 나 했어."

그 말뿐이다. 나는 몸이 얼어붙는다. 그 말이 무슨 뜻인지 알지만 그래도 물어야 한다. "뭘 했다는 거야?"

셰릴은 대답하지 않는다. "당신도 알잖아."

나는 고개를 젓는다.

"당신도 알아." 그녀가 다시 말한다. "그래서 그렇게 분노하고 스트레스를 받았던 거야."

나는 계속 고개를 젓는다.

"몽유병도 다시 시작됐지."

"아냐."

"맞아, 데이비드. 내가 한 일 때문이야. 당신은 화가 났고 자제력을 잃기 시작했어. 내가 알았어야 했어. 내 잘못이야. 그러다 어느 날, 모르겠어, 아마도 당신은 술을 너무 많이 마셨겠지. 아니면 스트레스가 너무 심했거나."

나는 계속 고개를 젓는다. "아냐."

"데이비드, 내 말 들어."

"당신은 내가 우리 아들을 죽였다고 생각해?"

"아니, 난 내가 그 애를 죽였다고 생각해. 내가 당신에게 한 짓 때문에."

난 숨을 쉴 수가 없다.

"시술은 실패했고 매슈가 당신 아들인 건 확실하지만 상관없었어. 내가 시술을 받았다는 사실이 중요하지. 난 당신을 배신했어. 그래서 당신이 변했던 거야."

나는 셰릴이 했던 말에 다시 집중하려고 노력하며 휘몰아치는 감정을 헤쳐나간다. "기증받은 정자로 임신을 시도했군."

"응."

"안 했다면서."

"알아. 거짓말이었어."

나는 그 말에 뭐라고 말해야 할지 모른다. "그래서 당신은……?"

그제야 셰릴이 상황을 어떻게 받아들였는지 깨닫는다. 그녀는 정자를 기증받았고, 그 사실을 알게 된 내가 미쳐버렸다고 생각한 것이다. 내가 매슈를 내 아들이 아니라고 생각했다고. '그래서 그렇게 분노하고 스트레스를 받았던 거야.'

게다가 몽유병까지. 셰릴이 생각하기에 나는 의도적으로 살인을 저지르지는 않았지만 내면의 숨겨진 분노가 어떤 식으로든 표출된 것이었다. 술을 너무 마셨거나, 항우울제와 술을 함께 복용했거나 등등의 이유로 손상된 정신에 과거의 트라우마가 다시 밀려들었고, 나는 무의식적으로 자다가 일어나 야구방망이를 들고 매슈의 방으로 들어가…….

이제야 많은 것이 이해가 된다. 그 사건 이후로 셰릴은 늘 자신을 탓했다. 단지 아들을 잃은 것만이 아니었다. 내가 그랬다고 믿었으며, 설상가상으로 자신이 그 일에 책임이 있다고 믿었다.

"셰릴, 내 말 들어봐."

셰릴은 다시 눈물을 왈칵 터뜨리고 그녀의 무릎이 꺾인다. 그냥 둘 수 없다. 그녀가 무슨 짓을 했든 저렇게 쓰러지게 둘 수는 없다. 나는 서둘러 다가가고, 셰릴은 내 셔츠를 붙잡고 흐느낀다. "정말 미안해, 데이비드."

이런 말은 듣고 싶지 않다. 들을 필요도 없다. 목표에 집중하자고 마음먹는다. "그런 건 이제 중요하지 않아."

"데이비드……."

"제발. 제발 그 사진을 봐."

"볼 수 없어."

"셰릴."

"헛된 희망을 가지고 싶지 않아. 그랬다가는 무너져 버릴 거야."

나는 뭐라고 대답해야 할지 모른다.

"나도 정말로 간절히 믿고 싶어, 데이비드. 하지만 정말로 그렇게 믿었다가……." 셰릴은 말을 멈추고 고개를 절레절레 흔든다. "나 지금 임신 중이야."

"알아."

그때 열쇠가 딸그락거리며 문손잡이에 들어가는 소리가 들린다. 잠시 뒤 문이 벌컥 열린다.

로널드다.

그는 몇 초 뒤에 날 알아보더니 눈이 휘둥그레진다.

"이게 대체 무슨 일이야?"

나는 설명할 시간이 없다. 셰릴을 돌아본다.

"어서 가." 셰릴이 눈물을 닦으며 내게 말한다. "이 사람은 말 안

할 거야."

나는 서둘러 문으로 향한다. 순간적으로 로널드가 내 앞길을 막을지 모른다고 생각하지만 그는 그러지 않는다. 오히려 옆으로 비켜선다. 나는 "셰릴에게 잘해주는 게 좋을 거야" 혹은 "두 사람, 축하해요" 같은 말을 하고 싶지만 원래 그렇게 너그러운 성격이 아닌 데다 멜로드라마 주인공이 된 기분은 이미 충분히 느꼈다.

나는 로널드에게 살짝 묵례하고 사무실에서 나간다.

맥스의 휴대전화로 걸려 온 전화는 발신지가 로런 퍼드의 사무실이
었다. 전화를 받기 전에 맥스는 먼저 주위를 둘러보며 사람이 없는지
확인했다. 전후 사정을 알면 세라가 좋아하지 않을 터였다. 로런이 지
적했듯이 그들이 할 일은 데이비드 버로스를 체포하는 것이지 그의
결백을 입증하는 것이 아니었다. 세라는 찬성하지 않으리라.

"여보세요?"

"알아낸 게 있어요." 로런이 말했다.

"버로스가 아빠 맞나요?"

"그건 아직 몰라요. 믿을지 모르겠지만 전과자 데이터뱅크를 뒤
지는 데 시간이 꽤 걸려요. 대신 피해자의 DNA를 실종 아동 데이
터베이스에 돌려봤어요."

"그래서요?"

"일치하는 결과가 없었어요."

"찾기 힘들 겁니다, 아마도."

"아뇨, 맥스. 맥스라고 불러도 될까요?"

"물론이죠."

"아뇨, 맥스, 찾기 힘들지 않아요. 실종 아동 데이터베이스는 꽤 완벽해요. 아이가 실종되면 대부분 어떤 식으로든 아이의 DNA를 수집해요. 모두 다 수집했다고 할 순 없지만 대개는 다 수집하죠. 게다가 그것만이 아니에요."

"그럼 또 뭐가 있죠?"

"매슈의 신체적 특징을 입력해서 실종 아동 데이터베이스에서 검색해 봤어요. DNA 사이트만이 아니라 실종 아동과 관련된 모든 사이트예요. 나이, 키, 몸무게 등등을 입력했죠. 혹시라도 놓치는 게 있을까 봐 미국 전체를 다 뒤졌어요. 제일 실력 있는 친구들에게 맡겼고요. 왜냐하면, 음, 만약 피살자가 매슈 버로스가 아니라면, 맙소사, 이렇게 말하는 것만으로도 황당하네요. 아무튼 피살자가 매슈가 아니라면 그날 밤 잔혹하게 살해된 아이는 다른 아이니까요."

"동의합니다. 그래서요?"

"그래서, 아무것도 나오지 않았어요. 일치하는 결과가 없었다고요. 비슷한 것조차도."

맥스는 몸을 씰룩거리기 시작했다.

"내 말 들었어요, 맥스?"

"네."

"다른 사람은 없다고요. 그날 그 침대에 있었던 아이는 매슈 버로스가 틀림없어요."

맥스는 손톱을 물어뜯었다. "또 다른 소식은 없나요?"

"무슨 말이에요? 또 다른 소식은 없냐니? 내가 하는 말 못 들었어요?"

"들었습니다."

"젠장. 기어코 친자 확인 검사를 해야 한다 그거군요."

"네."

"나한테 그럴 의무는 없어요." 로런이 말했다.

"압니다."

"젠장. 알았어요. 검사한 뒤에는 이 사건 덮는 거예요. 알겠죠?"

"알겠습니다."

"곧 결과가 나올 거예요."

로런이 전화를 끊었다.

뒤에서 세라가 물었다. "누구예요, 맥스?"

"다른 사건 때문에." 그가 웅얼거렸다. "무슨 일이야?"

"다른 사건 뭐요?"

세라는 그냥 넘어가지 않을 태세였다.

"남자야. 됐어?"

"남자?"

"데이팅 앱에서 새로 만난 남자. 아직은 이 남자에 대해 말하고 싶지 않았어."

"축하해요."

"고마워."

"근데 그 말도 못 믿겠어요. 하지만 그 얘긴 나중에 하기로 하죠. 가요."

"왜? 무슨 일인데?"

"조금 전에 버로스가 뉴저지주에 있는 세인트 바나바스 병원을 떠났어요. 전부인이 일하는 병원이요."

"전 그냥 평범한 하루를 보내고 싶었을 뿐이에요." 헤이든이 말했다. "그게 그렇게 무리한 바람인가요? 할머니도 시오를 보셨어야 해요. 그냥 놀이공원에 놀러 온 여느 소년과 같았다고요. 그렇게 행복해하는 시오의 모습은 본 적이 없는 것 같아요. 모든 게 정말 놀랍도록……." 헤이든은 적확한 단어를 찾는 듯이 천장을 올려다보았다. "평범했어요."

'평범하다', 거트루드는 생각했다. 이 집안이나 그들의 삶은 평범과 거리가 멀었다. 사람들이 입으로는 뭐라고 떠들든 간에 사실은 아무도 평범해지고 싶어 하지 않았다. 거트루드는 백만 년 전에 아이들을 데리고 디즈니랜드에 놀러 갔던 일을 떠올렸다. 그녀가 엄청난 돈을 지불한 대가로 디즈니랜드에서는 그들을 위해 놀이공원을 일찍 개장해 주었다. 페인 가족은 '평범한' 사람들은 들여보내지 않은 두 시간 동안 디즈니랜드를 독점했고, 마침내 정식 개장 시간이 되자 디즈니랜드 수석 부사장이 그들을 데리고 다니며 어떤 놀이기구든 줄 맨 앞에 세워주었다.

그날 스페이스 마운틴을 타려고 두 시간이나 기다린 사람 중에 '평범'해지고 싶었던 사람은 아무도 없었다.

"나한테 시오를 데려간다고 미리 말해줬으면 좋았잖니."

"미리 알았더라면 못 가게 하셨을 테니까요." 헤이든이 대답했다.

"이제 그 이유를 알겠지?"

"전 정말 조심했어요. 야구모자랑 선글라스를 썼다고요. 제가 간다는 말은 아무에게도 안 했어요. 시오를 회사 사진작가들 근처에도 못 가게 했고요. 생각해 보세요, 할머니. 대체 누가 시오를 알아볼 확률이 얼마나 되겠어요. 제가 그 집에서 시오를 구했을 때 시오는 아주 어렸어요. 설사 시오를 뚫어지게 본다고 해도 알아보는 건 불가능해요. 게다가 시오는 미아도 아니고요. 세상은 시오가 죽었다고 믿고 있어요."

5년 전 그날 밤 일이 주마등처럼 거트루드의 머릿속을 스쳐 갔다. 헤이든은 처음에는 그녀와 상의하지 않았다. 미리 알리지도 않았다. 거트루드가 절대 허락하지 않으리라는 걸 알았기 때문이었다. 아침이 다 되어서야 헤이든은 어린 소년을 이 페인 영지로 데려왔다.

'할머니, 드릴 말씀이 있어요…….'

놀랍게도 인간의 마음은 무엇이든 정당화한다. 우리는 모두 자기정당화와 합리화를 통해 살아간다. 거트루드도 예외는 아니었다. 도덕성은 주관적이다. 그녀는 그날 밤 '옳은' 일을 할 수도 있었다. 하지만 우리는 대가를 치르지 않을 때만 옳은 일을 한다. 그렇게 생각하자 거트루드는 닭 멸종에 관한 논쟁이 떠올랐다. 인간이 닭을 먹지 않으면 닭은 멸종된다. 따라서 닭을 먹지 않는 것은 닭에게도 좋지 않다. 채식주의자인 그녀의 친구는 말도 안 되는 헛소리라고 했지만 중요한 건 그게 아니다. 틀림없이 수백만 마리의 닭이 태어나고 살아갈 기회를 얻는다. 아무리 짧고 잔혹한 삶이라고 해도. 왜냐하면 결국 인간은 닭을 먹어야 하기 때문이다. 하지만 그런 삶이라도 아예 태어나지 않는 것보다 나을까? 닭으로서는 이를테면 6주라도 살다 죽는 것이 처음부터 존재하지 않는 것보다 나을까? 인간이 무슨 자격으로 닭을 위해 그런 결정을 내린단 말인가? 그렇다면 아예 닭을 먹지 않고 멸종시키는 편이 더 나을까? 닭을 먹는 것은 좋은 일인가? 이런 식으로 계속 이어진다.

여기서 요점은 어느 한쪽이 옳거나 그르다는 것이 아니다. 닭이 먹고 싶다면 이 논쟁을 이용하라는 것이다. 설사 닭이나 그 종의 생존에 눈곱만큼도 관심이 없을지라도. 왜냐하면 우리는 닭을 먹고 싶기 때문이다.

가족에게는 이 논리를 열 배로 적용하라. 가족은 중요하다. 그러니까 내 가족 말이다. 부유하든 가난하든, 옛날이든 지금이든 이 사실은 변함이 없다. 우리 모두 알고 있다. 이걸 부인하는 사람은 미쳤거나 거짓말쟁이다. 말로는 막연한 대의가 더 중요하다고 하지만, 그건 대의가 우리의 이익에 부합할 때만 그렇고 사실은 남에게 별로 신경 쓰지 않는다. 내게 편리할 때를 제외하고. 안 믿는다고? 그렇다면 이렇게 자문해 보라. 당신의 자식 혹은 손자의 목숨을 구하기 위해 몇 명의 목숨과 바꿀 수 있는가? 한 명? 다섯 명? 열 명?

백만 명?

이 질문에 정직하게 대답한다면 그날 밤 거트루드가 한 행동을 이해할 수 있으리라.

그녀는 헤이든을 선택했다. 가족을 선택했다. 오믈렛을 만들려면 달걀 몇 개는 깨야 한다는 속담을 다들 알 것이다. 물론 맞는 말이다. 하지만 이번 경우처럼 대개는 달걀이 이미 깨져있기 마련이고 따라서 문제는 이걸로 오믈렛을 만들 것이냐, 아니면 그냥 엉망진창으로 둘 것이냐다.

"그랬어도 결과가 이렇잖니." 거트루드가 양팔을 벌리며 말한다. "이제 떠날 시간이야, 헤이든. 너희 둘 다."

헤이든은 불안한 표정을 짓더니 부드러운 목소리로 말했다. "붉은 점."

거트루드는 눈을 감았다. 저 이야기는 더 이상 듣고 싶지 않았다.

"시오의 얼굴에 붉은 점이 있는 건 하늘의 뜻이었던 거예요."

"그냥 모반이야, 헤이든."

"그 점 때문에 그들이 시오를 찾아냈어요. 하늘의 뜻이라고요."

그렇지 않다는 걸 거트루드는 알고 있었다. 그건 운명도, 하늘의 뜻도 아니었다. 횡단보도가 있다고 해보자. 매년 수백만 명이 그 길을 건넌다. 아무 일도 일어나지 않는다. 그러던 어느 날, 도로가 얼었다든가, 운전자가 문자를 보내는 중이었다든가, 술을 너무 많이 마셨다든가 여러 요인이 복합적으로 작용해 보행자가 차에 치여 사망하는 사고가 발생한다. 천만 분의 1 확률이지만 우연은 아니다. 그냥 일어날 수 있는 일이다. 일어나지 않는다면 이야기도 없다.

그 사진은 천만 분의 1의 확률로 찍혔다.

아니면 헤이든의 말이 맞을 수도 있었다. 어쩌면 그 일이 일어난 것은 하늘의 뜻일 수도 있었다.

"어쨌든 이제는 너희 둘 다 떠나야 해." 거트루드가 말했다.

"그럼 수상하게 보일 거예요. 레이철이 놀이공원 사진을 부탁했는데 갑자기 출국해 버린다고요?"

'할머니, 드릴 말씀이 있어요……'

그날 밤 헤이든은 어린아이 같았지만, 원래 남자들은 곤경에 처해서 누군가가 구해주기를 바랄 때면 늘 그랬다. 그래서 거트루드는 헤이든을 구해주었다. 자신의 가문을 구했다. 그들 모두를 구했다. 또다시.

그렇다면 시오는? 그녀는 시오도 구했을까?

상관없었다. 그녀는 이 일을 비밀로 할 것이다. 또다시.

게다가 시오에 관한 새로운 비밀도 생겼다. 아무도 모르는 비밀, 심지어 헤이든조차 모르는 비밀.

이제 그건 중요치 않았다. 전부 다 중요치 않았다. 이번에도 거트루드 페인은 혼자서 가족을 구해야 했다. 따라서 다른 사람들이 어떤 대가를 치르든 그녀는 그렇게 할 것이다.

맥스와 세라가 셰릴 버로스를 신문하려고 세인트 바나바스 메디컬 센터로 들어가고 있을 때 맥스의 휴대전화가 진동했다. 로런의 전화였다.

"잠깐만." 맥스가 세라에게 말했다.

그러고는 그녀가 듣지 못하도록 자리를 떴다. 세라는 그를 계속 주시했다. 맥스는 전화를 귀로 가져가 말했다. "무슨 일이에요?"

"친자 확인 결과가 나왔어요."

로런은 결과를 알려주더니 이렇게 말했다. "대체 일이 어떻게 돌아가는 건지 말 좀 해줄래요?"

"아마 별일 아닐 겁니다. 한 시간만 주세요."

맥스는 전화를 끊고 다시 세라에게 갔다.

"누구예요?" 그녀가 물었다.

"음, 새로 만난 남자."

"또요? 그 남자 애정 결핍이네요."

"세라……."

"두 사람 여름 캠프에서 만났어요? 현재 그 사람은 캐나다에 살고요?(미국인들이 여자 혹은 남자 친구가 있다고 거짓말할 때 자주 대는 평계—옮긴이)"

"뭐라고?"

"전화한 사람 누구예요?"

"곧 알게 될 거야."

"그게 무슨 말이에요?"

"버로스의 전처는 어디 있어?"

"사무실에요."

"가지."

"새 남편도 함께 있어요. 로널드 드리즌."

맥스는 곰곰이 생각했다. "우리 나눠서 한 사람씩 맡을까?"

"아뇨, 맥스. 함께하는 게 좋을 것 같아요. 남편에게는 다른 방에서 흥분을 가라앉히라고 했어요."

맥스는 반대하지 않았다. 그들은 복도를 지나 셰릴 버로스의 사무실로 들어갔다. 셰릴 버로스는 마치 두 사람이 자신의 환자인 것처럼 사무적으로 맞이했다. 그녀는 책상 앞에 앉아있고, 둘은 환자가 앉는 의자에 앉았다. 맥스는 졸업장이나 수료증을 찾아 벽을 둘러보았지만 아무것도 없었다.

세라는 맥스가 먼저 시작하도록 기다렸고, 맥스는 곧장 본론으로 들어갔다.

"전남편이 뭐라고 하던가요?"

"아무 말도 하지 않았어요."

힐데 윈슬로와 똑같았다. 맥스는 자세를 바꿨다. "박사님을 보러 온 건 맞죠? 아닌가요?"

"저도 데이비드가 왜 여기 왔는지 모르겠어요."

"두 분이 대화를 나누지 않았나요?"

"별다른 말을 하기도 전에 도망쳤어요."

세라와 맥스는 서로를 바라봤다. 세라는 한숨을 쉬며 신문을 이어갔다. "우린 CCTV 영상을 입수했어요, 버로스 박사님."

"지금은 드리즌이에요." 셰릴이 말했다.

세라는 기분이 나빴다. "네, 뭐든지 간에요. 아드님을 살해한 탈옥수인 박사님의 전남편이 바로 이 사무실에 8분이나 있었어요. 그런데도 그 시간 동안 전남편이 아무 말도 안 했다는 건가요?"

셰릴은 곧바로 대답하지 않았다. 그녀가 창문 쪽으로 고개를 돌리자 맥스는 붉게 물든 그녀의 눈가를 볼 수 있었다. 울었던 게 틀림없었다. "제가 대답해야 할 의무는 없죠? 안 그런가요?"

세라가 맥스를 보자 맥스도 세라를 보았다.

"대답하기 싫은 이유가 뭐죠?" 세라가 물었다.

"지금 절 기다리는 환자들이 있어요. 그만 가주세요."

맥스는 이제 폭탄을 떨어뜨릴 때가 됐다고 생각했다.

"박사님의 전남편 말입니다. 그 사람은 매슈의 아빠가 아니죠?"

두 여자 모두 충격받은 표정으로 맥스를 바라보았다.

"그게 무슨 말이에요?" 셰릴이 물었다.

세라의 표정 역시 같은 질문을 던지고 있었다.

셰릴이 말했다. "당연히 데이비드가 매슈의 아빠죠."

"확실합니까?"

"지금 무슨 말을 하려는 건가요, 번스타인 요원님?"

세라는 마치 '나도 그 답을 듣고 싶네요'라고 말하는 듯한 표정으로 맥스를 바라보았다.

"매슈가 살해됐을 때 이미 현재 남편 로널드 드리즌과 아는 사이였죠? 맞나요?" 맥스가 물었다.

"우린 직장 동료였어요."

"그땐 자는 사이가 아니었나요?"

셰릴은 미끼를 물지 않고 담담한 어조로 대답했다. "아니었어요."

"확실한가요?"

"당연하죠. 대체 무슨 말을 하려는 건가요, 요원님? 빨리 말해주세요."

"아드님의 살인 사건을 담당했던 지방 검사 사무실을 다녀왔습니다. 아직 매슈의 DNA가 남아있더군요."

셰릴의 표정에 미묘한 변화가 생겼다. 맥스는 알 수 있었다.

"박사님 전남편의 DNA도 보관 중입니다. 유죄를 받은 수감자는 모두 DNA 샘플을 제출해야 하니까요. 그래서 내가 친자 확인 검사를 부탁했죠."

셰릴 드리즌은 고개를 절레절레 흔들었다.

"검사 결과에 따르면 매슈 버로스 살해 혐의로 유죄판결을 받은 데이비드 버로스는 침대에서 발견된 아이의 아버지가 아니었습니다."

놀란 세라의 눈이 휘둥그레졌다. "맥스?"

셰릴이 들릴 듯 말 듯한 목소리로 말했다. "세상에……."

맥스는 계속 셰릴을 주시했다. "드리즌 박사님?"

그녀는 그저 계속 고개를 흔들었다. "매슈의 아빠는 데이비드예요."

"검사 결과는 확실합니다."

"맙소사." 셰릴의 눈에서 눈물이 흘러내렸다. "그럼 데이비드의 말이 맞았군요."

"무슨 말이요?"

"매슈가 아직 살아있다는 말이요."

레이철이 가든 스테이트 파크웨이에 있는 PGA 골프용품 매장 주차장으로 들어설 때 나는 마침내 예전 이메일 계정에 간신히 로그인한다. 8년 전 이메일을 찾는 중이다. 검색 엔진을 통해 그 메일을 찾아낸 다음 확인하기 위해 읽어본다. 그러고 나서 한 번 더 읽는다.

"데이비드?"

PGA 매장 주차장은 널찍하다. 매장에 비해 너무 커서 또 뭘 지으려는지 궁금하다. 차는 도요타 하이랜더 한 대뿐인데 입구에서 멀리 떨어진 모퉁이 자리, 숲 근처에 주차되어 있다. 좁고 길게 늘어선 나무 사이로 골프장이 보인다. 편리한 위치인 듯하다.

"언니가 뭐래요?" 레이철이 묻는다.

"정자 기증을 받았대."

정적이 흐른다.

"너도 알고 있었어?" 내가 묻는다.

"아뇨." 레이철이 부드럽게 말한다. "정말 유감이에요."

"달라질 건 없어."

레이철은 그 말에는 대답하지 않는다.

"설사 내가 매슈의 생물학적 아버지가 아니라고 해도 그 애는 여전히 내 아들이야."

"알아요."

"그리고 난 생물학적 아버지야. 그게 중요한 건 아니지만 난 알아."

"나도요." 레이철은 그렇게 말하면서 도요타 하이랜더 옆에 주차한다.

하이랜더에서 양키스 모자를 쓴 남자가 내린다.

레이철이 내게 내리자고 말한다.

레이철은 자동차 열쇠를 그대로 둔 채 차에서 내리고, 우리는 하이랜더로 간다. 양키스 모자를 쓴 남자가 말한다. "가로수를 끼고 도는 차선을 따라서 나가세요. 그쪽은 CCTV에 잡히지 않으니까요."

우리는 차를 교환한다. 이걸로 끝이다. 레이철의 변호사가 미리 준비해 둔 덕분이었다. 병원을 나서자마자 우리는 로널드가 경찰에 신고할 가능성이 있고, 우리의 변장이 어떻게든 들통났을 거라고 생각했다.

레이철은 다시 고속도로에 진입한다. 양키스 모자를 쓴 남자가 좌석에 우리가 쓸 새 버너폰을 두고 갔다. 우리는 기존 버너폰에 남아있는 커뮤니케이션 기록이 전부 새 버너폰으로 전달되도록 설정한다. 장바구니 안에는 망치도 들어있다. 도로변의 버거킹 매장이 나오자 나는 우리가 썼던 버너폰 두 개와 망치를 들고 차에서 내린다. 화장실로 가서 칸막이에 들어간 다음 망치로 휴대전화를 부숴

쓰레기통에 버린다.

레이철은 드라이브스루에서 주문한 햄버거를 받아왔다. 원래 패스트푸드를 싫어했지만 지금은 프렌치프라이와 함께 와퍼를 먹는 일이 종교적 경험처럼 신성하게 느껴진다. 나는 황급히 먹어 치운다.

"이제 어떻게 할까요?" 레이철이 묻는다.

"우리에게는 단서가 두 개뿐이야." 나는 입안의 음식을 삼킨 뒤에 말한다. "놀이공원과 불임 클리닉."

"헤이든에게 회사 사진 작가들이 찍은 사진을 전부 보내달라고 부탁했어요." 우리는 빨간불에 걸려 차를 세운다. 레이철은 휴대전화를 확인한다. "사실……."

"뭔데?"

"헤이든에게 이미 연락이 왔어요."

"벌써 사진을 보냈어?"

신호등이 파란불로 바뀌자 레이철이 말한다. "저쪽에 차를 세우고 살펴볼게요."

그녀는 스타벅스 진입로로 차를 돌려 주차한 다음, 버너폰을 집어 들고 이것저것 누른다. "클라우드 같은 데 접속해야 해요. 용량이 너무 커서 다운로드받을 수가 없네요."

"휴대전화로 할 수 있겠어?"

"노트북으로 해야 할 것 같아요. 내 노트북이 있기는 한데 경찰이 추적할지도 몰라요."

"그래도 시도해 봐야 할 것 같은데."

"우회 회로를 사용해 볼게요."

레이철은 가방에 손을 넣어 얇디얇은 노트북을 꺼내더니 전원을 켜고 관련 사이트로 들어간다. 시간을 너무 많이 쓰고 싶지 않아서 우리는 빠르게 사진을 훑어본다. 전부 기업 배너 및 가림막 앞에서 찍은 사진들이다.

"언제까지 여기 앉아서 사진을 봐야 할까요?" 레이철이 묻는다.

"모르겠어. 넌 운전하는 게 낫지 않을까? 움직이는 타깃이 찾기 더 힘들 거야."

"별로 그럴 것 같지는 않지만 알았어요."

나는 계속 사진을 훑어본다. 수많은 사진을 빠르게 살펴보지만 시간 낭비라는 느낌이 든다. 유괴한 아이와 놀이공원에 간다면 방문을 환영하는 가림막 앞에서 사진을 찍지는 않을 것이다. 아닌가? 따지고 보면 5년이 흘렀고 아이는 많이 컸다. 다들 그 아이가 죽은 줄 안다. 의심하는 사람은 아무도 없다. 그러니 사진을 찍을 수도 있다. 이 정도면 충분한 시간이 흘렀다고 생각할 수도 있다. 아무도 죽은 아이를 봤다고 생각하지 않을 것이다. 설사 위험하다 하더라도 어쩌겠는가? 평생 아이를 우리에 가둬둘 수도 없는 노릇 아닌가.

나는 사진을 빨리 넘기지만 이 모든 게 부질없이 느껴진다. 사진을 확대해 주로 뒤쪽 배경을 본다. 거기에 답이 있을 듯해서다. 파일이 워낙 커서 확대하면 사소한 것까지 거의 다 보인다. 그러다 매슈와 비슷한 또래로 보이는 소년을 발견하지만 확대해 보니 딴판이다.

그때 전화 진동 소리가 들린다. 레이철의 버너폰이 울리는 소리다. 레이철은 발신자 번호를 확인한 뒤 전화를 받는다. 내게 통화를 들을 수 있도록 가까이 오라고 손짓한다.

"여보세요?"

"통화 가능해요?"

"네, 헤스터."

헤스터 크림스틴은 레이철의 변호사다.

"혼자예요? 예, 아니요로만 답해요. 이름은 말하지 말고."

내 이름을 말하는 것이다, 당연히. 혹시라도 도청당할 경우를 대비해서.

"혼자 아니에요. 하지만 말하셔도 돼요. 무슨 일이에요?"

"방금 FBI가 다녀갔어요. 지금 누가 요주의 인물로 찍혔는지 알아요?"

레이철은 날 바라본다.

"당신이에요, 레이철. 당신." 헤스터가 말한다.

"네, 그럴 줄 알았어요."

"당신이 언니 병원에서 탈옥수로 추정되는 사람과 함께 걸어가는 모습이 CCTV에 찍혔어요. 따라서 당신의 귀여운 새 헤어스타일은 이제 변장이 될 수 없어요. 난 FBI에게 영상 속 여자는 당신이 아니라고 했어요. 포토샵이라고 했죠. 만약 당신이 맞다면 분명 탈옥수의 협박을 받고 있는 거라고 했고요. 다른 말도 더 했는데 지금은 기억이 안 나네요."

"그 말을 믿던가요?"

"전혀요. FBI에서 당신을 지명수배했어요. 조만간 새로운 헤어스타일을 한 당신 사진이 뉴스에 나올 거예요. 유명해지는 건 시간문제죠."

"굉장하네요. 알려줘서 고마워요."

"잘 알아서 하겠지만 마지막으로 하나만 말할게요." 헤스터가 말한다. "세상 사람들에게 당신 형부는 탈옥한 살인범이에요. 그것도 아들을 살해한 최악질이죠. 교도소장의 총을 훔쳤고, 경찰을 폭행해서 현재 그 사람은 입원 중이에요. 내 말이 무슨 뜻인지 알겠어요?"

"대충요."

"그러니까 분명히 말할게요. 데이비드 버로스는 현재 총을 소지했고 매우 위험한 사람이에요. 따라서 그에 맞게 처리될 거예요. 만약 경찰이나 FBI가 그를 발견한다면 망설이지 않고 쏠 거라고요. 당신은 내 의뢰인이에요, 레이철. 난 내 의뢰인이 총격전에 휘말리는 건 원치 않아요. 죽은 의뢰인은 수임료를 지불하지 않으니까요."

헤스터는 전화를 끊는다. 나는 삼십대 초반의 남성 셋이 대관람차를 타고 있는 사진을 내려다본다. 남자들은 모두 웃고 있다. 얼굴이 붉게 달아올랐는데 햇볕 때문인지 술 때문인지 모르겠다.

"나 혼자 하게 내버려 두지 그랬어." 내가 레이철에게 말한다.

"헛."

나는 빙그레 웃는다. 레이철은 내 말을 듣지 않을 테고, 나도 강하게 밀어붙이지 않을 것이다. 왜냐하면 나는 그녀의 도움이 필요하기 때문이다. 여전히 모니터를 만지작거리며 손으로 사진을 확대하고 있는데 문득 어떤 생각이 든다.

"매슈 사진 말이야."

"그게 왜요?"

"친구 아이린이 사진을 잔뜩 보여줬다고 했지?"

"네."

"몇 장이나 됐어?"

"모르겠어요. 아마 열에서 열다섯 장 정도 됐을 거예요."

"매슈를 발견한 뒤로 나머지 사진도 전부 다 봤지?"

"그랬죠, 네."

"사진은 어떻게 찍었대?"

"무슨 말이에요?"

"필름 카메라인지 디지털 카메라인지 휴대전화……."

"아, 그거요. 아이린의 남편 톰이 사진광이에요. 하지만 뭘로 찍었는지는 모르겠어요. 아이린에게 다른 사진이 또 있냐고 물었지만 그게 전부라고 했어요."

나는 레이철에게 몸을 돌린다. "아이린에게 연락할 수 있을까?"

"형부 면회 가기 직전에 연락해 봤어요. 그랬더니 결혼식 참석차 애스펀에 있다고 하더라고요. 아마 어젯밤에 돌아왔을 거예요. 왜요?"

"어쩌면 아이린이나 톰이 그 사진을 확대해 줄 수 있을지도 몰라. 아니면 다른 사진들도. 우리가 여기서 하는 것처럼. 더 잘 보이게 말이야. 잘은 모르겠지만 매슈를 거기 데려간 사람이 일부러 사진작가들 곁에 못 가게 한 것 같아. 유일하게 매슈를 찍은 사람은 톰이야."

"그렇다면 톰이 찍은 사진들에서 다른 단서를 찾을 수도 있겠네요."

"맞아."

레이철은 곰곰이 생각한다. "아이린에게 무턱대고 전화할 수는 없어요."

"왜?"

"만약 내가 요주의 인물로 뉴스에 나오는데 아이린이 그걸 봤다면……."

"신고할 수도 있지." 내가 레이철의 말을 대신 마무리한다.

I will find you

"그럴 가능성이 높아요. 틀림없이 두 팔 벌려 환영하진 않을 거예요."

"집에 없을 수도 있잖아."

"그런 위험을 감수할 수는 없어요."

레이철의 말이 맞다. "롱리 부부는 어디 살아?"

"스탬퍼드요."

"여기서 한 시간 반 정도밖에 안 걸려."

"뭐 하자는 거예요? 그냥 무턱대고 집으로 찾아가서 초인종을 누르고 사진 좀 보여달라고 말하자고요?"

"당연하지."

"경찰에 신고할 수도 있어요."

"만약 뉴스를 봤다면 표정에 드러날 거야. 그럼 도망치면 되지."

레이철은 눈살을 찌푸린다. "위험해요."

"그래도 시도는 해봐야 해. 저쪽으로 가서 결정하자고."

***

발칸반도의 작은 나라에 있는 보육원에서는 그 아이를 마일로라고 불렀다.

마일로는 공중화장실에 버려져 있었다. 아무도 마일로의 부모가 누구인지 몰랐으므로 아이는 보육원으로 보내졌다. 마일로는 건강해 보였지만 늘 울기만 했다. 통증에 시달렸기 때문이었다. 의사는 마일로가 멜레인 증후군이라는 진단을 내렸다. 결함 있는 유전자로 인해 발생하는 희귀병이자 치명적인 유전 질환이었다. 이 병에 걸린 아이는 다섯 살 이상 생존하는 경우가 드물었다.

대부분의 경우 마일로 같은 아이는 몇 주 안에 사망할 것이다. 다섯 살까지 살아남아 조금이라도 편안하게 생활하려면 막대한 돈이 필요한데, 부유한 미국 가문의 지원을 받는 이 보육원조차도 결국에는 죽을 아이에게 한정된 자원을 그렇게 많이 쏟아붓지는 않을 것이다. 어떤 경우든 비참하고 고통스러운 삶을 연장하기 위해서는 막대한 비용을 들여 극단적인 방법을 사용해야만 했다.

차라리 평화롭고 자비로운 죽음을 맞이하도록 하는 편이 더 낫다는 데 많은 사람이 동의할 것이다.

하지만 마일로는 그렇게 되지 않았다.

너그러운 미국 가문의 자제인 헤이든 페인은 이 소년의 곤란한 처지를 듣게 되었다. 페인가의 후계자가 왜 이런 사정을 듣게 되었는지 혹은 왜 이 일에 그렇게 큰 관심을 보였는지 아무도 정확히 몰랐다. 물론 사람들은 뒤에서 소문을 퍼뜨렸지만, 보육원에서 일하는 사람들조차 대부분 모르는 사실이 있었다. 헤이든이 만약 자신이 말하는 특정한 신체적 조건과 일치하는 아이가 있으면 알려달라고 요청했다는 것이다. 헤이든은 마일로의 건강이 좋지 않다는 소식을 듣고 더욱 그 애에게 관심을 보였다. 왜 그런 부자가 특정한 프로필에 맞는 소년을 찾으려고 하는지 보육원의 누구도 감히 물어볼 수 없었다.

왜냐고? 간단했다. 페인가가 그 보육원을 후원했으니까.

페인가의 단점이 무엇이든 간에, 페인가가 없으면 보육원도 운영이 중단되고 아이들도 구할 수 없으며 일자리도 사라진다는 사실은 부인할 수 없었다.

하지만 헤이든이 마일로와 함께 있는 모습을 목격한 사람들은—그 수가 많지는 않았다—하나같이 헤이든 페인이 천사라고 했다. 그는 마일로를 위해 최선을 다했다. 그 사실이 헤이든에게는 매우 중요했다. 마일로의 짧은 삶을 즐거움으로 가득 채우기 위해 그는 할 수 있는 일을 다 했다. 돈을 아끼지 않았다. 거의 매일 헤이든은 마일로를 데리고 신나는 모험을 했다. 마일로는 하루는 소방관이 되어서 큰 소방차에 타기도 했고, 또 다른 날에는 경찰관이 되어 경찰차를 몰며 신나게 사이렌 버튼을 눌렀다. 헤이든은 마일로를 축구 경기에 데려갔고, 마일로는 선수들과 함께 유니폼을 입고 관중석이 아닌 필드에서 경기를 보았다. 또 경마장, 자동차 경주, 박람회, 동물원, 수족관에도 데려갔다.

헤이든은 마일로의 짧은 삶을 최대한 행복하게 만들어 주었다.

물론 그럴 필요는 없었지만 헤이든에게는 그 점이 중요했다. 사실 만약 헤이든이 나서지 않았더라면 마일로는 진작 고통스럽게 죽었으리라. 헤이든 덕분에, 헤이든의 너그러운 자선 덕분에 소년의 한정된 나날은 행복했고 재미로 가득했다. 헤이든은 마음속으로 자신의 이런 행동이 칭찬받아야 한다고 생각했을 것이다. 사실 이렇게까지 할 필요는 없었다. 좀 더 실용적으로 대처할 수도 있었다. 아무도 찾지 않을 건강한 아이를 데려올 수도 있었다. 헤이든에게는 그편이 더 쉽고 효과적이었으리라. 그랬다면 더 빨리, 덜 위험하게 행동으로 옮길 수 있었을 테니 말이다. 하지만 헤이든은 적절한 때가 오기를 기다렸다. 도덕적으로 올바른 일을 했다. 어차피 죽을 아이를 찾아내 그 아이의 삶을 특별하고 빛나게 만들어 주었다. 인간은 누구나 지구상에서 주어진 시간이 한정되어 있다. 다들 그 사실을 알고 있다. 헤이든 페인 덕분에 마일로가 지구에서 보낼 수 있는 시간은 연장된 동시에 질적으로 엄청나게 향상되었다.

그러던 어느 날, 때가 되었다. 마일로가 딱 적절한 몸무게와 키가 되고, 완벽한 계획이 세워지고, 약물을 썼는데도 마일로가 다시 통증에 시달리자 헤이든은 마일로를 전용기에 태워 미국으로 데려갔다. 그리고 차를 몰아 마일로와 함께 매사추세츠주의 한 집으로 갔다. 그런 다음 나중에 혈류에서 발견되지 않을 정도로 소량의 진정제를 아이에게 투여했다. 아이가 통증을 느끼지 못하게 하기 위해서였다. 헤이든은 마일로를 다른 소년의 침실로 데려갔고, 그 소년에게도 같은 진정제를 투여한 다음 차로 데려갔다. 아이 아버지가 가장 좋아하는 위스키에는 약간 더 강한 진정제를 이미 넣어둔 터였다.

헤이든은 마일로에게 그 다른 소년과 똑같은 마블 캐릭터 잠옷을 입혔다.

헤이든이 머리 위로 야구방망이를 들어 올렸을 때 마일로는 침대에서 잠들어 있었다. 그는 눈을 감고 타일러 교수와 8학년 때의 학폭 가해자, 그리고 계속 비명을 지르던 여학생을 떠올렸다. 예전에 그가 정당한 이유로 분노를 표출했던 때를 전부. 헤이든은 그때의 분노를 끌어온 다음, 눈을 떴다.

헤이든은 야구방망이를 처음 내려쳤을 때 마일로가 죽었기를 바랐고 또 그랬다고 믿었다.

그런 다음 다시 방망이를 들어 올려서 또 한 번 내려쳤다. 또 내려치고, 또 내려치고, 또 내려쳤다.

그가 소년을 데리고 페인 영지에 도착해 마침내 안전하다고 느꼈을 때 이상하게도 그제야 헤이든 페인은 패닉에 빠졌다.

"할머니, 드릴 말씀이 있어요……."

대체 무슨 짓을 한 걸까? 그렇게 철저히 계획을 세우고, 잘못된 일을 마침내 바로잡으려고 그토록 오랫동안 기다렸는데 왜 갑자기 의심에 휩싸이는 걸까? 가령 할머니에게 자신이 끔찍한 실수를 저질렀다고 말한다고 가정해 보자. 가령 저 아이가 사실은 그의 아들이 아니라고 가정해 보자. 그렇다면 어떻게든 시간을 거슬러서 일을 해결할 수 있을까?

아니면 그러기에는 너무 늦었을까?

하지만 늘 그렇듯이 할머니는 신중하고 침착하면서 이성적이었다. 스테파노를 그 집으로 보내 헤이든이 실수한 것은 없는지, 페인가로 이어질 만한 단서를 남기지는 않았는지 확인하게 했다. 그런 다음 한 치의 의심도 남지 않도록 헤이든에게 친자 확인 검사를 받게 했다. 결과가 나올 때까지 하루가 꼬박 걸렸지만—그날 하루가 헤이든에게는 영원처럼 길게 느껴졌다—결국 할머니는 검사 결과 헤이든이 옳은 일을 했다고 자랑스럽게 선언했다.

한때 매슈라고 불렸던 시오는 헤이든의 아들이었다.

헤이든은 할머니의 목소리에 다시 현재로 돌아왔다. "헤이든?"

그는 목을 가다듬었다. "네, 할머니."

"레이철에게 사진을 보냈다면서." 거트루드가 말했다.

"네 명의 사진가 중에서 두 사람이 찍은 사진을 보냈어요. 그 둘은 우리 근처에 없었어요. 또 사진들을 제가 직접 확인도 했고요."

"어쨌든 너와 시오는 떠나야 할 것 같구나."

"내일 아침에 떠날 거예요." 헤이든이 말했다.

CHAPTER

35

우리는 노스 스탬퍼드 바클레이 드라이브에 있는 아이린과 톰 롱리의 방 세 개짜리 집 앞에 차를 세운다. 여기까지 오는 동안 부동산 사이트에서 그 집을 찾아보았다. 두 도로가 교차하는 지점의 1,225평 대지에 자리 잡은 집으로 판매가는 82만6,000달러다. 욕실 두 개와 화장실 하나에 뒷마당에는 수영장까지 있다.

나는 자동차 뒷좌석에 누워 눈에 띄지 않도록 담요를 덮는다. 바클레이 드라이브는 똑같은 집이 늘어선 교외 주택가다. 남자 혼자 차에 앉아있으면 사람들의 시선을 끌 것이다.

"괜찮아요?" 레이철이 묻는다.

"아주 좋아."

레이철은 자신의 버너폰으로 내게 전화한다. 나는 전화를 받고, 우리는 이 상태에서 레이철이 말할 때 내가 들을 수 있는지 간단히 테스트를 해본다. 이제 레이철이 아이린이든 톰이든 현관문을 열어주는 사람과 대화를 하면 나도 들을 수 있다. 정말로 집에 누군가

I will find you

있다면. 단순하지만 효과적인 방법이다.

"차 키는 두고 갈게요. 일이 틀어지면 그냥 여기를 떠요." 레이철
이 말한다.

"알았어. 나한테는 총도 있어. 만약 경찰에 잡히면 내가 총으로
협박했다고 해."

레이철은 날 보며 눈살을 찌푸린다. "알아서 할게요."

나는 다시 담요 밑으로 들어가 기다린다. 우리에게는 헤드폰이든
이어폰이든 전혀 없어서 나는 전화기를 귀에 댄다. 차 뒷좌석에 숨
어있으니 기분이 이상하지만 지금은 그걸 따질 때가 아니다.

전화기에서 레이철의 발소리가 나더니 희미하게 초인종 울리는
소리가 난다.

몇 초가 지나자 레이철이 "누가 와요"라고 속삭인다.

문이 열리더니 여자 목소리가 들린다. "레이철?"

"잘 있었어, 아이린?"

"여긴 어쩐 일이야?"

아이린의 어조가 마음에 들지 않는다. 의심의 여지가 없다. 아이
린은 레이철이 지명수배된 사실을 알고 있다. 레이철이 어떻게 대
응할지 궁금하다.

"지난번에 나한테 보여줬던 사진 기억하지? 놀이공원에서 찍은
거."

아이린은 당황한다. "뭐라고?"

"그거 디지털 사진이야?"

"응. 잠깐만, 그거 물어보려고 온 거야?"

"그 사진 중 하나를 내가 휴대전화로 찍어 갔잖아."

"알아. 봤어."

"다른 사진들도 다시 볼 수 있을까 해서. 아니면 파일 속 사진을 다 보여줘도 좋고."

정적이 흐른다. 마음에 들지 않는 정적이다.

"저기. 여기서 잠깐만 기다릴래?"

내가 하려는 짓이 어리석다는 거 알지만 난 다시 본능에 따라 움직인다. 본능은 과대평가되어 있다. 본능에 따르는 것은 게으른 자의 방식이다. 충분히 생각하지 않거나 좋은 결정을 내리는 데 필요한 일들을 하지 않기 위한 핑계다.

하지만 지금은 그럴 시간이 없다.

차에서 내릴 때 내 손에는 이미 총이 쥐어져 있다.

나는 현관문을 향해 쏜살같이 달린다. 멀리서도 아이린이 놀라서 눈을 휘둥그렇게 뜨는 게 보인다. 그녀는 얼어붙는다. 나로서는 다행이다. 그녀가 집 안으로 들어가 문을 닫아버릴까 걱정되어 나는 총을 들어 올린다.

레이철이 "데이비드?"라고 말하지만 "지금 뭐 하는 거예요?"라고 뒤이어 말하기 전에 내가 아이린에게 다가가 반은 고함치듯이 반은 속삭이듯이 말한다. "움직이지 마세요."

"맙소사, 제발 쏘지 마세요!"

레이철이 날 노려본다. 나도 어쩔 수가 없다는 눈으로 그녀를 노려본다.

"저기, 아이린." 내가 말한다. "경찰에 신고하지 않았으면 좋겠어요. 난 쏘지 않을 거예요."

하지만 아이린의 손이 올라가고 눈이 더 커진다.

I will find you

"우린 그냥 사진만 보면 돼요." 나는 그렇게 말하고 총을 내린 다음, 주머니에서 사진을 꺼낸다. "저 아이 보여요? 배경에 있는 아이요."

아이린은 너무 겁에 질려서 내게서 눈을 떼지 못한다.

"저기." 내가 약간 큰 소리로 말한다. "제발 좀 봐줘요."

레이철이 말한다. "일단 집 안으로 들어가죠."

우리는 그렇게 한다. 아이린은 총만 바라본다. 나도 마음이 좋지 않다. 이 일이 어떻게 끝나든 아이린은 예전과 다른 사람이 될 것이다. 두려움을 알게 될 것이고, 밤잠을 못 이룰 것이다. 그녀는 오늘 무언가를 잃었고, 이 총을 꺼내는 순간 내가 그녀에게서 그걸 빼앗았다. 위협이나 폭력은 어떤 종류든 간에 그런 영향을 미친다. 그 일은 영원히 그들과 함께한다.

"난 쏘지 않을 겁니다." 나는 그렇게 말하지만 이내 횡설수설한다. "난 아들을 죽인 죄로 지난 5년간 감옥에 있었어요. 하지만 내가 한 짓이 아닙니다. 사진 속 이 아이가 내 아들이에요. 그래서 탈옥한 거고요. 그래서 레이철과 내가 여기 있는 겁니다. 우린 내 아들을 찾고 있어요. 제발 도와주세요."

아이린은 내 말을 믿지 않는다. 아니면 그냥 관심이 없을 수도 있다. 그녀에게도 본능이 작동하는 것이다. 가장 원초적인 본능인 생존 본능이다.

"데이비드의 말은 사실이야." 레이철이 덧붙인다.

이번에도 역시 아이린에게 그건 중요하지 않을 것 같다.

"원하는 게 뭔가요?" 아이린이 패닉에 빠진 목소리로 묻는다.

"사진들만 넘겨주면 됩니다. 그게 다예요."

3분 뒤 우리는 아이린의 주방에 있다. 냉장고에는 아이린과 톰,

두 아들이 함께 찍은 사진이 수십 장 붙어있다. 아이린은 상판이 두 툼한 원목으로 된 아일랜드에 앉아 떨리는 손으로 자신의 노트북을 연다. 그러면서 자꾸 냉장고를 힐끔거리는데, 가족사진을 보며 힘을 얻으려고 하는 것인지 아니면 자신에게 가족이 있다는 사실을 내게 일깨워 주려는 것인지 모르겠다.

"아무 일 없을 겁니다. 약속해요." 내가 아이린에게 말한다.

하지만 아이린에게는 별 위로가 되지 않는 듯하다. 나는 마음이 아프다. 내 처지 때문이 아니라 내가 그녀에게 하는 짓 때문이다. 이번 일과 관련해서 아이린은 아무런 죄도 없다. 내 무죄가 입증되면 오늘 아이린이 나로 인해 얻게 될 외상후 스트레스 장애가 사라질 거라는 사실에서 위안을 찾아본다.

"원하는 게 뭔가요?" 아이린이 묻는다.

레이철이 그녀를 위로하려고 어깨에 손을 올리지만 아이린은 어깨를 움직여 손을 뿌리친다.

"그날 찍은 사진만 보여주면 됩니다. 부탁해요."

아이린은 긴장한 탓인지 오타를 입력한다. 나는 아이린의 눈에 띄지 않도록 총을 집어넣지만 총은 여전히 방 안의 코끼리처럼 남아있다. 결국 아이린은 폴더를 찾아내 클릭한다. 그러자 수많은 섬네일이 모니터를 열십자로 가로지른다.

아이린은 스툴에서 일어나더니 우리에게 앉으라고 손짓한다. 레이철이 자리에 앉아 첫 번째 사진을 클릭한다. 이 집 아들 중 하나가 씩 웃으며 뒤에 있는 초록색 대형 롤러코스터를 가리키는 사진이다.

"이제 가도 될까요?" 아이린이 떨리는 목소리로 묻는다.

"미안하지만 안 돼요. 경찰에 신고할 거잖아요." 내가 최대한 부드럽게 말한다.

"안 할게요. 약속해요."

"조금만 더 우리랑 함께 있어주세요. 네?"

아이린에게 무슨 선택권이 있겠는가. 내게 총이 있는데. 우리는 사진을 클릭하기 시작한다. 롤러코스터를 비롯해 영화나 만화 속 캐릭터 코스튬을 입은 사람들, 수중 돌고래쇼 등이 등장하는 사진이 더 있다. 우리는 모든 사진의 배경을 샅샅이 훑어본다.

마침내 이 모든 일의 발단이 된 사진이 나온다. 나는 그 사진을 가리키며 아이린에게 묻는다. "저 배경에 보이는 남자아이. 저 애가 조금이라도 기억나나요?"

아이린은 마치 내 얼굴에 정답이 쓰여있을 거라는 듯이 날 바라본다.

"아뇨. 미안해요."

"얼굴에 모반이 있습니다. 그래도 기억이 안 나나요?"

"네. 미안해요. 저 애는…… 그저 우리 뒤에 있었을 뿐이에요. 전혀 기억이 안 나요. 미안해요."

레이철이 사진을 확대하자 나는 가슴이 두근거린다. 사진의 퀄리티가 매우 뛰어나다. 특히나 내가 교도소 면회실에서 봤던 사진, 레이철이 휴대전화로 찍어서 인화한 사진과 비교하면 더욱 그렇다. 이 사진 파일의 픽셀이 몇 개인지 모르겠지만 레이철이 플러스 키를 누르며 아이의 얼굴을 서서히 확대하자 온몸에 전율이 흐른다. 나는 위험을 무릅쓰고 레이철을 힐끗 바라본다. 레이철 역시 사진을 보고 있다. 흐릿함이 사라지더니 이내 아이의 얼굴이 모니터 전체를 차지한다.

우린 서로를 바라본다. 이제는 의심의 여지가 없다.

이 아이는 매슈다.

아니면 이번에도 역시 우리의 바람이 투사된 것일까? 바람이 현실이 된 걸까? 모르겠다. 상관없다. 하지만 여기가 막다른 길인가 생각하고 있을 때 레이철이 오른쪽 화살표 키를 누르기 시작한다. 화면이 서서히 아이의 얼굴에서 벗어난다.

"뭐 하는 거야?" 내가 묻는다.

레이철은 대답하지 않고 오른쪽 화살표 키를 몇 번 더 누른다. 화면은 매슈의 가느다란 팔을 따라 아이의 손으로 이동하고 있다. 마침내 매슈의 손에 도달하자 레이철이 숨을 헉 들이쉰다.

"레이철."

"맙소사."

"왜?"

레이철이 내 아들의 손을 잡은 남자의 손을 가리키며 말한다. "저 반지."

보라색 원석과 학교 문양이 보인다. 나는 실눈을 뜨고 더 잘 보려고 노력한다. "졸업 반지 같은데."

"맞아요." 레이철은 그렇게 말하더니 날 돌아본다. "램홀 대학교 반지예요."

CHAPTER
36

"대체 무슨 일인지 말해줄래요, 맥스?"

세라는 운전 중이었고, 맥스는 조수석에 앉아있었다. 그녀의 눈은 도로를 향했지만 이글거리는 시선이 맥스의 피부를 뚫고 들어오는 듯했다.

"버로스가 진짜 그랬는지 잘 모르겠어."

"뭘요?"

"자기 아들을 죽인 거."

"이제 변호사가 된 거예요?"

"아니. 난 수사관이야."

"탈옥수를 잡으라는 임무를 맡은 수사관이죠. 만약 버로스가 범인이 아니라면 법원과 법, 그리고 법률 시스템 전체가 그걸 바로잡을 거예요. 선배가 해야 할 일이 아니라고요. 내가 할 일도 아니고요. 우리가 할 일은 버로스를 다시 감옥에 넣는 거예요."

"우리가 할 일은 정의를 구현하는 거야."

"버로스는 탈옥했어요."

"그건 논쟁의 여지가 있어."

"뭐라고요?"

"버로스는 도움을 받았어. 알잖아."

"교도소장 말이군요."

"그래. 교도소장이랑 얘기했어."

맥스는 자세히 설명해 주었고, 세라의 얼굴이 붉어졌다.

"맙소사. 매켄지를 체포해야 해요." 세라가 말했다.

"세라……."

"지금 선배가 하는 말을 들어봐요. 선배는 놀아나고 있다고요."

"DNA 검사 결과……."

"……버로스가 아빠가 아니라는 게 밝혀졌죠. 참 큰일이네요. 이건 오히려 버로스에게 불리해요."

"왜?" 맥스가 물었다.

"그 부인이요. 방금 우리가 만난 여자. 그 여자가 뭔가 숨기고 있는 거예요. 선배도 눈치챘죠?"

"그래."

"아주 간단해요, 맥스. 그 여자가 바람을 피운 거예요. 아니면 남자 친구가 있었든지요. 어쩌면 현재 남편과 그랬을 수도 있죠. 어쩌면 매슈는 그 드리즌이라는 남자의 아들인지도 몰라요. 데이비드 버로스가 그 사실을 알게 됐고요."

"그래서 버로스가 그 어린 아들을 죽였다고?"

"당연하죠. 왜 아니겠어요. 다른 남자랑 바람을 피워서 낳은 자식을 죽인 사람이 버로스가 처음도 아니잖아요. 하지만 어찌 됐든, 내 말 잘 들어요, 맥스, 우리에게는 이런 일을 해결할 수 있는 법적 제도가 있어요. 완벽한 제도냐고요? 아니죠. 선배가 정 하고 싶다면 여가 시간에 감옥을 돌아다니면서 억울하게 수감된 무고한 사람을 찾아 그들이 자유의 몸이 되도록 도와주세요. 그렇게 해요. 난 그런 선배를 존경할 거예요. 하지만 그들을 탈옥시키진 말아요, 맥스. 총을 주지도 말고요. 그들이 우리의 낡고 결함 있는 제도의 남은 부분마저 파괴하게 하지 말라고요. 우린 버로스를 잡아야 해요. 그게 다예요. 버로스는 위험한 중범죄자고 무기를 소지했어요. 그에 맞게 그자를 취급해야 한다고요. 알겠어요?"

"버로스가 그랬는지 안 그랬는지 알고 싶어."

"그럼 내가 신고할 거예요." 세라가 말했다.

"무슨 말이야?"

"선배를 이 사건에서 제외시킬 거예요. 선배는 이 사건에 끼어들면 안 돼요."

"나한테 그런 짓을 하겠다고?"

"선배를 사랑해요. 하지만 난 우리의 선서와 법률 제도도 사랑해요. 선배는 현실을 직시하지 못하고 있어요."

세라의 휴대전화가 진동하자 그녀가 전화를 받았다. "여보세요."

"방금 버로스가 코네티컷주의 한 가정집에 침입했습니다. 총을 겨눠서 한 여성을 인질로 잡고 있어요."

***

내가 달리 어떻게 하겠는가.

아이린 롱리를 쏠 수는 없다. 결박할 수도 없다. 드라마에서는 누군가를 결박하는 게 쉬워 보이지만 현실적으로는 비합리적이다. 만약 시간 여유가 있었더라면 그녀의 휴대전화를 빼앗고 벽장에 가뒀을 수는 있다. 하지만 아이린은 우리를 빨리 집에서 내쫓으려고 했다. 곧 아이들이 학교에서 돌아와 이 상황을 보게 될 테니 말이다. 그러니 어린 두 아들이 벽장에 갇힌 엄마를 발견하고 얼마나 충격을 받을지는 말할 것도 없고, 정녕 이 가여운 여자에게 굳이 또 다른 정신적 상처를 남겨야 할까?

그래서 우린 아이린에게 제발 경찰에 신고하지 말아달라고 사정했다. 그저 아들을 구하려는 것이라고 최대한 설명했다. 아이린은 고개를 끄덕였지만 앞서도 여러 번 언급했듯이 그저 날 달래기 위한 행동일 뿐 아이린은 내 말을 듣고 있지 않았다. 그래서 우리는 빠르게 그곳을 떠나며 그녀가 신고하지 않기만을 바랐다.

달리 어쩌겠는가.

경찰이 우리를 찾아내는 건 시간문제였다. 주차장에서 다시 번호판을 바꾸거나, 헤스터 크림스틴에게 다른 차량을 보내달라고 부탁하거나, 아니면 아예 우버로 다른 차량을 부를까도 고민했지만 그래봐야 시간만 늦어질 뿐이라는 결론을 내렸다.

아이린의 집에서 페인 영지까지는 두 시간이 조금 넘게 걸릴 것이다. 경찰은 우리가 어디로 가는지 모른다. 그러니 그냥 페인 영지로 가는 것이 최선이라고 우리는 결론을 내렸다.

이제 막바지에 이르렀다. 더는 도망칠 이유가 없다.

레이철은 내게 운전대를 넘겼다. 나는 제한속도를 넘겼으나 경찰에 걸리지 않을 정도로 달린다. 5년 만에 운전하니 기분이 이상하다. 운전하는 법을 잊었다거나 그런 것은 아니다. 자전거 타는 법은 절대 잊지 않는다는 옛말이 운전에도 적용되는 듯하다. 하지만 지난 5년간 철창에 갇혔다가 운전을 하니 묘하게 기운이 난다. 나는 오로지 아들을 찾아내 구출하고 그 끔찍한 날 밤에 있었던 일의 진실을 알아내는 데만 집중하고 있다. 그게 내가 탈옥하고 싶었던 유일한 이유다. 자유를 누리고 싶다는 마음은 없었다. 하지만 막상 탈옥해서 예전의 삶을 맛보고 나니 어쩔 수 없이 자유를 원하게 된다. 그렇다고 해서 내가 자유를 경시했다는 뜻은 아니다. 다만 매슈가 떠난 뒤로는 더 이상 중요치 않았다는 뜻이다.

"이해가 안 가요. 왜 매슈가 헤이든 페인과 함께 있을까요?" 레이철이 내게 말한다.

내가 생각하는 몇 가지 가설이 있긴 하지만 아직은 말하고 싶지 않다.

"전화해야 할까요?"

"헤이든한테?"

"네."

"해서 뭐라고 하려고?"

레이철은 생각한다. "모르겠어요."

"일단 거기로 가야 해."

"그다음에는요? 그 저택에는 정문이 있어요. 경비도 있다고요."

"이번에도 난 뒤에 숨을게."

"진심이에요?"

"헤이든이 눈치 못 채게 해야 해, 레이철."

"알았어요. 하지만 그렇다고 불쑥 찾아갈 수도 없다고요. 헤이든이 집에 있는지 없는지조차 모르잖아요."

어떤 면에서는 상관없기도 했다. 지금 우리가 나아갈 방향은 하나뿐이다. 뉴포트 이스턴 베이에 있는 페인 영지. 만약 헤이든이 집에 없다면 근처에 주차하고 숨어서 기다리면 된다.

그자가 내 아들을 데리고 있다.

"경찰에 신고해야 할지도 몰라요." 레이철이 말한다.

"신고해서 뭐라고 하게?"

"매슈가 살아있고, 헤이든 페인이 데리고 있다고요."

"그럼 경찰이 어떻게 할 것 같아? 이 나라 최고 재벌가에 영장이라도 발부할 거라고 생각해? 무슨 근거로? 그 사진?"

레이철은 대답하지 않는다.

"만약 매슈가 페인 왕국에 위협이 된다면 그들이 어떻게 할까? 매슈를 순순히 내놓을까? 아니면 증거를 없애버릴까?"

나는 금방이라도 경찰차의 번쩍거리는 불빛이 나타날 것 같아 계속 백미러를 주시한다. 우리가 탄 차는 빠르게 목적지로 달려간다.

"내 휴대전화를 봐." 내가 레이철에게 말한다.

"네?"

"예전에 내가 받은 이메일의 스크린숏을 찍어뒀어. 봐봐."

레이철은 내 말대로 하더니 전화기를 내리며 묻는다. "여기에 대해서 얘기 좀 할까요?"

"지금은 시간이 없어. 우선 이 일에 집중해야 해."

레이철과 나는 RI-120 도로 남쪽에 들어서며 계획 비슷한 것을 세웠다. 레이철은 휴대전화를 들고 헤이든에게 전화한다.

신호음이 들린다. 나는 심장이 튀어나올 듯하다.

"레이철?"

그자의 목소리다. 헤이든 페인. 분명하다. 저자가 내 아들을 데리고 있다. 내게서 아들을 빼앗아 갔다. 이제는 그 이유까지 알 것 같지만 이유가 뭐든 상관없다.

레이철이 목을 가다듬는다. "아. 헤이든."

"무슨 일 있어?"

"아무 일 없어."

"내가 보낸 사진 받았지?"

"응. 고마워. 그래서 전화했어. 만나러 가도 될까?"

"언제?"

"10분쯤 후에."

"난 페인 영지에 있어."

"그래, 나도 뉴포트로 가는 중이야. 들러도 돼?"

긴 침묵이 흐른다. 레이철은 날 바라본다. 나는 호흡을 고르게 유지하려고 노력한다. 계속 시간이 흐르자 레이철이 참지 못하고 먼저 말한다.

"사진에 대해 이야기하고 싶은 게 있어."

"내가 보낸 사진에서 그 수수께끼 소년이 나왔어?"

"아니. 네 말이 맞는 것 같아, 헤이든."

"그래?"

"어떤 사진에도 매슈는 없는 것 같아. 내 조카는 5년 전에 죽었을 거야. 하지만 누군가가 데이비드를 함정에 빠뜨리려고 하는 것 같아."

"어떻게?"

"사진 속 사람들의 신원을 파악하는 데 네 도움이 필요해."

"레이철, 그 행사에는 수천 명의 직원이 참석했어. 난 계속 해외에 있어서 직원들을 잘 알지도……."

"그래도 도와줄 수는 있잖아. 안 그래? 내가 염두에 둔 사람들을 보여줄 테니까 주변에 물어봐 줄래? 이제 너희 집 정문에 거의 다 왔어. 이것만 도와줘."

"데이비드랑 함께 있어?"

"뭐라고? 아니."

"경찰은 네가 데이비드의 탈옥에 연루되었다고 생각하던데. 뉴스에 나왔어."

"데이비드는 나랑 함께 있지 않아."

"어디 있는지 알아?"

레이철은 이게 기회라고 생각한다. "전화로는 말 못 해, 헤이든. 5분 뒤에 도착할 거야."

레이철은 전화를 끊는다. 우리는 차를 세울 조용한 곳을 찾아 빠르게 움직인다. 나는 트렁크를 열고 몸을 욱여넣는다. 거기에는 트렁크 안에 든 물건은 무엇이든 숨길 수 있는 검은색 가림막이 있어서 나는 몸을 접고 그 위로 가림막을 덮는다. 이제 밖에서는 내가 전혀 보이지 않는다. 이번에도 레이철이 내게 전화해 자신의 말소리를 들을 수 있게 해준 다음, 운전대를 잡는다.

나는 어둠 속에 누워있다. 5분 뒤에 레이철이 말한다. "경비실 앞에 차를 세우는 중이에요."

대화를 나누는 소리가 어렴풋이 들리더니 레이철이 자신의 이름을 말한다. 물론 무슨 대화가 오가는지는 모른다. 나는 어두운 트렁크 속에 있으니까. 나는 미동도 하지 않으려고 노력한다.

레이철이 짐짓 쾌활한 목소리로 "고마워요!"라고 말하더니 차가 다시 움직인다.

"데이비드, 내 말 들려요?"

나는 휴대전화의 음소거를 해제한다. "들려."

"15초쯤 후에 아까 내가 말했던 커브를 돌게 될 거예요. 준비됐어요?"

"응."

우리는 이 일을 미리 의논했다. 저택으로 이어지는 길은 양옆에 에메랄드그린 상록수가 늘어서 있다. 레이철은 내게 앞이 안 보이는 커브가 나오면 차에서 내려 나무들 뒤에 숨으라고 했다. 어쩌면, **어쩌면** 들키지 않을 수도 있다면서.

"지금이에요." 그녀가 말한다.

차가 멈춘다. 나는 차에서 내려 발로 땅을 딛고 트렁크 문을 닫는다. 길어야 3초다. 몸을 낮춘 채 상록수 뒤로 달려간다. 레이철은 차를 몰고 떠난다. 나는 관목 반대편으로 이동한다. 자리에서 일어섰을 때 내 앞에 펼쳐진 풍경은 경이롭기 그지없다. 페인 영지는 절벽에 자리했다. 저 멀리, 넓게 펼쳐진 잔디밭 너머로 대서양의 파도가 보인다. 정원은 신들이 다듬었다는 생각이 들 정도로 정교하다. 동물, 사람, 심지어 마천루 모양의 관목도 있다. 정원 중앙의 분수대는 현대적이고 거대한 조각품인데 거울로 만든 듯한 거대한 두상이고, 입에서 물줄기가 뿜어져 나온다. 노스캐롤라이나주에 있는 데이비드 체르니의 작품 〈메타모포시스〉가 생각난다. 저택은 진입로를 따라 저 위 오른쪽에 있다. 고풍스럽고 호화로운 저택을 기대할 테지만 페인가는 백색 큐비즘의 저택을 선택했다. 하지만 현대적인 느낌에도 불구하고 집 가장자리를 따라 포도나무덩굴과 담쟁이 덩굴이 올라가고 있다. 왼쪽에는 골프장으로 보이는 곳이 있다. 홀은 두 개밖에 안 보이지만 여기가 이스턴 베이의 노른자 땅에 자리한 사유지라는 사실을 고려하면 저 정도도 엄청나다. 폭포 두 개와, 한쪽 가장자리가 바다와 섞이는 듯한 인피니티 풀처럼 보이는 곳도 있다.

밖에는 아무도 없다. 멀리서 들리는 부서지는 파도 소리 외에는 고요하다.

이제 어떻게 하지?

우리 계획은, 허접하다는 건 인정하지만, 내가 영지를 살금살금 돌아다니며 뭐라도 눈에 띄는지 살펴보는 것이다. 뭐든 상관없다. 매슈를 발견한다면 제일 좋겠지만. 허무맹랑하다는 거 나도 안다. 하지만 우리에게 달리 무슨 계획이 있겠는가. 레이철은 헤이든과 이야기할 것이다. 심지어 왜 그랬냐고 따지기도 할 것이다. 만약 이 방법이 효과가 없다면, 매슈나 다른 단서를 찾지 못한다면…….

내게는 아직 총이 있다.

이상하게 안전하다는 기분이 든다. 당연히 아이린은 경찰에 신고했을 것이다. 경찰은 교통 단속 카메라든 뭐든 뒤져서 결국 우리를 찾아낼 것이고, 아마 뉴포트까지 우릴 추적할 수 있을 테지만 아직은 시간이 있다. 적어도 나는 그렇게 생각한다.

나는 상록수에 바짝 붙어 진입로를 올라간다. 현관문이 보일 정도로 가까워지자 몸을 숙이고 지켜본다. 레이철이 현관으로 다가간다. 나는 아마 50~60미터 정도 떨어져 있을 것이다. 당연히 이곳 영지는 엄청나게 넓다.

레이철이 현관에 다가가자 문이 열린다.

헤이든 페인이 밖으로 나온다.

거트루드 페인은 실내 수영장에서 운동을 마쳤다. 지난 30년간 매일 45분 동안 수영장을 계속 돌았다. 주로 뉴포트에 있는 이 저택에 머물지만, 팜비치에 있는 저택과 잭슨홀에 있는 저택에도 실내와 야외 수영장이 모두 있었다. 그녀에게는 수영장이 중요했다. 예전보다 수영 속도가 느려지기는 했어도 그녀의 나이에는 자연스러운 일이었다. 젊을 때는 수영 선수가 되고 싶었지만 당시는 그녀의 아버지가 '계집애들 스포츠'는 시간 낭비라고 믿던 시절이었다. 그래도 그녀는 물과 물속의 고요, 규칙적인 호흡 소리만 들리는 머릿속의 절대적인 정적을 사랑했다.

그녀의 증손자 중 하나는 수영을 '할머니의 소소한 정신적 재충전'이라고 했다.

맞는 말이었다.

그녀가 수영장에서 나오자 스테파노가 수건을 들고 있었다.

"무슨 일이야?"

스테파노는 헤이든의 옛 대학 동창에게서 걸려 온 전화에 대해 설명했다. 그들은 데이비드가 탈옥한 후로 헤이든의 통화를 감시했다. 헤이든이 비이성적이거나 어린아이처럼 행동할 수 있기 때문이었다. 감정에 휘둘리는 데에서 헤이든은 둘째가라면 서러웠다.

스테파노의 설명이 끝나자 거트루드가 말했다. "어떻게 해야 하지?"

"지금은 통제 불능의 상황입니다." 스테파노가 말했다.

"사진 속 누군가의 신원을 확인할 수 있도록 도와달라는 레이철의 말을 안 믿나 보군."

스테파노는 얼굴을 찡그린다. "믿으시나요?"

"아니. 나도 안 믿어. 계획이 있나?"

"뉴스 보도에 따르면 레이철 앤더슨은 유죄판결을 받은 유아 살해범의 연방교도소 탈옥을 방조하고 있다고 합니다." 스테파노가 그 특유의 사무적 태도로 말했다. 그는 절대 목소리를 높이거나 낮추지 않았다. 아무리 급박한 상황에서도 늘 침착했고, 자신을 통제했으며, 결코 당황하거나 흥분하지 않았다. "냉정하게 말씀드리죠. 레이철 앤더슨이 여기로 오면 잡아야 합니다. 그 여자에게 데이비드 버로스가 어디 숨어있는지 알아내야 해요. 그 여자는 틀림없이 알고 있을 겁니다. 그런 다음에 우리가 그자를 찾아내 둘 다 사라지게 하는 겁니다. 영원히요. 부하 직원에게 레이철 앤더슨의 차를 몰고 나가라고 할 겁니다. 그러니 만약 레이철 앤더슨이 여기 왔다는 걸 경찰이 알아낸다면, 우리에게는 그 여자가 여기서 나갔다는 증거가 생길 겁니다. 경찰이 물으면 그 여자가 사진을 봐달라며 찾아왔다고 말해야죠."

"그래서 둘이 그냥…… 사라진다고?" 거트루드가 말했다.

"네."

"경찰은, 뭐냐, 둘이 도망쳤다고 생각할 거고?"

"아마 그럴 겁니다. 당연히 수색을 계속하겠죠."

"하지만 절대 찾아내지 못하겠군."

"절대요." 스테파노가 말했다.

"만약 레이철이 여기에 온다는 걸 다른 사람에게 이미 말했다면?"

스테파노는 빙그레 웃었다. "아무도 안 믿을 겁니다. 설사 말했다 해도 우리 쪽 변호사들과 저의 일 처리라면 이 일을 완전히 묻을 수 있습니다."

거트루드는 생각에 잠겼다. 어떻게 보면 특별한 해결책은 아니었다. 하지만 어떤 문제를 해결하는 최상의 방법은 문제 자체를 **없애는** 것이다.

"정말 다른 방법은 없을까?"

스테파노는 대답하지 않았다. 굳이 대답할 필요가 없었다.

"그래서 레이철은 언제 도착하지?"

"방금 도착했다더군요. 전 회장님의 승인을 기다리는 중입니다."

"승인하지."

헤이든은 밖으로 나와 레이철을 껴안았다. 레이철은 가만히 있었다. 몸을 움츠려서 빼내거나 심지어 움찔하지도 않으려고 노력했다. 하지만 이제는 알고 있었다. 의심의 여지가 없었다. 그에게서 거짓과 기만, 사악함이 느껴졌다. 지금까지 헤이든은 그 자신의 폭력

성을 꽤 자주 암시했다. 또한 페인가가 헤이든의 그런 행동을 은폐해 온 사실도. 레이철은 그 사실을 받아들였을 뿐 아니라 이해해 주기까지 했다. 그녀는 그의 폭력성의 수혜자이기 때문이었다. 헤이든은 그날 밤 그녀를 구해주었다. 그 사실을 잊을 수 없는 레이철로서는 그에 대한 시선이 왜곡될 수밖에 없었다. 그녀도 마음 한편으로는 알고 있었다. 헤이든이 어딘가 잘못됐다는 걸 느낄 수 있었지만 그래도 기꺼이 속아주었다. 헤이든은 그녀를 도와주었고 부자인데다 권력까지 가졌다. 그리고 솔직히 그와 함께 있으면 재미있고 신났다.

"네가 우리 집에 오니까 좋다." 여전히 그녀를 안은 채 헤이든이 말했다. "너무 오랜만에 왔어."

헤이든이 몸을 떼고 그녀의 얼굴을 보자 레이철은 밝게 웃으려고 노력했다.

"무슨 일이야?" 헤이든이 물었다.

"잠깐 정원 좀 산책해도 될까?"

"물론이지. 근데 나한테 보여줄 사진이 있다면서."

"이따가 보여줄게. 괜찮다면 우선 너랑 얘기 좀 하고 싶어."

헤이든은 고개를 끄덕였다. "좋아."

둘은 말없이 옆 뜰을 향해 걸어갔다. 저 앞쪽에 거울로 만든 두상 분수대가 있었고, 멀리서 파도 소리가 들렸다.

"아름답지?" 헤이든이 말했다.

"응."

"너도 나랑 같은 생각으로 보는 거지?"

"무슨 말인지 잘 모르겠어, 헤이든."

"우리 둘 다 이 아름다운 광경을 보고 있어. 둘 다 같은 걸 경험하고 있지. 이 영지에는 우리 직원들도 있어. 집 안이나 밖에서 일하는 사람들. 그들도 나처럼 눈이 있고, 나와 같은 풍경을 봐. 똑같은 경험을 한다고. 여기에 부자들만 누릴 수 있는 특별한 구역은 없어. 그런데도 왜 직원들은 우리를 그렇게 부러워할까? 우린 같은 걸봐. 같은 즐거움을 누릴 수 있다고."

헤이든이 여러 방법으로 자신의 부를 정당화하길 좋아한다는 걸레이철도 알고 있었다. 하지만 지금은 그런 복잡한 이야기를 하고싶지 않았다. 레이철은 죽 늘어선 산울타리 아래를 훑어보며 데이비드가 있는지 찾아보았지만 보이지 않았다. 아마 잘 숨었거나 거기 없으리라.

"헤이든?"

"응?"

"나 알고 있어."

"뭘?"

"네가 매슈를 데려갔다는 거."

"뭐라고?"

"실랑이하는 건 건너뛰면 안 될까? 난 알고 있다고. 넌 이탈리아여배우랑 사귀었다는 이야기를 지어냈어. 그러고는 아무도 매슈를보지 못하게 외국으로 데려갔고. 네 집안은 엄청난 부자지만 그렇다고 가십 대상은 아니니까 파파라치들이 네가 키운다는 아들의 사진을 찍으려고 안달하지도 않을 테고."

뒷짐을 진 채 걷고 있던 헤이든은 하늘을 올려다보며 실눈을 떴다.

"그 사진의 원본 파일을 입수해서 확대해 봤어." 레이철이 말을 이었다. "사진 속 소년은 남자의 손을 잡고 있었는데 그건 네 손이었어, 헤이든."

"무슨 근거로 그렇게 말하는 거야?"

"네 반지."

"졸업 반지를 끼고 다니는 사람이 나 혼자라는 거야?"

"그날 놀이공원에 갔어? 네, 아니오로 답해줘."

"안 갔다면?"

"못 믿겠어. 매슈의 침대에 있던 시신은 누구야?"

"너 미쳤구나, 레이철."

"나도 그랬으면 좋겠어. 정말이야. 데이비드가 제시한 가설이 있어."

"데이비드 버로스." 헤이든이 억지로 큭큭 웃으며 말했다. "네가 돕고 있는 탈옥수 말이군."

"그래."

"어서 빨리 들어보고 싶네."

"데이비드는 네가 날 사랑했다고 생각해."

"아, 그러셔?"

"나도 어느 정도는 느꼈어. 그러니까 대학 때 네가 나한테 호감이 있었다는 거. 아주 끔찍한 일을 함께 겪으며 유대감이 생겼기 때문일 거라고 짐작했지."

"'아주 끔찍한 일'이라는 건, 강간당할 뻔한 널 구해준 일 말이야?" 헤이든이 약간 냉랭하게 말했다.

"그래, 헤이든. 바로 그 일이야."

"넌 나한테 고마워해야 해."

"고마워하고 있어. 그때나 지금이나. 하지만 우리는 그 일을 잘못 처리했어. 경찰에 신고하고 어떤 결과든 받아들였어야 해."

"난 최소한 퇴학당했을 거야."

"그렇다면 그렇게 됐어야지."

"너를 구해준 대가로?"

"그래. 만약 경찰에 신고했다면 학교 측에서도 널 이해해 줬을 거야. 하지만 우리로서는 알 수 없게 됐지. 대신 우린 그 일을 비밀로 했어. 페인가는 늘 그런 식이야, 안 그래, 헤이든? 네 가문은 부와 권력을 이용해서 보기 싫은 걸 묻어두지."

"아, 그래. 부자는 나쁘다 이건가? 흥미로운 통찰이네."

"이건 선악의 문제가 아니야. 우린 그 일을 제대로 책임지지 않았어."

"하느님을 믿어, 레이철?"

"그 얘기가 지금 왜 나와?"

"난 믿어. 그분이 내게 주신 걸 봐." 헤이든은 양팔을 벌린 채 한 바퀴 돌았다. "보라고, 레이철. 하느님이 페인가에 무엇을 주셨는지. 이게 그냥 우연이라고 생각해?"

"솔직히 그래."

"말도 안 돼. 부자들이 왜 자신이 특별하다고 느끼는지 알아? 그게 사실이기 때문이야. 넌 우리에게 보상해 주는 정의로운 신을 믿어? 아니면 이 세상은 혼란스럽고, 행운은 무작위로 찾아온다고 믿어?"

"후자를 믿어. 매슈 어디 있어, 헤이든?"

"아니, 아니, 난 데이비드의 가설을 듣고 싶어. 내가 널 사랑했다고 했다면서. 거기서부터 계속해 봐."

"그 말이 맞잖아. 안 그래?"

헤이든은 걸음을 멈추고 그녀를 돌아보며 양팔을 벌렸다. "지금도 그럴지 어떻게 알아?"

"내가 바브 매티슨에게 전화해 언니 대신 불임 클리닉을 예약했을 때 매티슨이 그 일을 너한테 말했지? 안 그래?"

"말했다면?"

"넌 화가 났을 거야. 날 차지하고 싶었으니까. 그런데 갑자기 내가 정자를 기증받아 아이를 갖겠다고 하니 너로서는 도저히 이해가 안 됐겠지."

헤이든이 씩 웃었다. "휴대전화 가지고 있어?"

"응."

"나한테 줘."

"왜?"

"네가 이 대화를 녹음하는지 확인하고 싶어서."

레이철은 머뭇거렸다. 헤이든은 계속 미친 사람처럼 히죽거렸다. 레이철은 다시 주위를 훑어보며 최대한 티 나지 않게 데이비드를 찾아보았다. 하지만 그의 흔적은 없었다.

"전화기 내놔, 레이철."

이제 헤이든의 목소리는 날 서있었다. 선택의 여지가 없었다. 레이철은 주머니에 손을 넣으며 빨간 통화 종료 버튼을 찾아내 헤이든이 보기 전에 전화를 끊을 수 있기를 바랐다. 하지만 그가 그녀의 손을 덥석 잡았다.

"아야! 왜 이래, 헤이든?"

그는 그녀의 주머니에 손을 넣어 전화기를 꺼낸 다음 액정을 바라보았다.

"이건 무슨 전화기야?"

"버너폰이야."

헤이든은 전화기를 내려보았다. "네 가설을 마저 듣고 싶어, 레이철."

"내가 정자를 기증받을 거라는 소식을 들었을 때 기분이 어땠어?"

"네가 하찮고 한심한 남자를 새로 사귈 때마다 느꼈던 기분과 똑같았지. 네가 아까웠어."

"난 널 사귀었어야 했는데 말이야."

"날 사귀었어야 했지. 난 널 구해줬어, 레이철. 넌 내 여자여야 했다고."

"그 불임 클리닉은 너희 집안 소유였어."

"계속해 봐."

"그러니 계획을 세우기가 쉬웠겠지. 거기 직원을 협박했니? 아니면 돈을 줬어?"

"협박할 필요도 없어. 보통은 돈과 비밀 유지 협약서면 충분해."

"그래서 **네** 정자를 기증 정자로 사용하게 했구나."

헤이든은 눈을 감고 미소를 지으며 하늘을 향해 고개를 들었다.

"여긴 우리 둘뿐이야, 헤이든. 이제 솔직히 털어놔."

"네가 이러지 않았으면 좋았을 텐데."

"뭘 말하는 거야?"

헤이든은 고개를 절레절레 흔들었고 이제 얼굴에서는 미소가 사라졌다.

"어떻게 될 거라고 생각했어, 헤이든?"

"네가 내 아들을 임신할 줄 알았어. 그러면 내가 나중에 말해줄 생각이었지."

"그러면 내가 너와 사랑에 빠질 거라고 생각했어?"

"아마도. 어쨌든 우린 가족이 됐을 거야, 안 그래? 최악의 경우 네가 날 뿌리치고 혼자서 내 아이를 키웠겠지. 하지만 아마도 넌 날 네 삶에 받아들였을 거야. 넌 우리 집안의 영향력을 싫어하지 않았어. 봄방학 때 우리 집 전용 비행기를 타고 안티과섬의 별장에 갔던 일 기억하지? 그때 네 표정 말이야, 레이철. 넌 무척 좋아했어. 파티를 사랑했고, 권력도 사랑했지. 우리가 친해진 데는 그 이유도 있어. 그래, 내 계획은 널 임신시키는 거였어. 내 정자를 주겠다는데 왜 익명의 기증자가 필요하겠어?"

"그것도 하느님이 보기에 아주 특별한 사람인데 말이야." 레이철이 덧붙였다.

"맞아. 우월한 유전자지. 게다가 널 좋아하기도 하고. 모든 면에서 완벽하잖아."

"다만 그 클리닉에 간 사람이 내가 아니었다는 게 문제지."

"그래. 네 사기극에 병원 사람들이 모두 속았지. 생각해 보면 참 아이러니해. 넌 아까 비밀을 묻어버리는 우리 집안이 파괴적이라고 했지만……."

"……우리 자매도 똑같은 짓을 했다, 그거야?"

"맞아, 레이철."

"병원에 간 사람이 내가 아니라 셰릴이라는 건 언제 알았어?"

"네가 끝내 임신하지 않는 걸 보고 알았지. 대신 셰릴이 임신했어. 그래서 난 네가 찾아갔다는 병원에 가서 의사에게 네 사진을 보여줬지. 의사는 널 못 알아보더라고. 그래서 셰릴의 사진을 보여줬더니…….”

헤이든은 어깨를 으쓱였다.

“그다음에는?”

“그다음에는 기다렸지. 계획을 세우고 지켜봤어. 어쨌든 데이비드는 망가지고 있었어. 너도 알고 있었지? 결혼 생활이 지속될 것 같지 않았어. 셰릴이 한 짓. 데이비드는 그 거짓말에 먹혀버린 거야. 처음부터 매슈가 자기 아들이 아니라는 걸 알고 있지 않았을까? 그래서 난 인내심을 가지고 그들을 지켜봤어.”

“넌 다른 아이를 죽였어.”

“아냐, 레이철.”

“그날 밤 다른 아이가 살해됐다고.”

“그것 때문에 실행이 지연되었던 거야. 난 기다렸어. 그 애에게 최고로 멋진 삶을 선사했다고.”

“그게 무슨 말이야?”

“그건 중요치 않아.”

“나한텐 중요해.”

“아니, 레이철, 네가 신경 써야 할 사실은 그날 밤에 내가 그 애를 구해냈다는 거야. 내 아들 말이야.”

“넌 데이비드에게 누명을 씌웠어.”

“꼭 그런 건 아니야. 그 노부인이 재판정에서 데이비드가 야구방망이를 묻는 걸 봤다고 증언했을 때 솔직히 난 충격을 받았어. 내가 무슨 생각을 했는지 알아?”

"말해봐."

"데이비드가 자기가 아들을 죽였다고 믿고 야구방망이를 직접 묻은 거라고 생각했어. 나중에야 데이비드의 아버지에게 원한을 가진 누군가가 꾸민 일이라는 걸 알게 됐지. 하지만 데이비드를 평생 감옥에서 썩게 할 의도는 없었어. 이 일에 데이비드의 잘못은 전혀 없었으니까. 데이비드는 최선을 다해서 내 아들을 키웠어. 필요 이상으로 피해를 주고 싶진 않았다고."

"그럼 왜 그렇게 극단적인 짓을 한 거야?"

"달리 어쩌겠어, 레이철? 불임 클리닉 직원에게 뇌물을 주고 내 정자를 사용하게 했다고 인정할 수는 없잖아." 헤이든이 양손을 들어 올렸다. "그리고 그렇게 잘난 척하기 전에 이 일의 발단이 누구였는지 생각해 보자고. 너와 네 언니였어. 두 사람의 거짓말."

아주 틀린 말은 아니라는 걸 레이철도 알고 있었다. "그래서 또 아는 사람이 누구야?"

"당연히 할머니는 아시지. 그리고 스테파노도. 두 사람뿐이야. 두 아이를 바꾼 다음에 내 아들을 여기 데려왔어. 솔직히 그땐 패닉이었어. 끔찍한 실수를 저지른 건 아닐까 걱정했지. 하지만 할머니가 친자 확인 검사를 했고, 내 아들로 밝혀졌어. 우린 여기에 거의 6개월간 머물렀지. 그 기간 동안 난 여길 떠난 적이 없었어. 처음에 아이는 흥분 상태였어. 많이 울고 잠을 못 잤지. 엄마와…… 데이비드를 그리워했어. 하지만 아이들은 금방 적응해. 우린 아이에게 시오라는 이름을 지어줬어. 이탈리아 여배우와의 스캔들도 지어냈고. 마침내 난 시오를 해외로 데려가 스위스 최고급 기숙학교에 입학시켰지. 나는 그 망할 놈의 모반이 희미해지길 기다렸어. 의사가 그럴 거라고 했거든. 하지만 모반은 고집스럽게 계속 남아있었어. 그리고 맞아, 아무도 매슈를 찾지 않았어. 매슈는 실종된 게 아니라 죽었으니까. 하지만 지금의 시오와 사진에 찍힌 아이가 닮아서⋯⋯."

"헤이든?"

"왜?"

"아직 이 일을 바로잡을 수 있어."

"어떻게?"

"매슈를 돌려줘."

"그냥 돌려주라고?"

"그동안 매슈가 어디 있었는지, 누가 데리고 있었는지 아무도 알 필요가 없어."

"왜 이래. 사람들은 당연히 알려고 할 거야. 그리고 넌 아무것도 증명할 수 없어, 레이철. 너도 알잖아. 넌 절대 아이를 찾아낼 수 없고, 설사 찾아낸다 해도 페인가에 DNA 검사를 받으라고 강요할 수 있을 것 같아? 게다가 DNA 검사로 뭐가 나오는데? 내가 아빠고, 셰릴이 엄마라는 사실? 셰릴이 나와 바람 피웠다고 하면 그만이야."

그때 관목 뒤에서 데이비드가 걸어 나왔다. 두 남자는 서로를 바라보았다.

그러더니 데이비드가 말했다. "내 아들 어디 있어?"

I will find you

CHAPTER
38

"**내** 아들 어디 있어?"

내가 말한다.

나는 내 인생을 무너뜨린 이 남자를 바라본다. 온몸이 떨린다.

레이철이 날 말린다. "데이비드."

"경찰에 신고해, 레이철."

"신고 못 합니다." 헤이든이 말한다. "레이철의 휴대전화가 나한테 있거든요. 어차피 상관없어요. 경찰은 영장 없이 이 영지에 들어올 수 없으니까." 그러더니 내게 다가온다. "하지만 데이비드, 우린이 일을 해결할 수 있을 거예요."

나는 레이철을 힐끗 보았다가 다시 헤이든을 본다. "매슈는 어디 있지?"

"매슈는 없어요. 당신이 죽였죠. 시오를 말하는 거라면……."

더 들을 필요도 없다. 나는 집 쪽으로 걸어간다. 필요하다면 문을 부숴버릴 것이다. 이젠 상관없다. 내 아들을 꼭 다시 봐야겠다.

둘 다 날 따라온다. "내 제안이 뭔지 듣고 싶지 않아요?" 헤이든이 묻는다.

나는 주먹을 쥔다. 주먹을 날리기에는 헤이든이 너무 먼 거리에 있다. "아니."

"그 애는 당신 아들이 아니에요. 지금쯤이면 당신도 알 텐데요. 하지만 당신은 피해자예요. 난 늘 당신이 안타까웠어요. 누명을 쓰고 감옥까지 가게 됐으니까요. 그러니 내가 도와줄게요. 내 말을 들어봐요, 데이비드. 우리 집안은 재력이 있어요. 당신을 다른 나라로 보내 새 신분을 만들어 줄 수⋯⋯."

"미쳤군."

"아뇨, 내 말 들어봐요."

더는 참을 수 없다. 우리는 현관을 20미터 앞두고 있었는데 나는 돌아서서 헤이든에게 달려가 한 손으로 그의 멱살을 잡는다.

이번에도 레이철이 날 말리는 소리가 들린다. "데이비드."

하지만 난 레이철의 말을 무시한다. 헤이든 페인을 바닥에 내동댕이치려는 순간, 다른 목소리가 들린다. 차분한 남자 목소리다. "됐어, 그만해."

남자는 검은 머리에 건장한 체격으로 검은색 정장을 입었다.

또 손에 총을 들고 있다.

"헤이든을 놓아줘, 데이비드." 남자가 말한다.

남자는 태평하게, 심지어 부드러운 말투로 말하지만 그의 말투에는 하던 일을 멈추고 유심히 듣게 만드는 무언가가 있다. 그의 눈은 차갑고 생기가 없는데 나는 교도소에서 저런 눈을 꽤 자주 보았다.

그 순간 깨달았다.

깨달음이 맞는 표현인지 모르겠지만 비슷하다. 이 모든 게 1초도 안 되는 짧은 순간에 일어났다. 난 저런 놈들을 잘 안다. 지금이 어떤 상황인지도 알고 있다. 저 남자에게는 총이 있고, 여기는 사유지다. 저자는 날 죽이러 온 것이다. 결국 나는 레이철과 매슈를 보호해야 하고, 내 목숨은 어떻게 되든 상관없다.

이 모든 사실을 염두에 둔 채 나는 재빨리 움직인다.

나는 여전히 헤이든의 먹살을 쥐고 있으므로 헤이든을 내 앞으로 끌어당겨 아주 잠깐 그를 방패로 이용한다.

그리고 다른 손으로 총을 꺼낸다.

총을 다루는 게 이번이 처음은 아니다. 우리 아버지는 경찰이었고, 총기 안전을 매우 중요시했다. 아버지와 필립 아저씨는 토요일 오후에 나와 애덤을 데리고 에버렛의 사격장에 가곤 했다. 나는 총을 꽤 잘 쏘게 되었는데 고정된 표적보다는 골판지로 만든 표적이 무작위로 튀어나오는 모의 사격 연습에서 더 잘했다. 무작위로 튀어나오는 표적은 악당일 때도 있었고, 무고한 민간인일 때도 있었다. 나는 그 둘을 잘 분간하지는 못했지만 아버지에게 배운 가르침은 기억한다.

머리는 쏘지 마라. 다리를 겨누거나 부상을 입히려고 하지 마라. 몸통 중앙을 겨눠 실패할 여지를 최대한 줄여라.

남자는 내가 뭘 하려는지 금방 알아차리더니 총을 들어 올린다.

하지만 나의 대담함과 갑작스러운 행동 변화, 거기다 헤이든 페인을 임시 방패로 사용하는 점이 내게 유리하게 작용한다.

나는 세 발을 쏜다.

그러자 남자가 쓰러진다.

헤이든은 비명을 지르며 현관문을 향해 달려간다. 나는 그를 따라가려고 몸을 돌리지만 또 다른 남자가 총을 꺼내는 것을 발견한다.

나는 망설이지 않고 세 발을 더 쏜다.

이 남자도 쓰러진다.

두 남자가 죽었는지 부상을 당했는지 모르겠지만 상관없다. 헤이든은 집 안에 있다.

나는 먼저 쓰러진 남자를 향해 달려간다. 그의 눈은 감겼지만 아직 숨을 쉬는 듯하다. 지금은 확인할 시간이 없다. 나는 허리를 숙여 그의 손에서 권총을 빼앗은 다음 레이철을 돌아보며 외친다.

"빨리 와!"

레이철은 내 말대로 한다. 우리는 서둘러 현관으로 달려간다. 문이 잠겨있을까 걱정하지만 그런 일은 없다. 이런 곳에 살면서 문을 잠그는 사람이 어디 있겠는가. 우리는 현관으로 들어선다. 나는 문을 닫고 총 하나를 레이철에게 건넨다.

"신변 보호용이야. 누가 침입할 경우를 대비해서."

"어디로 갈 거예요?"

하지만 레이철은 그 답을 알고 있다. 나는 이미 달리는 발소리가 들리는 계단을 향해 올라가고 있다. 총을 가진 보안요원이 몇 명이나 더 되는지 모르겠다. 이미 두 명을 쐈으니 몇 명 더 쏜다고 해도 상관없다. 다만 총알이 몇 발이나 남았을지 걱정이다.

집 안은 순백색에 티끌 하나 없어서 사람이 사는 집 같지 않다. 색이 거의 보이지 않는다. 어디선가 울리는 소리가 들려서 그쪽으로 간다.

"시오!"

헤이든의 목소리다.

나는 총을 꽉 쥐고 계속 복도를 걸어간다. 한 노부인이 복도로 나오더니 "헤이든? 무슨 일이니?"라고 말한다.

"할머니, 조심하세요!"

노부인이 몸을 돌리자 우리의 눈이 마주친다. 날 알아본 그녀의 눈이 휘둥그레진다. 저 여자는 내가 누구인지 알고 있다. 나는 아까 헤이든의 목소리가 들렸던 쪽으로 서둘러 달려간다. 노부인은 움직이지 않는다. 우두커니 서서 반항하듯 날 바라본다. 저런 노인까지 공격하고 싶지는 않다. 꼭 해야 한다면 하겠지만 굳이 그럴 필요는 없어 보인다. 나는 그녀 옆을 지나 계속 달린다.

"할머니?"

이번에도 헤이든의 목소리다. 바로 앞, 왼쪽 침실에서 들린다. 나는 서둘러 방으로 들어가 총을 들어 올린다. 왜냐하면 내 아들이 어디 있는지 알아내야……

그런데 그 방에 매슈가 있다.

나는 몸이 얼어붙는다. 내 손에는 총이 있고, 내 아들은 날 올려다보고 있다. 우리의 눈이 마주친다. 어릴 때와 똑같은 눈이다. 타임스스퀘어에서 나는 감각이 과부하되는 경험을 했다. 지금도 그때와 비슷하지만 이번에는 몸 안에서, 피와 혈관에서 느껴진다. 출구도 없고, 도망칠 방법도 없이 내 몸 구석구석으로 밀려드는 전율을 느낀다. 몸이 떨리는 것도 같은데 잘 모르겠다.

그때 누군가 매슈의 어깨에 손을 올린다.

"시오." 헤이든이 애써 담담한 말투로 말한다. "여긴 아빠 친구 데이비드야. 우린 총놀이를 하는 중이란다. 안 그래요, 데이비드?"

이상하게도 맨 처음 든 생각은 이제 매슈는 세 살이 아니라 여덟 살이라는 것이다. 저런 말에 속아 넘어가지 않을 것이다. 매슈의 표정을 봐도 알 수 있다. 마음 한구석으로는 지금 당장 여기서 끝내버리고 싶다. 저 개자식을 쏴버리고 그 후폭풍을 감당하리라. 하지만 여기 내 아들이 있다. 좋든 싫든 매슈는 헤이든을 아빠로 알고 있고, 헤이든을 무서워하지 않는다. 마음 아프지만 매슈가 무서워하는 사람은 나다.

매슈 앞에서 헤이든을 쏠 수는 없다.

"데이비드, 여긴 내 아들 시오예요."

방아쇠를 감은 내 손가락이 느껴진다. 하지만 다시 생각해 보면 난 이미 두 명을 쐈다. 한 명 더 쏜다고 뭐가 달라질까.

멀리서 요란한 소리가 들린다. 이 방은 집의 다른 곳과 마찬가지로 통창이 있는 모던한 분위기다. 나는 통창을 향해 다가가 밖을 내다본다. 탁 트인 잔디밭에 헬리콥터가 착륙하고 있다.

아까 헤이든이 할머니라고 불렀던 여자가 방으로 들어오더니 내 옆에 선다. "이리 와라, 시오. 이제 갈 시간이야."

"아무 데도 못 갑니다." 내가 말한다.

노부인은 나와 눈을 마주치더니 아주 살짝 미소를 짓는다. "이제 어떻게 할 계획인가요, 데이비드? 이미 경찰에 신고했어요. 경찰 서장 프레디가 경찰 병력의 반을 이끌고 오는 중이죠. 경찰은 당신이 총을 가졌고, 벌써 두 명이나 쏜 위험한 사람이라는 걸 알고 있어요. 스테파노는 죽은 것 같더군요. 프레디는 스테파노를 아주 좋아했죠. 두 사람은 일주일에 한 번씩 포커를 쳤어요. 운이 좋다면, 그러니까 지금 당신이 총을 내려놓고 두 손을 높이 든 채 저 잔디밭으로 나간다면 어쩌면, **어쩌면** 경찰의 총에 맞지 않을지도 몰라요."

"당신들이 무슨 짓을 했는지 난 압니다."

"하지만 절대 증명할 수 없을걸요? 무슨 증거가 있죠?"

나는 매슈를 바라본다. 매슈는 이제 별로 무섭지 않은 듯하다. 무섭다기보다는 당황하고 몰입한 표정이었는데 마음이 아플 정도로 셰릴을 닮았다.

"당신은 어쩔 생각이죠?" 노부인이 말을 잇는다. "이 아이를 데리고 DNA 검사를 할 건가요? 어림없어요. 그러려면 법원의 명령이 필요하고, 판사에게 이해할 만한 이유를 제시해야 해요. 하지만 우리 집안은 이 나라의 판사를 다 알고 있죠. 최고의 변호사들도 데리고 있고요. 또 모든 정치인과 밀접히 연관되어 있어요. 당신이 교도소에서 썩어갈 때쯤이면 시오는 해외로 돌아갔을 거예요."

"게다가," 헤이든이 끼어든다. "아까 레이철에게도 말했지만 검사 결과가 어떻게 나올 것 같나요?" 그가 씩 웃는다. "페인가의 피가 흐르는 아이를 키우고 싶어요? 이 애는 내 아들입니다."

나는 노부인을 힐끗 바라보고 그녀의 얼굴에 무언가 스치는 것을 알아차린다.

내가 말한다. "아니, 헤이든, 그 애는 당신 아들이 아니야."

헤이든은 어리둥절한 표정을 짓더니 노부인을 바라본다. 그녀는 바닥을 보고 있다.

"나는 정자 기증을 받지 않았다는 아내의 말을 절대 믿지 않았어. 내 생각에는 그게 우리 결혼 생활을 파탄 낸 결정타였어. 우린 부모로서 최선을 다하기는 했지만 부부로서는 계속 함께할 수 없었을 거야."

헤이든은 노부인을 바라본다. "저게 무슨 말이죠?"

나는 휴대전화를 꺼낸다. "예전 이메일 주소에 접속할 수 있었지. 이걸 봐. 8년 전에 온 이메일이야. 셰릴이 불임 클리닉에 갔던 걸 알고 난 친자 확인 검사를 받았어. 그것도 두 번이나. 확실히 해두려고 말이야. 검사 결과 내가 매슈의 아빠였어."

헤이든의 눈이 튀어나올 듯하다. "그건 불가능해. 그렇죠, 할머니?"

노부인은 헤이든을 무시한다. "가자, 시오."

"안 됩니다." 내가 말한다.

"당신은 날 쏘지 못해요." 노부인이 말한다.

"데이비드는 못하지만 난 쏠 수 있어요."

레이철이다. 그녀가 총을 든 채 방으로 들어온다. "헤이든?"

그는 고개를 절레절레 흔든다.

"내가 맞혀볼게." 레이철이 말한다. "넌 매슈를 여기로 데려왔고 패닉 상태였지. 자신이 옳은 일을 했는지 의심스러웠을 거야. 나한테 그렇게 말했지?"

헤이든은 여전히 고개를 흔든다. 멀리서 사이렌이 다가오는 소리가 들린다.

"친자 확인 검사에서 네가 아빠가 아니라는 결과가 나왔다면 넌 어떻게 했을까? 아마 사실대로 말했을 거야. 경찰에 자백했겠지." 레이철은 노부인을 바라본다. "네 할머니는 그걸 견딜 수 없었던 거야. 그래서 거짓말을 했어. 넌 아빠가 아니야. 사실 그건 중요치 않아. 아빠는 생물학적으로 결정되는 게 아니라고. 하지만 어쨌든 저 애는 데이비드의 아들이야. 데이비드와 셰릴의 아들."

헤이든이 어린아이 같은 목소리로 말한다. "할머니?"

사이렌 소리가 들린다. 나는 노부인이 레이철의 말을 부인할 거라고 생각하지만 그녀의 내면에는 그런 갈등조차 없는 듯하다. "넌 저 애를 돌려보냈을 거다." 그녀가 말한다. "더 심한 일도 했겠지. 어느 쪽이든 넌 우리 집안을 무너뜨렸을 거야. 그래서, 그래, 난 네가 듣고 싶어 했던 말, 네가 들어야 했던 말을 해준 거다."

적어도 열 대는 되는 경찰차가 진입로로 들어와 집 앞에 진을 친다.

"상관없다, 헤이든. 너희 둘은 헬기를 타고 가야 해." 노부인이 말한다.

"싫어요."

이번에는 내 아들이 말한다.

"전 이게 다 무슨 일인지 알고 싶어요." 매슈가 말한다.

"이건 다 놀이의 일부야, 시오." 노부인이 말한다.

"제가 그렇게 멍청한 줄 아세요?" 시오는 날 바라본다. "아저씨가 우리 아빠예요."

저 말이 질문인지 선언인지 모르겠다. 이제 경찰이 집 안으로 들어와 계단을 뛰어오르더니 내게 양손을 머리 위로 든 채 나오라고 외친다. 하지만 난 잘 들리지 않는다. 나는 모든 걸 무시하고 내 아들만 본다.

내 아들.

나는 무릎을 꿇어 아이의 눈높이에 맞추고 싶지만 매슈는 세 살이 아니라 여덟 살이다. 나는 매슈의 눈을 보며 말한다. "그래, 내가 네 아빠야. 네가 세 살 때 저 사람이 널 납치했어."

내 아들은 날 바라본다. 우리 눈이 마주친다. 매슈는 고개를 돌리지 않는다. 눈을 깜빡이지도 않는다. 우리 둘 다 그렇게 서로를 바라본다. 내 인생에서 가장 순수한 순간이다. 내 아들과 내가 함께하는 순간. 나는 매슈가 이해한다는 걸 알 수 있다. 저 애는 이해한다.

그 깨달음이 밀려드는 동안 첫 번째 총알이 내 몸을 관통한다.

EIGHT MONTHS LATER
8개월 뒤

아버지의 시신이 들어있는 평범한 소나무 관이 땅속으로 들어가는 동안 나는 소피 고모 왼편에 서있다. 필립 아저씨와 애덤 둘 다 관을 날랐다. 젊은 경찰, 나이 든 경찰, 은퇴한 경찰이 많이 참석했다. 아버지는 친구가 많았다. 오랫동안 그들과 함께하지 못했지만 그들은 아버지에게 마지막 작별 인사를 하러 나왔다.

나를 바라보는 필립 아저씨의 시선이 느껴진다. 아저씨는 내게 보일 듯 말 듯하게 고개를 끄덕였으나 거기에는 많은 의미가 담겨 있다. 아저씨는 내 곁에 있었고, 앞으로도 그럴 것이다.

나는 페인 영지에서 총을 세 발 맞았다.

그냥 두었더라면 더 맞았을 거라고 들었다. 하지만 매슈가 내게 달려왔다. 그걸 본 경찰들이 총격을 멈췄다. 나는 그때 전혀 의식이 없었다.

왼쪽에서 작은 손이 내 손 안으로 슬그머니 들어온다. 그게 위로가 된다. 나는 몸을 돌려 매슈를 바라보며 미소 짓는다. 매슈를 지나 매슈의 다른 쪽 손을 잡은 레이철을 바라본다. 레이철이 살짝 미소 짓자 가슴이 벅차다. 나는 그녀의 눈을 보며 괜찮다고 눈짓한다.

아버지는 오랫동안 아팠다. 돌아가실 준비가 되고도 남았다. 그저 내가 무죄판결을 받고 손자를 다시 볼 때까지 버텼던 것 같다.

그 점이 얼마나 감사한지 모른다.

우리 모두 카디시(죽은 자를 위한 기도—옮긴이)를 위해 고개를 숙인다. 내가 제일 먼저 삽으로 흙을 퍼서 아버지의 관 위에 던진다. 소피 고모가 그다음이다. 고모가 삽으로 흙을 푸는 동안 나는 고모의 팔을 붙잡는데 고모를 부축하기 위해서가 아니라 내가 균형을 잡기 위해서다. 나는 두 달간 병원에 입원해 여섯 차례 수술을 받았다. 이제 지팡이를 짚지 않고서는 걸을 수 없을 거라는 말을 들었지만 앞으로 재활 치료를 죽어라 받을 것이다.

나는 불가능한 일에 도전하는 걸 좋아하고, 또 그런 일을 잘 해내는 것 같다.

장례식이 끝난 뒤 우리는 리비어에 있는 옛집으로 돌아가 공식으로 애도하는 기간인 시바에 들어간다. 물론 그 집에는 유령들이 있지만 오늘은 조용한 듯하다. 우리 중 누구도 독실한 신자는 아니지만 장례 의식에서 위안을 얻는다. 친구들이 보내준 음식은 펜웨이 파크를 가득 채울 정도로 많다. 나는 관습대로 낮은 의자에 앉아 아버지에 관한 이야기를 듣는다. 그 또한 위로가 된다.

이제는 소피 고모 혼자 이 집에서 살 것이다.

"내가 이 동네를 떠나서 어디에서 살겠니." 고모는 그렇게 말했다.

고모의 마음은 당연히 이해한다.

조문객 행렬이 잠시 멈추자 소피 고모가 내 팔을 슬쩍 치며 레이철을 향해 고갯짓한다. 레이철은 슬로피 조 샌드위치를 접시에 담는 일을 돕고 있었다.

"그럼 너랑 레이철은……?" 고모가 묻는다.

"아직 초기라서 어떻게 될지 몰라요."

소피 고모가 빙그레 웃는다. 고모는 그 말을 믿지 않는다. "너희 둘이 알고 지낸 세월이 몇 년인데. 정말 잘됐구나. 아버지도 좋아했을 거야."

나는 침을 삼키고 내가 사랑하는 여자를 바라본다. "레이철은 날 행복하게 해줘요." 나는 고모에게 그렇게 말한다. 살면서 이렇게 진심으로 하는 말은 처음인 것 같다.

조문객 행렬의 맨 마지막은 맥스 번스타인 요원과 그의 파트너 세라 자블론스키다. 둘 다 나와 악수하며 애도를 표한다. 번스타인의 눈이 실내를 훑는다.

"지금 말해도 될지 모르겠군요." 그가 말한다.

"뭘 말입니까?"

"새로운 소식이요."

나는 그의 파트너를 보았다가 다시 그를 본다. "말해주세요."

그의 파트너가 먼저 시작한다. "피해자 신원에 대한 단서를 찾은 것 같아요."

매슈의 침대에 있던 소년. 나는 번스타인 요원을 바라본다.

"페인가에서 운영하는 해외 보육원이 있습니다. 지금으로서는 그게 우리가 아는 전부예요." 그가 말한다.

"하지만 더 알아낼 거예요." 그의 파트너가 덧붙인다.

나는 그 말을 믿는다. 하지만 그걸로는 충분하지 않을 것이다.

내가 자유의 몸이 되기까지 석 달이 걸렸다. 필립 아저씨와 애덤 둘 다 해고되었다. 아직도 그들을 기소해야 한다는 말이 있고, 심지어 레이철도 방조죄로 기소해야 한다는 말이 있다. 내가 페인 영지에서 쏜 두 '보안요원'에 대해서도 말들이 많다. 하지만 우리 변호사 헤스터 크림스틴은 검찰이 기소할 수 없을 거라고 생각하는 듯하다. 그녀의 말이 맞기를 바란다.

다리를, 특히 총에 맞은 다리를 펴줘야 하기 때문에 나는 자리에서 일어난다. 주방으로 가려다 멈칫한다.

니키 피셔가 팔짱을 낀 채 한쪽 구석에 서서 날 지켜보고 있다.

전날 밤, 니키는 비행기를 타고 리비어로 와 곧장 이 집을 찾아왔다. 내게 현관 포치에서 조용히 이야기할 수 있게 밖으로 나와달라고 했다. 두 깡패 친구는 보도에서 대기 중이었는데 검은 SUV 옆에서 내게 손을 흔들었다. 나도 그들에게 손을 흔들었다.

니키 피셔는 별이 보이지 않는 검은 하늘을 올려다보며 말했다. "아버지 일은 유감이네."

"고맙습니다."

"내게 전부 다 말해주게, 데이비드. 하나도 빠짐없이."

그래서 나는 그렇게 했다.

여러분도 니키 피셔처럼 거트루드와 헤이든 페인이 현재 긴 징역형을 선고받고 수감 생활 중이라는 말을 듣고 싶을 테지만, 현실은 그렇지 않다. 내가 총에 맞은 후 맥스가 현장에 나타났다. 필립 아저씨가 그에게 사실을 털어놓은 터라 맥스는 꽤 많이 알고 있었고 그게 도움이 됐다. 그렇기는 해도 내가 안정을 되찾자 나는 다시 브리그스 교도소 의무실로 이송되었다. 정의의 수레바퀴는 천천히 돌아간다. 페인가가 지적했듯이 헤이든이나 그의 할머니가 범죄를 저질렀다는 증거는 많지 않았다. 헤이든이 매슈를 데리고 있다는 사실 외에는 살인이나 유괴에 연루되었다는 증거가 전혀 없었다. 거트루드 페인이 헤이든에게 이 소년이 자기 아들이라는 말을 들었다는 것 외에 또 다른 사실을 알고 있었다는 증거도 없었다. 헤이든은 어쩌다 이 소년을 데리고 있게 되었을까? 헤이든은 매슈가 자신이 사귀었던 이탈리아 여배우와의 사이에서 얻은 아들이라고 했다. 그렇다, 거짓말이었다. 누구라도 뻔한 거짓말이라고 생각할 것이다. 하지만 가스라이팅에 능숙한 변호사, 판사, 정치가로 구성된 팀이 도와줄 때는 정의의 수레바퀴가 서서히 멈추게 된다.

돈은 수레바퀴에 기름칠을 하기도 하고 또한 멈추게도 한다.

나는 어젯밤 현관 포치에서 이런 사실을 전부 니키 피셔에게 설명했다. 니키 피셔는 말없이 듣기만 했다. 내 이야기가 끝나자 그가 말했다. "그건 참을 수 없군."

"뭐가요?"

"그렇게 처벌받지 않고 빠져나가는 거."

니키 피셔는 포치에서 나갔고 SUV를 타고 떠났다.

그랬던 그가 다시 이 집에 돌아왔다. 나와 눈이 마주치자 그가 내게 고개를 끄덕인다. 하지만 이 끄덕임은 필립 아저씨의 끄덕임과 다르다. 보는 순간 차가운 손가락이 척추를 쓸어내리는 듯한데 이건 좋은 의미일 수도 있고, 나쁜 의미일 수도 있다.

내게는 좋지만 페인가에는 나쁜 쪽일 거라고 믿겠다.

나는 조문객 사이를 지나가며 묵례를 하고 미소 짓고 악수한다. 주방에 갔더니 셰릴의 남편 로널드 드리즌이 부엌 창문으로 뜰을 내다보고 있다. 나는 그의 옆에 선다.

"괜찮아요?" 로널드가 묻는다.

나는 고개를 끄덕인다. "와줘서 고마워요."

"당연히 와야죠."

우리는 나란히 서서 부엌 창문을 내다본다. 뒤뜰에는 셰릴이 있다. 생후 4개월 된 딸, 엘리를 품에 안고서. 나는 로널드를 슬쩍 훔쳐본다. 자부심 넘치는 아빠인 로널드가 두 모녀를 향해 미소 짓는다. 그는 셰릴을 사랑한다. 나도 그 사실이 기쁘다.

"딸이 예쁘네요." 내가 말한다.

"네. 정말 그렇죠?" 그의 입이 귀에 걸린다.

그리고 거기, 뒤뜰에는 셰릴과 함께 매슈도 서있다.

이 모든 일이 낯설지만 지금으로서는 셰릴과 내가 매슈의 공동 양육권을 갖게 되었다. 매슈는 한 주는 셰릴과 로널드가 사는 집에서, 한 주는 레이철과 내가 사는 집에서 산다. 지금까지는 순조롭게 진행 중이다.

매슈는 어떠냐고?

악몽을 꾸긴 하지만 생각보다는 적게 꾼다. 아이들은 회복력이 강하고, 특히 매슈는 더욱 그렇다. 매슈에게 미칠 장기적 부작용에 관해서는 다들 아마 영향이 있을 거라고 말하지만 나는 좀 더 낙관적이다. 여덟 살은 호기심이 강하며 세상사를 대부분 이해할 수 있는 나이다. 그런 아이에게 거짓말을 하거나 좋게 돌려서 말할 수는 없다. 다행히도 헤이든은 매슈에게 친절했지만, 매슈는 대부분의 시간을 화려한 스위스 기숙학교에서 부모 없이 보냈다. 그래서인지 한때 아버지라고 믿었던 남자보다 친구와 선생님을 더 그리워하는 듯하다. 하지만 헤이든에 대해서는 좋은 기억을 가지고 있다. 한번은 매슈가 내게 물어본 적이 있다. 어떻게 그렇게 사악한 짓을 저지른 사람이 동시에 친절할 수도 있냐고. 나는 인간은 우리가 아는 것보다 더 복잡한 존재라고 설명해 주었지만 당연히 나도 그 답을 모른다.

이제 나는 세릴이 어린 엘리를 그 애의 오빠에게 건네는 모습을 지켜본다.

엘리를 사랑하는 매슈는 마치 동생이 유리로 만들어졌다는 듯이 조심스럽게, 부드럽게 안아주지만 얼굴은 환히 웃고 있다. 내가 매슈를, 내 아름다운 아들을 바라보고 있을 때 레이철의 팔이 슬그머니 날 감싼다. 그녀도 옆에 서서 지켜보고 있다. 우리 모두는 함께 살아가려고 고군분투하고 있고, 아마 아버지도 어딘가에서 지켜보고 있으리라.

감사의 말

저자는(가끔 자신을 3인칭으로 지칭하는 것을 좋아함) 특별한 순서 없이 다음 분들께 감사의 말을 전하고 싶다. 벤 세비어, 마이클 피에치, 웨스 밀러, 키르시아 뎁, 베스 드 구즈만, 카렌 코스톨닉, 로런 벨로, 조너선 발루카스, 매슈 발라스트, 브라이언 맥렌던, 스테이시 버트, 앤드루 던컨, 알렉시스 길버트, 제닌 페레즈, 조지프 베닌케이스, 앨버트 탕, 리즈 코너, 레나 콘블루, 마리 오쿠다, 릭 볼, 셀리나 워커, 샬럿 부시, 베케 파커, 세라 리들리, 글렌 오닐, 맷 와터슨, 리처드 롤런즈, 프레드 프리드먼, 다이앤 디세폴로, 샬럿 코벤, 앤 암스트롱-코벤, 리사 어바흐 밴스, 콜 갤빈 및 로비 헐.

감사의 말에서는 보통 저자들이 모든 실수는 내 잘못이라고 하지만 사실 이분들이야말로 전문가다. 왜 나만 비난을 받아야 하는가.

조지 벨비, 캐시 코베라, 톰 플로리오, 로런 퍼드, 한스 라스피어, 바브 매티슨, 웨인 셈시에게도 감사의 인사를 전하고 싶다. 이분들 (또는 이들을 사랑하는 분들)은 이 소설에 이름이 등장하는 대가로 내

I will find you

가 선택한 자선단체에 아낌없이 기부해 주셨다. 앞으로도 참여하고 싶은 분이 있다면 giving@harlancoben.com으로 이메일을 보내주기 바란다.

옮긴이_ 노진선

전문 번역가. 옮긴 책으로 매트 헤이그의 《미드나잇 라이브러리》, 할런 코벤의 《사라진 밤》, 《보이 프럼 더 우즈》, 니타 프로스의 《메이드》, 피터 스완슨의 《죽어 마땅한 사람들》, 《여덟 건의 완벽한 살인》, 요 네스뵈의 《스노우맨》, 《레오파드》, 《레드브레스트》, 《네메시스》 등 〈해리 홀레〉 시리즈와 엘리자베스 길버트의 《먹고 기도하고 사랑하라》, 존 그린의 《거북이는 언제나 거기에 있다》 등이 있다.

아이 윌 파인드 유

초판 1쇄 인쇄 2024년 10월 18일
초판 1쇄 발행 2024년 10월 30일

지은이 | 할런 코벤
옮긴이 | 노진선
발행인 | 강봉자, 김은경

펴낸곳 | (주)문학수첩
주소 | 경기도 파주시 회동길 503-1(문발동 633-4) 출판문화단지
전화 | 031-955-9088(마케팅부), 9532(편집부)
팩스 | 031-955-9066
등록 | 1991년 11월 27일 제16-482호

홈페이지 | www.moonhak.co.kr
블로그 | blog.naver.com/moonhak91
이메일 | moonhak@moonhak.co.kr

ISBN 979-11-93790-76-2 03840